Das Perlengeheimnis
Evelin Heinecke

Das Perlengeheimnis
Im Bann der Gewaltherrschaft

Evelin Heinecke

Utopischer Roman Teil 1

Impressum

Bibliografische Information der Deutschen Nationalbibliothek:
Die Deutsche Nationalbibliothek verzeichnet diese Publikation in
der Deutschen Nationalbibliografie; detaillierte bibliografische
Daten sind im Internet über http://dnb.dnb.de abrufbar.

2. Neuauflage des Romans

Verlag: BoD · Books on Demand GmbH, In de Tarpen 42,
22848 Norderstedt, bod@bod.de
Druck: Libri Plureos GmbH, Friedensallee 273,
22763 Hamburg
ISBN: 978-3-7693-5593-2

Die Summe des gesamten Wissens
der Menschheit seit Anbeginn
und aller menschlichen Erfahrungen,
reicht nicht aus,
sich mit den Gesetzen des Universums
und der Fauna und Flora
des Planeten Erde zu messen.
Dennoch...

Inhaltsverzeichnis

1. Kapitel: Der Mann vom Liberecoverlag

Zoe stapft durch schwarzen Sand. Die weißen Stiefel ihres Schutzanzuges sind zwischenzeitlich schwarz gesprenkelt. Die Sandpartikel bleiben daran kleben, als wollen sie sich mit dem Material verbinden. Am liebsten würde sie die Stiefel ausziehen und barfuß laufen. Aber heute wird der mintgrüne Mond aufgehen, und unter dem Einfluss seines Lichtes beginnen sich die schwarzen Sandkörner stark zu erhitzen. Das kann sehr unangenehm werden. Außerdem hat sie keine Ahnung, wann die weiße Sonne erscheinen wird. So hat sie sich für das Tragen der Schutzkleidung entschieden.

Es gibt so vieles, auf das man achten muss. Seit der Galaxienverschiebung vor 1460 Tagen, nach neuer Zeitrechnung sind das 70.080 Stunden, acht Jahre nach Alter, ist eine ungestörte digitale Kommunikation noch immer kaum möglich. Durch die veränderte Raum- und Zeitkrümmung und den Einfluss verschiedener Himmelskörper und Sterne werden Teilchen, Wellen und Impulse abgelenkt, verstümmelt, überlagert und verschoben. Ein Wissenschaftlerteam der Weltregierung, die ihr diktatorisches Regierungssystem über die galaktische Katastrophe gerettet hat, arbeitet fieberhaft daran, Lösungen zu finden.

Jahreszeiten, Wochentage, Monate wie einst gibt es nicht mehr. Es wurde festgelegt, dass der Tag 48 Stunden hat. Zu viele unberechenbare Wechsel und die Vernichtung weiter Teile der Oberfläche der Erde und der einstigen Fauna und Flora haben auch eine neue Zeitrechnung notwendig gemacht. Die Alte endete bei 749.710 Tagen. Die Erdrotation, das Magnetfeld und die Atmosphäre der Erde haben sich den veränderten galaktischen Bedingungen angepasst. Die Lichtverhältnisse schwanken von Dunkellila bis gleißend Weiß. Unter der weißen Sonne ist jeder verdammt, in Schutzräumen zu verweilen oder unbequeme Schutzkleidung zu tragen. Die besteht meist aus einer Mischung hitzebeständiger Kunstfasern, flüssiger Kristallpolymere und Polyethylen.

Zwischenzeitlich hat fast jedes Gebäude auf dem Lande einen eigenen Schutzraum, auch Zoes altes Haus. Sie ließ dafür den Bergkeller umbauen. Dazu wurden Gänge gegraben, denn der Schutzraum muss unterirdisch erreichbar sein.

Der ihre ist rund, eine Art Metallkuppel, ausgestattet mit synthetischen Möbeln in Weiß und Schwarz und modernster Technik. Die Kuppel kann sie zum Sternenhimmel umfunktionieren. Ein Wandbereich ist eine riesige 3-D-Bildfläche. Ihr Bett ist rund, hat eine Halblehne und steht in der Mitte. Eine kleine Küchenzeile ist an der Wand installiert, wobei Essen und Trinken nicht zubereitet werden müssen. Sie könnte es tun, wenn sie wollte. Doch Lebensmittel, überwiegend mikrobiologisch gezüchtet, sind extrem teuer geworden und übersteigen ihre finanziellen Möglichkeiten. Sie ordert sowohl die Getränke als auch die meisten Speisen über eine spezielle Zuleitung. Die Tubennahrung trägt alle lebensnotwendigen Inhaltsstoffe in sich.

Ich hätte heute noch eine Portion mehr essen sollen, denkt Zoe. Sie ist auf dem Weg zum Libercoverlag, um ihr neues Werk vorzustellen. Vor einiger Zeit hatte sie während eines längeren Aufenthaltes in einem öffentlichen Schutzraum einen Hörbeitrag über die Wiedereröffnung des Verlages und einer Bibliothek in einem der fünf Türme im Sandgebiet erfahren. Immer wieder hatte sie den Antrag gestellt, beim Verlagsdirektor einen Termin zu dessen Besuch zu erhalten, und heute ist es endlich so weit.

Eine Sondergenehmigung für einen Flug zu den Türmen wäre für sie viel zu teuer gewesen und wahrscheinlich hätte sie die auch nicht bekommen. Deswegen hat sie erst gar darum ersucht, und lieber sie den beschwerlichen Fußweg auf sich genommen.

Die Türme, die im Sandgebiet entstanden sind, können sich nur extrem reiche Personen oder Unternehmen leisten, hatte sie durch Belauschen eines Gesprächs zweier Männer im öffentlichen Schutzraum erfahren.

Zoe war noch niemals in solch einem Turm und ist gespannt, was sie erwartet. Warum habe ich mir keine Information darüber besorgt, wie der Verlagsturm aussieht? Nun, ich war davon ausgegangen, dass die Türme irgendwie gekennzeichnet sind, sei es durch Aufschriften, Werbetafeln oder Ähnliches. Aber es gibt nichts dergleichen.

Am Fuße des Turmes angekommen, von dem sie annimmt, dass sie in ihm den Liberecoverlag vorfindet, drückt sie einen Scanpoint. Eine schwere Tür schwingt auf, sie tritt ein und gelangt in einen im Durchmesser etwa fünfzehn Meter großen Raum. Es gibt weder eine Schwebetreppe noch eine Schwebekabine. Sie muss tatsächlich eine normale Treppe hinauf steigen. Mit den Händen wischt sie die letzten schwarzen Sandkörnchen von den Stiefeln und beginnt, sich Stufe für Stufe nach oben zu bewegen. Sie hat keine Ahnung, wie viele es sein werden.

Einhundertzwanzig hat sie schon gezählt, da wird es ihr immer heißer im weißen Schutzanzug. Nach zweihundertfünfzig Stufen kommt ein Absatz. Es ist niemand zu sehen. Rezeption steht auf einem digitalen Schild mit Touchpoints. Sie drückt einen, plötzlich beginnt Musik zu spielen. Eine Stimme säuselt:

»Willkommen im Tempel der Künste!«

»Ich wollte eigentlich zum Liberecoverlag«, murmelt sie vor sich hin. Aber das hat auch etwas mit Kunst zu tun. Vielleicht bin ich doch richtig.

Nun erscheint ein digitaler Etagenplan als Hologramm des Turms. Nach tausendfünfhundert Stufen erkennt sie den ersten Raum mit menschlicher Energie. Vorher gibt es nur alle zweihundertfünfzig Stufen einen Versorgungsabschnitt.

Sie steigt weiter. Das Wasser rinnt im Anzug an ihr hinab in die weißen Stiefel hinein. Durst hat sie. Sie könnte jetzt einen Liter Perlenwasser vertragen. Das belebt und kühlt den Kreislauf herunter. Siebenhundertfünfzig Stufen hat sie geschafft und pausiert. In der Wand bemerkt sie die zwei üblichen Rohröffnungen für Speise und Trank. Allerdings fehlt die Scanpointleiste, um die Codenummer für das gewünschte Lebensmittel eintippen zu können. Sie verlässt die Treppe und läuft rund auf einer Balustrade entlang, in der Hoffnung, in irgendeiner Nische die Scanpoints zu finden. Nichts.

Tempel der Künste, und ehe man oben angekommen ist, ist man verhungert und verdurstet. Selber schuld, ich hätte Wegzehrung einpacken können. Aber ich konnte nicht ahnen, dass der Aufstieg so lange dauern würde.

Sie läuft weiter. Endlich, tausendfünfhundert. Der einzige Eingang ist mit einem Laservorhang verschlossen. Sie legt ihren Daumen auf den Scanpoint am Geländer. Der Lichtvorhang hebt sich, sie tritt ein und steht an der oberen Stuhlreihe eines Theaterraumes. Ein schmaler Gang führt steil abwärts bis zu einer Bühne.

»Kommen Sie herunter!«, sagt eine männliche, computergenerierte Stimme. »Haben Sie keine Scheu! Legen Sie den Schutzanzug ab. Hier sind Sie sicher.« Zoe entledigt sich des schweren Anzugs und stellt ihn an den Gang.

»Ich bin hier bestimmt falsch«, flüstert sie. Trotzdem läuft sie langsam zwischen den Holzstuhlreihen nach unten, froh, nur noch einen leichten Ganzanzug zu tragen.

Ein Mann tritt aus dem Dunkeln. Er ist in ein schillerndes Cape gekleidet, dessen Kapuze mit einer regenbogenfarbigen Gaze endet, welche sein Gesicht bedeckt.

»Ich habe mir den Luxus leisten können, in dieser zerrissenen, verworrenen Welt ein Stück alter Humankultur retten und zugänglich machen zu können. Ich bin der Hüter galaktischer und intergalaktischer Mysterien.« Es ist dieselbe Stimme.

»Ich bin überwältigt«, sagt sie. »Mein Name ist Zoe Leino.«

»Was führt Sie hier her?«

»Ich habe einen Termin im Liberecoverlag, bin mir aber nicht sicher, ob...« Er unterbricht sie.

»Ich bin ein Regenbogenmagier«, sagt er mit veränderter, nun betörender Stimme, greift ihre Hand und zieht sie mit Kraft an sich heran.

Zoe spürt sofort, dass er etwas ausstrahlt, was in sie dringt. Das kann nur ein Lichtmanipulator sein. Zu spät hat sie es erkannt. Durch sein Cape und die anderen Eindrücke war sie zu sehr abgelenkt. Zoe hatte bisher angenommen, dass er nur eine Erfindung ist. Vor Jahren erzählte Jonas, ihr damaliger Zwangspartner, ihr über die Macht und den Einfluss dieses Mannes. Sie hatte ihm kein Wort geglaubt. Jetzt ist sie gefangen und muss den Anweisungen des Manipulators folgen, ob sie will oder nicht. Wenn er will, kann er alles mit ihr machen, alles von ihr verlangen, und sie müsste es tun. Eine ausweglose Situation und Jonas hatte augenscheinlich nicht gelogen.

»Du kannst dich bewegen. Setz dich hier hin!«, sagt er ganz nah an ihrem Ohr und streicht ihr durchs Haar, so dass elektrische Impulse durch sie sausen. Er weist auf einen Holzklappstuhl.

»Du sollst nun meine Zuschauerin sein.«

Sie setzt sich auf den Stuhl und ist wie festgeklebt. Er übergibt ihr ein Buch.

»Schlag Seite zweihundertdreiundsechzig auf und lies!«

Sie blättert auf die gewünschte Seite. Es ist ein Rollenbuch für ein Theaterstück. Sie beginnt zu lesen:

A: *Lass mich los, ich will jetzt gehen!*

B: *Doch nicht so eilig. Du weißt, dass ich Hektik nicht leiden kann.*

B hält A am Arm fest. Seine Hand liegt wie eine Schraubzwinge darum.

B: *Du solltest mich nicht provozieren. Ich kann sehr unangenehm reagieren!*

A: *Aber ich habe meine angeordneten Arbeiten beendet und möchte jetzt gerne gehen.*

B: *Du bleibst und wirst mir Gesellschaft leisten.*

A: *Nein, bitte. Ich kann nicht mehr.*

B hält A noch fester am Arm, drückt sie nieder und fesselt sie am Stuhl.

B: Das war zu viel des Widerspruchs.

B tritt an eine Nischenklappe, öffnet sie, entnimmt eine Spritzpistole mit blauer Flüssigkeit. A sieht ihn mit der Pistole kommen.

A: Bitte nicht die Gefügigkeitsspritze!

B: Doch, du hast es provoziert.

B setzt die Pistole an ihren Hals, drückt ab, man sieht die blaue Flüssigkeit langsam aus der Pistole in A laufen.

Ab dem Moment hat Zoe den Eindruck, als wäre sie A, denn sie spürt einen Stich am Hals. Das Buch rutscht ihr aus den Händen.

Sie fühlt sich wie in Trance. Um sie herum tauchen sieben männliche Gestalten auf. Sie sind nackt und in den Farben eines Regenbogens angemalt, so wie es ihn früher gab. Sie tanzen ekstatisch um sie herum, berühren sie. Musik spielt laut und gewaltig.

Die regenbogenfarbigen Gestalten scheinen in Energiepartikel zu zerfallen und diese sausen in rasender Geschwindigkeit um Zoes Körper. Es scheint, als wolle der sich mit den Partikeln verbinden. Alles in ihr wehrt sich dagegen. Sie besinnt sich auf ein selbsthypnotisches Ritual. Plötzlich ist Stille, die Partikel lösen sich auf.

Der Regenbogenmagier tritt hinter sie, legt seine erst auf ihren Kopf, dann über ihre Augen, und verschließen damit komplett ihr Gesicht. Ich bekomme keine Luft mehr!, will Zoe rufen, da spürt sie, wie sie fällt und unsanft landet.

Ihre Hände sind frei. Sie reißt sich einen hermetisch geschlossenen Helm vom Kopf. Den muss er ihr aufgesetzt haben. Es ist dunkel um sie.

Von weit oben hört sie die laute Stimme des Mannes:

»Du bist für meine Zwecke nicht geeignet. Du warst besetzt und du wirst besetzt sein!« Was meint er damit? Zoe hat nicht das Bedürfnis, weiter über diese Frage nachzudenken. Sie ist so erleichtert, scheinbar einem Lichtmanipulator entkommen zu sein.

Zwei Lichtstäbe stecken noch in ihrer Brusttasche. Sie nimmt einen und knickt ihn. Das weiße Licht beleuchtet einen Keller und eine Treppe. Sie erhebt sich und kommt über die Treppe im unteren Eingangsbereich an. Dort findet sie ihren Schutzanzug und schlüpft hinein. Dieser Turm ist definitiv nicht der Liberecoverlag.

Noch zitternd tritt sie nach draußen, steht im mintgrünen Mondlicht. Jetzt muss sie höllisch auf den Sand aufpassen. Sie nimmt den Schutzhelm ab und blickt sich um. Welcher ist nun der Liberecoverlagsturm? Sie hat bei ihrer Recherche über den Verlag vergessen, sich den Turm bildlich zeigen zu lassen. Wenigstens hatte sie recherchiert, dass er strahlengeschützt ist.

Zoe blickt sich um. Einer von den vier restlichen Türmen unterscheidet sich von den anderen. Er sieht aus wie ein antiquierter Leuchtturm, ist nicht so hoch und hat einen Lichtstrahler. Das muss er sein. Sie läuft los, direkt auf dieses Licht zu. Vor ihrem Startpunkt aus ist es der letzte, der fünfte Turm.

Sie achtet nicht auf die schwarzen Sandkörner, die beim schnellen Laufen hochstieben, auf ihrem Gesicht landen und kleine, rote Brennpunkte hinterlassen. Sie muss eilen, denn sie weiß nicht, wann der mintgrüne Mond durch die gleißend weiße Sonne abgelöst wird.

Sie soll als Nächstes erscheinen. Niemand kann vorhersagen, wann genau der Übergang ist. Er kommt spontan. Ohne Schutzanzug wäre sie verloren, würde sofort verdampfen. Aber auch mit Schutzanzug ist es sehr ungemütlich während dieser Phasen. Dadurch, dass sie im Tempel der Künste gefangen war, hat sie kein Zeitgefühl mehr. Zoe rennt, bis sie atemlos vor dem Turm ankommt. Sie legt den Daumen an den Scanpoint, die Tür geht auf, sie springt hinein und in dem Moment erscheint die gleißende Sonne. Das war in allerletzter Sekunde!

Auch hier sieht es altertümlich aus. Eine verschnörkelte Holztreppe gibt es, einen Paternoster und einen vergitterten Fahrkorb.

Sie kann es sich also aussuchen, womit sie nach oben gelangt. Treppen ist sie heute schon genug gelaufen. So entscheidet sie sich für den Fahrkorb. Sie entledigt sich des schweren Anzugs, stellt ihn ab und steigt ein. *Liberecoverlag, Etage 56*, steht auf einem Knopf. Erleichtert drückt sie ihn und ist erstaunt. Die alte Technik lässt sie in rasender Geschwindigkeit nach oben fliegen. Mit Schwung springt die Gittertür auf, Zoe verlässt Korb, entdeckt einen Scanpoint, berührt ihn, eine Tür öffnet sich, und sie gelangt auf die Holzbalustrade einer riesigen Bibliothek. Insgesamt vier Balustraden sieht sie unter sich und zuletzt einen großen Bibliotheksraum. Zoe steht noch sprachlos, als eine Stimme ertönt.

»Die Treppe nach unten finden Sie hinter der Regalwand mit dem Buchstaben A wie Anarchie.«

Sie läuft den schmalen Gang entlang, bleibt vor dem entsprechenden Regal stehen, schiebt und schon dreht sich die Wand auf. Ein Buch fällt herunter, sie hebt es auf, erblickt die angekündigte Treppe. Mit dem Buch in der Hand steigt sie bis in die unterste Etage der Bibliothek hinab.

Unten angekommen, säuselt eine Stimme:

»Sie haben sich verspätet. Dadurch verschiebt sich ihr Termin um eine ungewisse Zeit. Nehmen Sie Platz. Man wird die demnächst um ihr Anliegen kümmern.«

»Auch das noch.« Zoe setzt sich an einen der Lesetische.

»Dann werde ich in der Wartezeit das Buch lesen. Es hatte bestimmt einen Grund, warum gerade dieses zu mir wollte.« Das Buch ist sehr abgegriffen, der Buchrücken geklebt, die ersten zwei Seiten sind herausgerissen. Vom Titel ist nur das Wort „Heimkehr" zu entziffern. Es gibt kein Inhaltsverzeichnis und die Kapitel sind nur nummeriert. Auf der letzten Seite steht, dass die erste Auflage des Buches aus dem Jahr 1966 stammt.

»Unfassbar«, murmelt Zoe und beginnt zu lesen. Sie vertieft sich so sehr in den spannenden Roman, dessen Handlung augenscheinlich in einer weiten Zukunft nach den sechziger Jahren spielt. Sie liest extrem schnell, das hat sie sich durch das Korrekturlesen ihrer eigenen Bücher antrainiert. Viele Begriffe tauchen im Text auf, mit denen sie nur vage etwas anfangen kann. Sie könnte diese notieren, um sie später zu recherchieren, denn Stift und Papier trägt sie bei sich. Aber sie hat keine Lust dazu, will lieber lesen. Das Buch fesselt sie. Stunden verstreichen. Gerade blättert sie, um zu schauen, wie viele Seiten es noch bis zum Ende sind, da tritt jemand neben sie und fragt:

»Spannende Lektüre?« Zoe klappt das Buch zu und erhebt sich. Vor ihr steht ein großer Mann mit schwarzem Haar und grau meliertem Vollbart. Er hat freundliche, wissende, dunkelbraune Augen, die hinter einer randlosen Brille liegen.

»Sind Sie der Verlagsdirektor? Ich bin Zoe Leino und Habe heute einen Termin. Leider...« Er unterbricht sie.

»Ich hatte Sie früher erwartet«, sagt er, reicht ihr die Hand und führt sie in einen gemütlichen Nebenraum, in dem ein Kaminfeuer brennt. Zoe will weiterreden, aber er bedeutet ihr mit dem Finger, es nicht zu tun.

»Setzen Sie sich!« Sie lässt sich in einen von vier Ledersesseln nieder. Er setzt sich ihr gegenüber.

»Sie hatten darum ersucht, aus Ihrem Manuskript vorzulesen zu dürfen. Ich gespannt, was Sie mir mitgebracht haben.«

Zoe öffnet aufgeregt den Anzug über ihrer Brust und zieht ein in Folie verpacktes Manuskript hervor. Sie musste es in Papierform mitnehmen, weil die Strahlung im Freien die digitalen Informationen auf den meisten elektronischen Medien verändert oder zerstört.

»Ich habe einen Auszug meines autobiografischen Romans mitgebracht. Protagonistin bin ich, aber mit dem Namen Esta. Die Handlung spielt kurz nach der Galaxienverschiebung. Das Buch ist noch lange nicht fertig, aber ich erhoffe, von Ihnen Hinweise und Kritik zu bekommen.«

»Dann lesen Sie mir nun vor«, sagt der Mann vom Liberecoverlag. Seine Stimme kommt ihr irgendwie bekannt vor.

Sie lächelt ihn an, schlägt das Manuskript auf und beginnt zu lesen:

Perlen fallen vom Himmel. Heftige Sonnenturbulenzen lösen diese Perlengüsse aus. Dieser Perlenregen entsteht aus der rosafarbenen Sonne. Rasch hat sie diesmal den azurblauen Mond abgelöst.

Esta steht hinter den Schutzglasfenstern ihrer Küche und betrachtet die Perlenpracht. Wieder muss sie den Räumdienst bestellen. Zwischenzeitlich gibt es schon ganze Halden von Perlen rund um den Ort und wahrscheinlich auf der ganzen Welt. Sie sind leider nicht verwendbar, da sie unter den Strahlen der weißen Sonne zu glühenden Kugeln werden, wurde mitgeteilt. Unweit von ihrem Wohnbereich gibt es einige Halden davon. Es sieht fantastisch aus, wenn diese glühen. Imposante Bilder hat Esta davon schon geschossen. Hat sich einfach in ihren Schweber gesetzt und ist in die Nacht gestartet. Die Hitzestrahlung der Halden ist extrem, so dass sie zum Fotografieren auf den weiten Flächen davor landen musste.

Früher gab es dort Felder mit Weizen und Mais. Sie kann sich noch genau daran erinnern, wie es sich angefühlt hat, sich ins Weizenfeld zu legen, in den blauen Himmel zu schauen, und den weißen Wolken mit den Augen zu folgen. Insekten summten um sie herum.

Heute sind die Ebenen öde und trocken. Es regnet nicht mehr. Nur noch Perlen fallen vom Himmel. Seit der Galaxienverschiebung und seitdem die Strahlung am Himmel teilweise tödlich ist, gibt es kaum noch Vögel in freier Natur. Ein paar haben sich angepasst. Sie fliegen zu sicheren Zeiten und leben unter der Erde. Die Insekten, welche überlebt haben, haben sich verändert. Libellen sind so groß wie Raben, schön, zahm, und man kann sie als Haustier halten.

Der Mann vom Liberecoverlag unterbricht sie.

»Haben Sie ein Haustier?«, fragt er.

»Ja«, antwortet sie, »einen kleinen Hund, der heißt Flavio. Ich habe ihn aus einer Auffangstation geholt. Er ist dackelgroß, hat ein kupferfarbenes, längeres Fell, weiße Handschuhe, schwarze Knopfaugen, kleine Ohren, die beim Laufen wippen, und ein Schwänzchen, das wie eine Fahne wehen kann.« Der Mann lächelt sie freundlich an.

»Lesen Sie nun weiter!«

Zoe senkt ihren Blick wieder auf das Manuskript und liest:

Esta wendet den Blick von der Perlenpracht im Hof ab und geht ins Wohnzimmer. Dazu steigt sie eine alte Holztreppe nach oben. Sie möchte das Wetterhologramm anschauen. Mehrfach am Tag kommt ein örtlicher Bericht über zu erwartende atmosphärische Ereignisse, die möglichen Mond- und Sonnenstände. Sie muss das wissen, um das Haus verlassen zu können. Die Berge von Perlen im Hof hat sie im Moment vergessen.

Sie nimmt das kleine Hologerät und lässt den Bericht auf dem Tisch entstehen. Heute sind nach der rosa Sonne die hellbraunen Monde und danach die graue Sonne zu erwarten. Das alles innerhalb von fünf Stunden. Diese Konstellation ist recht unkritisch, aber es kann mitunter sehr kalt werden. Bei der grauen Sonne schwanken die Temperaturen manchmal stündlich um zehn bis dreißig Grad. Nur gut, dass sie zwischenzeitlich einen Schweber hat, welcher gut klimatisiert ist. Sie will unbedingt in die nahe gelegene Stadt Lemistown fliegen. Dort gibt es noch ein Geschäft, in dem sie Papier und Stifte kaufen kann. Das braucht sie, um weiter schreiben zu können. In einen hautengen, gummierten Anzug, der innen flauschig ist, gekleidet, kann ihr die Kälte unter der grauen Sonne nichts anhaben. Sie geht hinunter in den Flur.

»Oh, hier kann ich nicht hinaus«, sagt sie laut. Die Perlen liegen circa anderthalb Meter hoch im Hof und lassen sie die Tür nicht öffnen. Sie kann also nur durch den Schutzraum nach draußen gelangen. Ein Erdgang führt von der Küche, ein anderer vom Schlafzimmer im oberen Bereich des Hauses zum Schutzraum. Von dort führt dann ein Erdtunnel bis zum Ausstieg über eine Luke am Ende des Anwesens. Da das Grundstück abschüssig ist, rollen die Perlenniederschläge abwärts und sammeln sich auch an der Hauswand.

Esta geht durch den Erdgang, steigt nach draußen und befiehlt rufend den Schweber zu sich. Er steht in einem Unterstand unweit der Luke. Schnell steigt sie ein. Gleich wird es dunkel. Die hellbraunen Monde sind an der Tag- und Nachtgrenze zwischen Braun und Rosa schon sehr intensiv zu erkennen. Kaum sitzt sie im Schweber, schlägt der rosa Tag in die braune Nacht um.

Die Zeit der drei hellbraunen Monde mag sie besonders. Die sind angeordnet wie die Eckpunkte eines Dreiecks und spenden eine sehr dunkle, warme Nacht. Die Augen können sich erholen von den vielen flirrenden Farbspielen, die sonst herrschen.

Ihr Schweber saust los. Er hat eine Reichweite von ungefähr zweitausend Kilometern. Das ist für sie völlig ausreichend. Energie tankt er über die weiße Sonne. Sie darf also nie vergessen, ihr Fluggerät aus dem Unterstand zu holen und dem weißen Sonnenlicht auszusetzen. Es gab schon Zeiten, in denen erschien die weiße Sonne lange nicht. Da war der Flugverkehr fast lahmgelegt. Wer keinen Energiespeicher hat, konnte seinen Schweber nicht aufladen. Und Zugang zu speziellen Tankstationen habe nur Privilegierte.

Esta stellt Musik an und lehnt sich entspannt in den Sitz. Viele Schweber sind heute unterwegs und nutzen die stille, dunkle Nacht. Der Flug zur Stadt dauert ungefähr zehn Minuten. Plötzlich hört sie einen extrem lauten Knall. Weit vor ihr am dunklen Horizont reißt der Himmel quer auf und lässt lilafarbenes Licht durchscheinen. Das fällt in mehreren Säulen auf den Boden. Sie muss die Schutzscheibe verdunkeln, so grell ist der Schein. So etwas hat sie noch nie gesehen.

Es ist wohl besser, einen öffentlichen Schutzraum aufzusuchen. Sie lässt ein Hologramm entstehen mit allen möglichen Schutzräumen in der Gegend. Die Koordinaten des nächst Gelegenen gibt sie dem Schweber als Anflugpunkt.

Da ertönt auch schon die Warnmeldung:

»Schwere Turbulenzen über Lemistown, der Flugverkehr ist sofort einzustellen, Schutzräume sind aufzusuchen!«

Der Schweber macht eine extreme Rechtskurve und saust steil nach unten direkt in ein geöffnetes Tor im Boden hinein. Es sieht aus wie ein großes, klaffendes Maul. Hier gibt es einen Schweberparkplatz, sie muss also aussteigen. In vielen Schutzräume kann man im Schweber bleiben, hier nicht. Immer mehr Fluggeräte kommen in die große Halle geflogen.

»Bitte betreten Sie augenblicklich die für Sie vorgesehenen Schutzräume!«, ordnet eine energische Stimme an.

Esta darf nur einen der Kategorie IV betreten. Die Klassifizierungen wurden eingeführt, um möglichst Personen mit ähnlichem Intellekt zu versammeln. Noch vor einiger Zeit konnte jeder überall hinein. Da gab es oft Randale und Übergriffe. Die Kategorien erschienen zwar zunächst wie eine Diskriminierung, aber Esta ist froh, mit einigermaßen gesitteten Menschen in einem Raum sein zu können.

Doch auch in Kategorie IV hatte sie einmal Heftiges erlebt. Ein Mann rastete komplett aus. Er hatte Klaustrophobie. Sie mussten damals zweimal achtundvierzig Stunden dort verbringen, so lange schickte die weiße Sonne ihre todbringenden Strahlen zur Erde. Der Mann wurde anfangs immer blasser. Er begann zu zittern. Irgendwann stürzte er sich auf eine Frau, schlug sie, riss ihr die Kleider vom Leib. Es ging alles sehr schnell. Ehe sich jemand traute, sich einzumischen, hatte er die Frau schon erwürgt. Die Sicherheitskräfte kamen, nahmen den tobenden Mann mit sich.

Esta legt den Daumen an den Scanpoint. Die Tür zum Schutzraum Kategorie IV schwingt auf, sie wird abgescannt.

»Sie dürfen eintreten.«

Esta ist viel zu dick angezogen, sie schwitzt. Ihr Anzug ist nur für kalte Temperaturen konzipiert. Nur gut, dass es hier Duschräume und Leihkleidung gibt. Schnell läuft sie zur unbemannten Rezeption, tippt ihren persönlichen Identcode ein und dann den Wunsch nach einer leichten Kleidung. Hier drin herrschen bestimmt dreiundzwanzig Grad. Einige Men-

schen haben sich bereits hingelegt, andere sitzen.
Fast alle schauen auf einen Filmbeitrag an der riesi-
gen Kuppelwand.

»Gehen Sie zu Kabine sechsundfünfzig!«, ertönt
eine Stimme. »Rechts den Gang entlang.«

Esta läuft los. Da ist auch schon die gesuchte Tür.
Sie legt den Daumen auf den Scanpoint, die Tür geht
auf. Sie tritt ein und in dem Moment wird sie von
hinten geschoben. Die Tür fällt zu. Ein undurchsich-
tiger Sack landet über ihrem Kopf.

»Endlich habe ich dich«, sagt eine tiefe, männ-
liche, ruhige Stimme.

»Bitte, was wollen Sie von mir?« Sie spürt for-
dernde Hände über sich gleiten.

»Still!«, sagt die Stimme, die sehr sympathisch
klingt. Ein kräftiger Körper schiebt ihren an die
Wand. Die Hitze im gummierten Anzug wird lang-
sam unerträglich, die Luft unter dem Sack immer
dicker. Esta zittert. Er presst sich an sie. Sie fühlt
seine Erregung an ihrem Bauch.

»Bitte ...«, flüstert sie. Da legen sich seine Hände
um ihren Hals. Impulse von Angst und Erregung
sausen gleichzeitig durch sie. Er sagt ganz langsam:

»Ich werde dich nun ausziehen.« Er streicht ihr
über den Kopf.

»Dir muss es unerträglich heiß sein. Sag nichts.
Ich will keinen Ton von dir hören.«

Esta traut sich nicht, sich zu wehren. Wenn sie
nicht tut, was er verlangt, riskiert sie, dass er mög-
licherweise gewalttätig wird. Vielleicht will er sie tat-
sächlich nur ausziehen, sie berühren, sie betrachten.
Sie hat immer wieder von solchen Vorfällen in den
Schutzräumen gehört. Esta entscheidet abzuwarten,

zumal seine Berührungen neben Angst auch ein gewisses Prickeln in ihr auslösen.

Er öffnet den Verschluss ihres Anzugs, kriecht mit der Hand hinein und befühlt ihre nasse Haut. Seine Hand gleitet über ihren Rücken hoch, der Anzug fällt nach beiden Seiten von ihr ab. Nackt und zitternd steht sie da, nicht vor Kälte, sondern vor Aufregung. Plötzlich hört sie ihn sagen:

»Ich habe dich schon länger im Visier!«

Bei diesem Satz schlägt ihr Herz augenblicklich bis zum Hals. Das ist ein Codesatz. Den benutzt ein Mann einer Frau gegenüber, wenn er sie für sich gewinnen will. Sie hat dreißig Sekunden Zeit, sich zu entscheiden. Antwortet sie: ‚Mein Visier ist für Sie geöffnet.‘, dann ist das für ihn das Signal, dass er sie nehmen kann. Erwidert sie aber: ‚Mein Visier ist geschlossen.‘, muss er von ihr lassen. Das ist eine sehr ungewöhnliche und aufregende Art der Partnerwahl. Er hat sicherlich die Möglichkeit in Anspruch genommen, vorab Informationen über sie einzuholen. Durch den implantierten Chip sind viele Daten zugänglich, wenn man es zulässt. Sie hatte sich vor längerer Zeit in einer Partnersuchdatenbank registrieren lassen. Bisher ohne Erfolg.

Sie weiß von ihm gar nichts, steht nackt vor ihm und hat ihn nicht einmal gesehen. Ihr ist bekannt, dass die Beziehungskreatoren sehr viele Stimmigkeiten brauchen, um einem Mann grünes Licht zu geben, so zu handeln, wie er es jetzt tut.

Die Sekunden verrinnen. Sie muss sich umgehend entscheiden, sollte antworten. Ihr Verstand schreit: Nein, du weißt nichts von ihm, du kennst ihn nicht, lass es sein! Aber ihre Intuition und ihr Gefühl sagen: Greif zu, du wirst es nicht bereuen!

»Stopp!«, ruft der Mann vom Liberecoverlag. Mit zitternden Fingern schlägt sie das Manuskript zu. Eine starke Spannung ist zwischen ihnen entstanden. Es scheint regelrecht zu knistern. Er verdunkelt per Stimme die Beleuchtung, erhebt sich, tritt auf sie zu, nimmt ihr das Manuskript vom Schoß und legt es beiseite. Er bedeutet ihr, aufzustehen. Als sie vor ihm steht, hebt er ihr Kinn mit einer Hand und schaut ihr tief in die Augen.

»Die Fortsetzung möchte ich das nächste Mal hören«, sagt er mit bebender Stimme. Zoe blickt ungläubig und enttäuscht in die dunkelbraunen Augen des Mannes.

»Ich wollte doch noch einiges fragen«, sprudelt sie aufgeregt hervor.

»Für heute soll es genug sein«, antwortet er sanft.

»Wann kann ich wiederkommen?«, fragt sie mit zitternder Stimme. Sie kann sich nicht erklären, warum sie auf einmal so unsicher ist. Liegt es vielleicht an seiner Art? Er scheint sehr bestimmend zu sein, unabdingbar, ihr seinen Willen aufzuerlegen. So viel Zeit und Mühsal hat sie auf sich genommen, hierher zu gelangen, und nun soll sie nach ein paar Seiten des Lesens wieder gehen. Doch er bleibt unnachgiebig.

»Sie dürfen in zwei Wochen einen Termin bei mir buchen. Bis dahin schreiben Sie fleißig an ihrem Roman weiter.« Bei diesen Worten drückt er ihr das Manuskript an die Brust, greift ihre Hand, hält sie warm und fest in seiner und geht mit ihr zum Ausgang der Bibliothek. Schon ist die Tür auf und wieder zu und sie steht allein im Treppenflur und verstaut das Manuskript. Wieso wollte er mich so schnell loswerden? Zoe ist so enttäuscht, dass ihr Tränen in die Augen steigen.

Sie steigt die Treppe nach oben, gelangt wieder zur Balustrade mit den Büchern der Autoren des Buchstaben A und geht zum Ausgang. Dabei fällt ihr auf, dass sie den Roman in der Bibliothek auf dem Tisch hat liegen lassen. Schade denkt sie, steigt in den Fahrkorb, welcher sie schnell nach unten befördert. Jetzt weiß sie nicht, was für eine Mond- oder Sonnenkonstellation herrscht. Im Eingangsbereich erblickt sie ein Hologerät und schaltet es ein. Das dreidimensionale Bild zeigt die Gegend um die fünf Türme, welche im Moment in dunkles Lila getaucht ist. In zwei Stunden soll die rosa Sonne zu erwarten sein, und es muss wieder mit heftigen Turbulenzen in Form von Perlenniederschlägen gerechnet werden.

Zoe schlüpft in den Schutzanzug und verlässt den Turm. Es ist sehr dunkel unter dem lila Mond, aber sie hat ja noch einen Lichtstab. Den knickt sie und läuft im hellen Schein des Stabes durch den schwarzen Sand.

Ihre Gedanken hängen noch immer im Liberecoverlag. Dieser Mann, seine herrlichen Augen, seine ruhige Stimme, seine zwingende Ausstrahlung. Er hat sie unglaublich fasziniert, aber er hat sie weggeschickt. Sie weiß nicht einmal, wie er heißt. Es ist üblich, dass der Mann seinen Namen nicht nennen braucht, wohl aber die Frau. Zoe hatte sich namentlich bei ihm angemeldet. Er weiß, wer sie ist.

Um sich den Gang durch den schwarzen Sand angenehmer zu machen, lenkt sie ihre Gedanken auf ihren Roman. Darin beschreibt sie ein Stück ihrer Lebensgeschichte aus der Zeit, nachdem die Erde sich durch die galaktischen Verschiebungen extrem verändert hat. Erst um die einhundert Seiten sind entstanden. Sie hatte die Hoffnung, dass ihr der Mann vom Liberecoverlag ein paar Anregungen geben würde oder wenigstens Kritiken.

Ach, wie gerne würde sie ihm weiter vorlesen. Schon wieder muss sie intensiv an ihn denken. Sie hat auf einmal den Eindruck, als würde sie ihn kennen. Irgendetwas an ihm kommt ihr bekannt vor, aber sie kann es nicht fassen.

Endlich stapft sie am letzten Turm vorbei. Noch ein Kilometer, dann hört der schwarze Sand auf, die geschützte Zone ist zu Ende, und dort steht dann auch ihr Schweber. Schon wieder ist sie pitschnass am Körper. Das Laufen durch den Sand ist sehr beschwerlich. Durst hat sie auch. Der Rückweg mit dem Schweber nach Hause wird eine halbe Stunde dauern.

Ich habe überhaupt keine Lust, sofort nach Hause zu fliegen, denkt Zoe. Sie ist emotional noch sehr aufgewühlt. Laut redet sie vor sich hin:

»Ich brauche Ablenkung, werde in die nächste Stadt fliegen. Nein noch besser, ich werde einen Extrempoint besuchen.«

Endlich hat sie den Schweber erreicht. Sie lässt sich erschöpft auf den Sitz fallen, stellt das Hologerät an und fragt nach Extrempoints in der Nähe. Sie gönnt es sich nicht oft, dorthin zu gehen, nur in außergewöhnlichen Situationen. Und heute ist so eine. Nur ein einziger im Moment besuchbarer Ort wird angezeigt.

Extrempoints sind kleine, komplett durchsichtig überdachte Ortschaften mit Geschäften, Clubs, Hotels, Bars. Alles ist klimatisiert und strahlensicher. In den Straßen und Gassen finden öffentliche Kulturveranstaltungen statt. Musik spielt, es gibt Theater, Jahrmärkte, Kinos, Gruselkabinette, man kann relaxen, schwimmen gehen oder Sport treiben, sich piercen und tätowieren, seinen gesamten Körper bemalen oder in Gummi tauchen lassen. Es ist dort möglich, in Sexclubs zu gehen oder einen Liebhaber zu mieten, Filme aller Genres anzuschauen, in Kabinen oder riesigen Sälen, in denen geraucht, gegessen und gefummelt wird. Ein ausgelassenes, frivoles Treiben herrscht dort.

Die Welt ist nach der Galaxienverschiebung und unter der diktatorischen Regierung zwischenzeitlich extrem steif strukturiert. Es gibt unzählige Grenzen, Vorschriften, Regeln und Einschränkungen. So wurde ein Gesetz erlassen, überwachte Möglichkeiten zu schaffen, in denen die noch existierenden Menschen auch mal ausgelassen sein, sich austoben und auf Regeln pfeifen dürfen. So sind immer mehr solche Orte entstanden. Allerdings wagen nur Leute, die sich auch sonst nicht völlig reglementieren lassen, die sich in ihrer Persönlichkeit nicht restlos anpassen wollen, den Schritt in diese Extrempoints. Außerdem ist das Vergnügen ziemlich teuer.

Zoe hat keine Berührungsängste. Sie liebt es, ausgefallene Menschen zu betrachten, sich selbst an Grenzen zu bringen und Freiheiten zu genießen. Heute will sie dafür Myonts ausgeben.

2. Kapitel: Extrempoint

Der Schweber setzt zur Landung an. Das durchsichtige Kuppeldach des Extrempoints öffnet sich, Zoe landet auf der angewiesenen Position. Es ist das Flachdach eines Hochhauses. Von hier aus kann sie das bunte Treiben prima überblicken. Sie steigt aus, lehnt sich an die Brüstung, schaut nach unten. Lachen und Juchzen, verschiedene Musikrhythmen vermischen sich. Es liegt ein schwerer Duftmix nach Gebratenem, Zigarettenrauch, Alkohol und Parfüm in der Luft. Dieser Extrempoint ist klein. Sie zählt an die fünfzehn Gebäude. Für ihre Zwecke heute reicht das völlig aus.

Sie geht über das Dach zu einer durchsichtigen Kabine, einem Schwebekorb. Dieser bringt sie außen am Gebäude nach unten. Bevor sie nicht in der Rezeption die gewünschten Aufenthaltsstunden gezahlt hat, kann sie den Ort nicht betreten.

Im Eingangsbereich herrscht wildes Getümmel. Bestimmt zwanzig junge Leute diskutieren lautstark mit zwei riesigen Sicherheitsmännern. Diese sehen völlig identisch aus, wahrscheinlich sind es Klone.

Zoe ignoriert das und geht zur Rezeption. Hier wird man noch persönlich begrüßt und bedient.

»Hallo, Sie wünschen?«

»Ich möchte gerne eine Ganzkörpermassage, eine Fahrt mit dem unterirdischen Blitz und Essen und Trinken in der Braterei. Hier gibt es doch eine Braterei?«

»Ja, die hat seit gestern geöffnet, Sie haben Glück«, antwortet die freundliche, junge Rezeptionistin, die mit einem knappen Bikinioberteil und einem winzigen Minirock bekleidet ist.

»Prima.«

»Welche Kleidung wünschen Sie?«

»Ein weiches Lederkleid in Schwarz. Es soll ohne Ärmel sein und bis zu den Knöcheln reichen, durchgeknöpft, die Taille eng und der Rock weit schwingend. Dazu wünsche ich Plateausandalen. Alles in der Größe achtunddreißig.«

Die Kleine kommt auf ihren Highheels hervorgetippelt und lässt einen Scanner über Zoes Körper fahren. Danach werden ihre Körpermaße berechnet, das Kleid wird sofort für sie angefertigt.

»Sie finden das Bestellte in Kabine fünf. Bitte geben Sie nun Ihre gewünschte Zeit und den Bezahlcode ein!« Da sie einen Chip hat, braucht sie nur die Hand an den Scanner legen. Erledigt.

»Sie haben nun drei Stunden gebucht«, sagt die Kleine. »Bitte verpassen Sie nicht, sich rechtzeitig auszuchecken!«

Zoe nickt der Süßen kurz zu und läuft schnell zu Kabine fünf. Endlich den weißen Anzug ausziehen.

Die Kabine beinhaltet einen runden Metallschrank, der wie eine große Dose aussieht, eine Dusche, einen Tisch und einen Stuhl aus rotem Plastik. Sie öffnet den runden Schrank. In einem Fach liegt fein säuberlich verpackt ihr Kleid. Es ist nicht ihre Art, jedes Mal Kleidung zu kaufen. Sonst nimmt sie sich etwas Passendes von zu Hause mit. Heute musste es so sein. Dieses Kleidungsstück gehört nun ihr. Sie packt es aus, findet das Kleid aus weichem, dünnem Leder wunderschön. Genau so, wie sie es wollte. Sie zieht den Anzug und die weißen Stiefel aus, dabei rieselt schwarzer Sand auf den Boden. Endlich duschen! Kühles Nass, oh wie erfrischend! Auch diese Dusche hat einen Sparsensor. Wasser ist zwischenzeitlich extrem kostbar. Während des Chaos wurden Gewässer der Welt in unterirdische Höhlen und in seit Jahrzehnten schon vorbereitete Reservoires geleitet. Vor der Galaxienverschiebung hatte es jahrelang immer mehr Anzeichen für eine kommende galaktische, die Erde betreffende Katastrophe gegeben.

Diesem Duschwasser ist ein belebender Duft beigemischt. Es prickelt und kribbelt auf ihrer Haut. Hoffentlich finde ich einen guten Masseur. Zoe lässt sich vom warmen Ganzkörperföhn trocken pusten und zieht das Kleid an. Es sitzt perfekt. Nun noch die Schuhe, wo sind sie? Ganz unten in der letzten Schranköffnung. Auch die passen. Ihre Sachen bleiben in der Kabine.

Die einzelnen Leistungen und Attraktionen müssen per Scanner vor Ort bezahlt werden. Zoe kommt wieder an der Rezeption vorbei.

»Wo finde ich die Massagepoints?«

»Gleich rechts, die zweite Gasse.« Sie dankt für die Information und macht sich auf den Weg.

Augenblicklich überfallen sie berauschende Gerüche und Laute. Lachende, bunt gekleidete Menschen tanzen auf der Straße. Schweber oder andere Fahrzeuge gibt es hier nicht. Viele Leute sind spärlich bekleidet, es ist warm. Manche laufen unbekleidet herum, einige tragen Schmuck am nackten Körper.

Sie geht vorbei an der ersten Gasse. Hier gibt es schnellen Sex für Männer und Frauen. Die Zweite bietet Wellness und Massagen. In den kleinen, hübschen Häusern haben die Masseure ihre Studios eingerichtet. Es sind vier. Sie läuft an jedem vorbei und schaut sich die Flyer an, die auf Tischen vor den Eingängen liegen. Die Massagetechniken, die Räume und die Personen sind darauf abgebildet. Sie entscheidet sich für einen schwarzen Mann. Und da steht er auch schon vor seinem Massagehaus. Er hat eine angenehme Ausstrahlung.

»Hi, ich bin Zoe! Ich wünsche eine Ganzkörpermassage.«

»Sehr wohl!« Sie zahlt, er führt sie hinein. Sie zieht sich aus und legt sich auf die Massageliege auf den Bauch. Auch der Masseur hat sich nun ausgezogen, und sie betrachtet seinen prächtigen Körper. Er reibt sich Öl in die Hände und beginnt nun langsam, seine warmen, öligen Hände auf ihrem Körper zu bewegen. Sie weiß, wenn sie wollte, könnte sie seine sexuellen Künste dazu buchen. Heute möchte sie das nicht. Will einfach nur mit den Händen verwöhnt werden, und er macht das sehr gut.

Nach einer Stunde verabschiedet sie sich. Diesen Masseur muss ich mir merken, nimmt sie sich vor. Nicht alle können sie so tief in erregende Entspannung bringen wie dieser. So ungefähr stellt sie sich Tantra vor. Mit zwanzig hatte sie in einer Bibliothek ein Buch über die Kunst der zärtlichen Liebe in die Finger bekommen und hatte es regelrecht verschlungen. Es muss berauschend sein, die seelische und körperliche Vereinigung zu zelebrieren mit einem Mann, den man liebt und von dem man begehrt wird.

Doch heute braucht sie Extreme. Sie holt sich zuerst einen Zylinder mit Perlenwasser. Es ist aufmunternd und erfrischend zugleich. Dann hat sie auch schon den Eingang zum unterirdischen Blitz gefunden. Er ist eine Art Achterbahn durch die Unterwelt. In rasendem Tempo wird man durch

Fantasiewelten, unterirdische Gewässer, Horrorkabinette, ganze Galaxien gefahren. Das bringt einen absoluten Adrenalinkick.

Zoe steigt in eine der Fahrgondeln, welche komplett durchsichtig ist. Sie muss sich mehrfach anschnallen, denn es wird freien Fall geben, und sie wird auch auf dem Kopf fliegen.

Seine Höchstgeschwindigkeit liegt bei fünfhundert Kilometern pro Stunde. Und schon saust der Blitz los.

Als sie ihre Gondel verlässt, hat sie weiche Knie. Dreißig Minuten hat die rasende Tour gedauert.

»Hunger!«, sagt sie laut zu sich selbst. In der Braterei gibt es noch richtiges Essen. Sie fragt einen Straßenkünstler, wo sich die neue Braterei befindet, läuft in die gewiesene Richtung, findet sie und tritt ein.

Was für ein leckerer Duft! Der perfekt auf alle lebensnotwendigen Inhaltsstoffe abgestimmte Essensbrei, der auch die Zähne und Kaumuskeln effektiv fordert, ist gesund und man kann durch ihn nicht mehr dick werden. Es gibt deswegen kaum noch übergewichtige Menschen außer diejenigen, welche genug Geld haben, sich andere Nahrung, Süßigkeiten und sonstige Leckereien zu kaufen. Der Speisebrei hat zwar auch Geschmack, aber so ein gebratenes Steak kann er nicht ersetzen. Sie bestellt sich eins und lässt es sich schmecken. Dabei ist ihr bewusst, dass das Fleisch nicht von geschlachteten Tieren stammt, sondern gezüchtet wurde. Tiere zu Nahrungszwecken gibt es kaum noch auf der geschädigten Erde. Heute trinkt Zoe einen Krug mit schäumendem, prickelndem, kühlem Bier. Das bekommt man nur in Extrempoints.

Die drei Stunden sind gleich um. Langsam läuft sie zur Kabine fünf zurück, zieht sich ihren Anzug wieder an und auch die Stiefel, checkt dann aus und fährt zum Schweber aufs Dach hoch.

Das Hologramm zeigt, dass in etwa zwei Stunden mit der weißen Sonne gerechnet werden sollte. Genug Zeit, um bis nach Hause zu kommen.

Kaum sitzt sie im Schweber, muss sie wieder an den Mann vom Liberecoverlag denken. Zwei Wochen lässt er sie warten. Eine lange Zeit, um ihn wiederzusehen und ihm vorlesen zu können.

Der Besuch im Extrempoint hat sie positiv beschwingt. Dennoch kommt sie recht müde zu Hause an.

Als sie in ihren Hof blickt, sagt sie laut:

»Jetzt habe ich wieder vergessen, den Perlenräumdienst zu bestellen!« Das hätte sie noch vor dem Losfliegen erledigen müssen.

Vom Schutzraum aus hat sie eine direkte Verbindung zum öffentlichen Versorgungsdienst des Ortes. Das ist die einzig funktionierende Kommunikationsleitung. Sie liegt tief im Boden und ist gut isoliert. Die Perlen im Hof werden das Haus nun extrem aufheizen. Während der weißen Sonne muss sie sowieso mit Flavio in den Schutzraum. So war ihr das Vergnügen heute wichtiger, als sich um notwendige Regularien zu kümmern.

»Wen stört das schon? Mich nicht!«, sagt Zoe zu sich und erinnert sich an eine andere Zeit.

Als sie noch liiert war, hätte sie für solch ein Vergehen ihr blaues Wunder erlebt. Ihr ehemaliger Zwangspartner Jonas hätte sie gemaßregelt. Er war ein Perfektionist und Sadist. Wenn sie die öffentlichen oder seine Regeln nicht strikt und ordentlich befolgte, dann wurde sie durch ihn bestraft. Er hatte sogar ein gesetzliches Recht auf Strafmaßnahmen an seiner ungehorsamen Partnerin. Sie konnte sich nirgends beschweren.

Die durch die eingeführten Chips möglich gewordenen Persönlichkeits- und Charakteranalysen hatten damals die Weltregierung dazu veranlasst, Beziehungen zwischen Mann und Frau zu reglementieren, um die bestimmende Rolle des Mannes gesetzlich sicherzustellen. Man hoffte, so mehr Kontrolle, Disziplin und Ordnung auf der Welt zu erlangen.

Noch heute gibt es solche Verbindungen. Zoe erinnert sich mit Grausen an diese Zeit. Wenn er ihr Heim verließ, wurde sie in ein spezielles Zimmer gesperrt. Dort musste sie verweilen und auf seine Anweisungen warten. Die gab er ihr von außen. Er sagte ihr, was sie während seiner Abwesenheit alles zu erledigen hatte, konnte von der Ferne aus die Öffnung und Schließung der Räume veranlassen und alles per Video verfolgen. Wenn er wiederkam, kontrollierte er aufs Peinlichste die Ausführung ihrer Aufgaben. Widerspruch und in seinen Augen schlampige Arbeit züchtigte er mit Schlägen, Wegsperren, Essens- und Liebesentzug. Das war alles unter dem Gesetz legal.

Zoe schüttelt sich bei diesen Erinnerungen. Das ganze Konstrukt stürzte in sich zusammen, als sich die Sonne und der Mond vervielfältigten und die galaktischen Turbulenzen die Welt ins Chaos stürzten. Damals brachen alle digitalen elektronischen Signalübertragungen zusammen. Es gab keine Videoüberwachung mehr, keinen Einfluss von außen.

Unter den vorläufigen Gesetzen der Übergangsregierung konnte sie der Zwangspartnerschaft entkommen. Es war für sie die absolute Befreiung. Lieber Berge von Perlen auf dem Hof, als mit solch einem sadistischen Mann leben zu müssen.

Jetzt aber los, die weiße Sonne wird bald erscheinen, ermahnt sie sich.

Zoe begibt sich nach ihrer Ankunft auf dem Grundstück gleich in den Schutzraum. Flavio springt ihr freudig entgegen, als sie aus der Schleuse in den Raum tritt. Zoe liebkost ihren tierischen Gefährten und sieht plötzlich, dass eine Lampe der Kommunikationsleitung rot leuchtet. Das bedeutet, jemand hat eine Nachricht hinterlassen.

Sie eilt zum Kommunikator, drückt den Abfragepoint. Tief im Inneren hofft sie, nun die Stimme des Mannes vom Liberecoverlag zu hören. Doch ihre Hoffnung wird jäh zerstört.

»Hier ist das Sicherheitsamt«, sagt eine monotone Stimme. »Sie versäumten zum wiederholten Male ihre Pflicht, unverzüglich die Räumung des Perlenniederschlags zu veranlassen. Es befindet sich somit unrechtmäßig zurückgehaltenes Material auf ihrem Grundstück. Diesmal erhalten Sie eine letzte Verwarnung und werden aufgefordert, die Räumung innerhalb der nächsten achtundvierzig Stunden nach Abklingen der weißen Sonne durchführen zu lassen. Außerdem haben Sie zwei Straftage in den Kristallkatakomben zu absolvieren. Ihre Abholung zur Ableistung der Stunden wird zum nächsten azurblauen Mond erfolgen. Sie werden dazu noch näher informiert. Ende der Nachricht.«

Wie versteinert steht Zoe da. Ihr Kopf schwirrt. Das letzte Mal war sie mit einem Bußgeld davongekommen. Jetzt soll sie zwei Tage Strafarbeit erledigen. Noch niemals musste sie so etwas tun. Sie hatte einmal in einem Extrempoint ein Gespräch zwischen zwei Masseuren mitbekommen. Der eine berichtete dem anderen über sehr anstrengende Strafarbeiten in den Kristallkatakomben. Mehr weiß sie darüber nicht.

Wann der nächste azurblaue Mond kommen wird, ist ihr auch nicht bekannt. Die weiße Sonne ist jedenfalls für mindestens einhundertvierzig Stunden angesagt. Das gibt ihr etwas Zeit zu recherchieren. Irgendwo hat sie noch ein altes Speichermedium mit Daten.

Die Strafkatakomben gibt es schon lange. Sie waren zu Zeiten vor der galaktischen Katastrophe hoch im Trend. In solche Strafanstalten konnten damals auch Männer ihre Frauen verbannen, wenn sie nicht gehorsam waren oder die Männer einfach mal ihre Ruhe haben wollten.

Zoe war während ihrer Zwangsbeziehung davon verschont geblieben, hatte aber heimlich Informationen für den Fall aller Fälle gesammelt. Bei ihrer Flucht vor Jonas hatte sie ein kleines Speichermedium mitgenommen und sorgsam verborgen. Zwischenzeitlich war es in Vergessenheit geraten. Wo könnte es bloß sein?

Die Aufregung über die Nachricht hat Zoe hellwach gemacht. Sie stellt Musik an und begibt sich zum Küchentrakt. Sie hat noch einen Zylinder mit Perlenwasser. Das ist belebend. Sie will jetzt nicht schlafen, sondern überlegen und suchen. Hunger hat sie auch. Sie drückt den Versorgungspin für Speise und bestellt sich eine Tube Grießbrei mit Apfelmus und Zimt.

»Das Bestellte kommt in Kürze!«, wird ihr von einer Computerstimme mitgeteilt. Sie öffnet den Zylinder und trinkt große Schlucke. Dann setzt sie sich auf das Bett, lehnt sich mit dem Rücken an die Lehne und schaut in den künstlichen Sternenhimmel an der Decke ihres Schutzraumes.

So sah der Himmel früher nachts aus, schwarz mit weißen Sternen in bestimmter Ordnung. Wie ruhig und sicher ihr dieses Bild erscheint. Diese ständigen Wechsel zwischen Farben, Konstellationen und Temperaturen sind sehr anstrengend.

Das Perlenwasser beginnt, in ihr zu kribbeln. Heute hat sie den Eindruck, als würde das Getränk sie schläfrig machen. Flavio springt aufs Bett und rollt sich so neben sie, dass sein Rücken an ihrer Hüfte ruht. Sie lässt die Bettlehne weiter hinunterfahren, liegt nun, und ihre blauen Augen sinken tief in die Schwärze des Universums über ihr. Sie schläft ein.

Grelles Licht und starke Wärme umgeben sie. Sie schaut an sich hinunter, hat einen dicken Schutzanzug an, einen geschlossenen Helm auf dem Kopf. Trotzdem scheint die Hitze sie zu durchdringen, ihr Blut zu erwärmen. Schweißperlen rinnen von der Stirn in die Augen. Sie kann sie nicht wegwischen.

»Was stehst du so herum?«, wird sie angeschrien. »Du bist nicht im Urlaub hier, sondern zum Arbeiten!«

Sie schüttelt sich innerlich. Wo bin ich? Was für eine Arbeit? Sie blickt um sich und stellt fest, dass sie knietief in Perlen steht.

»Hier, nimm, das ist deine nächste Röhre!« Ein Mann, ebenfalls im Schutzanzug, drückt ihr eine

schmale, durchsichtige Röhre in die Hand, an der ein dünner, langer Schlauch befestigt ist.

»Nun mach endlich, sonst muss ich dich melden!« Ihre Hände stecken in dicken Schutzhandschuhen. Sie schaut sich noch einmal um. Unweit von ihr stehen weitere Personen mit Röhrchen in der Hand. Sie stecken Perle für Perle in die kleine Öffnung.

Nein!, will sie schreien, das ist Sisyphusarbeit, das kann ich niemals machen.

»Wenn du nicht sofort beginnst, muss ich dich in die Strafkammer bringen. Das ist meine letzte Warnung!« Sie greift mit den dicken Handschuhfingern eine Perle und fummelt sie mühsam in das kleine Röhrchen. Ihre Füße scheinen zu kochen.

»Der Schlauch muss heute voll werden, also mach Dampf!«, schreit der Mann und entfernt sich.

Aus den Augenwinkeln kann sie sehen, dass er nicht läuft. Er hat ein Schwebeboard, muss nicht durch die heißen Perlen stapfen.

Auf einmal gibt es Unruhe. Zwei rot gekleidete Leute kommen auf Boards angesaust und ziehen eine Person aus den Perlen. Sie ist wohl ohnmächtig geworden und wird nun abtransportiert.

Nur nicht schlapp machen! Sie hat erst zehn Perlen im Röhrchen. Die Elfte bewirkt, dass die anderen langsam in den dünnen Schlauch geschoben werden. Ihre Augen verschwimmen von den Schweißtropfen. Die Handschuhfinger beginnen zu zittern. Perlen fallen runter, statt im Röhrchen zu landen. Ich kann nicht mehr!, ist ihr letzter Gedanke, und dann wird es schwarz um sie.

Als sie aufwacht, sitzt sie in einem halbdunklen Raum auf einem großen Stuhl. Ihr Schutzanzug scheint daran zu kleben. Sie kann nicht aufstehen, *sich nicht bewegen. Der Schutzanzug ist vorne geöffnet, der Helm abgenommen. Sie hat einen Schlauch im Mund, der führt bis in den Magen. Sie sieht Metallplättchen unter ihrer Brust, rund um den Bauch auf ihre Haut geklebt. Sie sind mit Drähten verbunden. Auch am Kopf hat sie solche Kontakte.*

»Wir müssen davon ausgehen, dass Sie unerlaubterweise Perlen haben verschwinden lassen, um sie zu veräußern oder zu verwenden. Das ist strafbar.«

Eine Flüssigkeit wird in sie gepumpt. Ihr Magen bläht sich auf. Sie bekommt kaum Luft.

»Reden Sie!«, sagt die Stimme laut. »Was haben Sie mit den unterschlagenen Perlen vor?«

Schmerzende Impulse fahren ihr in die Schläfen und den Magen. Sie will schreien.

Und sie schreit laut. Der kleine Flavio springt entsetzt aus dem Bett. Schweißgebadet und zitternd setzt Zoe sich auf und schaut sich um. Sie war eingeschlafen, sie hat geträumt. Ein Albtraum.

Einen enormen Durst hat sie, als hätte sie tatsächlich in den heißen Perlen dort gestanden. Sie will zum Perlenwasser greifen. Nein! Eine seltsame Abneigung hat sie plötzlich dagegen. Damit muss irgendetwas nicht stimmen. Es soll anregend sein und hat sie in einen albtraumvollen Schlaf gespült. Alles scheint von Perlen durchsetzt und bestimmt zu sein, der Hof, die Nachricht, das Wasser, der Traum, alles. Es muss einen Grund geben, warum alle so heiß auf die Perlen sind, wo sie doch, wie allgemein verbreitet wird, angeblich zu nichts zu gebrauchen sind.

Der Traum enthält eine Botschaft. Aber die muss sie noch entschlüsseln. Spontan wirft sie den halb vollen Zylinder mit dem Perlenwasser in den Entsorgungskanal. Ich hätte ihn vorher entleeren sollen. Möglicherweise wird sogar das entsorgte Gut aller Haushalte überprüft, wie die Nahrungsbestellungen registriert werden und die Abholung der Perlen.

»Kein Perlenwasser mehr!«, sagt sie laut zu sich selbst und tritt an die Schutzraumwand vor ein kleines Bild.

Das hatte sie vor über zwanzig Jahren gemalt. Es ist ein Bild nach van Gogh und zeigt ein altes Bauernhaus am Feldrand mit vielen Gräsern und Blumen darum. Sie nimmt das Bild von der Wand. Dahinter, kaum zu erkennen, befindet sich ein loser Stein. Den zieht sie heraus, greift in die Öffnung und entnimmt einen antiquierten Schlüssel. Dann verschließt sie die Wand sofort wieder sorgfältig und hängt das Bild davor.

Zoe legt den Daumen an den Türöffner zum Erfrischungsbereich. Die Tür schiebt sich auf. Sie tritt in einen winzigen Raum mit Waschbecken, WC und Duschkabine. Flavio kommt aufgeregt hinterher.

»Oh, Flavio, du musst am Bett bleiben, ich komme gleich wieder!«

Der kleine Hund hört sofort, läuft in den Schutzraum zurück und legt sich vor das Bett.

Jetzt wird es ein wenig schwierig für Zoe. Sie löst vier Wandfliesen an den vier Ecken oben und unten. Kaum sind die Fliesen ab, erscheinen dahinter ein paar Ösen. Da hindurch fädelt sie dünne Schnur, die sie aus einem Schubkasten genommen hat. Nun kann sie an den Strippen ziehen, um die Wand zu verschieben, sodass ein fünfzig Zentimeter breiter Spalt zur Duschecke entsteht. Dahinter ist eine Tür mit einem Schloss. Sie steckt den Schlüssel hinein, öffnet die

Tür, schlüpft durch den Spalt. Geschafft! Das Speichermedium kann nur hier drin sein.

Es ist gefährlich, was sie tut, denn der Raum, den sie nun betritt, gehört nicht mehr zum Schutzraum. Er ist nur von Felsen und Erdreich umgeben, und draußen glüht zwischenzeitlich die weiße Sonne. Aber sie muss dieses Datenplättchen finden.

Der Raum sieht aus wie ein Keller. Er ist schmal, an beiden Seiten stehen Holzregale voll mit Kartons. Die sind gefüllt mit Dingen. Sie konnte sich einfach von vielem nicht trennen. Alte Fotos, alte Computer, Fernsehgeräte, Kaffeemaschine, etliche Geschirrteile und Gläser, Bücher, die zwischenzeitlich verboten sind.

»Jetzt fällt es mir ein!«, ruft sie in den dunklen Raum hinein. »In einer Keksdose ist es versteckt.«

Sie hat keinen Lichtstab mitgenommen, will jetzt aber nicht zurücklaufen. Es ist schummrig, sie sieht kaum etwas. Langsam tastet sie sich vor.

Und was, wenn die Perlen doch eine Verwendung haben und nur jemand ein Monopol darauf hat? Sie tastet den Inhalt der Regale ab.

Da ist sie. Sie öffnet die Dose und findet darin das Titanauge. Sie hat es schon Jahre nicht genutzt. Die Datenmembran ist hauchzart, sehr empfindlich und liegt in einer geleeartigen Masse.

Zoe schließt das die Dose mit dem Titanauge wieder. Solange die weiße Sonne scheint und alle im Schutzraum verweilen, wird ihr Tun von außen bestimmt nicht abgescannt. Wenn die weiße Sonne verschwindet, kann sie den Datenleser nicht benutzen. Seine Informationen könnten abgefangen werden, und das wäre fatal.

Aber wo ist der Datenleser? Sie weiß, dass sie ihn in eine schwarze Schatulle gesteckt hatte, weil er nicht mit in die Keksdose passte. Die Metallschatulle müsste in einem alten Schuhkarton sein. Zoe hat es sich nicht nehmen lassen, auch ihre hohen Lederstiefel aufzuheben. Die kann sie die in den Extrempoints anziehen. Das Leder, welches zwischenzeitlich als solches angeboten wird, ist künstlich hergestellt.

Sie beginnt nun, jeden einzelnen Karton zu öffnen. Es musste damals so rasend schnell gehen, als sie ihre Sachen vor Jonas versteckte. Deswegen hat sie auch nichts beschriftet. Und bisher hatte sie keine Motivation, daran etwas zu ändern.

Endlich klopft sie in einem Karton auf etwas Metallenes. Sie greift hinein und entnimmt die Metallschatulle. Darin ist er, der Datenleser. Zoe stellt den Karton zurück ins Regal, nimmt Keksdose und Schatulle und zwängt sich durch den Wandspalt in den Erfrischungsbereich. Sie schiebt die Wand zurück. Ohne die Tür zu schließen. Ich muss bestimmt noch öfter in den Geheimgang. Also setzt sie nur die Fliesen wieder ein, geht dann mit den beiden Teilen in der Hand in den Schutzraum und packt den Schlüssel weg.

Ihr Blick fällt auf die mechanische Uhr am Zenit. Schon nach 37 Uhr. Es wird Zeit, dass ich mich hinlege und ausruhe. Durst hat sie auch schon wieder. Perlenwasser wird seit Jahren als klares, reines anregendes Getränk verkauft. Sie hat sogar ein Abo dafür. Wenn sie jetzt ihre Gewohnheit ändert, da sie doch gerade wegen der Perlen auffällig geworden ist, könnte es Probleme geben. Sie weiß zwar nicht welche, aber sie hat so eine Ahnung. Und die Massivität, mit der nun an sie herangetreten wird, nur weil sie nicht sofort die Perlen vom Hof hat räumen lassen, erinnert sie sehr deutlich an frühere Zustände. Es könnte doch sein, dass die gegenwärtige Weltregierung die alten, restriktiven, diktatorischen Strukturen erneut einführt oder verschärft. Niemand kennt alle tatsächlichen Zusammenhänge und Regierungsmitglieder.

Da es keine allgemeinen Informationsmöglichkeiten gibt und die wenigen Informations- und Kommunikationsmittel in öffentlich geführter Hand liegen, weiß im Grunde niemand, was in der Welt abläuft. Ein sehr beunruhigender Gedanke. Bisher war sie davon ausgegangen, dass von zentraler Seite überhaupt und vorrangig nur an den Folgen und Ursachen der Galaxienverschiebung gearbeitet wird.

Zoe schiebt weitere Gedanken diesbezüglich beiseite. Sie bestellt sich ein Teegetränk und greift sich die Grießbreitube, die nun bereitliegt, öffnet sie und drückt den Inhalt langsam in sich. Das Steak im Extrempoint war besser, aber sie weiß, dass dieser Nahrungsbrei in fünf Minuten richtig satt und zufrieden macht. Sie stellt Flavio sein Fressen bereit. Der kleine Hund kommt sofort und macht sich schmatzend darüber her.

Gesättigt setzt sie sich mit ihren zwei Schätzen aufs Bett.

»Halt, ich brauche Handschuhe!«

Sie öffnet ein Fach, in dem an die zwanzig Sorten Schutzhandschuhe für jede Gelegenheit liegen. Hauchdünn müssen sie sein, damit ich das Datenplättchen noch fühlen kann. Sie zieht sich knallrote Handschuhe an, die so zart wie eine zweite Haut sind.

Auf die Datenmembran darf auf keinen Fall Schweiß oder Fett kommen.

Vorsichtig nimmt sie das Titanauge aus der Keksdose. In Windeseile bannte sie damals alles, was irgendwo gespeichert und noch abrufbar war, auf dieses kleine Speicherplättchen. Sie öffnet die Metallschatulle und zieht den Datenleser hervor. Der ist ein Netz aus Drähten. Das Titanauge wird an vier Kontakte geklemmt und kommt mitten auf die Stirn. Zoe zieht sich das Drahtnetz über den Kopf und drückt den winzigen Knopf an der Seite des Auges. Doch nichts passiert. Sie presst ihn wieder und wieder, es funktioniert nicht. Scheinbar fehlt Energie, um den Leser in Betrieb zu bringen. Zoe hat keine Ahnung, was seine Energiequelle ist. Sie hatte ihn damals mit lebenslanger Energiegarantie erworben. Das Titanauge konnte man auch in einem speziellen Computer betreiben. Doch der gehörte Jonas. Sie schaffte sich zwar ein handliches, modernes Gerät an, welches auf Holoebene arbeiten, aber eben nicht die Datenmembran lesen konnte.

Zoe nimmt Datenleser und Titanauge ab. Irgendwo muss doch eine Energiequelle installiert sein. Sie betrachtet alles genau, aber es ergeben sich keine weiteren Anhaltspunkte. Möglicherweise hat der Energiespeicher etwas mit dieser geleeartigen Masse zu tun, in der das Datenplättchen liegt. Zoe hat sich noch nie Gedanken über die Funktionsweise gemacht. Sie packt den Leser in die Metallschatulle, das Titanauge in die Keksdose zurück.

Ein Blick auf die Uhr sagt ihr, dass sie nun doch schlafen sollte. Sie hat für ihre Recherchen noch über neunzig Stunden Zeit. In dem Moment fällt ihr Tom, ein alter Schulfreund ein. Er war schon als Junge brillant im Basteln und Tüfteln, konnte jeden Computer auseinandernehmen und wieder zusammenbauen. Sie wird versuchen, Tom morgen ausfindig zu machen.

Zoe steht auf und lässt Flavio in den Erfrischungsraum auf seine Abortmatte laufen. Erleichtert kehrt der kleine Hund zurück. Die Matte wirft sie sofort in den Entsorgungskanal.

Sie erfrischt sich kurz, geht dann völlig übermüdet zum Bett, sinkt nieder und schläft sofort ein.

3. Kapitel: Ein alter Freund

Was ist das? Zoe schlägt die Augen auf. Flavios Kopf ist direkt über ihrem Gesicht, und er stupst sie mit der Nase leicht an. Zwölf Stunden hat sie geschlafen. Kein Wunder, dass Flavio jetzt großen Hunger hat.

Sie springt aus dem Bett, stellt dem Hund sein Fressen hin und geht gleich unter die Dusche. Das heißt, sich kurz benässen, stoppt das Wasser. Schnell schäumen, dann geht das Wasser wieder kurz an, abspülen und fertig. Noch während sie sich abtrocknet, bestellt sie sich Kaffee und nach Brötchen mit Erdbeermarmelade schmeckenden Frühstücksbrei.

Nach dem Frühstück nimmt sie den schweren Schutzanzug heraus. Trotz weißer Sonne wird sie gleich den Schutzraum verlassen. Sie will unbedingt nach Lemistown fliegen und versuchen, mit Tom zu sprechen. In jeder Stadt gibt es öffentliche Infopoints. Sie kennt seinen Namen. Wenn er noch dort wohnt, dann wird sie ihn finden.

Sie zieht sich den weißen Schutzanzug über ihren schwarz glänzenden Body. Den Datenleser und die Datenmembran muss sie so transportieren, dass sie nicht abgescannt werden können. Ein Hermetikkoffer ist die einzige Möglichkeit. Dieser befindet sich im Haus. Sie schließt ihren Schutzanzug und setzt sich noch die Kapuze mit dem durchsichtigen Gesichtsteil auf. Nur gut, dass die Handteile einzeln abnehmbar sind, denn sie muss nun mit der puren Hand den Scanpoint für die Öffnung des Schutzraums in Richtung Haus bedienen. Die schwere Schiebetür geht auf, und sie tritt über die Schleuse in den dunklen Erdgang. Flavio will ihr folgen.

»Tut mir leid, Flavio«, sagt Zoe zu dem Hund, »du musst hier alleine bleiben. Mach es dir gemütlich! Ich komme bald wieder.«

Das Schwänzchen und die Ohren von Flavio gehen automatisch nach unten, und er trottet zurück in den Schutzraum. Die Schiebetür geht zu.

Die Metallschatulle in der einen Hand, die Keksdose unter den Arm geklemmt, greift sie ein paar Lichtstäbe. Sie legt einen Daumen auf den Scanpoint am Haus und schlüpft schnell hinein. Irgendwie fühlt es sich immer unheimlich an, wenn das Haus der weißen Sonne ausgesetzt und nun zusätzlich wegen der vielen aufgeladenen Perlen im Hof auch noch kochend heiß ist.

Sie steigt ins Obergeschoss und schaut aus dem Fenster in den Hof hinein. Gleißendes Licht kommt ihr entgegen, blendet sie trotz der Schutzscheibe vor dem Gesicht. Sie muss auf den Boden hoch, denn dort befindet sich der Hermetikkoffer.

Zoe öffnet das Schloss mühselig mit den Handschuhhänden und steigt die kleine Treppe hinauf. Hier oben ist es noch heißer, zeigt das Thermometer des Schutzanzuges an. Siebzig Grad herrschen auf dem Boden, aber sie braucht sich keine Sorgen machen, denn der Schutzanzug ist bis fünfhundert Grad sicher.

Nun lüftet sie ein paar Folien und schaut darunter. Ah, da ist auch schon der Hermetikkoffer. Im Grunde ist er viel zu groß für den Transport des kleinen Datenlesers und des Titanauges mit der Datenmembran. Aber sie hat keinen anderen. Hauptsache, sie fällt mit diesem riesigen Koffer nicht zu sehr auf. Aber sie könnte ja auch verreisen wollen.

Wenn sie das Geld hätte, würde sie gerne eine Reise zum alten Mond machen. Den gibt es noch immer, aber seine Lichtseite ist von der Erde aus nicht mehr sichtbar. Die Reisen dorthin sind sehr beliebt. Der Mond hat zwischenzeitlich einige touristische Ausflugspunkte. Es sind kleine, durchsichtig überdachte, hochmoderne Urlaubsanlagen. Es gibt welche für Abenteuer, Wellness, Sport, Weiterbildung. Am interessantesten findet sie das Mondausflugsziel Wissenschaft. Dort kann man Filmvorführungen und Vorlesungen auf allen Gebieten der Astronomie, Physik und Geschichte in Kombination buchen.

Die Leute, die sich so etwas leisten können, haben die Möglichkeit, Wissen und Erkenntnisse zu sammeln, die aus der Zeit vor und nach der Galaxienverschiebung stammen. Auch die neuesten Forschungsergebnisse werden dort vorgestellt. Das ist die einzige Chance, an solche Informationen zu kommen. Es gibt zwar auch noch Universitäten, aber der Zugang dazu ist nur Auserwählten möglich.

Gerade für die astronomischen Forschungsergebnisse besteht grundsätzlich verordnete Schweigepflicht. Die Informationen, die Zoe zu diesen Themen hat, stammen alle aus sogenannten Infohologrammen, die in Abständen zwischen den Wetterholos zentral und zensiert zur Verfügung gestellt werden.

Sie packt Schatulle und Dose in den Koffer und geht die Treppe hinunter. Wieder hat sie nicht daran gedacht, dass sie auf diesem Weg nicht aus dem Haus gehen kann, denn die Perlen liegen noch im Hof.

Während Zoe sich über sich selbst ärgert, kommt ihr eine Idee. Auch wenn ihr letzter Traum eine große Warnung war, sich nicht an den Perlen zu vergreifen, will sie doch ganz schnell aus dem Fenster heraus ein paar davon vom Hof entfernen. Natürlich kann sie diese jetzt nicht mit auf ihren Ausflug nehmen, aber aufbewahren.

Vorsichtig klappt sie das Küchenfenster an. Nur einen kleinen Spalt und schon fallen von alleine ein paar Perlen hinein. Nur gut, dass die Küche Steinfußboden hat, denn die heißen Perlen dampfen vor sich hin. Sie geht zum Küchenschrank, nimmt sich einen kleinen Titankochtopf und zieht Schutzhandschuhe an. Vorsichtig hebt sie die zehn Perlen vom Boden auf, legt sie in diesen Topf hinein und schließt ihn mit dem Deckel. Sofort wird der Kochtopf kochend heiß. Am nicht leitenden Griff kann sie ihn tragen.

In die andere Hand nimmt sie den Hermetikkoffer. Nun bewegt sie sich von der Küche in den zweiten Erdgang. Mitten in diesem befindet sich eine kleine Nische. Zoe kann nur hoffen, dass von außen nicht bemerkbar ist, dass sie hier unten einen Topf mit zehn Perlen zwischenlagert. Aber es soll unmöglich sein, dass in der Zeit der weißen Sonne, die starke Strahlung von sich gibt, von außen Häuser und Grundstücke sicherheitsgescannt werden. Sie stellt den Topf in die Nische, läuft den Gang weiter bis zur Luke, öffnet sie und steigt aufs kahle Grundstück, welches früher ein Garten mit Bäumen und Blumen war. Heute ist das Anwesen öd und leer.

Zoe holt den Schweber per Sprachbefehl aus dem Unterstand, damit er sich noch ein wenig unter der weißen Sonne aufladen kann. Während des Schwebevorgangs muss sie die Aufladefunktion abschalten.

Sie wartet ein wenig, steigt dann ein, legt den Hermetikkoffer neben sich und schließt den Schweber.

»Lemistown, Zentrum«, sagt sie zur Automatiksteuerung. Der Schweber reagiert sofort, steigt senkrecht nach oben und beginnt seinen Flug. Zoe lehnt sich entspannt zurück.

Mal sehen, ob die Perlen, wenn ich nachher zurückkomme, immer noch so viel Hitze abgeben. Sie hat sich in den Kopf gesetzt, allem, was mit den Perlen zu tun hat, auf den Grund zu gehen.

Der Flug nach Lemistown dauert rund zehn Minuten und schon sieht sie die hohen Tower auf sich zurasen. Im gleißenden Schein der weißen Sonne widerspiegeln ihre Schutzgläser das Licht doppelt so stark. Die Personen, die sich solche Gebäude leisten können, brauchen während der Zeit der weißen Sonne keine Schutzräume aufsuchen.

Der Flug des Schwebers verlangsamt sich. In der Stadt gelten feste Regeln für Geschwindigkeit und Höhe des Flugverkehrs. Sie nähert sich dem Zentrum, und der Schweber parkt in einem offenen Parkhaus ein. Zoe nimmt den Hermetikkoffer und steigt aus.

»Sie befinden sich im Parkdeck 1226«, wird angesagt.

Zoe geht schnurgerade auf eine Fahrkorbtür zu. Die Tür öffnet sich automatisch, als sie davorsteht. Schnell steigt sie ein. Hier kann sie kurz den Handschuh ausziehen, um ihren Parkplatz zu buchen. Sie legt die Hand auf die Scanfläche und sagt:

»Drei Stunden Aufenthalt in Lemistown.« Sie muss sich genau an diese Zeit halten, ansonsten wird ihr Schweber konfisziert.

Der Fahrstuhl bringt sie nach unten, sie steigt aus, steht wieder im Freien. Zum zentralen Platz von Lemistown geht es nach rechts. Es sind nur etwa einhundertfünfzig Meter. Der Schutzanzug ist klimatisiert, trotzdem fängt sie schon wieder an zu schwitzen. Der Anzug ist schwer, er wiegt bestimmt fünf Kilo und der Koffer hat auch sein Gewicht. Doch ihre Körpertemperatur resultiert zusätzlich aus der Aufregung, die in ihr steckt.

Endlich kommt sie am Infopoint an. Normalerweise kann man seine Informationen per Sprache abfragen. Aber mit Schutzhelm geht das nicht. Sie muss also mühsam ihre Anfrage mit Handschuh an der Touchtastatur eingeben. Sie tippt:

Erbitte Aufenthaltsort von Tom Radis, letzte bekannte Adresse: Lemistown, Singletower 25, Apartment 836.

Die monotone Stimme des Infopoints antwortet: »Tom Radis ist noch immer wohnhaft an der angegebenen Adresse, befindet sich aber augenblicklich im Schutzraum Delta acht.«

Toll, da hätten sie mir ja auch gleich sagen können, wo der Schutzraum Delta acht ist, denkt Zoe ärgerlich. Nun muss sie noch einmal tippen:

Erbitte Information, wo sich der Schutzraum Delta acht befindet.

Die Stimme sagt: »Delta acht finden Sie als Anflugpunkt mit ihrem Schweber. Ende.« Na klasse! Sie läuft zurück, fährt nach oben, storniert ihren Aufenthalt im Parkdeck, setzt sich in den Schweber, schließt die durchsichtige Kuppel und ruft:

»Zum Schutzraum Delta acht, und zwar flott!« Da hat sie eine Menge Zeit verloren. Schade, dass Tom nicht einer der Privilegierten ist, der in einem Luxustower wohnt. Er war zwar schon immer genial, aber menschlich nicht in der Lage, seine Leistungen zu Höchstpreisen zu verkaufen. Wenn es nach ihm ginge, hätte er sie allen gratis zur Verfügung gestellt. Aber von irgendetwas muss er ja auch leben.

Der Schweber setzt sich in Bewegung. Es sind noch einmal zehn Minuten Flug. Der Schutzraum Delta acht befindet sich außerhalb von Lemistown. Da sie die ganze Zeit über die Stadt fliegt, kann sie endlich wieder einmal einen Blick darauf werfen. Es gibt hier tatsächlich noch Stadtteile mit uralten Häusern aus Stein, wie sie sie von früher kennt. Nur die Vegetation ist komplett verschwunden. Einen einzigen Park hat Lemistown seit Kurzem, sie sieht ihn heute zum ersten Mal. Er befindet sich unter einer großen Schutzglaskuppel. Der Eintritt in diesen Park ist bestimmt horrend teuer.

Endlich sinkt der Schweber und saust in einen unterirdischen Schutzraum. Sie hat Glück, es ist einer, in dem die Leute nicht in einzelnen Räumen nach Kategorien aufgeteilt zusammengepfercht sind. Hier kann jeder in seinem Schweber bleiben. Und das ist gut, denn so können sie offen miteinander reden. Immerhin will sie mit Tom Themen besprechen, die niemand anderen etwas angehen.

Allerdings weiß sie nicht, ob der Schutzraum sicher ist, eventuell Gespräche aus den Schwebern abgescannt werden. Sie muss Tom gleich danach fragen, wenn sie ihn gefunden hat. Auch wenn sie ihn jahrelang nicht gesehen oder kontaktiert hat, vertraut sie ihm. Sie kann sich nicht vorstellen, dass er ihre Anliegen in irgendeiner Form weitertragen würde. Sie gelangt zur zentralen Information, die hier unbemannt ist.

»Sie können den Schweber ab hier bedenkenlos öffnen«, erklärt eine Stimme. Zoe tut es prompt.

»Ich suche Tom Radis, in welcher Sektion finde ich ihn?«

»Achtundzwanzig, im grünen Bereich.«

Sie schließt den Schweber wieder, gibt ihm Anweisungen, und der setzt sich langsam in Bewegung. Ein riesiger Schutzraum ist das hier. Sie fliegen durch etliche Gänge, bis sie endlich in die entsprechende Sektion gelangen.

Nun muss sie irgendwie versuchen, Toms Schweber zu lokalisieren. Im Moment fliegt sie durch den roten Abschnitt und stellt fest, dass sich darin ungefähr fünfundzwanzig Fluggeräte befinden. Jetzt folgt der blaue Bereich, dann der grüne, in dem vier Schweber parken.

Sie hat Tom lange nicht gesehen, deshalb entscheidet sie sich, per Sprache zu agieren. Sie stellt das Außenmikrofon an und ruft:

»Hallo, ich bin Zoe und suche Tom!« Sofort geht in einem der Schweber eine Rundumleuchte an. Das kann nur Tom sein. Sie atmet auf und parkt neben seinem ein.

»Ich bin überrascht«, lacht er über Außenmikrofon. »Zoe! Nach so vielen Jahren!«

»Darf ich bei dir einsteigen?«, fragt Zoe.

»Na klar, komm rüber!« Sofort öffnet er seinen Schweber. Zoe greift sich den Hermetikkoffer und steigt um. Toms Gefährt ist etwas größer. Sie haben bequem zu zweit Platz. Den Koffer kann sie auf die Rückbank legen.

»Du kannst hier drin den Schutzanzug ruhig ausziehen.« Das lässt sie sich nicht zweimal sagen. Endlich das schwere Ding ablegen. Mit Schwung landet der Anzug auf der Rückbank.

»Lass dich anschauen! Klasse siehst du aus! Deine blauen Augen haben mich schon immer fasziniert« Sein Kompliment tut ihr gut. Sie umarmen sich.

Tom trägt einen dunkelblauen Overall. Er hat zwischenzeitlich schon etwas Grau an den Schläfen, aber seine grünen Augen leuchten noch genau so fröhlich, neugierig und sprühend wie früher.

Als Zoe dreizehn Jahre alt war, verliebte sie sich in ihn. Er war sozusagen ihre erste Liebe in der Schulzeit. Zarte Küsse tauschten sie aus, das war damals alles. Mehr wollte sie nicht. Trotzdem ist es noch immer prickelnd, ihn zu treffen, auch wenn die mittelblonde Zoe zwischenzeitlich Anfang vierzig ist. Er war als Partner für sie nie infrage gekommen. Warum, kann sie sich nicht erklären, es ist einfach so. Aber die Vertrautheit fühlt sich gut an.

Sie umarmt ihn noch einmal und küsst ihn auf beide Wangen.

»Ich bin so froh, dass ich dich gefunden habe.«

»Nun schieß los! Du hast doch bestimmt ein wichtiges Anliegen, wenn du dich während der weißen Sonne auf den Weg zu mir machst.« Zoe atmet tief durch.

»Ja, es sind mehrere Fragen, die ich an dich habe. Ich hoffe, dass du mir weiterhelfen kannst. Mein erstes Anliegen ist: Ich habe dir einen alten Datenleser mitgebracht. Wollte ihn benutzen, aber er funktioniert nicht, obwohl damals gesagt wurde, dass seine Energie lebenslang hält.«

»Wozu schlägst du dich mit so einer antiquierten Technik herum?« Zoe erzählt ihm von der Nachricht vom Sicherheitsamt und, dass sie verpflichtet ist, zwei Tage in den Kristallkatakomben Strafarbeit zu leisten. Sie will Informationen darüber suchen und ist sich sicher, dass auf ihrer Datenmembran dazu etwas zu finden ist.

»Kristallkatakomben«, murmelt Tom leise und wiegt den Kopf hin und her.

»Da musst du ja ein großes Vergehen begangen haben, wenn sie dir so etwas auferlegen.« Zoe schaut ihn erschrocken an.

»So schlimm?«

»Lass mich erst einmal einen Blick auf deinen Datenleser werfen. Außerdem muss ich in den Zeitplan schauen, wann hier wieder abgescannt wird. Erst wenn wir sicher sind, kann ich ungezwungen reden.« Er kennt also den Abscannrhythmus, denkt Zoe und öffnet den Koffer. Sie holt das Titanauge und den Datenleser heraus.

»Wow!«, ruft Tom aus. »Das ist ja ein richtig gutes Teil. Von denen wurden damals gar nicht so viele hergestellt, und ich weiß auch, warum.« Er nimmt das Titanauge in die Hand.

»Ich denke, die Energiequelle kann nur mit dieser geligen Masse zu tun haben. Ich habe aber keine Ahnung, was das überhaupt für ein Material ist«, bemerkt Zoe.

Tom wiegt den Kopf erneut hin und her. Er legt den Finger über ihren Mund.

»Da habe ich dir ja einiges zu erzählen«, sagt er. »Wie lange hast du Zeit?« Ein Schreck fährt Zoe in die Glieder.

»Hätte ich mich hier zeitlich anmelden müssen?«

»Nein.« Zoe atmet auf.

»Dann habe ich einige Stunden.«

»Prima!«, freut sich Tom, greift hinter sich und holt eine grüne Glasflasche hervor.

»Was ist das?«, will Zoe wissen.

Tom nimmt ein Schreibboard und kritzelt mit dem Finger seine Antwort darauf:

Das ist selbst hergestellter Algensekt. Ich betreibe heimlich einen winzigen Teich in meinem Erfrischungsbereich. Ich habe dort Algen gezüchtet, esse sie und mache mir daraus erfrischende Getränke. Auf diese Weise muss ich nicht ständig nur den Speisebrei essen und das verdummende Perlenwasser trinken.

Verdummendes Perlenwasser also, denkt Zoe, das habe ich mir gedacht. Sie lehnt sich nach hinten, fühlt sich plötzlich unglaublich aufgehoben bei Tom im Schweber. Er reicht ihr die Flasche, und sie trinkt. Angenehm fließt der Algensekt ihre Kehle hinab.

»Schmeckt köstlich!«, lobt Zoe.

»Freut mich«, murmelt er und tippt wie wild auf der Touchtastatur herum. Zoe nimmt noch einen Schluck.

»Was machst du da?«

Tom schüttelt den Kopf. Er hält ihr das Schreibboard hin. Sie liest:

Im Moment wird sicherheitsgescannt. Lass uns über was Profanes reden! In einer halben Stunde können wir das Thema wechseln.

Zoe nickt ihm zu. Gerne würde sie ihn fragen, wie er es schafft, den Scanrhythmus zu erfahren, aber im Moment hält sie sich zurück.

»Erzähle!«, beginnt Tom ein Gespräch. »Was machst du, wie lebst du? Du hast doch bestimmt einen tollen Mann an deiner Seite.« Zoe nippt noch einmal an der Flasche.

»Mir geht es gut. Ich lebe weit draußen in der Natur, wenn man das noch so bezeichnen kann, in einem alten Haus mit einem sehr gut eingerichteten Schutzraum.«

»Du hast einen eigenen Schutzraum?«

»Ist das etwas Besonderes?«, fragt Zoe zurück.

»Und ob! In der Stadt haben das nur die ganz Reichen und Privilegierten. Themawechsel!«, sagt er sofort.

»Und was treibst du so?«

»Ich schreibe. Habe einen Roman begonnen und bin dabei, ihn Gestalt annehmen zu lassen.«

»Das ist sehr interessant. Worüber schreibst du?«

»Der Titel lautet: *Nach dem Chaos*. Es ist eine Art Autobiografie, aber nicht sachlich, sondern fantasievoll geschrieben.«

»Hört sich gut an. Hast du mir eine Textpassage mitgebracht?«

»Oh nein, das tut mir leid. An so etwas habe ich überhaupt nicht gedacht. Ich bin von zu Hause in Eile weg, hatte nur die Gedanken den Datenleser zu benutzen, um die Datenmembran auszulesen. Außerdem schreibe ich auf Papier und tippe den Text dann in einen uralten Computer ein. Ich könnte dir ein paar bedruckte Seiten zu lesen geben, oder aber du hast selber noch einen alten PC, der meine Formate lesen kann.«

»Klar, habe ich«, erwidert Tom, »allerdings schon ewig nicht benutzt. Brauche ich einfach nicht mehr. Und was macht die Liebe?«

Zoe legt den Kopf schief. »Es gibt da so ein liebevolles Geschöpf an meiner Seite ...«

»Sprich, wer ist er?« Tom nuckelt wie ein kleiner Junge an seiner Flasche.

Sie betrachtet seine Hände, seine Finger. Diese sehen ein wenig wie Würstchen aus. Die Fingerkuppen werden an den Spitzen enger, und die Nägel sind, wie auch vor vielen Jahren, angeknabbert und voller Nietnägel. Zoe schüttelt sich innerlich. Das ist wohl ein Grund, warum sie nie wollte, dass er sie über ein paar Küsse hinaus berührt. Seine seltsamen Hände, die auch immer etwas fahrig und feucht waren, mag sie nicht.

Tom blickt sie voller Neugier an.

»Hat es dir die Sprache verschlagen?«

»Entschuldige, ich war gerade in Gedanken. Kann ich noch einen Schluck nehmen?« Er reicht ihr die Flasche.

»Das liebevolle Geschöpf ist ein kleiner Hund, der nun schon sechzehn Jahre alt ist.« Dann berichtet Zoe in kurzen Zügen von ihrer Zwangsbeziehung mit Jonas. Tom sitzt mit offenem Mund da und hört ihr zu.

»Ich bin baff«, sagt er, als Zoe endet. »Das hätte ich so nicht erwartet. Ich habe dich ganz anders eingeschätzt. Du lebst also allein mit dem Hund. Ist das nicht einsam da draußen?«

»Manchmal schon, aber meistens nicht. Ich habe ein reiches Innenleben, außerdem auch immer wieder neue Kontakte. Regelmäßig gehe ich auf Partnersuche, bin auch in der Partnersuchdatenbank registriert. Bisher hat nichts geklappt. Ein einziges Mal hat mich ein potentiell passender Mann per Code angesprochen. Der war unglaublich prickelnd. Aber genau in dem Moment …«

Ein lautes Pfeifen ertönt. Zoe hält sich die Ohren zu.

»Was ist das?«, schreit sie.

»Die haben hier Probleme mit der Klimaanlage. Alle drei Stunden saugen sie sämtliche Gase ab und leiten Sauerstoff zu, das pfeift dann so.«, schreit Tom zurück.

»Haben wir noch genug Reserven zum Atmen in deinem Schweber?«

»Ja, der holt sich für die Innenluft das, was er braucht, von außen. Wenn dort nichts mehr ist, gibt er eine Stunde vor der eigentlichen Warnmeldung schon bekannt, dass Sauerstoffmangel entstehen wird. Es bleibt genug Zeit zum Handeln. Wir sind also sicher«, antwortet Tom.

»Du hast deinen Schweber umgerüstet?«

»Klar«, sagt Tom. »Ich rüste alles nach meinen Bedürfnissen um.« Das Pfeifen hat aufgehört.

Der Algensekt hat ihn mächtig aufgelockert. Er rutscht an Zoe heran, streicht über ihr Haar, kommt mit dem Gesicht näher.

»Und was macht die Liebe bei dir?«, fragt Zoe schnell. Er zuckt zurück.

»Ich bin bekennender Single«, antwortet er etwas zu laut.

»Dieses Beziehungsgehabe, ewige Streitereien, Zwänge, der Leidenschaftsverlust auf Dauer, das ist nichts für mich. Wenn ich Lust habe, bestelle ich mir süße Puppen. Ich habe sogar schon Klone gehabt. Die waren absolut perfekt. Nur unterhalten konnte man sich mit ihnen nicht ordentlich. Aber dafür waren sie auch nicht da. Manchmal fahre ich in einen Extrempoint. Wusstest du, dass auf dem alten Mond zwischenzeitlich auch ein Extrempoint eröffnet wurde?«

Zoe schüttelt den Kopf.

»Das ist mir neu. Warst du schon dort?«

»Nein, kein Geld! Im Moment bin ich knapp. Aber ich habe ein lukratives Projekt in Aussicht. Wenn ich das hinbekomme, dann kann ich mir einen Mondurlaub leisten.« Zoe schaut ihn direkt an.

»Möchtest du darüber erzählen?« Tom sieht auf die mechanische Uhr. Noch fünf Minuten, zeigt er mit den Fingern. Zoe hat verstanden. Sie wechselt sofort das Thema.

»Magst du Hunde?«

»Ja«, antwortet Tom. »Ich würde dich auch mal im Niemandsland besuchen kommen.«

»Gern«, sagt Zoe.

»Du, da fällt mir ein, dein Hund ist nicht mehr der Jüngste. Hast du schon an einen Nachfolger gedacht?«

»Hunde sind Luxus«, bemerkt Zoe. »Es ist nicht wie früher, dass sie im Tierheim verrotten und keiner sie will. Es gibt nur noch wenige, und die muss man teuer bezahlen.«

»Ich könnte dir einen besorgen. Eine alte Freundin von mir überlegt gerade, ob sie ihren Hund abgibt. Er ist erst acht Monate alt. Sie ist krank geworden und muss für längere Zeit in Behandlung.

Soll ich sie fragen, ob sie ihn tatsächlich abgeben will?«

Zoe fühlt sich ein wenig überrumpelt. Ja, sicher, Flavio wird wohl irgendwann gehen. Sie hat aber im Traum nicht daran gedacht, so schnell und einfach an einen anderen Hund zu sich zu nehmen. Hunde kosten zwischenzeitlich mehr als ein neuer Schweber. Tom blickt sie noch immer fragend an. Seine Augen durchbohren sie, und er schüttelt den Kopf.

»Du hast dich überhaupt nicht verändert«, stellt er fest. »Noch heute antwortest du erst, wenn der Frager die Frage schon fast wieder vergessen hat.« Spontan küsst er sie auf den Mund.

»Hast du eigentlich gewusst, wie sehr ich früher in dich verknallt war?«

»Nein, Tom, du hast es auch nie gesagt.«

»Ich rede halt nicht darüber.« Er macht eine wegwischende Handbewegung.

»Was ist nun mit dem Hund?«

»Ja, ich hätte gerne wieder einen Hund, wobei ich aber eher daran dachte, mir eine Katze anzuschaffen.«

»Ja, was nun, Hund oder Katze?«

»Hund.«

»Gut, dann werde ich Erika kontaktieren und dir umgehend mitteilen, ob es was wird. Die Schweigeminuten sind um«, sagt Tom.

»Vorsichtshalber fahre ich jedoch noch ein Schutzschild über dem Schweber aus.«

»Wird da niemand misstrauisch?«

»Die meisten kennen mich. Es ist meine Tarnung, so habe ich es bezeichnet. Ich betreibe gerne Sex im Schweber, das muss ja nicht jeder sehen und hören.« Zoe lacht. »Stimmt!«

Um den Schweber legt sich eine rauchige Schicht. Tom dämmt das Licht, nimmt noch einen Schluck.

Na hoffentlich fällt er jetzt nicht über mich her, schießt es Zoe durch den Kopf.

Aber Tom hat etwas ganz anderes vor. Er nimmt Zoes Datenleser, öffnet das Titanauge. Mit einer winzigen Pipette entnimmt er etwas von der Masse und steckt die Pipette in ein kleines Löchlein in der Armatur des Schwebers.

»Mein Schweber ist ein komplettes Labor«, strahlt er. Er gibt etwas in die Touchtastatur ein. Schon entsteht über dem Bedienfeld des Schwebers ein Holo mit Zahlen, Formen, Hieroglyphen.

»Du hast einen von den organischen Datenlesern«, sagt Tom, nachdem er sich intensiv das Holo betrachtet hat.

»Und das bedeutet?«

»Die lebenslange Energiegarantie ist natürlich Quatsch. Diese Masse war lebendes Gewebe und ist jetzt tot.« Zoe schaudert.

»Was für Masse?«

»Gehirnmasse!«

»Von Menschen?«

»Ja«, sagt Tom. »Die Masse wurde erhalten, solange der Datenleser angeschlossen und in Benutzung war. Jede Bewegung der Schläuche und Drähte, jede Wärme von außen, jede Berührung hätte gereicht, der Masse die notwendige Energie zu verschaffen. Dadurch, dass du ihn gar nicht mehr angefasst hast und er einfach nur herumlag, ist die Masse abgestorben.«

»Also sind meine Daten jetzt verloren?«

»Nicht unbedingt. Ich kann die Masse analysieren und synthetisch eine Adäquate herstellen«, sagt Tom.

»Das kannst du?«

»Ja, und das ist auch mein nächstes Arbeitsprojekt, von dem ich vorhin gesprochen habe. Ich werde intelligente Materie entwickeln. So etwas war diese Masse in etwa schon. Doch ich will sie nun synthetisch herstellen. Eine neue Generation von mitdenkender Technik, ohne Menschenversuche und Organhandel.« Zoe erschaudert bei seinen Worten. Ihr kommt plötzlich alles unheimlich vor. Steckt Tom vielleicht tief in irgendwelchen geheimen Projekten, und sie ist nun als Mitwisser registriert?

»Du willst sagen, dass die Datenmasse damals von Menschen, von menschlichen Gehirnen, gewonnen wurde?«

»Ja, Leute haben gegen Geld Teile ihres Gehirns für diese Industrie, diese Datenspeicher, verkauft.« Zoe lehnt sich zurück.

»Es kam nicht eine einzige Info dazu an die Öffentlichkeit.«

»Ehe diese Machenschaften und Versuche aufgedeckt werden konnten, fand die Galaxienverschiebung statt. Danach gab es keine Möglichkeit mehr, etwas komplett öffentlich zu machen. Der alten Weltregierung kam das sehr zugute. So konnten sie viele Informationen unter den Teppich kehren und diktatorisch bestimmen, wem was zugänglich gemacht werden sollte.«

»Weißt du, was aus den Gehirnspendern geworden ist?«

»Willst du das wirklich wissen?«

»Ja«, sagt Zoe.

»Die hatten sich verpflichtet, nach Entnahme der Gehirnmasse für Forschungsuntersuchungen zur Verfügung zu stehen. Sie bekamen eine Menge Geld dafür. Niemand wusste genau, wie jeder Einzelne auf den Verlust dieser Gehirnteile reagieren würde. Man wusste nur, dass die Datenspeicher damit funktionieren. Es wurden also an all diesen Leuten auch noch Experimente vorgenommen, die für die Entwicklung von Klonen notwendig waren. Sie sind sozusagen die Eltern aller Klone, die es zwischenzeitlich gibt.« Zoe ist übel.

»Hast du noch etwas ohne Alkohol zu trinken?«, fragt sie, öffnet ihren glänzenden, schwarzen Body über der Brust ein wenig und fächert sich Luft zu. Sie bemerkt den lüsternen Blick in Toms grünen Augen, als er ihr einen Zylinder reicht.

»Das ist jetzt aber kein Perlenwasser?«

»Doch.«

»Dann trinke ich es nicht.« Zoe will den Zylinder sofort zurückgeben.

»Du kannst es trinken.« Er schiebt ihre Hand zurück. »Ich habe eine Filteranlage. Bestelle brav Perlenwasser, filtere es und trinke es dann ganz rein. Algen sind zu vielem gut.« Zoe atmet auf, öffnet den Zylinder und trinkt hastig.

»Hat das Perlenwasser etwas mit den Perlen zu tun, die als Niederschlag unter der rosa Sonne fallen?«

»Ich glaube nicht«, antwortet Tom. »Eher mit anderen Perlen.«

»Es gibt noch andere?«

»Es gab«, sagt er. »Hast du nicht gewusst, dass es auf dem alten Mond bereits Perlenniederschläge gab, bevor die Galaxienverschiebung stattfand?« Nein, von Perlen auf dem alten Mond hat Zoe noch nie gehört. Sie schüttelt den Kopf.

»Das waren die ersten Vorboten der Galaxienverschiebung. Eine dichte Sternenstaubwolke hatte sich um den Mond gelegt. Die Partikel verdichteten sich, bis die Mondanziehungskraft sie herabzog. Es gab damals eine regelrechte Hysterie. Sofort wurden von diversen Ländern Raketen zum Mond losgeschickt. Jeder wollte diese Sternenstaubperlen für sich in Anspruch nehmen und untersuchen. Die Welt stand kurz vor dem Kollaps, kurz vor einem Weltkrieg. Nur die zuerst angekommenen und zurückgekehrten zwei Raketen überstanden den Flug. Sie brachten einige Tonnen von den Perlen zur Erde mit. Alle anderen Raketen wurden Opfer der Galaxienverschiebung, die kurz nach dem Perlenniederschlag begann und, wie du weißt, von heute auf morgen den gesamten Raum und die Zeit veränderte. In den Perlen wurden energiespendende Moleküle gefunden. Anfangs behaupteten die Wissenschaftler, nun das Wasser des Lebens herstellen zu können. Es ergab sich, dass das mit Perlenmolekülen versetzte Trinkwasser tatsächlich über kurze Zeit den menschlichen Organismus positiv stimulieren, anregen konnte. Zellen regenerierten sich, die Sehkraft verbesserte sich, man brauchte weniger Schlaf. Mit der Zeit kam aber ein negativer Aspekt zum Vorschein. Die Perlenmoleküle hatten eine kurze Halbwertszeit, und der Organismus reagierte mit Entzugserscheinungen, wenn diese Moleküle nicht regelmäßig zugeführt wurden. Die Weltregierung hatte zwischenzeitlich die Macht übernommen und brauchte unter dem sowieso herrschenden Chaos der Galaxienverschiebung tatkräftige und energiegeladene Menschen auf der Erde, die sie auch zu ihren Gunsten manipulieren, abhängig machen konnte. So ein Volk ist leicht zu führen. So wurde beschlossen, das Perlenwasser als allgemeines Trinkwasser auf der ganzen Welt zu verkaufen. Es fand reißenden Absatz, wie du dir vorstellen kannst. Von den negativen Aspekten wurde nie etwas berichtet.«

»Ja«, stimmt Zoe zu, »ich habe damals auch sofort ein Abo abgeschlossen.«

»Die Wirkung des Perlenwassers ist so fein, so subtil, dass sie eigentlich bewusst nicht spürbar ist, außer bei ein paar besonders sensiblen Menschen.« Er blickt Zoe warm an. Sie nickt.

»Ich will das Perlengeheimnis lüften. Es hat aber Jahre gedauert, bis mir ein Licht aufging.«

»Besser als nie«, antwortet Tom. »Jedenfalls kann man noch heute davon ausgehen, dass der Konsum von Perlenwasser abhängig macht. Ich weiß aus sicherer Quelle, dass zwischenzeitlich das Perlenwasser mit anderen Substanzen versetzt wird. Die Mondperlen sind lange aufgebraucht. Wissenschaftler haben im Auftrag der Regierung eine Ersatzdroge entwickelt. Die heutige Weltregierung scheint nach außen humaner, aber ihre Macht- und Herrschaftsziele sind dieselben.« Tom blickt auf die mechanische Uhr.

»Unsere drei Stunden Scanruhe sind gleich um.«

Zoe sitzt ganz still und schließt langsam ihren glänzenden Body wieder.

»Was meinst du, wie schnell kommen wir an die Informationen auf der Datenmembran heran? Wie lange brauchst du, eine Trägersubstanz zur Energieversorgung zu entwickeln?«

»Ich schätze, so siebenmal achtundvierzig Stunden.«

»Ich müsste vorab trotzdem irgendwo Informationen zu den Kristallkatakomben herbekommen. Wenn der azurblaue Mond erscheint, und es ist unklar, wann genau das sein wird, muss ich sofort antanzen. Ich habe wirklich Bedenken, dass ich dort Einflüssen ausgesetzt werde, die mir schaden, die mich manipulieren, denen ich mich nicht erwehren kann. Zweimal achtundvierzig Stunden muss ich dortbleiben, das ist eine lange Zeit.«

Tom wird still. Er scheint zu überlegen.

»Ich habe mich noch nie mit den Kristallkatakomben beschäftigt. Es gab keine Veranlassung. Ich kann dir nur anbieten, dass ich mich umhöre. Wenn ich etwas in Erfahrung bringe, lasse ich es dich gleich wissen.« Zoe lehnt sich an seine Schulter.

»Danke, ich habe allerdings nur einen öffentlichen Kommunikationskanal.«

»Das macht nichts«, sagt Tom, »ich werde persönlich kommen und dir die Informationen vorbeibringen.«

»Wie viel Zeit haben wir noch?«

»Vielleicht zehn Minuten, warum?«

»Ich werde jetzt wieder fliegen. Flavio wartet. Ich habe aber noch eine letzte Frage.«

»Schieß los!«

»Hast du eine Ahnung, warum so ein Theater um den Perlenniederschlag unter der rosafarbenen Sonne gemacht wird, wo doch die Perlen als zu nichts zu gebrauchen propagiert und auf große Halden getürmt werden?«

»Das kann ich dir nicht sagen. Ich hatte noch nie Kontakt mit diesem Niederschlag. In der Stadt wird der Perlenniederschlag schon abgesaugt, bevor er zu Boden gegangen ist. Ich habe nur beim Herumfliegen die Hitze abstrahlenden Halden gesehen. Verstehe allerdings nicht, warum dir wegen des Nichtnachkommens der Räumpflicht so eine harte Strafe aufgebrummt wird.« Zoe streckt sich. Sie will ihr enttäuschtes Gesicht verbergen. Sie hat viele Informationen von Tom bekommen. Ihr Kopf schwirrt. Aber die Anliegen, derentwegen sie zu ihm gekommen war, sind nicht geklärt, nicht erledigt.

»Ich werde jetzt aufbrechen und lasse meine Datenmembran in deinen vertrauensvollen Händen.«

»Mach dir keine Sorgen!«, beruhigt Tom sie und küsst Zoe noch einmal auf den Mund. Er hält ihren Kopf fest und versucht, seine Zunge zwischen ihre Lippen zu schieben. Resolut befreit sie sich.

»Du, bitte, ich muss jetzt wirklich los!« Tom hebt die Hände.

»O.k., o.k. ...« Er ist es wohl nicht gewöhnt, zurückgewiesen zu werden. Aber Zoe ist keines seiner Püppchen.

»Danke Tom, und ich freue mich, wenn du zu mir kommst.« Sie zieht sich ihren Schutzanzug an.

»Was machen wir mit dem Hermetikkoffer?«

»Den werde ich so lange behalten. Vielleicht holst du alles bei mir ab, dann brauchst du den Koffer wieder.« Tom lächelt sie an.

Ein Kuss auf die Wange, Tom lässt den Schutzschild verschwinden, öffnet den Schweber. Zoe steigt um.

»Nach Hause«, gibt sie als Ziel an. Langsam setzt sich der Schweber in Bewegung.

Der Flug zurück vom Schutzraum Delta acht nach Hause kommt Zoe sehr kurz vor. Ohne Probleme landet sie nach fünfzehn Minuten auf ihrem Grundstück. Sie lässt den Schweber noch in der weißen Sonne aufladen, öffnet die Luke und steigt hinab in den feuchtwarmen Erdgang, der bis zum Schutzraum führt.

Im Augenblick denkt sie nur an Flavio. Über fünf Stunden war sie unterwegs und hatte vergessen, den Erfrischungsbereich offenzulassen, dass er sich erleichtern kann. Sie stürmt durch den dunklen Gang, reißt sich im Lauf schon den Schutzanzug herunter. Drückt den Daumen auf den Scanpoint, die Tür zur Schleuse geht auf, sie schlüpft hinein, öffnet die Tür zum Schutzraum.

Flavio kommt freudig angelaufen. Sie küsst ihn auf den Kopf, nimmt ihn hoch.

»Komm, mein Kleiner, ich muss auch mal!« Sie geht mit ihm zum Erfrischungsbereich, breitet seine Matte aus, setzt sich selbst aufs WC, nachdem sie auch noch den glänzenden Body ausgezogen hat.

Der viele Algensekt macht ihr ziemlich zu schaffen. Ihr Kopf scheint plötzlich mehr vernebelt als vorhin. Sie gähnt, kann kaum noch die Augen offenhalten. Wie in Trance sitzt sie auf dem Klobecken und versucht, zu resümieren.

Also meine Datenmembran und den Leser habe ich bei Tom gelassen. Er will eine synthetische Trägersubstanz finden, damit meine Daten ausgelesen werden können. Das dauert seine Zeit. Er will Informationen zu den Kristallkatakomben beschaffen und sie persönlich bei mir vorbeibringen. Dann ist da noch die Sache mit dem Hund.

Zoe blickt auf Flavio, der brav sein Geschäft ver-
richtet hat und nun geduldig auf sie wartet. Sie fühlt
sich tonnenschwer, kann sich nicht erheben. Wieso
will ich jetzt schon einen neuen Hund haben? Ich
habe mich zu schnell überreden lassen. Am liebsten
würde sie das wieder stoppen. Aber sie kann Tom
nicht erreichen, ohne noch einmal nach Lemistown
zu fliegen.

Fragen über Fragen purzeln durch ihren Kopf.
Warum weiß er etwas von den Mondperlen, aber
nicht von denen, die unter der rosa Sonne nieder-
gehen? Warum hat sie ihn nicht gefragt, ob er ihr
auch eine Filteranlage bauen könnte und wie er die
Scanrhythmen herausbekommt?

Er kannte die organische Masse genau. Hat er
vielleicht damals an den Versuchen mitgearbeitet?
Eigentlich weiß ich überhaupt nichts über ihn.

Zoe fröstelt. Es scheint, als würde alle Energie aus
ihr verschwinden. Ich muss mich hinlegen, es hilft
nichts. Irgendetwas stimmt mit mir nicht. Mühsam
erhebt sie sich, wirft Flavios Abortmatte in den Entsorgungskanal. Regelrecht taumelnd läuft sie in den
Schutzraum, fällt aufs Bett und schläft sofort ein.

4. Kapitel: Verbotene Experimente

Als Zoe wieder aufwacht, sind fast zwanzig Stunden vergangen. Sie schüttelt sich, steht auf, erfrischt sich. Flavio blickt traurig vor sich hin.

»Oh, mein Armer, du bist bestimmt schon fast verhungert.« Schnell füllt sie Futter in seinen Napf.

Er macht sich sofort darüber her.

Der Besuch bei Tom erscheint Zoe plötzlich wie ein Traum, als wenn er gar nicht stattgefunden hätte.

Sie schaltet das Wetterholo an. Nach neuesten Berechnungen wird die weiße Sonne in circa zwölf Stunden verschwinden, früher als erwartet. Eigentlich eine gute Nachricht, für Zoe allerdings nicht. Sie gerät immer mehr unter Zeitdruck. Bis jetzt hat sie nicht eine einzige Information zu den Kristallkatakomben. Sie hat keine Ahnung, wen sie dazu noch befragen könnte.

Da das Ende der weißen Sonnenphase nun angekündigt ist, kann sie auch die Räumung der Perlen in Auftrag geben. Sie drückt den Kommunikationsschalter.

»Ja, bitte?«, ertönt die Annahmestimme.

»Ich beantrage hiermit die Perlenräumung von meinem Grundstück Nummer 26262 zur sechsten Stunde nach Abklingen der weißen Sonne.«

»Ihr Auftrag wurde entgegengenommen und ordnungsgemäß weitergeleitet. Kann ich sonst noch etwas für Sie tun?«

»Nein, danke«, sagt Zoe.

Die Kommunikationsleitung wird unterbrochen. Wie trivial war es früher, mal schnell bei einer Freundin oder beim Nachbarn anzurufen. Zoe seufzt.

Jetzt hat sie also noch ungefähr achtzehn Stunden bis zur Perlenräumung …

Auf einmal fallen ihr die zehn Perlen wieder ein, die sie heimlich beiseitegeschafft hat. Sie springt hoch. Viel Auswahl an Kleidung gibt es im Schutzraum nicht. Heute entscheidet sie sich für einen titanfarbenen Ganzanzug.

Im Versorgungsdepot entdeckt sie vierundzwanzig neue Zylinder mit Perlenwasser. Ihr Abo. Das muss angekommen sein, als sie fest schlief. Was mache ich bloß mit dem ganzen Wasser? Ich muss es wohl wegschütten. Aber was soll ich dann trinken? Ich muss Tom dazu bringen, mir eine Filteranlage zu bauen.

Sie bestellt sich Nahrungsbrei mit Haferflockengeschmack und Kaffee, isst und trinkt. Danach will sie sich sofort auf dem Weg ins Haus machen, um über den zweiten Gang durch die Küche zu den Perlen im Topf zu gelangen. Die möchte sie sich anschauen.

Zoe zieht sich den Schutzanzug an.

»Komm, Flavio, du darfst mitkommen!« Auch Flavio bekommt seinen Schutzanzug angezogen.

»Oh, bist du ein schickes Hündchen!«, sagt Zoe zum Hund, welcher Mühe hat, mit seinem nun eingepackten Schwänzchen zu wedeln.

Fertig, Helme auf, Tür auf, so läuft sie mit Flavio ins Haus. Der trabt etwas mühsam hinterher, denn auch sein Schutzanzug ist schwer.

Die Perlen scheinen noch heißer. Im Haus herrschen zwischenzeitlich fünfundachtzig Grad. Eigentlich müsste sie die Kühlung einschalten, aber die Benutzung kostet sehr viel. Es muss auch so gehen.

Sie öffnet die Tür zum zweiten Erdgang.

»Jetzt habe ich wieder die Lichtstäbe vergessen!«, schimpft sie mit sich selbst. Man müsste die strahlenden Perlen nehmen, in den Gang streuen, dann wäre es wahrscheinlich hell und warm.

Zoe tappt im Schummerlicht durch den Gang. Das Licht von der Küche müsste gerade noch reichen, um wenigstens den Topf zu finden.

Da ist auch schon die Nische. Sie zieht einen Handschuh aus. Vorsichtig hält sie die Hand in die Nähe des Topfes. Keine Wärmestrahlung. Sie tippt leicht an die Griffe. Kalt. Dann hat sich die Wärme also innerhalb der letzten sechsundzwanzig Stunden einfach verflüchtigt?

Nun will sie die Perlen wenigstens kurz sehen, öffnet den Topfdeckel mit einer Drehung und weicht erschrocken zurück. Grelles Licht strahlt ihr entgegen. Sie verdunkelt sofort die Sichtscheibe ihres Helms und blickt in den Topf hinein.

Unfassbar! Darin sind keine Perlen mehr. Es sieht aus, als würde eine schwebende Wolke aus glitzernden Partikeln im Topf hin- und herschweben. Zoe schließt den Deckel wieder. Sie dreht ihn fest zu. Das wird ja immer seltsamer mit diesen Perlen. Sie haben sich verändert, die Energie hat eine andere Form angenommen. Aber wodurch?

Wenn die Perlen nur auf der Halde liegen, tun sie das ewig, ohne sich zu verändern. Ihr Herz klopft vor Aufregung. Diese Wolke im Topf, diese winzigen Partikel erinnern sie an die Worte von Tom über die energiespendenden Moleküle des Sternenstaubes vom alten Mond, die dem Trinkwasser zugesetzt worden sind.

»Ich muss noch mehr Perlen vom Hof nehmen und unter verschiedenen Umständen versteckt zwischenlagern, beobachten, was mit ihnen passiert«, murmelt Zoe vor sich hin.

Es sind nur noch knapp fünfzehn Stunden, dann werden sie weggeräumt. Der Perlenniederschlag geht so alle dreißig bis neunzig Tage nieder. Diesmal kam er zweimal kurz hintereinander. Wann sie wieder die Gelegenheit bekommt, welche zu nehmen, weiß sie nicht. Zoe macht kehrt.

»Komm, Flavio, wir gehen zurück! Ich muss erst einmal nachdenken, wie ich es anstelle.«

In der Küche angekommen schaut sie in ihre Schränke. Noch zwei Titantöpfe hat sie. In einen könnte sie Erde füllen und da hinein die Perlen legen. In den Anderen Wasser. Perlenwasser? Welches könnte sie sonst nehmen? Das Duschwasser vielleicht. Aber vielleicht ist das Duschwasser ja auch Perlenwasser? Vielleicht ist alles Wasser manipuliert? Ich hätte Tom auch nach dem Duschwasser fragen müssen.

Zoe blickt auf die synthetischen Behältnisse, traut sich aber nicht, diese zu nehmen. Die könnten bei der Extremhitze vielleicht nicht standhalten. Sie greift einen Titantopf, läuft in den Schutzraum, füllt Duschwasser hinein. Dazu muss sie sich komplett ausziehen, der Duschsensor schickt nur Wasser auf nackte Haut. Sie zieht sich gleich wieder an, nimmt sich einen Lichtstab. Flavio läuft ständig mit hin und her.

Zurück in der Küche greift sie den zweiten Topf, läuft in den Erdgang, füllt Erde ein. Zurück in der Küche setzt sie den Hund auf den Tisch und öffnet vorsichtig das Küchenfenster. Gerade hat sie das Fenster gekippt, und Perlen fallen auf den Küchenfußboden, da ertönt plötzlich ein lauter Sirenenton. Fünfmal kurz und einmal lang.

Gefahr! Die Sauerstoffversorgung der Luft ist gefährdet. Es droht Erstickungsgefahr. Bei Ertönen dieses Sirenentones muss jeder sofort seine Sauerstoffzufuhr im Schutzanzug zuschalten oder aber die Sauerstoffregelung im Schutzraum verändern. Denn der Schutzraum wird üblicherweise über die Außenluft versorgt.

Zoe klappt vor Schreck das Fenster mit einem Knall zu. Flavio springt entsetzt vom Tisch, der viel zu hoch für ihn ist. Zoe wird panisch. Die Perlen. Ich muss sie einsammeln. Aber zuerst Flavio in den Schutzraum bringen. Er hat keine Sauerstoffreserven im Anzug.

Es ist schon vorgekommen, dass plötzlich durch bisher ungeklärte Phänomene ganze Gebiete der Erde des Sauerstoffs beraubt wurden. Es kamen Strudel, wie früher Tornados, nur unsichtbar. Sie sausen durch die Landschaft und ziehen die lebensnotwendige Atemluft ins All.

Als das Absterben der Vegetation und das Verdunsten der Ozeane im Gange waren, musste zum Überleben der Menschheit eine Möglichkeit geschaffen werden, Atemluft zu produzieren. Die Galaxienverschiebung hatte unter anderem bewirkt, dass einer der Jupitermonde, Thyone genannt, in Erdnähe gelangte. Da bekannt war, dass dieser Mond aus Silikaten besteht, wurden sofort Expeditionen dorthin gesandt. Und tatsächlich wurden die Wissenschaftler fündig. Noch heute wird aus den Oxiden der Thyone Sauerstoff für die Versorgung der Erdatmosphäre gewonnen. Doch die bisher nicht erforschten Strudel zerstören, saugen den mühsam hergestellten Sauerstoff ab. Beim ersten Auftauchen eines solchen Strudels, das war vor acht Jahren alter Zeitrechnung, hatte dieser schlagartig fast ein großes Gebiet der Erde sauerstofflos gemacht. Viele Menschen erstickten. Es konnte nicht erklärt werden, woher die Strudel kamen und wie sie entstanden. Damals wurden schon Schutzräume gebaut und jeder besorgte sich Sauerstoffvorräte für Notfälle.

Zoe eilt mit Flavio in den Schutzraum. Sie schaut auf die Versorgungsanzeige. Der Zeiger für Sauerstoff steht noch im grünen Bereich. Sie muss noch nichts zuschalten. Schnell erlöst sie den kleinen Hund aus seinem Anzug. Erleichtert verzieht er sich sofort in sein Hüttchen. Das macht er nur, wenn er wirklich seine Ruhe haben will.

Zoe läuft durch den Gang zurück in die Küche. Die Perlen auf dem Boden dampfen vor sich hin. Die Küchentemperatur beträgt zwischenzeitlich achtundneunzig Grad. Die paar Perlen haben diese zusätzliche Hitze bewirkt. Jetzt schaltet sie doch vorsichtshalber die Kühlung im Haus ein. Zoe greift die zwei Töpfe, stellt sie auf dem Boden ab und sammelt die heißen Perlen ein. Sie schließt die Deckel und bringt die Töpfe in den Erdgang.

Hoffentlich entsteht in den Töpfen nicht irgendeine Reaktion, die mein gesamtes Grundstück in die Luft sprengt, sorgt sie sich.

Als sie den Erdgang wieder verlässt, ertönt der Sirenenton noch immer. Es scheint sich also um einen größeren Strudel zu handeln. Jetzt ist auch jeglicher Flugverkehr verboten, weil die entstehenden Turbulenzen die Schweber und sonstigen Flugobjekte wie Federn durch den Himmel tanzen lassen und sie dann ins Universum speien können.

Zoe ist froh, endlich wieder im Schutzraum zu sein. Hier ist der Sirenenton nicht mehr so laut zu hören. Sie schaltet das Wetterholo an. Tatsächlich, der Strudel ist diesmal besonders gewaltig. Er bewegt sich über ein Gebiet von der ehemaligen französischen Atlantikküste bis hinter das Uralgebiet, wird mitgeteilt. Als würde das Universum einen Rüssel auf die Erde senken, um Lebenskraft zu trinken, so sieht das für Zoe aus. Da kann es schon ein paar Tage dauern, ehe die eigentliche Normalität wiederhergestellt ist. Zum Glück befinden sich die Sauerstoffproduktionsstätten alle tief im Erdinneren und sind so gegen Einflüsse von außen geschützt.

Langsam zieht sich Zoe den Schutzanzug aus.

»Das einzig Gute an der Sache ist«, sagt sie an Flavio gewandt, der es sich nun wieder auf dem Bett bequem gemacht hat, »dass ich, auch wenn nach der weißen Sonne der azurblaue Mond erscheinen würde, während des Strudels nicht in die Kristallkatakomben muss. Damit hat er für mich einen positiven Effekt.«

Plötzlich hat sie großen Durst. Wie gerne würde sie jetzt kühles Perlenwasser trinken! Es fühlt sich an, als würde jede einzelne Zelle ihres Körpers danach rufen. Nein! Kein Perlenwasser! Sie bestellt sich Jasmintee und Nahrungspaste mit Schokoladenpuddinggeschmack. Zoe setzt sich zum Essen.

Jäh leuchtet die gelbe Lampe am Kommunikationskanal auf. Eine Nachricht mittlerer Dringlichkeit. Wer kann die geschickt haben?

»Jetzt esse ich erst einmal zu Ende«, sagt sie laut in den Raum hinein, um die Stille zu durchbrechen.

Aber diese wird unterbrochen durch die lautstarke Avisierung von zwei weiteren Nachrichten. Das sind

Mitteilungen mit sehr hoher Dringlichkeit. Die rote Lampe leuchtet auf.

Jetzt springt Zoe auf. Welche soll ich zuerst anhören? Ihr Herz schlägt aufgeregt. Hohe Dringlichkeit bedeutet meistens Ärger.

Sie hört die erste Nachricht in Rot ab.

»Aufgrund des Megastrudels wird die Perlenräumung Ihres Grundstücks 26262 verschoben. Sie erhalten Bescheid über den neuen Termin. Außerdem wird Ihnen, Frau Zoe Leino, dann auch der genaue Zeitpunkt Ihres Antritts in den Kristallkatakomben mitgeteilt. Ende der Nachricht.« Das war zu erwarten gewesen.

Soll ich nun erst die gelbe oder die zweite rote Nachricht hören? Ich zähle aus. Nein! Blödsinn! Da betrüge ich mich ja selbst. Ich werfe eine Münze. Kopf ist rot, und Zahl ist gelb. Sie geht an ein Wandfach, öffnet die Klappe und holt eine alte Keramikschatulle heraus. Sie hat vier geschwungene Füßchen und Rosen als erhabene Muster. Darin befindet sich ihr Schatz. Alte Münzen, heute völlig wertfrei, bewahrt sie darin auf. Sie kramt und kramt, findet ein altes Fünfmarkstück. Es liegt schwer in der Hand. Seit das Zahlen mit Bargeld abgeschafft wurde, hatte auch Zoe kein Geld mehr in der Hand. Sie wirft die Münze hoch bis fast an die Decke, schaut zu, wie sie fällt. Das Geldstück landet klirrend auf den Fliesen und rollt noch ein paar Meter, ehe es umkippt. Zahl liegt oben. Also Gelb.

Zoe drückt den Abrufpoint für die gelbe Nachricht. Es ertönt die Stimme des Mannes vom Liberecoverlag. Augenblicklich steigt freudige Röte in Zoes Gesicht, welches sonst eher blass ist.

»Ich nehme die Zwangsruhe durch den Strudel zum Anlass, Ihnen meine Stimme zuteilwerden zu lassen und mitzuteilen, dass ich mich sehr auf den Fortgang Ihrer Geschichte freue. Allerdings kann ich Sie erst in frühestens vier Wochen alter Zeitrechnung empfangen. Ich melde mich und wünsche Ihnen eine kreative Zeit. Ende der Nachricht.«

Diese Stimme! Zoe sitzt mit völlig verklärtem, strahlendem Gesicht und lauscht in sich, als wolle sie der dem klingenden Nachhall bis in ihr Herz folgen. Sie schüttelt sich. Noch so lange warten! Im Moment baut sich eine Hürde nach der anderen in meinem Leben auf.

Sie presst sich den letzten Rest der Schokoladencreme aus der Tube in den Mund. Ganz nebenbei drückt sie nun den Knopf für die zweite rote Nachricht.

In dem Moment, als die Nachricht beginnt abzuspielen, bekommt sie einen Hustenanfall. Es ist die Stimme von Jonas, ihrem ehemaligen Zwangspartner. Hustend rennt sie in den Erfrischungsbereich, beugt sich übers WC, um sich zu erbrechen. Seine harte Stimme verfolgt sie bis dorthin und schmerzt in ihren Ohren. Am liebsten würde sie sich diese zuhalten, aber sie muss wissen, was er zu sagen hat. Sie wäscht sich den Mund ab, läuft zurück und drückt den Point noch einmal. Die zweite rote Nachricht beginnt wieder von vorne.

»Hallo, Liebes! Endlich habe ich dich gefunden. Jedenfalls erst einmal per Kommunikation. Wie du weißt, verfüge ich über viele weitreichende Beziehungen. Ich teile dir mit Genugtuung mit, dass die Weltregierung erwägt, die Auflösungen der Zwangsbeziehungen rückwirkend aufzuheben. Aufgrund der damaligen galaktischen Chaoszustände fanden die Annullierungen nicht gesetzeskonform statt. Es gibt seitdem viele Einsprüche, die nun langsam alle abgearbeitet sind. Ich habe übrigens auch Einspruch eingelegt und gehe davon aus, dass demnächst mit einer Entscheidung zu rechnen ist. Du kannst dich also schon einmal mit dem Gedanken anfreunden, dann wieder für mich umfassend zur Verfügung stehen zu dürfen. Ende der Nachricht.«

Zoe ist kreidebleich, zittert, ihr ist kalt. Nein, das glaube ich jetzt nicht, das will ich auch nicht glauben! Sie muss sich setzen.

Wenigstens hat Jonas sie noch nicht persönlich lokalisiert, nur ihren Kommunikationskanal gefunden. Er ist bestimmt in irgendeinem öffentlichen Amt oder verfügt genug Geld, sich geheime Informationen zu beschaffen. Es wird wohl nicht mehr lange dauern, dann hat er sie endgültig gefunden. Was mache ich bloß?

Unruhig läuft sie im Schutzraum hin und her. Sie stellt Musik an, schaltet das Infoholo ein. Das Einzige, was dort gebracht wird, ist ein Bericht über Randale in den Kategorieräumen eines großen Schutzbereiches. Die Leute drehen langsam immer mehr durch. Die galaktischen Turbulenzen werden häufiger. Wahrscheinlich sind es auch die Auswirkungen der Substanzen, die heimlich ins Trinkwasser gemischt werden.

Zoe schaut sich um. Ja, auch ich bin eingesperrt, verurteilt, nun in meinem Schutzraum hier zu sitzen.

»Ich muss etwas tun, muss schreiben«, sagt sie laut. Sie stellt die Keramikschatulle mit den Münzen zurück, öffnet ein anderes Wandfach, nimmt Papier und Stift heraus und setzt sich an den kleinen

Küchentisch, der wie ein Bartresen von der Wand ins Zimmer reicht.

Leise spielt die Musik, Flavio schnarcht gemütlich auf dem Bett. Zoe sitzt und starrt Löcher in die Luft. Abrupt erhebt sie sich, geht zum Versorgungsraum, nimmt einen Zylinder Perlenwasser und trinkt ihn mit großen Schlucken auf einmal aus.

»Ich bereue nichts«, sagt sie laut und schaut in den Spiegel, um sich davon zu überzeugen, dass sie es selbst ist. Ja, das ist Zoe, die, die ständig gegen ihre Prinzipien verstößt.

Augenblicklich beginnt das süße Kribbeln des Perlenwassers in den Adern. Ihr Körper summt, sie wird fröhlich, setzt sich wieder hin und beginnt zu schreiben. Der Stift saust wie von selbst übers Papier:

Auf einmal ertönt eine Sirene. Esta hat noch immer den dunklen Sack über dem Kopf. Sie steht wie versteinert, wünscht sich nichts sehnlicher, als dass dieser Mann sauf sie stürzt und sie nimmt. Aber sie hat ihm nicht geantwortet. Wenn doch bloß die Sirene aufhören würde!

Da nicht weiter passiert, zieht sie sich den Sack vom Kopf. Enttäuscht stellt sie fest, dass der Unbekannte weg ist. Ohne ein Wort, ohne Erklärung ist er verschwunden. Wenigstens habe ich ihn nicht gesehen, somit weiß ich nicht, was mir entgangen ist. Nur seine Stimme habe ich gehört. Diesen sympathischen, warmen Klang werde ich wohl nie mehr vergessen.

Zoe legt den Stift beiseite. Das Perlenwasser saust noch immer durch ihren Körper. Sie lehnt sich zurück, schließt die Augen.

Diese Begegnung liegt schon einige Zeit zurück, aber irgendetwas ist mit dieser Stimme. Sie schreibt weiter:

Der Sirenenton verstummt. Eine Ansage verkündet nun, dass es eine Havarie gab, die aber behoben ist. Die Turbulenzen sind auch vorüber. Der Schutzraum kann wieder verlassen werden.

Langsam erhebt sich Esta, greift ihre Sachen, zieht sich um. Wie im Traum läuft sie in die Parkhalle. Wo war noch mal mein Schweber? Jetzt habe ich es vergessen.

Bestimmt dreißig Minuten braucht sie, ehe sie zu ihrem Schweber findet. Sie steigt ein. Ja, wohin nun? Sie fühlt sich durch die Begegnung mit diesem Unbekannten in eine andere Welt versetzt. So sehnlichst wünscht sie sich einen liebevollen, leidenschaftlichen, starken Mann an ihrer Seite. Und kaum erscheint er, ist er schon wieder weg. Tränen tropfen auf ihre Oberschenkel.

Ach ja! Ich wollte nach Lemistown in den Buch- und Druckladen, neues Papier besorgen. Sie teilt dem Schweber das neue Ziel mit. Draußen empfängt sie der grüne Mond. Leicht und leise gleitet sie durch die grün schimmernde Nacht.

In Lemistown angekommen begibt sie sich sofort in den antiquarischen Bereich des Ladens. Es ist das einzige Geschäft, welches noch Papierbücher anbietet.

»Gibt es etwas Neues?«, fragt sie den alten Verkäufer.

Er kennt sie schon von ihren vielen Besuchen. Bedauernd schüttelt er den Kopf.

»Nein, nur ein kleiner Gedichtband ist reingekommen. Eine alte Dame hat ihn mir gebracht. Sie brauchte Geld für Futter für ihren Hund.«

»Einen Hund?«, fragt Esta und schaut ungläubig. »Es gibt noch Hunde?« Sie hat angenommen, die meisten Hunde hätten die Galaxienverschiebung nicht überlebt.

»Ja, es gibt noch einige«, sagt der Verkäufer. »Und diese Dame will ihren gerne loswerden.«

Esta bekommt einen Impuls. Mit der Partnersuche klappt es nicht. Warum soll sie sich nicht einen Hund anschaffen? Dann wäre sie nicht mehr so allein.

»Haben Sie die Kontaktdaten der Dame, den Namen, die Scannummer?«

»Wieso?«, fragt der Verkäufer.

»Vielleicht will sie ihren Hund an mich abgeben.«

Die Augen des Verkäufers leuchten hinter seiner Brille auf. Er trägt tatsächlich noch eine Sehhilfe, obwohl man heutzutage seine Augen für alle Probleme operieren lassen kann. Sofort springt er auf, läuft weg, um gleich darauf mit dem Gedichtband wiederzukommen.

»Ich habe einen Fingerabdruckscanner«, sagt er strahlend. »Dadurch bekommen wir die Daten der Frau heraus.«

Und tatsächlich! Er lässt den Scanner über das Buch gleiten, und schon liest er Esta die Adresse und den Namen dieser Frau vor. Esta macht sich, nachdem sie Papier gekauft hat, sofort auf den Weg.

Die Frau wohnt in einem riesigen, alten Steinhaus mit bestimmt zwanzig Etagen und vielen Aufgängen. Eine Tür reiht sich an die andere. Dann steht sie endlich vor der Richtigen, drückt den Scanpoint. Die Tür geht auf, und vor ihr steht ein kleiner Hund. Er schaut Esta mit großen Kulleraugen an. Sein kleines Schwänzchen geht freudig hin und her. Es ist ein junger Hund, der ungepflegt aussieht. Sein Fell ist struppig und stumpf, seine Augen sind verklebt. Eine alte Frau taucht hinter dem Hund auf.

»Was machst du hier?«, ruft sie aufgeregt und scheucht den Kleinen zur Seite. Der klemmt seinen Schwanz ein und verzieht sich.

»Was wollen Sie?«, fragt die Frau ungeduldig.

»Guten Tag!«, sagt Esta. »Ich komme auf Empfehlung des Verkäufers vom antiquarischen Buchladen. Er hat mir erzählt, dass Sie beabsichtigen, Ihren Hund abzugeben, und ich suche einen Hund.«

»Wie kommt er dazu, meine Adresse herauszugeben?!«, poltert die Frau los. Esta weicht erschrocken zurück.

Aber sofort wird die Frau ruhiger.

»Ja, ich will meinen Hund abgeben, ich habe kein Geld mehr, habe selbst kaum etwas zu essen. Und außerdem ist er anstrengend. Jeden Tag mehrmals hier die Treppen rauf- und runterlaufen, das schaffe ich nicht mehr. Wollen Sie ihn gleich mitnehmen?«, fragt die Frau.

Esta ist überhaupt nicht darauf vorbereitet.

»Wie heißt er denn?«, fragt sie zurück.

»Rudolf«, antwortet die Frau, »ich habe ihn nach meinem verstorbenen Mann getauft. Vielleicht hatte ich die Hoffnung, durch den Hund schneller über seinen Tod hinwegzukommen. Aber irgendwie funktioniert das nicht. Rudolf!«, schreit die Frau mit lauter Stimme. Nichts passiert.

»Rudolf, komm her!« Sie rennt aufgeregt in die Wohnung hinein. Dann kommt sie zurück, bringt

Rudolf an der Leine mit und drückt Esta die Leine in die Hand.

»Hier haben Sie den Hund, was wollen Sie mir dafür geben?« Esta ist völlig überrumpelt.

»Entschuldigung, wäre es nicht besser, wir könnten uns bei Ihnen drinnen zu Ende unterhalten?«

»Ach, Sie wollen bestimmt bei mir nur rumschnüffeln. Ich mag es nicht, fremde Leute in meine Wohnung zu holen. Was ist nun, wie viel Myonts wollen Sie mir geben?« Esta hat keine Ahnung, wie viel ein Hund heutzutage wert ist.

»Sie haben doch bestimmt selber etwas für ihn bezahlt, ich würde auch mehr dafür geben, als sie gezahlt haben«, antwortet Esta freundlich. Die Frau funkelt sie böse an.

»Das geht Sie überhaupt nichts an! Nennen Sie mir schon einen Preis! Ich habe keine Lust mehr, hier auf dem Flur rumzustehen.«

Esta denkt fieberhaft nach. Sie hat kein geregeltes Einkommen. Die zwei Bücher, die sie bereits veröffentlichen konnte, bringen zwar immer etwas Geld, aber sie weiß nie, wie viel es ist. Im Moment hat sie auch keine großen Reserven, denn vor Kurzem musste sie sich einen neuen Schweber anschaffen. Und der war richtig teuer.

»Ich habe keine Ahnung, was heutzutage ein Hund kostet«, sagt Esta. »Bitte helfen Sie mir doch!«

»Ich will für den Hund 20.000«, erwidert die Frau.

Esta bleibt der Mund offen stehen.

»20.000«, wiederholt sie und schaut die Frau ungläubig an.

»Unter 20.000 gebe ich Rudolf nicht ab. Was ist nun?« Esta schüttelt den Kopf.

»Es tut mir leid«, sagt sie zu der alten Frau.

»So viel habe ich nicht. Mein bescheidenes Einkommen reicht nicht, um mir etwas beiseitezulegen.«

»Dann können Sie auch den Hund nicht haben«, sagt die Frau und knallt die Tür zu.

Esta bleibt noch eine Weile vor der Tür stehen. Sie ist enttäuscht. So teuer ist ein Hund? Gerade will sie gehen, da hört sie plötzlich die Stimme der alten Frau.

»Jetzt hätte ich dich fast endlich losgehabt«, schreit sie laut. »Warum musste mir auch mein komischer Mann kurz vor seinem Ableben noch einen Hund überhelfen?«

Aha, denkt Esta, der Hund ist gar nicht gekauft, sie hat ihn geschenkt bekommen und ihren Mann nicht geliebt.

Langsam geht sie zurück, die Treppe hinunter, die Straßen entlang. Der Hund war so niedlich.

Sie kommt an einem Geschäft vorbei, da gibt es besondere Schuhe. Ihre Füße sind etwas verwachsen, sie hat schon lange Probleme mit dem Laufen. Um sich vom Hundethema abzulenken, geht sie in den Laden hinein. Zwei Verkäuferinnen, die wie Klone aussehen, eilen auf sie zu.

»Was können wir für Sie tun?«

»Ich habe gerade gesehen, dass es eine neue Art von Schwebeschuhen gibt. Ich habe einige Probleme mit meinen Füßen, vielleicht helfen mir die Schwebeschuhe, weniger Schmerzen zu haben.« Esta setzt sich auf eine grüne Bank.

Die beiden schicken Frauen hocken sich vor sie, ziehen ihr die Schuhe aus und vermessen ihre Füße.

»Welche Farbe wünschen Sie?«

»Ich hätte gern Neongelb«, sagt Esta.

»Wir werden sie sofort in Auftrag geben und dann anprobieren. Wünschen Sie in der Zwischenzeit ein Perlenwasser?«

»Ja, bitte!«, sagt Esta. Sie hat Durst und möchte sich mit dem Wasser ein wenig aufmuntern. Bis jetzt hat das immer funktioniert.

Eine von den Klondamen bringt ihr einen Zylinder mit Perlenwasser.

»Lassen Sie es sich schmecken! Wir sind gleich wieder für Sie da.« Esta öffnet den Zylinder und trinkt. Die Ladentür geht auf, und ein Mann mit einem Hund kommt herein. Esta betrachtet das Tier. Es ist ein sehr großer Hund, bestimmt eine Dogge, aber auch wieder anders. Er ist sehr dünn und hat kaum Fell, sieht aus, als wäre er nackt. Da die beiden Klone mit Estas Schuhen beschäftigt sind, kümmert sich niemand um diesen Mann.

»Darf ich Sie etwas fragen?«, wendet sich Esta an den Mann.« Er schaut sie an und nickt.

»Wie alt ist denn Ihr Hund?«

»Mögen Sie Hunde?«, fragt der Mann zurück.

»Oh ja, sehr«, antwortet Esta, steht auf und geht barfuß auf das Tier zu. Es kommt sofort mit seiner Schnauze freudig an sie heran.

»Ich sehe es«, lacht der Mann. »Sie können ihn gerne streicheln.« Da die Produktion von Estas Schuhen immer noch dauert, nutzt sie die Gelegenheit, um dem Mann ihre Begegnung mit der alten Frau und Rudolf zu erzählen. Der Mann hat sich inzwischen hingesetzt, der Hund liegt zu seinen Füßen. Er streicht sich über sein kahles Haupt und hört Esta zu. Dann schüttelt er den Kopf.

»Der Preis ist völlig unangemessen. Auch wenn es nicht viele Hunde gibt. Da sie ihn loswerden will, müsste sie ihn eigentlich verschenken. Mir kommt aber eine Idee«, sagt der Mann. »Ich kenne eine Auffangstation. Man sollte es nicht glauben, auch in unsere Zeit gibt es Menschen, die ihre Hunde einfach aussetzen. Ich habe auch einen ehemals ausgesetzten Hund hier. Er hat viel leiden müssen. Sein Fell ist unter der weißen Sonne verbrannt. Er konnte in letzter Sekunde gerettet werden. Aber jetzt geht es ihm gut. Ich könnte den Leuten dort einen Wink geben über diese Frau und dass es dem Hund augenscheinlich bei ihr schlecht geht. Es könnte sein, dass über verschiedene Zusammenhänge die Frau dann aufgefordert wird, zwangsweise ihren Hund abgeben zu müssen. Wenn das geschieht, können Sie den Hund aus der Auffangstation holen. Das kostet dann nur hundert Moynts.« Das sind nicht viele Bankpunkte, welche zwischenzeitlich Moynts heißen. Esta überlegt kurz.

»Das wäre ja wunderbar!«, sagt sie. »Aber sagen Sie mir bitte, haben Sie eine Ahnung, was ein neuer Hund kosten würde?«

»Ich habe gehört, dass versucht wird, bestimmte Rassen wieder zu züchten, natürlich angepasst an unsere Bedingungen. Das Klonen soll auch möglich sein. Sie verkaufen die Hunde zwischen fünf- und zehntausend Moynts.«

»Vielen Dank für Ihre Informationen!«

Die zwei Klone kommen zurück. Sie haben neongelbe Schwebeschuhe in der Hand. Die beiden knien sich vor Esta, um ihr die neuen Schuhe anzuziehen.

»Mit diesen werden Sie keine Schmerzen haben und weit laufen können.«

Esta macht ein paar Schritte. Die Schuhe geben schmatzende Geräusche von sich. Der Hund springt auf und knurrt.

»Aus, Wolfi!«, befiehlt der Mann seinem Hund.

Der Rüde legt sich wieder hin.

Esta schwebt jetzt regelrecht durch den Raum. Die Schuhe federn wunderbar. Sie scheinen ihre Füße zu massieren, festzuhalten, in die richtige Form zu bringen.

»Was sollen sie kosten?«

»Diese Schuhe kosten fünfhundert Moynts.«

Esta schluckt. Fünfhundert hat sie gerade noch von den letzten verlegten digitalen Büchern. Wenn sie jetzt diese Schuhe kauft, hat sie nichts mehr in Reserve und weiß auch nicht, wann wieder etwas reinkommt.

Der Mann steht auf, kommt auf Esta zu.

»Ich war früher Chirurg, habe vorhin Ihre Füße gesehen. Ich würde Ihnen empfehlen, doch einmal zum Röntgentower zu gehen, um sich die Füße richten zu lassen. Dann müssen Sie auch nicht so teure Schuhe kaufen. Oder sind Sie für Krankheitsfälle nicht abgesichert?«

»Doch«, antwortet Esta, »es ist zwar nur ein kleiner Tarif, aber den konnte ich bisher immer bezahlen.«

»Da können Sie froh sein«, sagt der Mann. »Die meisten Menschen heute können sich eine Krankenabsicherung nicht mehr leisten. Also gehen Sie doch einfach mal zum Röntgentower!«

Esta nickt und schwebt weiter durch den Raum. Wolfi hat sich zwischenzeitlich komplett ausgestreckt und schnarcht. Die beiden Klone stürzen sich nun auf den Mann.

»Was wünschen Sie, der Herr?«

Esta möchte gar nicht mehr aufhören, mit den Schuhen zu laufen. Endlich einmal keine Schmerzen. Sie will die Verkäuferinnen nun nicht stören und läuft ein wenig in den hinteren Bereich des Geschäfts. Sie schaut sich auf den vielen Monitoren neueste Kreationen von Schuhwerk an. Auf einmal steht sie vor einem Monitor, der Informationen über Lemistown bietet. Esta ist fasziniert.

»Es gibt also doch Videos von früher?«

»Das sind ältere Aufnahmen, die sind von einer Konserve, aber jeder erfreut sich daran, wenn wir sie hier laufen lassen«, erklärt eine Klonfrau, die unbemerkt hinzugetreten war.

Esta setzt sich vor den Monitor. Sie sieht Bilder von Straßen mit Bäumen, Parks. Autos fahren, Menschen laufen in bunten Kleidern umher und lachen. Eine Sonne scheint, Vögel fliegen durch die Luft, ein Springbrunnen spritzt Wasser, regenbogenfarbige Wasserperlen fallen zu Boden. Was für herrliche Impressionen!

Die beiden Klone sind nun damit beschäftigt, die gewünschten Schuhe für den Herrn in Auftrag zu geben.

Esta nutzt die Gelegenheit, tritt noch einmal an den Mann heran.

»Wie können wir uns kontaktieren, damit Sie mir die Ansprechpartner für die Auffangstation für Hunde mitteilen können?«

»Ich würde es Ihnen gleich sagen, aber ich habe es nicht im Kopf. Ich schlage vor, wir verabreden uns wieder hier in Lemistown in diesem Schuhladen. Dann bringe ich Sie dorthin. Vielleicht ist in der Zwischenzeit die Angelegenheit mit dem Hund Rudolf schon geklärt. Ich werde gleich heute eine Information absetzen.«

»Sie haben einen privaten Informationskanal?«, fragt Esta erstaunt. Der Mann winkt sie heran und flüstert ihr dann ins Ohr:

»Nein, ich habe aber eine Arbeitsstelle, über die ich Informationen austauschen kann, unerlaubt natürlich.«

»Ich verstehe«, sagt Esta. »Wann wollen wir uns hier wieder treffen?«

»Ich denke in vierzehn mal achtundvierzig Stunden. Die Zeit müsste reichen.«

Esta schaut auf ihre mechanische Uhr.

»Wir haben jetzt die achtunddreißigste Stunde, nehmen wir gleich die?«

»Gut«, stimmt der Mann zu. »Und, haben Sie sich schon für Ihre Schuhe entschieden?«

»Ja. Ich weiß ja nicht, wie schnell ich zum Röntgentower komme, wie zeitnah meine Füße gerichtet werden können und ob überhaupt. In der Zwischenzeit würden sie mir gute Dienste leisten. Vielleicht habe ich ja Glück, und es werden noch einige meiner Bücher verkauft.«

»Sie schreiben Bücher?«, fragt der Mann interessiert. »Worüber schreiben Sie?«

»Ich schreibe vorrangig erotische Geschichten. Damit habe ich bis jetzt guten Erfolg gehabt.«

Der Mann lächelt sie an. »Dann wünsche ich Ihnen, dass Sie weiterhin Erfolg haben. Vielleicht bekomme ich ja mal eins von Ihren Werken zu lesen.«

»Mein Name ist Esta Hein«, sagt sie nun. Sie hat tatsächlich über das ganze Gerede vergessen, das sie sich von Anfang an hätte vorstellen müssen.

»Ist schon gut. Ich gehe davon aus, dass Sie Ihre Bücher unter anderem Namen schreiben.«

»Ja, ich bin vorsichtig geworden. Ich würde mich freuen, wenn wir uns wieder treffen und uns noch ein wenig unterhalten könnten. Dann baut sich mehr Vertrauen auf, und ich kann Ihnen noch mehr erzählen.«

»Gerne, das könnte ich mir auch gut vorstellen.«

In dem Moment kommen die zwei Klone und bringen ihm blaue Schuhe mit rotem Drachenmuster. Esta starrt auf diese Schuhe. Oh, wie schade! Sie weiß, dass nur Männer, die Männer lieben, blaue Schuhe mit roten Drachenmustern anziehen. Das ist eine Art Erkennungszeichen. Also kein potentieller Partner und lieber kein weiteres Treffen denkt sie.

»Ich weder diese Schuhe nehmen«, wendet sie sich jetzt an eine der Verkäuferinnen.

»Dann kommen Sie bitte zum Scanvorgang!«

Esta hält ihre Hand über die Scanfläche. Fünfhundert Moynts. Jetzt gibt es kein Zurück mehr. Die Schuhe gehören ihr.

»Ich lasse sie gleich an.« Sie nimmt sich ihre Stiefel, nickt dem Mann noch einmal zu. Der Hund hebt seinen Kopf und blinzelt ein wenig. Esta schwebt aus dem Laden. Wie eine Feder bewegt sie sich zu ihrem Schweber in der Parkhalle, setzt sich hinein und lässt sich nach Hause bringen.

Nach der Befreiung von ihrem Zwangspartner konnte sie in ihr eigenes Haus ziehen. Es ist alt, es ist aus Stein, es hat Holztreppen, ist schief, aber zwischenzeitlich mit gutem Schutzglas und einem perfekten Schutzraum im Berg versehen. Sie fühlt sich sehr wohl dort. All das war nur möglich, weil sie nach der Annullierung ihrer Zwangsbeziehung eine

Abfindung erhielt. So hatte das Ende dieser Horror-beziehung ihr ein Anwesen und ein kleines Polster beschert.

Langsam bewegt sich der Schweber durch die grüne Nacht. Der interessante Unbekannte ist mir zwischen den Fingern entwischt, den Hund sollte ich nicht bekommen, dafür habe ich jetzt neongelbe Schwebeschuhe. In dem Moment fällt ihr der Rönt-gentower ein. Sie lässt den Schweber stoppen und gibt als Ziel einen Infopoint an. Sie weiß nicht, wo sich der Röntgentower befindet und ob sie einen Termin braucht.

Der Schweber macht kehrt und landet direkt neben einem großen Infobereich. Es ist eine riesige, mit Schutzglas überdachte Halle, in der sich Hun-derte von Menschen befinden. Jeder sitzt oder steht vor einem anderen Hologramm. Sie schaut sich um, findet einen freien Infoplatz und legt ihre Hand auf die Scanfläche, um sich zu identifizieren.

Auf einmal tippt ihr jemand von hinten auf die Schulter. Esta dreht sich erschrocken um. Vor ihr steht eine riesige Frau. Sie ist gertenschlank, trägt einen hautengen, blauen, glänzenden Ganzanzug, der ihre Figur betont.

»Sie wünschen?«, fragt Esta etwas abgelenkt. So wollte sie doch gerade ihre Identnummer einscannen lassen.

»Erkennst du mich nicht?« Esta steht auf. Die Frau ist mindestens einen Kopf größer als sie, obwohl sie die neuen Schwebeschuhe anhat. Die Frau hat lange, wallende, blaue Haare. Ihre grünen Augen blitzen Esta an, die knallroten, vollen Lippen geben strahlend weiße Zähne preis. Noch immer hat Esta keine Ahnung, wer da vor ihr steht.

»Ich bin es, Paula«, sagt die blaue Schöne. Sie öffnet schamlos den Reißverschluss ihres Anzuges bis vor dem Bauch. *»Hier, sieh, mein altes Tattoo!«*

Es ist eine Waage, ihr Sternzeichen. Jetzt erkennt sie Paula. Sie fallen sich um den Hals.

»Paula, wir haben uns ewig nicht gesehen! Nein, das muss schon zwei Jahre vor und die ganze Zeit nach der Galaxienverschiebung her sein.« Esta tritt zurück und betrachtet Paula genauer.

»Du siehst absolut toll aus!« Hm, Paula ist genau so alt wie sie selbst, scheint aber plötzlich wieder fünfundzwanzig zu sein. *»Wie schaffst du es, so jung auszusehen?«*

»Lange Geschichte«, antwortet Paula. *»Wenn du sie hören willst, erzähle ich sie dir.«*

»Ja, sehr gerne, aber nicht hier.«

»Nein, nein, hast du denn jetzt Zeit?«, fragt Paula.

Esta bemerkt, wie sie sich immer wieder unruhig umschaut.

»Ja, ich habe Zeit, wollen wir irgendwohin gehen?«

»Du hast doch bestimmt einen Schweber?« Paula ist nun schon richtig nervös.

»Ja«, antwortet Esta, *»möchtest du mit zu mir kommen?«*

»Oh ja, wo steht dein Schweber? Lass uns gleich hingehen!« Esta merkt nun deutlich, dass mit ihr etwas nicht stimmt.

»Gut«, sagt sie, *»ich bringe dich zu meinem Schweber. Ich muss dann aber noch einmal kurz zurück, um meine Informationen abzurufen.«*

»Das macht nichts, ich warte.«

Paula greift Esta bei der Hand und läuft mit langen Schritten los, dass Esta ihr kaum folgen kann.

»Wo geht es lang?«, möchte Paula wissen.

»Draußen links, zweihundert Meter bis ins Parkhaus.« Nur gut, dass ich die Schwebeschuhe anhabe, sonst könnte ich bei dem Tempo nicht mithalten.

Schon sind sie da und Esta öffnet.

»Das ist ein Schweber für eine Person, du musst dich dann nachher auf Enge gefasst machen.«

»Das macht nichts«, sagt Paula. »Und lass dir Zeit, ich kann ruhig hier warten!« Wie ein riesiges Insekt kriecht sie in den Schweber hinein.

Esta schließt zu und läuft langsam zurück. Was für eine Begegnung!

Viele Jahre hatten sie freundschaftlichen Kontakt miteinander. Das war vor ihrer Zwangsbeziehung. Damals hatte Paula langes, rotes Haar, was vom vielen Färben schon etwas struppig war. Sie war von jeher eine verrückte Person, verdiente sich ihr Geld als Escortdame. Esta hatte ab und zu von Paula ein paar Kunden übernommen, als sie finanziell knapp war. Es war meist auch sehr prickelnd, was sie erlebte. Paula sah damals schon perfekt aus, aber jetzt sieht sie überperfekt aus und scheint sehr verängstigt zu sein.

Esta setzt sich wieder an einen freien Infopoint, lässt ihre Daten einlesen und fragt nach dem Röntgentower. Das Holo entsteht, die Adresse in Lemistown erscheint. Da sie keinen Speicher mit sich führen kann und auch kein Papier bei sich hat, muss sie sich die Informationen merken. Der Röntgentower befindet sich weit draußen in einem neuen Gewerbegebiet. Wie angezeigt wird, gibt es dort zehn medizinische Tower. Der Röntgentower hat die

Nummer acht, und sie kann ohne Anmeldung dort erscheinen. Esta meldet sich ab.

Da fällt ihr Paula wieder ein. Sie ist gespannt, was sie zu erzählen hat. Schnell läuft sie zum Schweber zurück. Paula ist gerade dabei, ihre Lippen nachzuziehen, als Esta öffnet.

»Alles gut?«

»Ja, lass uns schnell losfliegen!«, bittet Paula.

»Hast du denn selbst keinen Schweber?«

»Nein«, antwortet Paula. Eigenartig, denkt Esta, sagt aber nichts. Sie wird mir schon erzählen, was ihr wichtig ist.

Auf dem kurzen Flug erzählt Esta von dem Hund Rudolf. Paula sitzt völlig eingezwängt, die Knie fast an den Ohren. Noch immer scheint der grüne Mond. Eine lange Phase hat er diesmal. Endlich angekommen, steigen beide aus. Esta entscheidet, dass sie gleich in den Schutzraum gehen. Dieser stylische Raum passt viel besser zu dieser futuristischen Erscheinung.

Kaum haben sie die Schleuse verlassen, den großen Kuppelraum betreten, wirft sich Paula mit einem Seufzer auf Estas Bett.

»Magst du was trinken?«, fragt Esta.

»Ja, ein Perlenwasser, bitte!«

Esta reicht Paula einen Zylinder, nimmt sich selbst auch einen. Die beiden Frauen prosten sich zu. Esta schaltet den Sternenhimmel zu, leise Musik beginnt zu spielen, während die weißen Sterne am schwarzen Himmel ganz langsam ihre Bahnen ziehen. Esta legt sich neben Paula aufs Bett. Im Liegen zieht sie sich die Schwebeschuhe aus.

»Ich bin ja so froh, dass ich mit dir kommen konnte«, sagt Paula plötzlich. »Ich werde nämlich verfolgt.«

»Wer verfolgt dich denn?«

»Ich bin einfach abgehauen, das durfte ich nicht, denn ich habe einen Vertrag.«

»Erzähl in Ruhe!«, sagt Esta, die spürt, wie schwer es Paula fällt, Worte zu finden.

»Möchtest du etwas essen?«

»Nein, nichts essen, nur trinken.«

Beide saugen an den Zylindern, als Paula anfängt zu zittern. Esta setzt sich auf.

»Komm hoch!«, sagt sie und nimmt die superschöne, am ganzen Körper schlackernde Frau in den Arm.

»Tut mir leid!«, entschuldigt sich Paula. »Ich bin so froh, hier zu sein.« Sie beruhigt sich.

»Warum hast du dich damals einfach nicht mehr gemeldet?« Esta schaut Paula direkt an.

»Weißt du, ich habe damals einen Kunden von dir gehabt. Der hat mich völlig in den Bann gezogen. Du weißt, ich war immer allein, unabhängig. Doch dieser Mann hat es geschafft, mich abhängig zu machen. Und dann kam das Gesetz der Zwangsbeziehungen. Er konnte sozusagen über Nacht bewirken, dass ich seine Zwangspartnerin werde. Wie du dir denken kannst, war es ab diesem Tag schlagartig vorbei mit meiner Handlungsfreiheit. Ich hatte keine Chance mehr, irgendwem irgendetwas zu sagen oder irgendetwas zu tun, ohne dass er es mir erlaubt hat. Und er hat mir so gut wie nichts erlaubt. Von heute auf morgen kam die Zwangsbescheinigung. Er entführte mich in sein wunderschönes Haus und sperrte mich dort ein. Es war ein sehr großes, perfekt gesichertes

Anwesen. *Er allein konnte alle Türen öffnen und schließen. Ich war komplett gefangen, ausgeliefert. Deshalb konnte ich dir damals nicht Bescheid geben. Später, nachdem ich von dieser Beziehung gelöst war, wusste ich nicht, wie ich dich finde. Ich kenne dich doch nur unter deinem Escortnamen Paula.«*

»Darf ich bei dir rauchen?«

»Was«, fragt Esta, »du hast Zigaretten?«

»Na so ähnlich. Es sind meine Medikamente in Zigarettenform. Ich brauche das täglich dreimal, damit ich so bleibe, wie ich bin.«

»Ach so …« Esta steht auf und schaltet die Abluft höher, setzt sich dann wieder auf das Bett.

Paula streicht Esta kurz durchs Haar.

»Das mit deiner Zwangspartnerschaft habe ich nicht gewusst. Mich hat zwischenzeitlich etwas Ähnliches ereilt, aber ich glaube, es ist noch schlimmer. Der Escortservice hat irgendwann sein Konzept geändert. Der Druck wurde stärker, Freiheiten wurden beschnitten. Es kam ein anderer Mann an die Spitze des Unternehmens. Der besitzt, regiert und beherrscht mittlerweile alle Sexetablissements auf der Welt. Es wurden neue Regeln aufgestellt und Verträge ausgehändigt. Ich habe einen unterschrieben, kurz nach der Galaxienverschiebung, war damals schon in einem Alter, das für diesen Job langsam kritisch wird. Im Vertrag musste man sich verpflichten, die Rechte am Körper an diese Firma abzutreten. Das geschah zu dem Zweck, dass die Frau ständig in Schönheit und Form erhalten wird, und zwar so, wie es die Firma für gut befindet. Ich habe also meinen Körper nicht mehr nur an die Kunden, sondern auch an dieses Unternehmen verkauft. Am Anfang gefiel mir das. Ich musste einige Operationen

über mich ergehen lassen, bis sie mich so hatten, wie sie mich wollten. Das Ergebnis war toll, ich fand mich prima. Doch ich wusste nicht, dass ich dafür einen sehr hohen Preis zahlen musste. Die Erhaltung der Schönheit kostet wahnsinnig viel. Regelmäßig bekomme ich Erfrischungskuren, Medikamente und Nachbesserungsoperationen. Ohne, dass mir das klar war, habe ich unterschrieben, dass ich die Nachbesserungen selbst zu tragen habe, ich mich lebenslang für diese Firma verpflichte und keinerlei Kunden ablehnen darf. Wenn ich nicht tue, was im Vertrag steht, werden sie mich fallen lassen wie eine heiße Kartoffel, und ich werde jämmerlich eingehen, wenn ich nicht an die erhaltenden Medikamente herankomme.«

»Hast du bei der vielen Kohle, die du verdienst, keine Krankenabsicherung?«, fragt Esta nach.

»Nein, das geht alles über die Firma. Übrigens gehören der vier von den zehn Medizintowern. Und der Chef vom Ganzen lässt immer neue Methoden einsetzen, um genmanipulierende Versuche an Frauen machen zu können.« Esta fröstelt es.

»Gerade heute habe ich mich nach dem Röntgentower erkundigt, weil ich meine Füße richten lassen will.«

Paula blickt sie an und auf die Füße.

»Ich habe keine Ahnung, welche der vier Türme seine sind. Ich werde immer schon in Narkose zu den Behandlungen gebracht, und wenn ich aufwache, bin ich schon zurück im Erostower.«

»Aber du hast heute Ausgang?«, fragt Esta.

»Den kann ich mir verdienen, wenn ich ganz bestimmte Kunden annehme, die schwierig sind. Gestern hatte ich so einen. Dem haben plötzlich meine

Pobacken nicht gefallen. Er hat sich beschwert, will mich mit einem größeren Hinterteil wiederhaben. Der Kunde ist König. Heute Morgen wurde mir mitgeteilt, dass ich am Abend zur Operation eingetragen bin. Als Entschädigung habe ich vier Stunden Ausgang bekommen.«

»Aber nun bist du hier.« Esta wird es langsam unheimlich. »Was passiert, wenn du nicht rechtzeitig zurück bist?«

»Sie werden mich suchen. Und wenn sie mich finden, bekomme ich eine Gehirnwäsche.«

Esta schaut Paula entgeistert an. »Das glaube ich jetzt nicht.«

»Ich sage die Wahrheit«, murmelt Paula, nimmt den letzten Zug von ihrer Medizinzigarette und bläst den Rauch in die Kuppel.

»Du hast doch bestimmt einen Chip. So können sie dich lokalisieren.«

»Ja, aber sie beginnen erst nach zehn Stunden mit der Suche. Wir haben also noch Zeit. Komm näher!«, sagt sie plötzlich zu Esta.

»Leg dich zu mir! Mir ist es so kalt und einsam.«

Beide sinken aufs Bett. Paula kuschelt sich eng an Esta heran.

»Es gibt heutzutage fantastische Möglichkeiten, das Alter rauszuschieben. Warum hast du denn so gar nichts an dir machen lassen?«, fragt sie Esta. Die schöne Paula stützt sich auf den Ellenbogen und streicht über Estas blasses Gesicht.

»Ja, perfekte Schönheit hat schon etwas. Aber sie hat einen Preis, den ich nicht bereit bin zu zahlen. Ich bin, wie ich bin, und so will ich auch bleiben«, antwortet Esta und legt sich wieder zurück.

»Du bist eine ganz Liebe«, säuselt Paula. »Deswegen konnte ich damals nicht verstehen, warum du dich nicht mehr gemeldet hast. Aber jetzt weiß ich es ja. Ich bin neugierig. Wer war denn dein Zwangspartner? Den müsste ich doch dann kennen.«

»Victor, heißt er«, sagt Esta, und beim Aussprechen dieses Namens zieht sich ihr gesamtes Innenleben zusammen.

Sie bemerkt, wie Paula kurz zusammenzuckt und sich mit zitternden Fingern erneut eine Zigarette anzündet.

»Was denn«, fragt Esta, »noch eine?«

»Ja, die brauche ich jetzt zur Entspannung.«

»Nun gut.« Esta folgt dem aufsteigenden Rauch mit den Augen. *Hoffentlich habe ich mir mit Paula jetzt nicht ein Riesenproblem an den Hals geholt.*

Paula liegt schweigend da und raucht vor sich hin. »Mir ist es heiß«, sagt sie dann und zieht sich den blauen Anzug aus. Darunter ist sie nackt. »Wo ist denn der Erfrischungsbereich?«

Esta öffnet ihr die Tür. Paula tritt ein und nimmt ihren Anzug mit.

»Ich bin gleich fertig!«

Nach zehn Stunden wird sie gesucht. Esta weiß allerdings nicht, wann Paula nach den vier Stunden Ausgang bereits hätte zurück sein müssen. Esta trinkt noch ein paar Schlucke Perlenwasser. Sie schaltet das Wetterholo an. *Wenn in den nächsten Stunden die weiße Sonne kommt, werde ich Paula nicht los, denn sie hat keinen Schutzanzug.* Esta schwitzt. Das Hologramm zeigt noch immer den grünen Mond. *Er will diesmal überhaupt nicht weichen.* Das Bild fällt in sich zusammen. Die Situation und die vielen Informationen von Paula setzen Esta mächtig unter Druck.

Plötzlich legen sich zwei Arme von hinten um sie herum.

»Mach dir keine Sorgen, Mäuschen!«, sagt Paula und streichelt Esta, wie es ihr eigentlich nicht zusteht.

Esta steht auf. »Was wird nun? Soll ich dich zurückbringen?«

»Ach, lass uns doch noch zwei Stunden zusammen verbringen! Es ist so schön gemütlich bei dir. Endlich kann ich einmal ausspannen.« Sie steht nackt vor Esta und die kann nicht umhin, den perfekten Körper der Frau zu betrachten. Man sieht kaum Narben und ist glitzernden Intimschmuck bestückt. Ihre blauen Haare bedecken einen knabenhaften Po, den vielleicht ein Kunde toll fand, und der andere will ihn vergrößert haben. Was für ein Leben.

»Ich gehe mich auch frisch machen«, sagt Esta und verzieht sich in den Erfrischungsbereich. Ich muss sie irgendwie hier herausbekommen. So leid sie mir tut, aber irgendetwas stimmt mit ihr nicht. Der ganze Erfrischungsbereich ist rauchgeschwängert von Pias letzter Zigarette. Der Qualm hängt regelrecht in der Feuchtigkeit. Es scheint, als würde Esta darin schläfrig werden. Auch das Erfrischen bringt keinen aufmunternden Erfolg. Sie geht zurück in den Schutzraum.

Paula liegt nackt und regelrecht verführerisch auf dem Bett. Sie streckt die Arme aus.

»Komm, lass uns noch etwas plaudern, dann kannst du mich gleich zurückfliegen!«

Esta hat ihren Anzug nun auch ausgezogen und dreht die Temperatur im Schutzraum noch etwas *höher. Dann legt sie sich mit aufs Bett. Gerade will sie Paula eine Frage stellen, da beugt sich diese über Esta, presst ihre Lippen auf Estas Lippen, schiebt mit der Zunge ein winziges Körnchen in ihren Mund hinein. Esta spürt, wie ein lautes Rauschen in ihren Ohren entsteht, und dann wird es dunkel um sie.*

Zoe legt den Stift beiseite. Das Geschriebene hat sie aufgewühlt. Sie steht auf. Wie automatisch greifen ihre Hände nach einem Zylinder Perlenwasser. Sie öffnet ihn und trinkt gierig. Es ist wie eine Sucht, so ähnlich wie mit Pia, die sie im Buch Paula genannt hat. Wie hieß sie nochmal mit normalem Namen? Ach ja, Ilona Monti.

Zoe schaltet noch einmal das Wetterhologramm an. Die weiße Sonne soll in drei Stunden vom lila Mond abgelöst werden.

»Ich schreibe heute nicht weiter, muss mich ein wenig ablenken«, sagt sie, streichelt Flavio über den Kopf und öffnet die Klappe eines Wandfachs.

Darin ist das Abspielgerät für Filmkonserven. Sie startet das Gerät, schaltet die riesengroße Bildschirmwand ein. Sofort erscheint die Auflistung ihrer Videos. Eigentlich kennt sie die alle schon. Gerne würde sie wieder einmal einen neuen schauen. Aber die Filme, die in letzter Zeit angeboten werden, strotzen nur so vor Gewalt und Sex. Wahrscheinlich ist das der Spiegel der Welt.

Schon wieder muss sie an Pia denken. Zoe kann heute immer noch nicht begreifen, wie es damals dazu kommen konnte, dass Pia sie betäubte. Das liegt über ein Jahr neue Zeitrechnung zurück, aber es kommt ihr wie eine Ewigkeit vor.

Zoe legt sich aufs Bett. Mit der Fernbedienung sucht sie die vielen Seiten der Videobibliothek durch. Plötzlich stoppt sie. Was ist das? Diesen Film kennt sie nicht. Er heißt *Erinnerungen*. Sie wählt ihn aus, nimmt sich einen weiteren Zylinder Perlenwasser, lehnt sich gemütlich an die Bettwand. Flavio kuschelt sich an sie.

Der Film beginnt. Musik spielt, harmonische Klänge säuseln, dazu sieht sie Bilder von Sonnen-untergängen, Fischschwärmen unter Wasser und Kaminfeuer. Auf einmal ändern sich das Szenario und die Musik. Das dreidimensionale Bild führt Zoe plötzlich in einen dunklen Gang. Sie ist irritiert, kennt diesen Film nicht und weiß nicht, wie er in ihre Bibliothek gelangt ist. Aber ihre Neugier ist groß. Zoe traut ihren Augen nicht. Im Schummerlicht des dunklen Ganges erkennt sie eine Gestalt. Sie kommt näher, und diese Person ist ... sie selbst. Ihr Herz klopft heftig. Auf ihrem großen Wandbildschirm sieht sie, wie sie einen Topf mit Perlen im Erdgang in die Nische stellt. Das Bild ändert sich noch einmal. Nun sieht sie sich, wie sie im Schutzanzug mit Flavio die nächsten zwei Töpfe in den Erdgang bringt.

Zoe springt auf.

»Ich halluziniere!«, schreit sie. »Das ist doch jetzt nicht wahr!«

Flavio ist ganz aufgeregt und hüpft um sie herum. Sie greift sich ihren Schutzanzug, zieht ihn an, läuft durch die Schleuse, durch den Gang ins Haus. Von der Küche aus stürzt sie regelrecht in den Erdgang.

Zoe bricht einen Lichtstab, der Gang wird erhellt. Die Töpfe stehen noch da, wo sie sie hingestellt hat. Irgendwo muss in diesem Erdgang eine Kamera ver-steckt sein. Wie sonst taucht ihr Tun in diesem Film auf? Und wer hat das gefilmt? Und was wird damit bezweckt?

Ihr erster Gedanke ist: Jonas hat sie nicht nur über den Kommunikationskanal ausfindig gemacht, sondern er weiß, dass sie hier wohnt, und hat sich Zugang verschafft. Sie hat zwar keine Ahnung, wie er die Sicherheitscodes überwinden konnte, aber er hat gefilmt und den Film sogar in ihre Bibliothek gespeist. Und das war nur möglich, wenn er im Schutzraum war.

Zoe zittert am ganzen Körper. Ich muss sofort einen neuen Sicherheitscode beantragen. Das bedeutet aber auch, dass der Chip, der in ihr ist, mittels einem Eingriff entfernt werden und ein Neuer eingesetzt werden muss. Wie wäre es, wenn ich überhaupt keinen Chip mehr nehmen würde? Nein, das ist viel zu umständlich. Alle alltäglichen Handlungen laufen über Scanpoints. Ohne Chip kann sie die nicht bedienen.

So viele Monate ist es her, dass sich Jonas ihr nicht mehr nähern durfte. Nun hat er es wohl geschafft, sie ausfindig zu machen und alle ihre Codes zu knacken. Das deutet tatsächlich darauf hin, dass er es ernst meint.

Jonas ist Arzt, hat mehrere medizinische Abschlüsse. Er kennt sich mit Körper und Psyche hervorragend aus und ist deshalb auch perfekt in der Lage, zu manipulieren sowie an Grenzen zu bringen. Am Anfang war sie stolz, einen gebildeten, intelligenten Mann mit Charme und Humor, musisch begabt und mit starkem Willen als Partner zu haben. Doch der Stolz wich ganz schnell der Angst vor ihm, seinen Experimenten und seiner Gewalt.

Zoe öffnet den einen Topfdeckel. Es ist der Topf, in dem die Perlen in der Erde liegen. Sie glühen noch. Die Erde muss unglaublich heiß sein. Sie schließt den Topf wieder.

Sie nimmt den Nächsten. Es ist der mit Wasser. Sie öffnet den Deckel und blickt erstaunt hinein. In diesem Topf scheint nichts passiert zu sein. Das Wasser ist noch da, die Perlen liegen darin, ohne irgendwie verändert zu sein.

Zoe nimmt den dritten Topf. Sie öffnet den Deckel. Die glühenden Moleküle in der schwebenden Wolke sind nicht mehr da, der Topf ist leer.

Zoe setzt sich auf den Erdboden. Sie kommt sich vor, als wäre sie in einem Psychofilm gefangen. Wahrscheinlich wird sie schon länger beobachtet. Und das Schlimme ist, wer immer es war, er hat sie völlig in der Hand. Sie hat sich an den Perlen vergriffen und derjenige kann es beweisen.

»So«, sagt Zoe laut, »jetzt erst recht!« Sie steht auf, läuft zurück zur Küche.

Die Kühlung hat ganze Arbeit geleistet. Schnell schaltet sie sie aus.

In der Küche herrschen nur noch zehn Grad. Nun öffnet sie wieder das Fenster. Einige Perlen fallen hindurch auf den Küchenboden. Zehn Perlen tut sie in einen leeren Topf und schließt den Deckel. Die anderen Perlen sammelt sie in eine Metallschüssel. Sie muss sich beeilen, die Metallschüssel wird augenblicklich fast glühend.

Zoe saust zurück in den Erdgang und stellt den Topf wieder in seine Nische. Die Perlen aus der Metallschüssel schüttet sie jetzt einfach auf den Gang. Es passiert genau das, was sie vermutet hatte.

Die starke Hitze in den Perlen wandelt sich in Licht. Sie hat jetzt einen Lichtweg. Der sieht imposant aus.

Augenblicklich fällt ihr auch wieder Tom ein. Sie glaubt ihm nicht mehr, dass er nichts von diesen Perlen weiß. So vielfältig wie sie sich verhalten unter unterschiedlichsten Bedingungen, haben sie auf jeden Fall irgendeinen Zweck.

Die Perlen haben zwischenzeitlich den Erdgang so weit erhellt, dass sie jedes kleine Detail genau betrachten kann. Da kommt sie auf eine Idee: Ich hole mir noch mehr Perlen und streue jetzt den ganzen Gang mit ihnen aus, dann ist er taghell, und vielleicht finde ich auf diese Art und Weise die Kamera. Sie geht davon aus, dass diese winzig klein ist, sonst hätte sie sie wahrscheinlich schon bemerkt.

Also läuft sie wieder zurück in die Küche, öffnet noch einmal das Fenster. Diesmal etwas länger. Eine große Menge Perlen fällt in die Küche. Es wird schlagartig heiß. Schnell stellt sie die Kühlung wieder an. Mit einer Metallschaufel schippt sie die Perlen in einen Metalleimer und läuft dann in den Gang, und verteilt sie wie Hühnerfutter.

Zoe steht wie gebannt dort. Es ist ein Lichtgang entstanden. Das Licht der Perlen verbindet sich wie zu einer Wabe, füllt sie dann aus und liegt wie ein flirrender Teppich über dem Boden. Der Gang wird bis zum Ende hell erleuchtet.

Stück für Stück schaut sie sich die Wände und Decken an. Trotz ihres Schutzanzuges bekommt sie langsam warme Füße. Der Perlenteppich produziert eine Hitze von zweihundertfünfzig Grad. Das sagt das Thermometer ihres Schutzanzuges. Ich muss noch eine Weile suchen und die Kamera finden. Aber es ist umsonst. Sie findet sie nicht.

Auf einmal wird ihr unerträglich heiß. Sie muss aus diesem Gang und aus diesem Anzug raus. Sie läuft zurück in die Küche und eilt über den zweiten Gang zurück zum Schutzraum. In der Schleuse angekommen, reißt sie sich den Schutzanzug vom Leib. Ihre Haut dampft regelrecht. Sie läuft sofort in den Erfrischungsbereich, um sich abzuduschen. Dann trinkt sie noch einen ganzen Zylinder Perlenwasser. Flavio liegt auf dem Bett und schaut sie mit besorgten Augen an.

Zoe greift sich einen knallroten Anzug und zieht sich an. Sie setzt sich an ihren Kommunikationskanal und tippt einen Notcode ein. Das bedeutet, wenn der Strudel vorbei ist, wird sie abgeholt, in den nächsten Medizintower gebracht, und ihr Chip wird ausgetauscht.

Sie legt sich aufs Bett. Ihr Atem geht schnell. Ein heißer Blitz durchfährt sie. Was, wenn Jonas in diesem Medizintower arbeitet? Vielleicht hat er ja überhaupt seine Finger in allem und hat auch ihren Aufenthalt in den Kristallkatakomben bewirkt! Tom war sowieso irritiert über das Ausmaß dieser Strafe. Aber er hätte eigentlich nicht irritiert sein dürfen, weil er sich mit den Perlen doch gar nicht auskennt und auch über die Kristallkatakomben nichts wusste. Vielleicht hat ja Pia damals Jonas auf sie aufmerksam gemacht. Sie kannte ihn bestimmt.

Zoes Gedanken überschlagen sich. Momentan hat sie keine Ahnung, wie sie aus dieser verfahrenen Situation herauskommen kann.

Plötzlich ertönt der rote Signalton vom Kommunikationskanal. Sie stürzt hin, ruft die Nachricht ab und traut ihren Ohren nicht:

»Dies ist eine Nachricht der Weltregierung, die über jeden verfügbaren Informationskanal ausgestrahlt wird. Es wird mitgeteilt, dass in allen Städten ab 50.000 Einwohner die Versorgung mit normalem Telefon wieder möglich sein wird. Das unterirdische Kabelnetz konnte erfolgreich fertiggestellt werden und geht ab sofort in Betrieb. Jede Person, die ein Telefon beantragen möchte, kann das über nachfolgenden Scanpin tun: TYCHon358698743. Weitere Informationen finden Sie im Informationshologramm, welches zur sechsundvierzigsten Stunde weltweit eingespielt wird. Ende der Nachricht.«

Das ist ja unglaublich! Jetzt habe ich so ein schönes Haus, einen perfekten Schutzraum, gehöre aber nicht zu den Privilegierten, die an ein Telefonnetz angeschlossen werden können. Von dem Vorhaben der Weltregierung, ein unterirdisches Kabelnetz zur Telekommunikation verlegen zu lassen, hatte sie mal gehört, als sich in einem Extrempoint zwei Männer darüber unterhielten. Sie sprachen von einer Tiefe von fünfhundert Metern, in denen die Kabel liegen müssten, damit die Impulse den atmosphärischen Störungen nicht zum Opfer fallen.

Doch wenn Telefonkabel verlegt werden können, müsste es eigentlich auch wieder multimediale Versorgung geben. Davon wurde nichts gesagt. Die Weltregierung bestimmt und überwacht jede Versorgung der Bevölkerung mit Informationen, Nahrung, Wasser, Medikamenten, einfach allem. Zoe ist sich sicher, dass viele Menschen, die entsprechenden Einfluss, Macht oder Geld besitzen, über alle Möglichkeiten der Information bereits verfügen.

Sie schaut auf die mechanische Uhr. Noch acht Stunden bis zur sechsundvierzigsten Stunde. Sie stellt schnell ihren Timer, will das Infohologramm nicht verpassen. Es wird Zeit, sich wieder etwas Schlaf zu gönnen. Ihr Schlafrhythmus ist mitunter völlig unregelmäßig. Die Müdigkeit überfällt sie jetzt in einem Ausmaß, das sie zum Bett taumelt, hineinfällt und einschläft.

5. Kapitel: Ein neuer Chip

Zoe schlägt die Augen auf. Sie hatte einen sehr inten-
siven Traum. Noch völlig gefangen schließt sie die
Augen wieder und lässt die Traumbilder an sich
vorbeiziehen. Sie träumte von Schwebeschuhen und
vom Röntgentower, und zwar so plastisch, als wäre
sie tatsächlich dort gewesen und hätte es erlebt. Ich
muss das aufschreiben, das hat was zu bedeuten.
Sofort setzt sie sich an den Tisch, greift sich Stift und
Papier und beginnt zu schreiben:

*Mit forschen Schritten läuft sie die Straße entlang.
Ständig muss sie kaputten Fußwegplatten und
herausgelösten Steinen ausweichen. Ein Blick auf die
Uhr bestätigt, sie ist viel zu spät dran, vom Grunde
ist es nicht zu schaffen, rechtzeitig zum Termin zu
erscheinen. Schweißperlen rinnen ihr langsam von
der Stirn über die Nase. Sie wischt mit dem rechten
Handrücken darüber und wedelt sich ein wenig von
der schwülen Mittagsluft zu.*

*Der Himmel sieht drohend aus, schimmert lila in
allen Schattierungen, von hell bis ganz dunkel. Die
Wolken sind kubisch mit schnurgeraden Linien, was
auf kommende atmosphärische Turbulenzen hin-
deutet.*

*Sie beginnt zu rennen. Die weich federnden, zehn
Zentimeter dicken Sohlen ihrer gelb leuchtenden
Schwebeschuhe lassen sie größere Schritte machen,
um schneller zum Ziel zu gelangen.*

*Da vorne blinkt endlich das Schild vom Ärzte-
tower. Sie war noch niemals dort. Das Lila am
Himmel wird immer intensiver. Möglicherweise
komme ich gar nicht wieder zurück. Wenn sich die*

atmosphärischen Turbulenzen anfangen zu entladen, ist es lebensgefährlich, ins Freie zu gehen. Es gibt spezielle Schwebezeuge, die man zu solchen Zeiten benutzen kann, aber so eins hat sie nicht.

Noch ein paar samtweiche, große Schritte, dann steht sie endlich vor dem Eingangstor des riesigen Gebäudeturms. Er hat bestimmt fünfzig Stockwerke, ist komplett verspiegelt und schimmert somit lila wie der Himmel.

Sie berührt mit ihrer Hand den Sensor, und die großen Schwebetüren öffnen sich. Eine freundliche Stimme sagt:

»Stellen Sie sich auf die mittlere grüne Scheibe und warten Sie ab, bis Sie weitergeleitet werden!«

Mit ein paar Schritten hat sie die grüne Scheibe erreicht und stellt sich darauf. Sie spürt, wie zarte Laser sie abtasten, vermessen und registrieren.

»Ihr Scan ist beendet! Teilen Sie mir bitte jetzt Ihr Anliegen mit!«

»Ich komme wegen deformierter Fußknochen zum Röntgen.«

»Dann folgen Sie bitte den hellblau blinkenden Pfeilen nach links! Sie gelangen zu einer hellblau blinkenden Schwebetür. Dahinter befindet sich die Rezeption. Ich wünsche Ihnen einen angenehmen Aufenthalt im Ärztetower!«

Sie schaut sich um. Es flimmert hier in allen Farben. Links von ihr sind die hellblauen Pfeile. Sie steigt von der grünen Plattform und geht diesen nach. Der Weg dreht sich schneckenhausförmig aufwärts. Sie könnte auch den Fahrsteig nehmen, aber sie möchte sich bewegen, fit bleiben. Die neu entwickelten Schwebeschuhe machen es ihren deformierten Füßen wesentlich leichter. Da ist die hellblaue

Tür. Sie legt ihre Hand an den Sensor, und die Tür öffnet sich.

Was für ein Schock! Bestimmt fünfzehn Menschen stehen hintereinander vor der Rezeption und warten. Dabei hat sie sich extra vorab informiert und erfahren, dass heute mit weniger Wartezeit zu rechnen sei. Sie stellt sich in die Warteschlange.

Hinter dem Tresen sitzen zwei völlig identisch aussehende Rezeptionistinnen. Sie hämmern mit ihren perfekten Fingernägeln auf den Touchpads der Computer herum. Selbst die Augen dieser Frauen sind hellblau, passend zur gesamten Gestaltung der Röntgenabteilung. Die sind bestimmt geklont. Heutzutage ist alles möglich, hat aber auch seinen Preis.

Gerade gestern verfolgte sie einen Bericht über das Klonen im dreidimensionalen Fernsehen. Geklonte Wesen haben zwar an manchen Stellen perfekte Maße und Werte, dafür müssen sie auf anderes verzichten. Energie kann nur verteilt und umgewandelt werden, man kann sie jedoch nicht vermehren. Es gibt sogar Leute, die haben auf bestimmte Gefühle verzichtet, nur um ein perfekter Klon zu werden. Andere verzichten auf ihre sexuellen Triebe, wieder andere auf jeweils ein Organ, von denen, die im Körper doppelt vorgesehen sind. Dieser Bericht hat sie schockiert. Wofür die Menschen bereit sind, so wichtige Werte einfach in den Wind zu schießen, nur um perfekt zu erscheinen!

Sie lässt ihren Blick weiterschweifen. Ihre Augen sind auch blau, ihre Haare blond, aber alles ist echt. Sie ist nicht mehr jung, aber auch noch nicht alt. Bisher hat sie sich standhaft gegen diesen Schönheitswahn gewehrt. Ich bin so, wie ich bin, und nur so bin ich gut, ist ihre Devise.

Die dreißig Minuten sind schon lange um. Jetzt heißt es, Geduld haben. Da fällt ihr Blick auf eine Frau, die an den Tresen herantritt. So etwas hat sie schon lange nicht mehr gesehen. Es gibt tatsächlich noch Menschen, die leben wie vor hundert Jahren. Die alte Frau steht in ausgetretenen Halbschuhen mit schiefen Absätzen da. Ihre Beine stecken in Wollstrümpfen. Der lange, dunkelblaue Rock, der breite Hüften umspannt, ist zerknittert und ein wenig fleckig. Darüber trägt sie ein uraltes, rotes T-Shirt, welches mit einem Blumenmuster bestickt ist.

Ihre Augen haften auf der Stickerei. Die alte Frau kramt unterdessen in einer noch älteren, ziemlich abgewetzten Tasche. Heutzutage hat eigentlich jeder Mensch einen Chip mit allen wichtigen Informationen des Lebens für Ärzte und andere Institutionen in sich. Die alte Dame nicht. Sie sucht verzweifelt ihre Karte mit dem Chip. Eine der superschönen Klonfrauen hinter dem Rezeptionstresen wird ungeduldig.

Die hätte sich zum Klonen die Ungeduld nehmen lassen sollen, denkt sie und kann die Blicke nicht von der alten Frau lösen. Sie schaut auf die Wollstrümpfe. Die sind rot-beige und haben ordentliche, gleichmäßige Maschen. Die hat die alte Frau bestimmt selbst gestrickt. Je länger sie hinschaut, desto mehr hat sie den Eindruck, als würden die Strümpfe der alten Frau in das Zimmer hineinfließen, sich energetisch verändern, sich vermischen mit dem Fußboden, dem Tresen, dem danebenstehenden Sessel. Eine eigenartige Halluzination. Sie schiebt es auf ihren inneren Stress, der entstanden ist ob der atmosphärischen Spannung und des Zeitdrucks, unter dem sie hergekommen war. Sie versucht, ihre Augen von den

Maschen zu lösen, es gelingt ihr nicht. Sie scheinen daran festgeklebt.

Plötzlich hört sie eine Rezeptionistin laut sagen, sodass es alle hören:

»Sie haben lange vorher Zeit gehabt, ihre Karte herauszusuchen. Sie halten jetzt hier den ganzen Verkehr auf. Setzen Sie sich da drüben auf den Sessel und suchen Sie in Ruhe weiter. Wenn Sie sie gefunden haben, können Sie wieder zu mir kommen!«

Aus dem Augenwinkel registriert sie, wie die alte Frau zusammenzuckt. Dann bewegen sich die Strickstrümpfe, und sie muss ihnen mit den Augen folgen. Die Strümpfe ziehen energetische, zweifarbige Schweife hinter sich her. Als ob sich die Frau in einem anderen Zeitfenster bewegen würde. Die Alte setzt sich in den Sessel, so dass sie sie von vorne betrachten kann.

Nun ist es ihr möglich, den Blick von den Strickstrümpfen zu lösen und der Frau ins Gesicht zu schauen. Die komplett schwarzen Augen der Alten sind direkt auf ihre blauen gerichtet. Es scheint, als würde etwas daraus hervorkommen und sich in ihr festsaugen. Während diese Energie versucht, sich ihren Weg zu suchen, kramt die alte Frau, ohne den Blick von ihr zu lösen, weiter in ihrer Tasche, um ihre Karte zu finden. Will sie mir eine Botschaft senden?

Plötzlich schieben sie die hinter ihr stehenden zwanzig Personen Richtung Tresen.

»Sie sind dran! Jetzt machen Sie schon!« Sie legt ihre Hand auf ein Tablet, und dort wird diese gescannt.

»Weswegen sind Sie hier?«

»Beide Füße röntgen.«

»Unterschreiben Sie hier virtuell!« Sie malt ihre Unterschrift in die Luft, die Energiepixel sausen augenblicklich in den Computer, der nur aus einem Touchbildschirm besteht, und verewigen sich dort als ihre Unterschrift.

»Sie können jetzt vor Kabine sieben Platz nehmen und werden dann aufgerufen.«

Ihre gelben Schuhe führen sie schnell aus dem Rezeptionsraum hinaus. Sie setzt sich auf einen rückenmassierenden, braun-gelben Sessel vor die Kabine, holt aus ihrem Overall ein kleines Tablet und beginnt, ein Buch zu lesen. Nur gut, dass man heutzutage keine Brille mehr braucht. Die Sehkraft der Augen lässt auch jetzt noch im Alter nach, aber es gibt kleine hineintransplantierte Linsen, die sich automatisch an das Gesehene anpassen. Damit ist die Brille überflüssig.

»Patient 26262 bitte in Kabine sieben!« Sie steht auf. Auch diese Tür ist nur mittels eines Scanners zu öffnen, auf den sie ihre Handfläche legt.

Dann steht sie in einem Kuppelsaal. Er hat zehn Meter im Durchmesser, und in der Mitte an der Kuppeldecke befindet sich ein riesiges Röntgengerät. Menschen sind hier nicht zu sehen. Alles läuft automatisch.

Eine Stimme fordert auf:

»Stellen Sie sich barfuß auf die graue Plattform! Es wird dann eine Röhre um Sie gesenkt, um den Rest ihres Körpers vor den Strahlen zu schützen.«

Sie zieht ihre gelben Schuhe aus, schiebt die Beine des Overalls ein wenig hoch und stellt sich hin. Es ist das erste Mal, dass sie solch eine Röntgenhalle benutzt, sie weiß nicht, was passieren wird.

Die Stimme sagt: »Jetzt bleiben Sie ganz still stehen, die Arme an die Seiten, nicht bewegen, die Röhre wird sich jetzt senken! Nach Beendigung des Röntgenvorgangs wird sie sich wieder entfernen. Dann ziehen Sie Ihre Schuhe wieder an und verlassen den Raum.«

Wie geheißen presst sie die Arme an die Seiten. Sie erwartete eine durchsichtige Röhre, aber weit gefehlt. Eine schwarze Röhre senkt sich und ist so eng, dass sie sich in den Schultern nicht mehr bewegen kann. Doch was ist das? Gerade das Röhrengebilde starr und fest, jetzt wird es flexibel und scheint sich an den Körper anzupassen. Es fühlt sich an, als würde sie in Gummi gegossen.

Die Röhre schließt sich über ihrem Kopf, alles wird schwarz. Bewegungslos steht sie da, hört nichts, sieht nichts. Sie merkt nur noch, wie es an ihren Füßen anfängt zu prickeln, als ob kleine Nadeln sie stechen. Wie viel Sauerstoff habe ich hier drin?

Auf einmal entsteht direkt vor ihren Augen ein Bild. Paralysiert muss sie hineinstarren. Erst sieht sie nur milchige Schwaden. Aus diesen kommen mit rasender Geschwindigkeit zwei schwarze Punkte auf sie zu. Ihr wird schwindlig, aber sie kann nicht umfallen, die Röhre verhindert das.

Dann erkennt sie es. Aus dem Nebel erscheinen die schwarzen Augen der alten Frau, die in der Rezeption nach ihrer Karte gesucht hatte. Ihr wird es unheimlich. Schweißperlen laufen über ihren Rücken, an ihren Beinen hinunter.

»Was machen Sie mit mir, was ist hier los?«, ruft sie laut. Aber ihre Stimme ist nicht zu hören, in der Röhre gibt es keinen Schall.

Da beginnen die Augen zu sprechen. »*Ich werde mir jetzt die Energien holen, die du mir vorhin angeboten hast.*«

Sie flüstert tonlos: »*Ich habe nichts angeboten, einfach nur geschaut.*«

»*Doch, du hast mir Mitgefühl und Herzenswärme angeboten. Diese Emotionen habe ich beim Klonen verloren. Ich werde sie mir nun von dir nehmen.*«

»*Sie waren doch kein Klon. Ich habe eine uralte, faltige Frau gesehen, die nicht einmal gechipt ist.*«

»*Ich habe dich hervorragend getäuscht. Als Wandelklon kann ich verschiedene Gestalten annehmen. Aber wer von meinen schwarzen Augen gefangen wird, dem kann ich rauben, was ich brauche.*«

»*Dann ist diese schwarze Röhre ein Konstrukt deiner Augen?*«

»*Sehr richtig, kluges Mädchen.*«

Krampfhaft überlegt sie, wie sie aus dieser Situation entfliehen kann. Es muss eine Möglichkeit geben. Es kann nicht sein, dass ihr auf diese Art und Weise Emotionen gestohlen werden. Sie schließt ihre Augen. Die schwarzen Punkte tosen bedrohlich:

»*Öffne deine Augen, ich will dich saugen!*«

Sie gehorcht nicht und lässt und vor ihrem inneren Auge das Bild des lila Himmels entstehen. Die starke Energie der Turbulenzen hat sich während ihres Weges zum Ärztetower in einem Winkel des Gehirns manifestiert. Darauf konzentriert sie sich und bildet daraus eine wabbelige, lilafarbene Gedankenmasse.

»*Was tust du?*«, *rufen die schwarzen Augen.*

Sie antwortet nicht. Ihr Bestreben ist, alle entbehrlichen und verfügbaren Energien in das Wachstum dieser Gedankenmasse fließen zu lassen. Die vielen Jahre der Imagination und Energiearbeit helfen ihr dabei. So entsteht ein überdimensionales Energiegebilde, welches sich über sie ergießt. Es zieht sich wie eine zweite Haut um sie. Als sich das letzte Energiepixel um ihren Körper geschlossen hat und sie wie in einer Fruchtblase steckt, löst sich die schwarze Röhre auf.

Augenblicklich fällt sie um und knallt auf den harten Fußboden der Röntgenkuppelhalle. Ihre Poren saugen die Gedankenmasse wieder in ihren Körper, um sie dorthin zu verteilen, wo sie hingehört. Sie muss noch ein wenig liegen bleiben, die Energieverteilung hat sehr viel Kraft gekostet. Da hört sie eine laute Stimme.

»Was machen Sie noch immer hier? Ich habe Sie schon zehnmal aufgefordert, die Halle zu verlassen. Ihre Röntgenbilder sind schon lange erstellt. Sie können sie am Ausgang Nummer sechsundfünfzig abholen.«

Benommen steht sie auf. Sie zieht sich ihre gelben Schwebeschuhe an, läuft zum Sensor an der Tür, an der Exit steht. Die Tür öffnet sich.

Jetzt geht es in geschwungenen Gängen bergab bis zur Nummer sechsundfünfzig. Sie drückt einen Knopf, und aus einer Röhre kommen ihre Bilder geschossen. Sie sind in einer durchsichtigen, zylindrischen Hülle. Die klemmt sie sich unter den Arm, bewegt sich auf die letzte Tür zu, die nur der Ausgang sein kann, und öffnet sie.

Zoe schaut auf. Ja, da hat der Traum abrupt geendet. Sie reckt sich. Ein lautes Piepen ertönt. Es ist der Timer. Sie greift ihn, tippt nervös mit dem Finger auf der Touchfläche rum, der Ton hört nicht auf. Sie reibt den rechten Zeigefinger an ihrer Decke, die sie sich umgelegt hat. Endlich wird der Impuls vom Finger angenommen, das Geräusch verstummt.

Sie steht auf und schaltet das Wetterhologramm an. Der Megastrudel zieht sich nun langsam zusammen. Es ist zu befürchten, dass im Auge des Strudels die Saugkraft so enorm wird, dass alle dort befindlichen Gegenstände mit ins All gerissen werden. Das Auge liegt ungefähr fünfhundert Kilometer südöstlich von ihrem Standort. Das beruhigt sie. Bei gleichbleibender Schrumpfgeschwindigkeit wird erwartet, dass der Strudel in sechs Stunden bereits verschwunden ist. Es scheint der lila Mond.

Zoe geht in den Erfrischungsbereich und zieht sich aus. Flavio folgt ihr für sein Geschäft. Als sie unter der Dusche steht, fällt ihr plötzlich etwas ein. Zoe weiß nicht mehr, in welchem Zusammenhang das war, aber sie erinnert sich, dass sie Pia auch von ihrem Datenleser und der Datenmembran erzählt hatte. Vielleicht suchte Pia schon damals, als sie Zoe betäubt hatte, nach dem Datenmedium. Da sie es nicht fand, installierte sie Kameras, um Zoe zu beobachten. Eventuell befindet sich im Schutzraum auch eine Kamera. Warum sollte nur im Gang eine installiert sein? Möglicherweise gibt es gar eine im Haus?

Zoe weiß bis heute nicht, was während ihrer Betäubungszeit geschah. Sie wird Pia suchen, um Antworten zu finden. Der Vorfall damals hat augenscheinlich etwas mit den Ereignissen der letzten Tage zu tun.

Solange ich keine Antworten habe, kann ich nicht gezielt handeln. Außerdem kann ich ohne Wissen um die Zusammenhänge an meinem Buch sowieso nicht weiterschreiben.

Sie tritt aus der Dusche, lässt sich trockenföhnen. Nackt läuft sie zum Küchentrakt, bestellt sich Kaffee und Nahrungspaste, Geschmack Brötchen mit Honig. Sie zieht sich wieder den roten Anzug an und isst. Wie gerne würde sie jetzt Perlenwasser trinken. Vor dem Traum hatte sie zwei Zylinder davon zu sich genommen. Der Traum war bestimmt ein Produkt der Wirkung des Getränks auf ihr Gehirn.

Zoes Gedanken kreisen. Sie weiß nicht, wie es weitergehen soll, was sie tun soll. Allerdings fühlt sie sich dennoch erfrischt und motiviert.

»Komm, Flavio!« Sie klopft auf ihren Oberschenkel, und der Hund springt auf ihren Schoß.

Zoe küsst ihn auf den Kopf.

»Ich werde nach dem Essen meine Situation analysieren und alles geordnet aufschreiben. Vielleicht springt mir dann direkt etwas ins Auge, was mich klarer sehen lässt«, sagt sie zu ihm, als könne der Hund sie verstehen.

Flavio schaut sie an, als wolle er ihre Worte bestätigen und rollt sich in ihren Schoß. Bedächtig drückt sich Zoe den Inhalt der Nahrungstube in den Mund. Sie spült mit Kaffee nach. Langsam steht sie auf. Flavio springt sofort hinunter und trollt sich.

Sie holt sich aus dem Wandfach ein paar Seiten Papier, setzt sich an den Küchentresen und schreibt ihre Gedanken auf:

Die weiße Sonne ist weg. In sechs Stunden soll der Megastrudel verschwunden sein. Danach schicken sie bestimmt die Information, wann die Perlenräumung stattfindet. Aber zuerst kommt wahrscheinlich meine

Abholung zur Chipänderung. Die kann ich nicht mehr rückgängig machen. Wenn ich im Medizintower bin, habe ich meinen eigenen Schweber nicht dabei, werde abgeholt und wieder zurückgebracht. Ich muss mich dort heimlich entfernen, um an einen Infopoint heranzukommen, damit ich die Adresse von Pia herausbekomme. Ich kenne ja ihren Namen.

Zoe lehnt sich zurück.

Pia verhielt sich nach dem betäubenden Übergriff damals so, als wäre nichts geschehen. Zoe war aufgewacht, die Frau lag ganz friedlich neben ihr. Allerdings waren zehn Stunden vergangen. Pia hätte schon längst weg sein müssen. Warum war niemand gekommen, sie zu holen? Oder war doch jemand da gewesen, und Pia wurde dann beauftragt, nach dem Datenmedium zu suchen und die Kameras zu installieren? Vielleicht hatte sie jemanden hereingelassen, während ich im Drogenrausch lag? Was habe ich, was andere wollen?

Pia tat jedenfalls so, als hätte sie tief geschlafen, war ganz entspannt.

»War's schön?«, fragte sie Zoe. Die schüttelte nur ungläubig den Kopf.

»Du hast mich, ohne mich zu fragen, unter Drogen gesetzt. Ich habe für die letzten zehn Stunden ein völliges Blackout, und du fragst mich, ob es schön war!?«

»Also ich finde diese Droge einzigartig«, entgegnete Pia und strahlte übers ganze Gesicht. »Ich habe dann immer tolle erotische Träume und fühle mich, wenn ich aufwache, wie neugeboren.«

Das konnte Zoe so nicht bestätigen. Zum Glück war der azurblaue Mond aufgegangen, so dass sie Pia sofort nach Lemistown zurückbringen konnte. Seit diesem Tag hatten sie keinen Kontakt mehr.

Zoe beugt sich wieder über das Papier. Ich habe eigentlich gar keine Lust, diese Episode im Buch fort-zuführen.

Sie schreibt weitere spontane Gedanken auf:

Jonas ausfindig machen! Ich muss wissen, ob er auf-spürbar ist, ob er in der Gegend ist. Tom besuchen, um den Hund vorerst abzubestellen und noch offene Fragen zu klären.

Zoe steht auf. Ihr ist eingefallen, dass sie vergessen hat, die Kühlung im Haus abzustellen. Da die weiße Sonne schon einige Stunden verschwunden ist, herr-schen dort wahrscheinlich nun sehr niedrige Temperaturen. Sie steigt in ihren Schutzanzug, setzt sich die Sauerstoffmaske auf und geht in die Schleuse. »Komm, Flavio, wir gehen noch etwas spazieren! Lieber geschützt, man weiß ja nie.« Der Hund wedelt fröhlich mit dem Schwanz, bekommt einen Sauer-stoffhelm aufgesetzt und läuft hinter Zoe her.

In der Küche angekommen stellt Zoe die Kühlung wieder aus. Sie klemmt sich Flavio unter den Arm, steigt ins Obergeschoss, läuft bis zum Schlafzimmer und öffnet die Terrassentür. Der Boden ist etwas abschüssig, alle Perlen sind über die vorgesehenen Kanäle in den Hof weggerollt. Sie steigt über die Terrasse aufs Grundstück.

Es ist sehr dunkel unter dem lila Mond. Nur der Lichtschein der Perlenpracht aus dem Hof erhellt die dunkle Nacht. Flavio springt herum wie ein ausgelassenes Kind. Endlich wieder einmal unter freiem Himmel sein! Auch wenn es nur kurz ist. Dieses Grundstück war bestimmt früher ganz idyllisch. Noch immer sieht man die vielen bis zum Erdboden herunter verkohlten Baumstümpfe. Es sind an die vierzig Stück. Ein kleiner Wald hat hier wohl gestanden.

»Komm, Flavio, genug getobt!«

Der Hund kommt sofort angerannt, springt an Zoe hoch, die lachen muss, weil er mit dem Schutzhelm so lustig aussieht. Sie laufen zurück in den Schutzraum. Sie zieht die Sauerstoffmasken ab und den Anzug aus.

Ein Blick auf die mechanische Uhr sagt, drei Stunden sind vergangen. Genau so viele muss sie noch warten. Sie macht es sich auf dem Bett bequem, Flavio kuschelt sich an, und beide schlafen sofort ein.

Laute Töne wecken sie. Es ist der Alarmton, jemand ist auf dem Grundstück und die rote Lampe am Kommunikationskanal leuchtet. Zoe springt auf und hört ab.

»Sie werden erwartet. Der Abholschweber steht auf ihrem Grundstück bereit. Ende der Nachricht.«

Schnell verabschiedet sie sich von Flavio, stellt ihm noch Wasser hin, legt die Abortmatte in den Erfrischungsbereich.

Zoe läuft durch den Erdgang, klettert hoch zur durchsichtigen Luke nach draußen und weicht erschrocken zurück. Ein riesiger Schweber befindet sich fast über ihr. Die Luke zum Erdgang öffnet sich und sie wird von zwei Männern in dunkelgrünen Anzügen rasch in nach oben gezogen.

Sofort geht der Flug los und Zoe kann nicht mehr beobachten, wie sich die Luke ordnungsgemäß verschließt. Im Schweber sitzen neben den zwei grünen Männern noch fünf Personen. Alle schauen sehr grimmig vor sich hin. Keiner sagt einen Ton.

So lehnt sich Zoe zurück. Der Schweber ist viel schneller als ihrer. Schon erscheinen die Lichter von Lemistown, sie sieht die hellen Medizintower, die wie leuchtende Finger in die dunkle lila Nacht ragen.

»Eine Frage«, wendet sie sich an einen der grünen Männer, »in welchem Tower werde ich erwartet?«

»Im Chirurgietower.«

In dem Moment landet der Schweber auf einem Dach. Der Ausstieg öffnet sich, Zoe springt hinaus, wird sofort von vier blau gekleideten Personen empfangen und auf eine Schwebeliege geschnallt.

»Wir bringen Sie sofort in den OP-Raum. Zuerst erfolgt die Auslesung. Sämtliche Informationen Ihres alten Chips werden ausgelesen, zwischengespeichert und dann auf den neuen Chip gebracht. Das wird so zwischen zwei und fünf Stunden dauern.«

»So lange?«, fragt Zoe erstaunt.

»Machen Sie sich keine Sorgen! Sie können nebenbei Musik hören. Hatten Sie schon einmal eine Chipverpflanzung?«

»Nein«, sagt Zoe, »nur das Einsetzen des ersten Chips, aber das war unter Vollnarkose, da kann ich mich an nichts erinnern.«

»Jetzt läuft alles anders. Die Methoden sind verfeinert worden. Da Chip und Gehirn gekoppelt sind, müssen wir bestimmte Gehirnströme zulassen, andere ausschalten. Wir können Sie also nicht komplett in Narkose bringen. Vor allem ihre Augen dürfen während der gesamten Zeit keinen unkontrollierten Einflüssen ausgesetzt sein.« Zoe wird es etwas mulmig. Was für ein Aufwand wegen dieses winzigen Chips! Sie hatte sich damals beim ersten Einsetzen überhaupt keine Gedanken um das wie und was gemacht, zumal der Eingriff von einem Freund von Jonas vorgenommen worden war.

»Nach dem Auslesen wird der alte Chip verdampft, der neue einoperiert.«

»Und alles ohne Vollnarkose?«

»Seien Sie unbesorgt! Sie werden keine Schmerzen haben. Die Chips der neuen Generation sind wesentlich kleiner, leistungsfähiger und besser an das menschliche Gewebe und die neuronalen Leitbahnen und Verknüpfungen angepasst.«

»Kann ich mich jetzt noch dagegen entscheiden?«, wagt Zoe einzuwenden.

»Nein«, ist die Antwort. »Ein unsicherer Chip darf keinesfalls in einer Person verbleiben. Er kann Ihnen schaden und Ihre Sicherheit kann nicht mehr gewährleistet werden. Sie haben korrekt gehandelt, Ihren Verdacht sofort zu melden.«

Die Schwebeliege stoppt in einem OP-Raum und Zoe wird in eine weiße Kuhle auf einen Tisch gelegt. Augenblicklich schließen sich Schellen um ihre Beine, Arme, den Bauch, die Brust, den Hals und die Stirn. Sie ist voll fixiert. Über sie senkt sich ein Deckel. Diverse zarte Werkzeuge, Schläuche, Drähte sieht sie im Kopfbereich auf sich zukommen, je weiter er sich senkt.

Ich liege im Sarg, so fühlt es sich für sie an. Allerdings ist es ein hell erleuchteter Sarkophag, in dem harmonische, klassische Musik spielt, untermalt von Vogelgezwitscher. Zoe kann sich nicht bewegen.

»Öffnen Sie jetzt Ihre Augen ganz weit!«, sagt eine Stimme. Sie tut es und schon haben sich zwei Spreizer über ihre Augen gelegt, so dass sie die Lider nicht mehr schließen kann. Eine Kanüle senkt sich über ihr linkes Auge und taucht ein. Ein kurzer heftiger Schmerz durchfährt Zoe. Desselbe passiert mit dem rechten Auge. Zoe ist blind.

Die Musik spielt weiter. Nein, Schmerzen hat sie nicht mehr, spürt nur ein seltsames Vibrieren im Gehirn, mal hier und mal da. Plötzlich entsteht ein unangenehmer Druck im Nacken. Es scheint, als wäre ihr gesamter Körper nun doch narkotisiert. Aber sie ist bei vollem Bewusstsein, fühlt sich komplett körperlos.

Als die Musik endet, geht Licht an. Zoe schreit auf, so grell ist es, aber sie kann die Lider wieder schließen. Vorsichtig hebt sie den Kopf und setzt sich auf. Sie ist abgeschnallt. Arme und Beine sind etwas schwer, aber beweglich. Sie legt sich die Hände vor die Augen.

»Die Operation ist erfolgreich beendet, der neue Chip funktionstüchtig eingesetzt und angebunden. Sie können die Augen langsam öffnen. Die werden noch etwas lichtempfindlich sein, das legt sich aber umgehend.«

Vorsichtig blinzelt Zoe durch die Finger. Sie kann normal sehen und ist erleichtert.

»Begeben Sie sich zum achtundsiebzigsten Stock zur Rezeption! Dort werden Sie Gelegenheit bekommen, Ihren neuen Chip zu testen.«

Zoe öffnet die nun Augen ganz und steht auf. An der Wand ist eine große Anzeige. Sie muss den grün blinkenden Pfeilen folgen, um zur Rezeption zu gelangen.

Sie fährt mit dem Schwebekorb, läuft viele Gänge entlang und gelangt zur Rezeption. Zoe ist neben der jungen Rezeptionistin die einzige Person in diesem Raum.

»Legen Sie die rechte Hand auf die Scanfläche!«, sagt die junge Frau. Zoe tut es.

»Sie sind Zoe Leino?«

»Ja.«

»Dann gehen Sie bitte links in Zimmer achtzehn! Sie werden dort erwartet.«

Zoe dreht sich um. Ihr ist noch immer etwas taumelig, und die Augen reagieren noch sehr träge. Langsam läuft sie auf das Zimmer zu und öffnet die Tür.

An einem nierenförmigen, grauen Tisch sitzt ein dunkelhaariger Mann im weißen Kittel und blitzt sie mit seinen schwarzen Augen an.

»Guten Tag, ich bin Zoe Leino!«, grüßt sie.

Er erhebt sich, tritt auf sie zu, nimmt ihre ausgestreckte Hand in seine, hält sie fest und sagt lächelnd:

»Ich weiß, wer Sie sind. Setzen Sie sich!« Er führt sie an der Hand zu einem gemütlichen, grauen Lehnsessel, der seinem direkt gegenüber steht und drückt sie sanft nach unten, dass sie sich setzt. Zoe lässt es geschehen.

»Wir werden nun Ihre Daten checken.«

»Alle?«, fragt Zoe.

»Ja.«

»Darf ich fragen, in welcher Eigenschaft Sie hier handeln?«, möchte Zoe wissen.

»Selbstverständlich«, antwortet der attraktive Schwarzhaarige, beugt sich nach vorn und legt seine braune Hand auf ihr rechtes Knie.

»Ich bin hier der Sicherheitskontrolleur für die Datenchips. Da ich sowohl einen informationselektronischen als auch medizinische und wirtschaftliche Abschlüsse habe, werde ich Ihnen in allen Fragen zur Seite stehen können.« Er wendet sich von ihr ab und wieder seinem Schreibtisch zu, dessen gesamte Fläche ein Touchbildschirm ist.

»Ich werde Ihre Daten nun scannen. Die Informationen landen dann hier in meiner Anzeige. Wir werden sie gemeinsam auf Richtigkeit prüfen, indem ich Sie dazu befrage.«

»Ich habe gedacht, ich könnte meine Chipinformationen selbst überprüfen«, wagt Zoe einzuwerfen.

»Leider geht das so nicht, weil sie teilweise verschlüsselt vorliegen und Sie damit nichts anfangen könnten. Nur ich bin in der Lage, sie zu entschlüsseln.«

Er lächelt Zoe gewinnend an, dass ihr prickelnde Schauer durch den ganzen Körper ziehen. Seine Ausstrahlung ist sehr stark. Mal wieder spürt Zoe heftig, wie sehr ihr ein Partner und der Austausch von Zärtlichkeiten und körperlicher Liebe fehlen.

Der Schwarzhaarige tippt auf der Touchfläche herum.

»Bitte treten Sie hier an diesen Tisch heran!« Zoe steht auf, tritt auf ihn zu.

»Kommen Sie neben mich! Ziehen Sie Ihre Schuhe aus, stellen Sie sich barfuß in die auf dem Boden befindlichen Fußabdrücke!«

Zoe stellt ihre Schuhe beiseite. Die Fußflächen sind circa fünfzig Zentimeter auseinander. Sie steht daher recht breitbeinig da.

»Bitte legen Sie jetzt Ihre Hände direkt in die abgebildeten Handflächen.«

Zoe beugt sich nach vorne. Die Handflächen sind hinten auf der Tischfläche, sodass sie ihren Oberkörper ziemlich weit nach vorne beugen muss. Eine anstrengende Standposition hat sie jetzt eingenommen.

»Muss ich lange so stehen?«, fragt sie.

»Nein, nein«, antwortet der Sicherheitsmann, tritt hinter sie und berührt sie wie unabsichtlich am Po. Heiße Schauer durchziehen Zoe.

»Was soll das?«, fragt sie laut.

»Wie bitte?«, fragt er zurück, als wisse er nicht, worauf ihre Frage abzielt.

Jetzt bleib ruhig!, sagt Zoe innerlich zu sich. Einen Sicherheitsmann, der gleich die intimsten Details aus deinem Chip ausliest, solltest du nicht verärgern.

»Ist schon gut«, sagt Zoe, »ich stehe nur sehr unbequem.«

»Nur noch ein paar Sekunden«, erwidert er beschwichtigend.

Die Touchfläche wird auf einmal komplett schwarz.

»Fertig!«, verkündet er. »Kommen Sie, ich helfe Ihnen, sich aufzurichten!« Schon hat er seine kräftigen Arme um Zoes Taille gelegt und hebt sie hoch. Sie rutscht an seinem Bauch herab, seine Hände gleiten über ihren Brustkorb.

»Sie können die Schuhe wieder anziehen«, sagt er und strahlt Zoe an.

Ja, das hat dir gefallen, aber mir auch. Sie setzt sich wieder in den Sessel.

»Ihre Daten liegen vor«, hört sie ihn sagen, und er tippt wiederum auf der Touchfläche herum.

»Ich habe hier den Inhalt eines Fünfkategorien-chips vor mir.« Er zählt auf: »Erstens: persönliche Daten, inklusive Wohn-, Sozial- und Berufsstatus der letzten dreißig Jahre. Zweitens: sämtliche Daten zur Gesundheit, zu bereits erfolgten Eingriffen und Ihrer Krankenabsicherung. Drittens: finanzieller Status, Bankzugänge und Abos. Viertens: partnerschaftliche Bestandsdaten und aktuelle Informationen. Fünftens: Anzeigen, Vergehen und Strafandrohungen.«

Zoe klappt der Unterkiefer herunter. Sie hätte niemals angenommen, dass im Chip so viele detaillierte Informationen gespeichert sind.

»Ich muss an diese Stelle etwas fragen …«, beginnt Zoe.

»Bitte!«, sagt der Mann.

»Meine erste Frage: Wie war es möglich, dass der alte Chip von irgendjemandem geknackt werden konnte, und kann man herausbekommen, von wem und wann?«

»Nun«, sagt der Sicherheitsspezialist, »wer es war, ist nicht zu ermitteln. Falls die gesamten Auslesedaten noch vorhanden sind, könnte ich versuchen zu recherchieren, ab wann die Sicherheitscodierung geknackt war. Eins ist sicher, diejenige Person, die es tat, hat Eingriff in Sicherheitssysteme oder ist ein absolutes Elektronikgenie.«

Zoe schaut den Mann direkt an.

»Dann bitte ich Sie inständig herauszubekommen, wann es passiert ist!« Der Mann nickt freundlich, tippt etwas ein.

»Ich habe den Auftrag soeben ausgelöst. Vielleicht haben wir ja Glück, und die Informationen sind noch nicht gelöscht. Möchten Sie noch etwas wissen?«

»Ja, ist dieser Chip nun sicher?« Der Mann nickt.

»Davon können Sie ausgehen. Alle Zugangspins sind neu und modern sicherheitsverschlüsselt. Allerdings muss Ihnen klar sein, dass Sie für den, der den Chip geknackt hat, bis heute ein offenes Buch sind.«

»Ja, das ist mir bewusst«, sagt Zoe. »Trotzdem geben mir Ihre Worte Hoffnung, dass ich endlich wieder sicher und geschützt bin.«

Der Mann lächelt, legt noch einmal seine warme Hand auf ihr Knie, schaut ihr tief in die Augen, als wolle er sie hypnotisieren.

»Das können Sie, Zoe«, sagt er leise. »Jetzt wollen wir beginnen.«

Stück für Stück tasten sie sich durch alle Informationen durch. Es ist erstaunlich, wie detailliert die Angaben sind, die Zoe als richtig bestätigen muss. Es sind tatsächlich alle Arztbesuche, medizinischen Daten, alle verordneten und auch selbst besorgten Heil- und Lebensmittel verzeichnet, so auch die Konsummenge von Perlenwasser. Als Nächstes kommt der Datenabgleich aus dem partnerschaftlichen Bereich. Jede Beziehung, Liaison, jeder Flirt, alles ist gelistet.

Schade, dass nicht auch die Adressen der Männer erfasst sind, denkt Zoe, dann wüsste sie jetzt, wo sich Jonas aufhält.

»Sie sind schon geraume Zeit in der Partnersuchdatenbank gelistet?«, fragt der Mann interessiert.

»Ja.«

»Und es hat sich noch nichts ergeben?«

Was für eine Frage!, denkt Zoe. Das würde er doch sehen. »Nein«, antwortet sie stattdessen. Er wiegt den Kopf.

»Da gab es einmal eine ziemlich perfekte Übereinstimmung«, sagt er und schaut gebannt auf sein Datendisplay.

»Beachtlich«, fügt er hinzu. »Die Partnerstimmigkeit lag bei sechsundachtzig Prozent. Das hätte eigentlich klappen müssen.« Zoe überlegt kurz.

»Das kann nur der Mann im Schutzraum gewesen sein«, sagt sie laut.

»Was ist passiert?«, will der Schwarzhaarige wissen.

»Ich habe keine Ahnung«, antwortet Zoe. »Die korrekten Kennenlerncodes waren ausgetauscht, er hätte mich nehmen können. Doch plötzlich war er weg, als hätte er sich im Nichts aufgelöst. Meine Augen hatte er verbunden, so dass ich ihn nicht sehen konnte.«

»Seltsam«, murmelt der Sicherheitsmann. »Kommen wir nun zur letzten Kategorie!« Erstaunt blickt er auf.

»Sie haben hier zwei Anzeigen und eine abzuleistende Strafe gelistet.«

»Zwei Anzeigen?«, fragt Zoe erstaunt.

»Ja, eine wegen wiederholter Unterlassung der Perlenräumpflicht und eine zweite wegen Perlenunterschlagung.«

Zoe läuft es eiskalt den Rücken hinunter. Die Perlen im Erdgang. Die Kamera. Irgendjemand will sie in die Knie zwingen. Plötzlich kommt ihr eine Idee.

»Sie sind doch ein genialer Sicherheitsfachmann«, sagt sie zu dem Mann, der sich augenblicklich aufrichtet.

»Ja?!«

»Ich gehe davon aus, dass derjenige, der meinen Chip geknackt hat, auch auf meinem Grundstück war und Überwachungskameras installiert hat.«

»Aha«, sagt der Mann, »erzählen Sie weiter!«

»Stimmt, ich habe mehrfach die Räumung der Perlen versäumt zu beauftragen und auch ein paar davon als Beleuchtungsmittel in meinen Erdgang gestreut. Ich werde sie wieder einsammeln und zurücklegen. Doch ich möchte, dass diese Kameras gefunden und deinstalliert werden. Können Sie mir dabei helfen?«

Der Mann wiegt den Kopf.

»Schweres Vergehen, Perlen zu entnehmen!«

Zoe bereut schon, dass sie ihm davon erzählt hat, als er plötzlich aufsteht und aus einem Fach ein Schreibboard nimmt. Er schreibt mit dem Finger etwas darauf, reicht ihr das Board, sie liest:

Ich selber kann es nicht tun, aber ich könnte Ihnen jemand vermitteln. Bis dahin sollten Sie auf keinen Fall in Ihr Haus zurückkehren!

Zoe löscht mit einer Handbewegung das Geschriebene und schreibt selbst:
Wie lange brauchen Sie, um jemanden zu beauftragen? Ich habe einen Hund zu Hause, der kann nicht ewig alleine sein. Und außerdem, wo soll ich in der Zwischenzeit hin?

Sie gibt ihm das Board zurück, er liest, löscht, schreibt:

Morgen schon kann es gemacht werden, und bis dahin könnten Sie auch bei mir bleiben, falls Sie keine andere Möglichkeit in Lemistown finden.

Oh, wie verlockend!, denkt Zoe und schreibt wieder auf das Board:

Das hört sich gut an. Ich nehme Ihr Angebot an. Allerdings brauche ich einen Rückflug zu mir, denn ich habe meinen Schweber nicht dabei, wurde ja zur OP abgeholt.

Der Mann löscht das Gelesene und schreibt:

Das ist kein Problem. Der Mann, der die Kameras deinstallieren wird, kann Sie mitnehmen.

Zoe blickt den attraktiven Schwarzhaarigen an und nickt bestätigend.

»So«, sagt er laut, »ich glaube, wir haben alle Daten erfolgreich abgeglichen. Nun bitte ich Sie, testweise hier einen Scanvorgang Ihrer Krankenabsicherung vorzunehmen, damit der operative Eingriff des Chipwechsels auch gleich ordentlich verbucht und abgerechnet werden kann.«

Zoe steht auf. »Wieder beide Hände?«, fragt sie.

»Nein, eine reicht«, sagt er, steht auch auf, stellt sich hinter sie, nimmt ihre rechte Hand und führt sie auf die Scanfläche auf dem Schreibtisch. Ganz dicht presst er sich an sie. Sie genießt es.

Scanvorgang erfolgreich, erscheint auf dem Display.

»Prima«, meint er. »Dann werde ich Ihren Weitertransport beauftragen.« Er nimmt das Schreibboard, schreibt und reicht es ihr noch einmal.

Zoe liest:

Ich beauftrage einen Abholschweber, Sie in den Singletower zu bringen. Dort erwarten Sie mich in der fünfzehnten Etage im Wartebereich! Ich werde in fünf Stunden dort sein.

Zoe lächelt und gibt ihm das Schreibboard zurück, nachdem sie das Gelesene gelöscht hat.

Er reicht ihr die Hand.

»Begeben Sie sich bitte ins Erdgeschoss! Ihr Abholschweber wird Sie zur vereinbarten Adresse bringen.«

Seine Hand drückt ihre warm und kraftvoll, wie sie es mag.

Langsam läuft Zoe den Gang entlang. Dieser Mann hat sie fasziniert. Er weiß, was er will. Sie schiebt alle Zweifel an seiner Zuverlässigkeit und Verschwiegenheit beiseite. Er wird doch ständig mit intimsten Daten von Personen konfrontiert, er muss einfach diskret sein. Beschwingt steigt sie in einen Schwebekorb, der sie ins Erdgeschoss hinunterbringt.

Eine große Anzeige leuchtet im Eingangsbereich: *Vergessen Sie nicht, das Wetterhologramm abzurufen, bevor sie den Tower verlassen!*

Sie tritt an ein Hologerät. Es zeigt, dass noch immer der lila Mond das Wetter beherrscht.

Zoe verlässt das Gebäude. Unter der Überdachung des Towers warten einige Schweber auf Passagiere. Welcher ist der für mich?, denkt Zoe, tritt auf den Ersten zu.

»Name?«, fragt der Schweberführer.

»Zoe Leino.«

»Sie fliegen nicht mit mir. Sekunde, ich schaue nach … Sie fliegen mit Nummer sechshundertachtundzwanzig.«

»Danke«, sagt Zoe und läuft weiter.

Alle Schweber haben eine Bezeichnung, aber die genannte Nummer ist nicht dabei. So geht sie zurück in den Eingangsbereich, da ist es wärmer. Sie ist nicht gekleidet für lange Außenaufenthalte, sollte sie doch eigentlich nach dem Eingriff sofort wieder nach Hause gebracht werden. Sie setzt sich in einen Sessel, von dem aus sie durch die großen Scheiben des Foyers nach außen blicken kann.

Wie komme ich bloß an einen Infopoint heran? Hier im Chirurgietower ist keiner. Im Gewerbegebiet auch nicht, das weiß sie von ihrer letzten Recherche über den Röntgentower. Sie wird gleich zum Singletower gebracht.

Je länger sie darüber nachdenkt, was sie dem gutaussehenden, schwarzhaarigen Sicherheitsmann alles erzählt hat und worauf sie sich eingelassen hat, desto mulmiger wird ihr. Die starke Energie, die er ausstrahlt, hat all ihre Bedenken überlagert. Jetzt machen sich doch Zweifel breit. Aber die prickelnde Erregung, die Zoe wieder stark verspürt, als sie sich vorstellt, mit diesem Mann ohne dienstlichen Grund in einem Apartment zu sein, lässt augenblicklich alle Wenn und Aber wieder verschwinden. Vielleicht hat er zu Hause einen eigenen Infopoint und kann für sie Informationen abrufen. Er ist immerhin ein Sicherheitschef und weiß schon so viel über sie, dass es auf die paar Details nicht mehr ankommt.

Singletower, wohnt nicht Tom auch dort? Aber vielleicht gibt es mehrere davon. Sie kann sich nicht an Toms Adresse erinnern.

Ihr Blick fällt durch die Scheiben. Zwei neue Schweber sind angekommen. Zoe steht auf und läuft nach draußen. Einer trägt die Nummer sechshundertachtundzwanzig und ist unbemannt. Sie legt den Daumen an den Scanpoint, die Luke geht auf, Zoe steigt ein. Vielleicht ist es sein privater Schweber, und er hat ihren Pin freigegeben, damit sie ihn fliegen kann, denkt Zoe und sagt laut:

»Zum Singletower.« Der Einstieg schließt sich, der Schweber setzt sich in Bewegung. Zoe lehnt sich entspannt zurück und schaut durch die klaren Scheiben auf den lila Mond, der heute besonders groß erscheint.

6. Kapitel: Wollüstiges Abenteuer im Singletower

Nach ein paar Minuten landet der Schweber vor einem Luxustower. *Singletower Nummer drei* steht in großer Leuchtschrift über dem hell erleuchteten Eingang.

Zoe steigt aus. Die breite Glastür ist verschlossen. Sie legt ihre Hand auf die Scanfläche daneben. Nichts passiert. Jetzt komme ich hier nicht rein! Das hat mir noch gefehlt.

Zoe fröstelt. Der lila Mond hat die Außentemperatur bestimmt bereits unter null Grad sinken lassen. Ich werde erfrieren, wenn ich nicht bald hineinkomme.

Sie sucht nach einem Rufknopf, findet keinen, schaut durch die Scheiben in den Eingangsbereich. Die Rezeption ist unbemannt. Zoe dreht sich um und betrachtet die Umgebung. Kleine und große Luxusgebäude stehen in einigem Abstand. Sie befindet sich in einem neu erbauten Stadtteil, den sie nicht kennt. In einem Luxusgebiet wird sie keine Infopoints finden. Die hier Wohnenden haben alle einen im Gebäude oder sogar im Apartment.

Es sind noch vier Stunden bis zum verabredeten Zeitpunkt. Plötzlich landet vor dem Eingang ein Schweber. Ein Pärchen steigt aus, läuft Hand in Hand auf die Eingangstür zu, die Tür öffnet sich. Zoe macht einen großen Satz und schafft es, mit hineinzugelangen. Die beiden haben sie nicht bemerkt oder wollten es nicht. Sie küssen sich und lachen, steigen in einen durchsichtigen Fahrkorb, der sich sofort nach oben in Bewegung setzt.

Zoe schaut sich um, sieht keine weiteren Türen. Sie läuft zum Fahrkorb, welcher wieder unten angekommen ist. Er öffnet sich nicht. Auch ihre Versuche, die Öffnung durch Berühren des Scanpoints zu bewirken, schlagen fehl. So setzt sie sich in einen der weichen Sessel direkt gegenüber dem Fahrkorb. Irgendwann wird bestimmt wieder jemand kommen, dann springe ich mit hinein. In der Halle ist es gemütlich warm. Zoe wird schläfrig, ihr fallen die Augen zu.

Unsanft rüttelt sie jemand an der Schulter.

»Was machen Sie hier?« Zoe springt erschrocken auf.

»Ich warte auf den Sicherheitschef vom Chirurgietower«, antwortet sie. Vor ihr steht ein riesiger Mann in Uniform.

»In diesem Tower darf sich niemand unbefugt aufhalten«, sagt er streng.

»Ich soll in Etage fünfzehn im Wartebereich auf ihn warten, aber ich komme nicht in den Fahrkorb.« Der Riese hört überhaupt nicht zu.

»Wie sind Sie hier hereingekommen?«, will er wissen. »Das ist Hausfriedensbruch! Wenn Sie nicht hier wohnen, haben Sie hier nichts zu suchen. Ich muss das melden.«

»Bitte«, fleht Zoe, »hören Sie mich an! Der Mann vom Chirurgietower hat mich zu sich eingeladen. Er komme in fünf Stunden, hat er gesagt. Wie spät ist es jetzt?« Der Mann hält ihr seine mechanische Uhr direkt vor die Nase. Zoe rechnet.

»Die fünf Stunden sind gerade vorbei, er müsste eigentlich schon da sein«, versucht sie, den Mann zu überzeugen.

»Sie können mir viel erzählen.« Der Riese geht mit schweren Schritten auf die Rezeption zu.

»Ich muss jetzt Meldung machen.«

Just in diesem Moment geht die Eingangstür auf.

»Was machen Sie hier unten?«, fragt der Sicherheitsmann vom Chirurgietower und eilt auf Zoe zu. Er reicht ihr seine warme Hand.

Zoe hätte ihn fast nicht wiedererkannt. Er wirkt älter, trägt einen blauen Overall.

Der große Wachmann dreht sich um.

»Tut mir leid, Herr Scharen«, poltert er los, »diese Person ist unbefugt eingedrungen. Ich wollte es eben melden.«

»Das brauchen Sie nicht«, entgegnet Herr Scharen, »diese Dame wartet auf mich. Vielen Dank! Kommen Sie!« Herr Scharen nimmt Zoe bei der Hand und zieht sie mit sich zum Fahrkorb. Sie fahren in die fünfzehnte Etage.

»Es ist leider etwas später geworden. Warum haben Sie nicht oben auf mich gewartet?«

»Ich bin weder ins Gebäude noch in den Fahrkorb gekommen. Jegliche Scanversuche sind fehlgeschlagen. Wenigstens hatte ich das Glück, als ein Pärchen kam, heimlich mit ins Gebäude hineinschlüpfen zu können.«

»Seltsam«, wundert sich Herr Scharen und schüttelt den Kopf.

»Ich habe doch Ihre Pins freigegeben.«

»Ist ja noch einmal gut gegangen«, sagt Zoe. Der Mann scheint völlig verändert. Seine Haare sind heller. Vielleicht liegt es auch an der Beleuchtung hier, überlegt Zoe. Da hält schon der Fahrkorb an.

»Nach links, bitte, Apartment 1.508!« Er geht voran und öffnet.

»Treten Sie ein!«

Zoe betritt vorsichtig das Reich von Herrn Scharen, dem vor Stunden noch extrem anziehenden, schwarzhaarigen Sicherheitschef. Dieser schließt ziemlich kraftlos hinter ihr die Tür.

»Machen Sie es sich bequem!«, sagt er. »Ich hole etwas zu trinken.«

Zoe schaut sich um. Solch einen Luxus hat sie außer bei Jonas noch nie gesehen. Der große Raum sieht aus wie ein hypermodernes Museum. Alles ist sehr ordentlich und sauber. Schwarze, stylische Möbel mit Goldverzierungen füllen das Zimmer. Die gesamte Außenwand des Raumes besteht aus Sicherheitsglas. Zoe kann weit über Lemistown blicken.

Er kommt wieder, bringt zwei Gläser mit goldfarbener, sprudelnder Flüssigkeit.

»Sie müssen ja schon fast verdurstet sein.« Herr Scharen scheint um Jahre gealtert, regelrecht in sich zusammengefallen zu sein. Er hat nun einen mintgrünen, losen Hausanzug an. Die Farbe findet Zoe absolut unerotisch. Wo ist seine tolle Ausstrahlung geblieben?

Er prostet Zoe zu und trinkt mit großen Zügen sein Glas aus. Zoe nippt.

»Was ist das?«

»Perlenwasser mit Orchideengold versetzt.«

»Davon habe ich noch nie etwas gehört, aber es schmeckt herrlich.« Sie trinkt weitere kleine Schlucke. Schon wieder Perlenwasser! Soll ich ihn dazu befragen? Lieber nicht. Er hat so komisch reagiert, als ich von den Perlen im Erdgang berichtet hatte.

»Setzen Sie sich! Ich muss jetzt etwas essen. Was kann ich für Sie ordern?«, fragt er.

»Ich hätte gerne eine Tube Ragout fin mit Toast«, antwortet Zoe.

Er begibt sich in einen Nebenraum. Zoe lässt ihre Blicke wieder schweifen. Eine Uhr zeigt, dass die sechsundvierzigste Stunde angebrochen ist. In diesem Raum scheint alles hinter einer Wandverkleidung verborgen. Sie sieht weder ein Hologrammgerät noch einen Bildschirm noch sonst irgendetwas, das auf einen Infopoint hindeuten könnte. Vielleicht hat er ja mehrere Räume.

Herr Scharen kommt zurück und reicht ihr eine Tube Nahrungsbrei.

»Lassen Sie es sich schmecken!«, sagt er, setzt sich und trinkt das zweite Glas Orchideengold mit einem Mal aus.»Jetzt geht es mir besser.«

Tatsächlich, seine Augen scheinen wieder zu blitzen, seine Haare werden dunkler, sein Körper wieder kraftvoller.

»Ich habe die Deinstallation der Überwachungskameras in Ihrem Haus bereits beauftragt. Sie werden zur achten Stunde unten vor dem Tower abgeholt.« Er steht auf, geht noch einmal nach nebenan, um wiederum mit einem großen Glas Orchideengold zurückzukommen. Diesmal trinkt er langsamer.

»Ihr Apartment ist sehr schick«, sagt Zoe.»Wie viele Räume haben Sie?«

»Fünf«, antwortet Herr Scharen und nippt abwesend an seinem Getränk.

»Darf ich raten? Außer dem Wohnraum ein Arbeitszimmer, einen Hobbyraum, ein Schlafzimmer und ein Gästezimmer.«

»Genau richtig!« Er stellt sich an die Wand, hält seine Hand davor.

Die Wandverkleidung geht hoch und gibt den Blick auf ein großes Aquarium frei.

»Oh!«, ruft Zoe, »so etwas Schönes habe ich schon lange nicht mehr gesehen.«

146

»Das habe ich mir gedacht«, lächelt Herr Scharen. »Ich bereite Ihr Zimmer vor. Essen Sie in Ruhe auf und trinken Sie aus! Erfreuen Sie sich an den Fischen, ich bin gleich wieder für Sie da!« Herr Scharen verlässt das Zimmer.

Wie gebannt schaut Zoe auf das riesige Wasserbassin mit den farbenprächtigen Tieren darin. Sie presst sich den letzten Rest ihres Nahrungsbreis in den Mund. Er schmeckt köstlich, aber er macht Durst. Sie trinkt ihr Glas aus. Wohl fühlt sie sich, als wäre sie zu Hause.

Sie legt sich auf die weiche Couch, schließt die Augen und versucht, sich Herrn Scharen so vorzustellen, wie sie ihn im Chirurgietower gesehen hat. Die Bilder passen nicht zusammen. Aber er ist es trotzdem.

Da kommt er auch schon in den Raum zurück.

»Es ist angerichtet«, sagt er und nimmt ihre Hand, zieht sie von der Couch hoch. Er führt Zoe durch einen langen Gang.

Sie hat den Eindruck, als würde sie schweben. Vielleicht ist Orchideengold auch eine Droge? Herr Scharen hat jedenfalls wieder mehr Spannkraft, und Zoe stört der mintgrüne Anzug plötzlich gar nicht mehr.

Er öffnet eine Schiebetür. »Bitte sehr, hier ist mein Hobbyraum.«

Überwältigt bleibt Zoe stehen. Herr Scharen hat ein eigenes Schwimmbad. Der Raum glitzert in allen Farben von den vielen indirekten Leuchten. Auch hier ist die Außenwand komplett aus Panzerglas. Das Schwimmbecken hat zehn Meter Länge. Es ist so gebaut, dass einige Fensterscheiben unter Wasser sind. Zoe klatscht in die Hände wie ein Kind.

»Herrlich!«, ruft sie. »Gehen wir jetzt schwimmen?«

»Gleich«, schmunzelt Herr Scharen und reicht ihr ein Glas mit blauer Flüssigkeit.

»Was ist das?«, fragt Zoe.

»Die Substanz versorgt Sie gut mit Sauerstoff, damit Sie lange unter Wasser verweilen können. Ich möchte mit Ihnen um die Wette tauchen.«

»Und Sie brauchen nichts davon trinken?« Herr Scharen nippt immer noch an seinem Orchideenwasser.

»Nein«, sagt er nur. »Trinken Sie aus!« Zoe leert das Glas in einem Zug und gibt es ihm.

»Dort vorne rechts ist eine Dusche. Entkleiden Sie sich jetzt und reinigen Sie sich gut!« Oh, wie förmlich! Sie hat gedacht, er wäre ein feuriger Mann, der sich auf animalische Weise auf sie stürzen würde. Sie geht zum Duschbereich. Es ist ein großer, braun gefliester Raum. Sie zieht sich aus. Ihre nackte Haut bewirkt, dass das Wasser zu fließen beginnt. Es strömt direkt aus der Decke wie Regen. Das Duschwasser wird blau und während es über ihren Körper rinnt, bemerkt sie, wie sich ihr Körper langsam aufbläht. Die Muskeln, die Haut, die Brüste, alles wird straffer und fester. Was für ein Effekt! Die Vorstellung, sich mit diesem Mann unter Wasser zu messen, ist nun für sie sehr anregend. Das Duschwasser verebbt. Sie lässt sich die nun blauen Haare föhnen. Sie schaut in einen Spiegel. Auch ihre Lippen und Fingernägel sind blau, die Haut schimmert bläulich. Sie tritt nackt aus dem Raum. Ihr aufgepumpter Körper fühlt sich an, als hätte sie jahrelang Extrembodybuilding betrieben. Herr Scharen erwartet sie, betrachtet sie von oben bis unten.

»Fantastisch«, kommentiert er, »genau so habe ich Sie mir vorgestellt. Springen Sie ins Wasser und schwimmen Sie ein paar Runden! Ich komme gleich hinterher.«

»Wie tief ist das Becken?«, fragt Zoe.

»Drei Meter. Jetzt springen Sie schon!« Zoe nimmt Anlauf und springt kopfüber ins Wasser, taucht und schwimmt dann mit langen Zügen. Was für eine Wonne! Sie taucht wieder und schaut unter Wasser auf die beleuchtete Stadt. So schön möchte ich es auch einmal haben! Sie taucht wieder auf, holt Luft. Herr Scharen ist nicht zu sehen.

Zoe genießt weiter die Unterwasseraussicht, als sie plötzlich von hinten gepackt wird. Ein Arm legt sich wie eine Schraubzwinge um ihren Hals. Sie wird durchs Wasser gezogen und spürt, dass in dieser Umklammerung sehr viel aggressive Energie liegt. So schnell kann sie gar nicht reagieren, da umgreift er ihre Taille, hebt sie aus dem Wasser und setzt sie an den Beckenrand. Er steigt aus dem Wasser. Sein Körper ist komplett schwarz, als wäre er von einer zweiten Haut umgeben. Sie schaut sich seinen nackten Body verzückt an.

Herr Scharen kommt auf sie zu, zieht sie mit gewaltiger Kraft hoch, so dass sie kniet, und presst ihr Gesicht in seine Männlichkeit.

»Ich will, dass du mich unter Wasser befriedigst, während du fast am Ertrinken bist, meine kleine Nixe. Aber zuvor werde ich dich im Becken jagen.« Er greift Zoes Kinn, schaut ihr in die Augen, stößt sie ins Wasser und springt hinterher.

Zoe versucht, die Orientierung zu finden. So prickelnd, wie das Spiel scheint, Panik erfasst sie. Aber sie spürt auch, dass ihr aufgepumpter, blauer Körper

Kräfte freisetzt, über die sie noch niemals verfügt hatte.

Wo ist er? Sie bemerkt einen Schatten. Aus Leibeskräften taucht sie in eine andere Richtung. Sie muss aufsteigen, Luft schnappen. Aber er zieht an ihren Füßen. Sie sinkt bis zum Boden. Er ist über ihr, berührt sie überall, hebt sie auf, steigt hoch und schleudert sie mit unbändiger Kraft aus dem Wasser in die Luft.

Sie klatscht aufs Wasser, strampelt, will zum Rand schwimmen. An der Längsseite gibt es eine Treppe ins Becken. Noch zwei Meter bis dorthin, als sich sein gesamter Körper wie ein Krake um sie legt. Er umschlingt sie unter Wasser und presst seinen Leib an ihren, und seine Hände liegen an beiden Seiten ihres Gesichtes. Er taucht kurz mit ihr auf und schaut sie direkt an.

»Jetzt ist es so weit. Gib dein Bestes!«

Sie kann gerade noch einmal Luft holen, bevor er sie nach unten zieht. Er umklammert sie, und sie sinken zu Boden. Er legt sie hin und setzt sich auf ihre Brust. Sie fuchtelt mit den Armen. Er greift ihre Handgelenke, hält sie fest, rutscht höher. Gurgelnde Geräusche strömen aus ihrem Mund …

Zoe hustet und schlägt die Augen auf. Ein paar wenige Lämpchen an der Decke tauchen den Raum in schummriges Licht. Wo bin ich? Sie liegt nackt in einem unbekannten Bett. Sie setzt sich auf. Ihre Haare fallen auf die Brust nach vorne, sie sind noch hellblau.

Schlagartig kommt ihre Erinnerung zurück. Es hat unter Wasser nicht geklappt, wie er es wollte. Er versuchte es mehrmals. Der Mann braucht wahrscheinlich einen ganz bestimmten Ablauf. Zoe hat keine Ahnung, ob es doch noch funktioniert hat. Beim dritten Mal schwanden ihr die Sinne. Dann hat er sie wohl augenscheinlich abgetrocknet und ins Bett gelegt. Aber wo ist er?

Leise steht Zoe auf. Eine Tür des Raumes ist verschlossen, aber da ist noch eine andere. Sie geht hindurch und landet in einem Erfrischungsbereich. Auf einmal hört sie Geräusche, saust zum Bett zurück, legt sich hin und tut, als würde sie schlafen.

Die Tür schwingt leise auf, sie hört Schritte, die auf ihr Bett zukommen. Zoe atmet ganz leise, damit er nicht bemerkt, dass sie wach ist. Er bleibt kurz still stehen, entfernt sich wieder. Heimlich blinzelt sie ihm nach. Er hat nun einen dunkelblauen Hausanzug an und sieht wieder klein und schmächtig aus.

Zoe ist hellwach. Ich muss schauen, ob ich einen Infopoint finde. Herr Scharen hat die Tür offengelassen. Entweder will er gleich zurückkommen oder er hat vergessen, sie zu schließen.

Zoe wartet ab. Sie zählt bis tausend. Nichts ist zu hören. Vorsichtig steht sie auf, schleicht zur Tür, späht in den Gang. Alles ist ruhig.

Sie kann sich nicht erinnern, in welcher Richtung der Wohnsalon liegt. Sie geht spontan nach links. Alle Türen sind offen. Plötzlich hört sie leise Musik. Dorthin läuft sie. Die Laute kommen aus dem Wohnraum. Eine große Bildschirmwand flimmert vor sich hin. Sie zeigt einen herrlichen Sonnenuntergang, der von harmonischen Klängen untermalt wird.

Zoe bleibt fast das Herz stehen. Das ist eine Sequenz aus dem Film, den sie bei sich zu Hause gesehen hatte, in welchem sie auch im Erdgang zu sehen ist. Entweder ist es Zufall, dass Herr Scharen diese Aufnahmen besitzt, oder er hat etwas damit zu tun.

Dieser Gedanke beunruhigt Zoe sehr. Dann ist der Chip nämlich auch nicht sicher. Aber wie auch. Er hat ja alle Daten von ihr.

Sie betritt den Wohnraum, geht ein Stück weiter, bleibt stehen. Da liegt Herr Scharen. Er hat es sich auf der großen, weichen Couch bequem gemacht und schläft. Diverse Gläser mit verschiedenfarbigen Flüssigkeiten und kleine Dosen mit Pillen stehen auf dem Tisch daneben. Als hätte er sich einen Schlafcocktail gemischt. Zoe schaut auf die Uhr. Noch vier Stunden, bis sie abgeholt wird. Aus dem Apartment komme ich nicht raus.

Zoe schleicht davon und inspiziert die anderen Zimmer. Sie schaut kurz in den Küchentrakt, das Schlafzimmer, das Arbeitszimmer. Nirgends ist ein Infopoint zu sehen. Die letzte Tür im Gang ist verschlossen. Dahinter wird wahrscheinlich das Schwimmbad sein. Zoe schüttelt sich. Sie hat sich den Aufenthalt mit ihm in dieser Wohnung etwas anders vorgestellt.

Soll ich ihn wecken und fragen? Nein! Sie weiß viel zu wenig von ihm, und die Filmsequenz lässt sie jetzt besonders vorsichtig sein.

Wie automatisch führen sie ihre Schritte noch einmal in das Arbeitszimmer. Sie hat vorher nur einen kurzen Blick hineingeworfen. Jetzt erkundet sie den Raum und stellt fest, dass sich um eine Ecke herum noch ein weiteres Zimmer befindet. Auch das ist offen. Diesen sechsten Raum hat er ihr verschwiegen. Sie tritt ein. Es ist ein Labor. Alle möglichen Apparaturen stehen herum. Sie sieht Schränke mit Dosen, Flaschen und Instrumenten, die sie noch nie gesehen hat. Plötzlich entdeckt sie am Rande eines Tisches voller verschiedenfarbiger Pulver ein verstaubtes, antiquiertes Telefon. Wenn sie es jetzt benutzt, wird er es auf jeden Fall herausbekommen. Aber das ist ihre einzige Chance, an ihre Informationen heranzukommen. Vorsichtig hebt sie den Hörer ab, dreht sich um, will den Eingang im Auge behalten. Das Telefon funktioniert.

Eine Stimme säuselt in ihr Ohr: »Mit wem darf ich Sie verbinden?« Zoe flüstert:

»Tom Radis, Singletower.« Tom hat bestimmt auch ein Telefon, so clever wie er ist.

»Entschuldigung«, sagt die Stimme, »ich brauche die ganze Adresse.«

»Tut mir leid«, faucht Zoe in den Hörer, »Sie werden ihn auch so finden, da bin ich mir sicher!« Am anderen Ende der Leitung tritt Stille ein. Plötzlich ertönt ein Rufzeichen.

»Ja?«, meldet sich Toms verschlafene Stimme. Egal, was Zoe je über Tom gedacht hat, jetzt ist sie heilfroh, seine Stimme zu hören.

»Hallo, Tom, ich bin's, Zoe! Bitte sag jetzt nichts! Ich bin in Eile, und es ist sehr wichtig. Ich brauche dringend sofort die Adresse von Ilona Monti alias Pia und Informationen zu einem Herrn Scharen, der im Singletower drei, Apartment 1.508 wohnt.«

Tom ist sofort hellwach und erkennt die Brisanz der Situation.

»Bleib dran!«, sagt er nur. »Bin sofort wieder da.« Zoe wartet. Die Sekunden verrinnen. Ihr stehen Schweißperlen auf der Stirn. Dann hört sie Toms Stimme wieder.

»Pia wohnt im Erostower sechs, Apartment zweiundneunzig in Medapoder. Herr Scharen ist höchster

Sicherheitschef aller Ärztetower in Lemistown und ein Wandelklon der ältesten Generation.« In dem Moment muss Zoe den Hörer leise auflegen, denn sie hat einen Schatten im Eingangsbereich gesehen. Schnell greift sie etwas von dem rosa Pulver und bläst es übers Telefon, damit ihre Abdrücke bedeckt werden. Da tritt Herr Scharen in den Raum. Zoe tut so, als würde sie das Pulver mit den Fingern zerreiben und riecht daran.

»Was machen Sie hier?«, fragt Herr Scharen in scharfem Ton.

»Oh, bitte verzeihen Sie!«, säuselt Zoe liebreizend. »Ich konnte nicht schlafen, wollte Sie aber auch nicht wecken. Da habe ich hier diesen interessanten Raum gefunden. Stellen Sie hier Ihre herrliche zweite Haut her? Ihr Körper hat sich darin unglaublich erregend angefühlt.« Herr Scharens Augen blitzen auf.

»Das haben Sie richtig erfasst«, sagt er zu Zoe. »Ich kann diese Haut in allen Farben herstellen. Leider hält sie nur für eine Stunde, dann löst sie sich wieder auf. Auch den Drink für Sie, der Sie zu einer langtauchfähigen Nixe verwandelt hat, habe ich hier entwickelt.«

»Faszinierend«, lobt Zoe. »Ich habe Durst, konnte nirgends etwas zu trinken finden.«

»Kommen Sie!«, sagt Herr Scharen. Zoe geht hinter ihm her. Ihr Herz klopft bis zum Hals. Das Schauspielern hat sie während ihrer Beziehung mit Jonas ganz gut gelernt, aber innerlich pulsiert sie vor Aufregung. Hoffentlich halte ich die ruhige, gleichgültige Ausstrahlung durch, bis ich hier raus bin und er lässt mich in Ruhe. Herr Scharen, ein Wandelklon! Zoe hat sich also nicht getäuscht. Vielleicht bewirkt er seine Wandlung über die Drinks und Dragees. So ähnlich wie Pia. Sie muss allerdings Medikamente nehmen, um sich nicht zu verändern.

»Bitte«, sagt Herr Scharen und reicht Zoe ein Glas Wasser. »Perlenwasser«, fügt er hinzu.

Zoe trinkt notgedrungen, etwas anderes gibt es nicht. »Wie lange dauert es noch, bis ich abgeholt werde?«

»Drei Stunden. Ich möchte mich jetzt gerne noch etwas ausruhen, habe morgen einen Achtundvierzigstundentag. Zur siebenten Stunde werde ich Sie mit einem köstlichen Frühstück wecken.«

»Ich habe noch eine Frage«, sagt Zoe.

»Wenn sie nicht zu lange dauert, ich bin wirklich sehr müde«, antwortet Herr Scharen.

»Der Film vom Sonnenaufgang war so schön. Wäre es möglich, mir eine Kopie davon zu machen?«

»Das kann ich tun«, antwortet Herr Scharen.

»Aber nun legen Sie sich wieder hin!« Er schiebt Zoe ins Gästezimmer. Diesmal schwebt die Tür sofort zu. So bleibt ihr nichts weiter übrig, als sich wieder hinzulegen. Wenigstens hat sie die Adresse von Pia. Leider hat die Zeit nicht mehr gereicht, noch mehr zu fragen. Zum Beispiel nach Jonas. Aber Zoe weiß nun, dass Tom Telefon hat. Noch einmal sieht sie Herrn Scharen in seiner schwarzen Haut vor sich. Mit dem Gedanken schläft sie ein und träumt sehr intensiv.

Leise klatschen ihre nackten Füße auf den kalten Steinfußboden. Eine unsichtbare, magnetische Kraft hat sie mitten in der Nacht aus dem Bett aufstehen, die Treppe hinunterlaufen lassen bis in den dunklen Keller hinein. Sie trägt ein Flatterhemd in Rosa, auf dem über der Brust eine große, schwarze Rose prangt. Das Hemd umweht zart ihren Körper, schmiegt sich an sie bei jedem Schritt.

Sie öffnet eine große, schwere Tür und blickt in einen langen Gang, an dessen nass glänzenden Steinwänden in weiten Abständen ein paar Kerzen flackern. Ihr fröstelt, die Füße sind schon kalt, die Finger auch. Sie will nicht weitergehen, aber die magnetische Kraft ist stärker und zieht sie tiefer in den Kellergang. Die schwere Tür knallt hinter ihr zu. Der Windstoß der zufallenden Tür erreicht die erste Kerze an der Wand und bläst sie aus.

Wie mechanisch bewegt sie ihre Beine, läuft weiter über die glitschig nassen Steine. Kein Laut ist zu hören, außer von ihren Schritten.

Neben der nächsten Wandkerze ist eine Holztür. Ihre Beine bleiben stehen. Wie fremdgesteuert legt sich ihre rechte Hand auf die Klinke, drückt sie nieder, die Tür geht auf.

Ein riesiger Ofen, dessen Feuerklappe offen ist, füllt fast den ganzen Raum aus. Eine Kohlenschaufel tanzt herum wie von Zauberhand und füllt Kohle nach. Funken stieben aus dem heißen Loch, landen auf ihren blonden Haaren, versengt riecht es. Sie schaut an sich hinunter, ihr Flatterhemd hat einen Brandfleck.

Aber es ist so schön warm hier. Oh bitte, denkt sie, ich möchte hier nur ein wenig bleiben, nicht mehr durch die Kälte im nassen Keller laufen müssen!

In einer Ecke liegt Stroh. Müdigkeit überkommt sie. Die Hitze aus dem Feuerloch hüllt sie ein, das Feuer raubt den Sauerstoff im Raum. Sie taumelt in die Ecke und lässt sich auf den Strohhaufen fallen. Die Stiche des harten Strohs, welches in ihre Arme und Beine dringt, spürt sie nicht mehr. Nur noch schlafen will sie, und warm soll es sein.

Doch plötzlich wird sie wachgerüttelt. Eine uralte Frau in Lumpen schüttelt sie unsanft.

»Entweder du hilfst mir beim Feuern oder du verschwindest!«, sagt die Alte. Sie ist kohleverschmiert, auch im Gesicht und ihre Augen funkeln böse.

Schnell steht sie auf.

»Oh, Verzeihung, ich wollte Sie nicht belästigen! Mir war so sehr kalt, da bin ich wohl eingeschlafen. Ich bin auf der Durchreise ins Nirgendwo«, sagen ihre Lippen, als wäre sie wie eine Puppe aufgezogen und würde einen Text abspulen.

»Dann mach, dass du wegkommst!«, schreit die Alte und schiebt sie zur Tür. Beim Hinausgehen reicht sie ihr einen Strohhalm.

»Pass gut auf ihn auf!«, ruft die Kohlefrau noch, und dann knallt sie die schwere Holztür zu.

Erneut steht sie im kalten, feuchten Kellergang und wird weitergetrieben. Die Beine beginnen wieder, automatisch zu laufen, die Füße klatschen auf die Steine.

Der Gang endet an einer Tür. Wie aufgezogen laufen die Beine auf der Stelle weiter. Sie kann sie nicht stillhalten. Rechts und links sind Mauern. Vor ihr die verschlossene Tür. Ihre Füße bewegen sich. Sie will durchs Schlüsselloch schauen, nimmt den Strohhalm, schiebt ihn durchs Schlüsselloch und benutzt ihn als eine Art Fernrohr. Sie beugt sich runter, der Strohhalm sticht ins Auge, weil ihre Füße noch immer in Bewegung sind. Nicht aufgeben!, denkt sie.

Jetzt kann sie etwas sehen. Sie schaut auf einen Ozean mit hohem Wellengang. Die Sterne des

Nachthimmels darüber glitzern auf dem Wasser. Ein riesiges Segelschiff tanzt in der Ferne auf den Wellen. Ach, wenn doch bloß die Füße endlich stillstehen würden!

Das schwarze Wasser des Meeres zieht magisch ihren Blick durch den Strohhalm. Auf einmal beruhigt sich das alles, das Tosen verebbt, der Ozean wird spiegelglatt. Sie bewegt den Strohhalm etwas weiter nach rechts und sieht den Mond groß und weiß über einer bergigen Insel. Das Schiff steuert darauf zu. Es wird schneller und schneller, obgleich der Wind verebbt ist.

Plötzlich zerschellt es an einem Felsen. Sie hört keinen Ton, aber mit rasender Geschwindigkeit kommen Schiffsteile angeflogen, direkt auf die Tür zu, direkt auf ihren Strohhalm zu. Wie glühende Pfeile sehen sie aus. Erschrocken weicht sie zurück, und dann knallen die Teile schon an die Holztür.

Der Strohhalm!, denkt sie und reißt ihn schnell aus dem Schlüsselloch. Ihre Füße traben noch schneller, aber sie kann sich nicht umdrehen. Steht vor der Tür, die langsam anfängt zu qualmen. Das Holz brennt. Die Metallbeschläge beginnen zu glühen, und das geschmolzene Metall fließt an dem glimmenden Holz hinab.

Was wird jetzt mit dem Ozean, wenn die Tür verbrennt?, kann sie gerade noch denken, als ein lautes Zischen ertönt, dann ein Knall. Eine Dampfwolke wirft sie zu Boden, und schon strömt Wasser über sie. Es ist salzig, reißt sie mit. Sie schließt den Mund und die Augen, steckt den Strohhalm zwischen die Lippen, in der Hoffnung, er funktioniert als Luftschlauch. So wird sie durchs Wasser gewirbelt. Ihre noch immer rennenden Beine kommen ihr zugute, *denn sie fungieren nun als Antrieb und Auftrieb. Wobei sie überhaupt keine Orientierung hat, wo oben und unten ist. Die Füße werden es schon wissen. Doch ohne erkennbaren Grund hören die Füße auf zu laufen. Sofort sinkt sie tiefer im dunklen Wasser. Die letzten Luftblasen aus dem Strohhalm fließen in ihre Lungen.*

Da, ein Lichtschein!

Jetzt beginnt sie, wie wild zu schwimmen. Im Schein des Lichtkegels schimmert das Wasser grün. Auf dem sandigen Boden liegt eine Taschenlampe. Sie taucht und in dem Moment, als sie zugreift, verlöscht das Licht.

Mit letzter Kraft schwimmt sie nach oben und erreicht mit allerletzter Luft die Oberfläche, den Halm noch zwischen den Lippen. Sie öffnet die Augen, das Salz brennt höllisch. Sie hebt die Taschenlampe über den Kopf, schüttelt sie, die Lampe geht wieder an. Sie leuchtet um sich herum. Langsam verlassen sie ihre Kräfte.

Das Wasser kühlt sie ab. Die Glieder werden klamm. Sie schwimmt nun in einem Kellergewölbe. Ungefähr zehn Meter seitlich erkennt sie eine Treppe, die aus dem Wasser nach oben führt. Sie muss die Treppe erreichen. Mit einem Arm schwimmt sie, dass die Taschenlampe über Wasser bleibt.

Der Strohhalm liegt quer zwischen ihren Zähnen.

Geschafft! Erschöpft kriecht sie auf die Treppe und lässt sich auf den kalten Stufen nieder. Das rosa Flatterhemd klebt an ihr wie eine zweite Haut.

»Ich muss sofort weiter«, sagt sie laut, und ihre Stimme hallt im Gewölbe und gibt fünf Echos.

So steht sie auf. Die Treppe ist steil. Nur nicht hinunterschauen, sonst wird es mir schwindelig!, denkt sie und krabbelt die hinauf.

Oben angekommen, gelangt sie zu einer Tür, die sich sogar öffnen lässt. Sie bleibt in der Tür stehen und schüttelt die Taschenlampe erneut. Das Licht geht an. Sie leuchtet in einen dunklen Gang. Hoffentlich hält die Lampe durch!

Wohin? Rechts oder links? Sie leuchtet nach beiden Seiten. Diese unterscheiden sich nicht. Außer dass es links etwas abschüssig scheint. Sie entscheidet sich für rechts, läuft los, schneller und schneller.

Auf einmal hört sie ein seltsames Geräusch. Es ist ein Klappern und Schnarren vor ihr auf dem Boden. Die Taschenlampe funzelt nur noch. Im letzten Lichtkegel sieht sie einen Spielzeugaffen auf dem Fußboden sitzen. In jeder Hand hat er ein Becken und lässt beide mechanisch zusammenknallen. Dabei wackelt er mit dem Kopf, dass seine Mütze mit Schellen daran nur so klingelt.

Soll ich den Affen mitnehmen?, denkt sie. Da greifen ihre Hände schon nach ihm. Das hätte sie nicht tun sollen. Kaum hat sie ihn in den Händen, beißt er zu. Sie schreit auf, springt zurück, lässt ihn fallen. Er hat sie in den Mittelfinger gebissen. Blutstropfen fallen auf den Boden des Ganges.

Doch was ist das? An den Stellen, wo das Blut auf landet, beginnt es zu schäumen und ein rundes Loch entsteht im Boden. Darunter ist ein dunkles Nichts. Sie schüttelt die Taschenlampe, die hat aber keinen Saft mehr. Der Affe macht wieder seinen klappernden Lärm.

Auf einmal schießt grelles Licht aus dem Loch. Sie weicht erschrocken zurück. Heftiger Wind kommt dazu. Der Affe wird weggerissen. Sie schaut nach oben. Das Licht hat in die Kellerdecke ein kreisrundes Loch geschnitten und entweicht dadurch mit rasendem Tempo.

Jetzt sieht sie im Sog des Lichtwindes Gegenstände nach oben sausen. Menschen fliegen vorbei. Eine Hand greift nach ihr. Erschrocken springt sie zurück. Die Hand lässt etwas fallen und wird weggezogen. Sie bückt sich schnell, hebt den Gegenstand auf. Es ist ein Kompass. Sie sieht sofort, dass er kaputt ist. Die Glasscheibe, die ihn schützt, ist ganz, aber er hat keine Nadel. Also ist er wertlos. Aber es muss ja einen Grund haben, warum die Hand ihn hat fallen lassen.

Der Lichtwindstrahl schießt noch immer nach oben. Sie nutzt den Lichtschein, um schnell den Kellergang abwärts zu laufen. Den Kompass hat sie mitgenommen. So gleißend, wie das Licht ist, wird es mir wohl eine weite Wegstrecke Beleuchtung spenden. Sie beginnt zu rennen. Den Strohhalm quer zwischen den Lippen, die Taschenlampe in der rechten, den Kompass in der linken Hand. Ihr rosa Hemd flattert wieder, so saust sie durch den Kellergang.

Wie aus dem Nichts taucht eine unsichtbare Glasscheibe auf. Sie knallt mit voller Wucht dagegen und sinkt zu Boden. Die Stirn schmerzt. Sie presst den runden, kühlen Boden des Kompasses auf die sofort entstehende Beule.

Langsam erhebt sie sich. Die Lichtsäule ist weit entfernt, und es scheint, als würde sie allmählich erlöschen. Sie stellt sich vor die Glaswand, kann dahinter jedoch nichts erkennen. Plötzlich hebt sich die Glaswand. Dahinter geht der Kellergang weiter. Der Boden ist nun rötlich. Sie beachtet es nicht, rennt weiter. Doch dann endet der Gang vor einer hohen, gemauerten Wand. Vor dieser steht ein Ölgemälde. Es hat einen ebenholzschwarzen Rahmen. Das Bild ist höher als sie. Sie tritt zurück, um es besser betrachten zu können. Es zeigt eine öde, karge Berglandschaft. Die Berge sind nicht schroff, sondern abgerundet wie Dünen in der Wüste. Aber sie sind dunkelrot. Vorn rechts erkennt sie einen verdorrten Baum. Auf der linken Seite im roten Sand stehen fünf weiße, der Größe nach geordnete Kerzen. Sie brennen nicht. Am weiten rötlichen Himmel fliegen, kaum noch zu erkennen, Möwen und Raben.

Auf einmal scheinen sich die Berge zu bewegen wie Wanderdünen. Der Baum knarrt im nicht vorhandenen Wind. Es riecht nach ausgeblasenen Kerzen. Der rote Sand fließt als dicke, gummiartige Masse aus dem Bild heraus. Augenblicklich hat er ihre nackten Füße erreicht. Das fühlt sich warm an, denkt sie noch, da beginnt die Masse zu steigen, legt sich um ihren ganzen Körper, ohne die Gegenstände zu berühren, die sie noch immer bei sich trägt. Als sie komplett vom roten Gummi umgeben ist, wird sie ins Bild hineingezogen. Auf einer hohen Düne angekommen, schaut sie sich um. Am dunkelroten Himmel sind weder Sonne noch Mond zu sehen.

Was soll ich hier, wohin soll ich gehen? Sie blickt hilflos auf den Kompass, welcher sie mit leeren Augen anschaut. Gut, ich gehe in die Richtung, in welche die Vögel geflogen sind.

Sie stapft durch den tiefen, roten Sand. Falls jetzt jemand das Bild betrachten würde, wäre sie als Person darauf nicht zu erkennen, denn ihr gleichfarbig gummierter Körper hebt sich farblich nicht ab. Nur der gelbe Strohhalm, die silberne Taschenlampe und der Kompass mit der Glasscheibe könnten zu sehen sein.

Jetzt sieht sie links hinten eine weiße, runde Fläche. Dahin lenkt sie ihre Schritte, die immer beschwerlicher werden. Der Sand klebt am Gummi, verbindet sich mit damit und die Gummihaut wird an diesen Stellen immer dicker. Endlich steht sie davor. Über der weißen Scheibe kreisen stumme Vögel und sie beobachten sie genau. Doch was ist das?

Vorsichtig tritt sie näher, da fällt ein winziges, rotes Sandkorn auf die weiße Fläche und kleine Kreise entstehen. Flüssigkeit! Sie kniet sich hin, beugt sich über das weiße Nass. Immer mehr Sandpartikel fallen in die blütenweiße Flüssigkeit. Vorsichtig nimmt sie den Strohhalm, taucht ihn ein, legt ihre Lippen um das andere Ende und beginnt zu saugen. Oh, wie köstlich! Eiskalte Milch läuft langsam ihre Kehle hinab. Sie scheint sie von innen zu reinigen, ihr frische Kräfte zu verleihen.

Jäh stößt ein Vogel hinab, landet direkt neben ihr in der Milch und beginnt, mit schlagenden Flügeln zu baden. Die Flüssigkeit spritzt hoch, kleckert auf sie. Wo die Milchtropfen auf das rote Gummi treffen, löst es sich auf.

»Danke!«, nickt sie dem Vogel zu, der fröhlich wieder in die Lüfte steigt, um weiter mit den anderen über den Milchteich zu kreisen.

Ganz langsam erhebt sie sich, legt Kompass, Taschenlampe und Strohhalm in den roten Sand und steigt vorsichtig in den weißen Teich hinein. Er wird tiefer, sie taucht unter, öffnet Mund und Augen. Die herrliche Flüssigkeit labt sie und lässt das rote Gummi von ihr fließen. Als es komplett aufgelöst ist, taucht sie auf und läuft zum Ufer. Die Vögel kommen angeflogen und trocknen sie mit ihren Flügelschlägen. Sie wirft ihnen aus Dank Handküsse zu.

Dann läuft sie zurück zu den Kerzen, dorthin führt sie ihr Sinn. Nun kann sie leicht durch den roten, warmen Sand laufen.

An den fünf Kerzen angekommen, weiß sie nun genau, was zu tun ist. Sie zerbricht den Strohhalm in kleine Stücke, nimmt die Batterien aus der Taschenlampe und schlägt sie aneinander. Funken sprühen und entzünden das winzige Strohhäufchen. Mit einem brennenden Strohteil entzündet sie die Kerzen. Hell brennen sie, der Sand drum herum wird orangerot. Nun stellt sie sich vor den verdorrten Baum, hat die leuchtenden Wachsgebilde vor sich in Reihe hintereinander. Deren Licht potenziert sich, wirft einen Schatten vom Zweig des Baumes auf den Boden. Dorthin legt sie den Kompass, so dass der Zweigschatten als Nadel fungiert. Er bewegt sich im flackernden Kerzenschein in eine ganz bestimmte Richtung.

»Dahin muss ich laufen!« Sie nimmt Kompass und Taschenlampe, löscht die Kerzen mit befeuchteten Fingern, lässt Sand über die noch glimmenden Strohteile rieseln. Das Bild soll nicht abbrennen.

Dann läuft sie los, steigt aus dem Bild, hetzt den Kellergang entlang, vorbei an dem Loch von dem Lichtstrahl, vorbei am Kellergewölbe mit dem Wasser, vorbei an der verkohlten Tür, vorbei am brennenden Ofen und gelangt zu einer letzten Tür. Sie drückt deren Klinke herunter und tritt hindurch.

In dem Moment wacht Zoe auf und streckt sich ausgiebig. Frischer Kaffeeduft steigt ihr in die Nase.

»Es wird Zeit aufzustehen«, sagt Herr Scharen, der in der Tür steht. Er trägt einen weißen Ganzanzug, der seinen nun wiederum sehr muskulösen Körper prächtig zur Geltung kommen lässt. Seine Haare sind wieder schwarz, seine Augen blitzen Zoe verführerisch an.

Komm her und stürz dich auf mich!, würde sie am liebsten rufen, sagt aber nur:

»Ja, ich beeile mich.« Herr Scharen verschwindet, Zoe geht sich erfrischen, zieht sich ihren roten Anzug wieder an und folgt im Flur dem Kaffeeduft. Herr Scharen sitzt im Wohnraum und speist. Der gesamte Raum ist in strahlendes Orange getaucht.

»Setzen Sie sich zu mir! Wir haben Glück. Gerade ist die orange Sonne erschienen. Genießen Sie noch einmal einen herrlichen Blick von hier oben über Lemistown.«

Zoe schaut nur kurz hinaus, nickt und setzt sich.

»Ich habe Ihnen Nahrungspaste in der Geschmacksrichtung Brötchen mit Honig bestellt. Das essen Sie doch?«

»Ja, danke«, bestätigt Zoe und öffnet die Tube, um sich den Brei in den Mund zu drücken. Sie hat keine Lust, noch über irgendetwas mit diesem Mann zu reden. Er hat sie für sich benutzt, ausgenutzt für seine Vorlieben. Er passt prima ins Weltgeschehen, ins Weltregime.

»Sie sind so schweigsam?«, bemerkt Herr Scharen. »Hat Ihnen der Aufenthalt bei mir nicht gefallen?«

Unter Realitätsverschiebung leidet er auch noch, denkt Zoe, antwortet aber:

»Schon, jedoch ich bin jetzt sehr aufgeregt. Ich hoffe, der Mann findet die Kameras und meinem

Hund geht es gut. Sie wollten mir noch eine Kopie der Sonnenuntergänge erstellen«, fügt Zoe hinzu.

»Ich werde mich bei Ihnen melden. Sie können ihn dann bei mir abholen.«

»Falls ich dann nicht gerade meine Tage in den Kristallkatakomben ableisten muss«, murmelt Zoe.

»Sie sollen in die Kristallkatakomben?« Herr Scharen schaut auf einmal sehr aufmerksam.

»Ist das etwas Besonderes?«, will Zoe wissen.

»Nun, dort leisten eigentlich nur Schwerverbrecher ihre Strafarbeiten ab.« Herr Scharen scheint darüber etwas zu wissen.

»Können Sie mir sagen, wo die nächsten Kristallkatakomben sind und was mich da erwartet?« Er druckst herum.

»Ich glaube, gehört zu haben, dass sie sich d in Richtung Medapoder befinden, ungefähr hundertsiebzig Kilometer von Lemistown entfernt. Frauen werden aber eigentlich nicht dorthin geschickt. Nun gut, meine Informationen dazu sind nicht auf dem neuesten Stand. Ich hatte keine Veranlassung, mich damit zu befassen.«

»Sie haben keinen eigenen Infopoint?«, fragt Zoe jetzt gerade heraus, da es sich anbietet.

»Hier nicht«, entgegnet Herr Scharen. »Ich hole mir meine Informationen von meiner Arbeitsstelle. Dort habe ich einen Infozugang, der weit über einen normalen Infopoint hinausgeht. Wie Sie wissen, bin ich Sicherheitschef.«

»Stimmt, ich habe nicht daran gedacht.« Zoe ist enttäuscht. Sie kommt einfach nicht an ihre Informationen heran. Plötzlich hat sie eine Idee.

»Ich habe in Ihrem Labor ein Telefon gesehen. Dürfte ich schnell noch einen Anruf tätigen?« Herr Scharen blickt auf die Uhr.

»Zehn Minuten, mehr Zeit haben Sie nicht.«

»Oh, danke!« Zoe springt auf und will gleich ins Labor eilen.

»Halt!«, ruft Herr Scharen. »Nicht so stürmisch! Ich muss erst die Türen öffnen.«

Kaum sind sie offen, stürzt Zoe ins Labor. Sie greift den Hörer.

»Mit wem darf ich Sie verbinden?«

»Mit Ilona Monti, Erostower sechs, Apartment zweiundneunzig, in Medapoder.«

»Einen Moment, bitte!« Ein Rufzeichen ertönt.

»Hallo? Ist dort Pia?«, fragt Zoe aufgeregt.

»Nein, ich bin die Zentrale vom Erostower. Wen möchten Sie buchen?«

»Ich möchte niemanden buchen, sondern einfach nur mit ihr reden.«

»Welches Apartment hat sie?«

»Zweiundneunzig«, raunt Zoe ins Telefon.

»Moment, ich schaue nach …«

Musik beginnt zu spielen. Zoe tritt von einem Fuß auf den anderen. Herr Scharen erscheint in der Tür und tippt auf seine nicht vorhandene Armbanduhr, um ihr zu signalisieren, dass sie sich beeilen soll.

»Ich verbinde«, hört Zoe.

»Hier ist Pia, was kann ich für dich tun?«

»Ich bin kein Gast, ich bin Zoe.« Stille.

»Wie hast du mich gefunden?«

»Egal!«, ruft Zoe aufgeregt zurück. »Sag mir bitte sofort, wo Jonas zu finden ist! Du weißt es. Los! Ich habe es eilig.«

»Tut mir leid«, stammelt Pia, »ich konnte nichts dafür damals. Ich wurde dazu gezwungen.«

»Das will ich jetzt nicht wissen! Sag mir einfach, wo ich Jonas finde!«

»Kennst du die fünf Türme im schwarzen Sand?«

»Ja.«

»Einer davon gehört ihm, und dort residiert er meistens. Ich weiß aber nicht, welcher Turm es ist.«

»Gut«, sagt Zoe und legt auf. Jetzt weiß sie, was sie wissen wollte.

»Los jetzt!«, ruft Herr Scharen aus dem Flur. »Der Schweber erwartet Sie. Ich bringe Sie nach unten.« Zoes Körper pulsiert, ihre Augen blitzen.

Als sie in den Flur kommt, greift Herr Scharen um ihre Taille, zieht sie mit Wucht an sich und raunt ihr ins Ohr:

»Das nächste Mal, meine kleine Nixe, werde ich mich ausführlicher mit dir beschäftigen.«

Zoe windet sich aus seiner Umklammerung. »Lassen Sie uns gehen!«, sagt sie nur und läuft zur Tür.

Sie fahren mit dem Fahrkorb nach unten. Herr Scharen tippt etwas in sein Touchpad ein.

»Ich werde dich bald kontaktieren«, sagt er im Hinausgehen.

Zwei Schweber warten vor dem Eingang. Die orange Sonne ist grell. Zoe kneift die Augen zusammen. Herr Scharen springt flink in sein Fluggerät und saust davon. Sie selbst klettert in den größeren Schweber. Der Mann, der darin sitzt, schaut verhalten.

»Sie wissen, wohin es geht?«, fragt Zoe ihn.

»Ja«, antwortet er kurz.

Schon schweben sie los.

7. Kapitel: Versteckte Kameras

Der Schweber, der Zoe und den Sicherheitstechniker zu ihr nach Hause bringt, ist sehr behäbig und fliegt langsam. Das gibt Zoe etwas Zeit, ein wenig zu reflektieren.

Pia zog sie also damals absichtlich aus dem Verkehr. Sie hat im Auftrag gehandelt. Da Pia weiß, wo Jonas wohnt, wird er wohl auch derjenige sein, der sie dazu gezwungen hat, so zu handeln. Mit Erpressung, wie er immer seine Macht und Autorität durchgesetzt hat. Er hat zwischenzeitlich augenscheinlich großen Einfluss und noch mehr Beziehungen, wenn er sich einen der fünf Türme leisten kann.

Ob Herr Scharen irgendwie involviert ist, kann Zoe noch immer nicht einschätzen. Vielleicht ist er nur ein einsamer, exzentrischer Wandelklon mit abartigen Vorlieben. Sie ist jedenfalls heilfroh, endlich von ihm weg zu sein. In diese Wohnung bekommt mich niemand mehr.

»Haben Sie ein Wetterholo?«, fragt Zoe ihre Begleitung.

»Ja«, antwortet der Mann und schaltet es ein.

Die orange Sonne wird für weitere achtundvierzig Stunden erwartet. Aber auch das ist nur geschätzt. Berechnet aus den Mond- und Sonnenläufen der letzten zwei Jahre und statistisch hochgerechnet. Wenigstens ein Anhaltspunkt. Wenn der azurblaue Mond kommt, muss sie in die Katakomben. Ich brauche jemanden, der sich dann um Flavio kümmert. Ihr fällt nur Pia ein. Sie weiß sowieso schon alles. Vielleicht will sie sich mal bei mir entspannen.

»Wir sind da«, sagt der Mann, »wo soll ich landen?«

»Oben auf dem Grundstück.« Zoe weist ihn ein. Sie steigt aus, öffnet die Luke.

Beide betreten den Erdgang, der zum Schutzraum führt.

»Ich habe drei Erdgänge«, erläutert sie dem Sicherheitstechniker. »Überall könnte etwas versteckt sein, auch im Schutzraum.«

»Ich beginne gleich hier mit der Inspektion.« Er entzündet ein gleißendes Licht mittels eines großen Lichtstabes.

Da fällt Zoe plötzlich ein, dass der eine Erdgang voller Perlen ist. Bevor er diesen betritt, muss sie die unbedingt aufsammeln. Sie stürzt zur Schleuse und bleibt wie angewurzelt stehen. Der Scanpoint reagiert nicht auf ihren neuen Chip, es öffnet sich nichts.

»Flavio!«, ruft sie mit Tränen in den Augen.

Doch der Hund kann sie durch die geschützten Wände nicht hören. In Windeseile rennt sie zurück und den Mann fast um.

»Was ist denn mit Ihnen los?«, fragt er erstaunt. Zoe erklärt ihm atemlos ihr Problem.

»Ich muss sofort zum Chirurgietower. Dort muss die Freischaltung meines Chipcodes veranlasst werden. Ich brauche nicht lange. Sie kommen hier klar?«

»Ja«, sagt der Sicherheitsmann. »Durch die Felsgesteine werde ich sowieso länger brauchen, als ich dachte. Es gibt einfach zu viele Versteckmöglichkeiten.«

Zoe stürzt zu ihrem Schweber. Dann fällt ihr ein, dass auch dieser nur über ihren Chip zu bedienen ist.

Sie läuft zurück in den Erdgang.

»Ich brauche Ihren Schweber«, überfällt sie den Mann. »Ich kann meinen nicht bedienen, er ist auch auf meinen alten Chip abgestimmt.«

»Ungern«, erwidert er, kommt aber mit und lässt seinen Schweber für zwei Stunden auf Zoes Chipcode zu. »Länger darf es nicht dauern. Ich habe darin meine gesamte Ausrüstung.«

»Ich hoffe, ich bin schneller zurück.« Zoe fällt ihm um den Hals und küsst ihn auf beide Wangen. Wie süß, er wird tatsächlich noch röter, als er unter dem Schein der gegenwärtigen Sonne sowieso schon war.

Der Mann steigt in den Erdgang zurück, Zoe in den Schweber.

»Lemistown, Chirurgietower«, gibt sie als Anflugpunkt ein. Der Schweber setzt sich in Bewegung. Der Flug geht schneller als gedacht. Zoe lässt den Schweber vor dem Chirurgietower parken. Das ist zwar verboten, aber das interessiert sie heute nicht. Sie stürzt zur Rezeption im Eingangsbereich, wo bestimmt zwanzig Personen in einer Schlange stehen.

»Bitte!«, ruft sie laut. »Ich habe einen Notfall. Es geht um Leben und Tod.« Zoe drängelt sich vor.

Die Leute schimpfen und fluchen.

An der Rezeption sitzen zwei geklonte Frauen in blauen Outfits. Sie tippen, ohne von ihr Notiz zu nehmen, mit ihren perfekten Fingernägeln auf den Touchflächen herum.

Zoe trommelt nervös auf den Tresen.

»Es ist wirklich eilig«, sagt sie noch einmal mit Nachdruck.

»Moment«, antwortet eine Klonfrau schnippisch.

Zoe spürt die vernichtenden Blicke der Menschen hinter ihrem Rücken. Wenn sie sich dort anstellen würde, wäre sie niemals in anderthalb Stunden zurück. Dreißig Minuten sind inzwischen verflossen.

Endlich sagt die Klonfrau:

»Der Nächste, bitte!« Zoe sprudelt los:

»Mein gestern eingesetzter Chip ist nicht freigeschaltet. Ich bin völlig handlungsunfähig. Wo muss ich bitte hin?« Die Frau schaut und sagt dann:

»Das ist die Abteilung Reklamation im dreiundvierzigsten Stock. Da ist heute aber großer Andrang, das sage ich Ihnen gleich.«

»Ich habe nur noch fünfundachtzig Minuten Zeit, um zurückzukommen. Gibt es noch eine Alternative?«

Die Klonfrau schüttelt ihren perfekt frisierten Kopf, und die herrlich glänzenden, schwarzen Haare fliegen hin und her.

»Dann schauen Sie bitte nach, wo ich Herrn Scharen finden kann!«

Die Klonfrau blickt Zoe irritiert an.

»Herr Scharen hat frei. Er wird längere Zeit nicht hier sein.«

»Wie bitte? Er hat mir doch heute Morgen noch mitgeteilt, dass er eine Achtundvierzigstundenschicht hat.« Beleidigt antwortet der Klon:

»Hier hat er diese Schicht jedenfalls nicht.«

Zoe zittern die Knie. Was soll ich nur tun? Sie könnte sofort zurückfliegen, den Sicherheitsinstallateur um weitere Zeit bitten. Das wird sie wohl tun müssen. Langsam läuft sie zum Ausgang.

»Ach, auf einmal ist es wohl nicht mehr so eilig«, keift eine kleine, alte Frau in Strickstrümpfen.

Zoe erschrickt. Die Frau sieht tatsächlich aus wie die aus ihrem Albtraum, welche auch ein Wandelklon war. Schnell weg hier!

Zoe setzt sich in den Schweber. Tom, vielleicht kann er etwas tun oder hat eine Idee. Doch sie hat Toms Adresse nicht mehr im Kopf.

»Zum nächsten Infopoint«, gibt sie als Anflugpunkt ein. Langsam setzt sich das Objekt in Bewegung.

Herr Scharen hat sie also belogen. Von wegen Achtundvierzigstundenschicht! Aber jede Lüge kommt ans Tageslicht. Das hat sich damit wieder einmal bestätigt.

Sie landet auf einem Parkdeck und läuft im hellen Schein der orangeroten Sonne zu dem Infopoint, wo sie damals Pia wieder getroffen hatte.

Als Erstes sucht sie nach öffentlichen Telefonen in Lemistown. Kein Treffer. Das war zu erwarten. Die Weltregierung kann einfach nicht daran interessiert sein, die Kontrolle über Informationen und Kommunikation zu verlieren. Als Nächstes fragt sie nach der Adresse von Tom. Singletower fünfundzwanzig, Apartment achthundertsechsunddreißig, bekommt sie als Antwort.

Schnell eilt sie zum Schweber zurück und nennt diese Anschrift. Nach fünf Minuten landet dieser vor Toms Wohnadresse.

Zoe rennt zum Eingang. Sie hat Glück. Gerade verlässt eine Frau den Tower, so kann sie schnell hineinschlüpfen. Doch nun steht sie wieder vor demselben Problem wie im Luxussingletower von Herrn Scharen. Auch hier gibt es keine bemannte Rezeption. Die zwei Schwebekörbe befinden sich weit oben. Sie kann sie nicht rufen, versucht es, aber es funktioniert nicht. Also muss sie warten, bis jemand kommt. Zoe schaut sich um. Keine Uhr ist hier zu sehen. Sie hat bestimmt nur noch eine Stunde Zeit. Gerade will sie den Tower verlassen, da sieht sie, wie sich einer der Schwebekörbe langsam nach unten senkt. Je näher er kommt, desto besser erkennt sie, dass sich darin zwei Personen befinden. Ich muss mich geschickt verhalten. Es darf niemand merken, dass ich ungescannt in den Korb springe. In der Nähe des Einstiegs steht eine riesige, künstliche Pflanze. Dahinter versteckt sich Zoe.

Noch zehn Meter, noch fünf Meter. Der Schwebekorb hält, die durchsichtige Tür geht auf. Heraus treten zwei lautstark miteinander debattierende Männer. Gerade will Zoe ihr Versteck verlassen und in den Korb springen, da bleibt sie in der Bewegung stehen.

Das glaube ich jetzt nicht! Herr Scharen und Tom laufen gestikulierend zum Ausgang. Sie haben Zoe nicht gesehen. Die setzt sich hinter der Pflanze auf den Boden. Ihr Herz klopft, als wolle es zerspringen. Was hat Tom mit Herrn Scharen zu tun?

Die beiden sind weg. Ein anderer Mann betritt den Tower. Zoe springt auf und rennt durch die zuschwebende Tür nach draußen und springt in den Schweber.

»Nach Hause!«, ruft sie aufgebracht. Der Schweber reagiert nicht.

Was ist los? Ach ja, es ist das Fluggerät des Sicherheitsmannes. Nur gut, dass es diesen Befehl nicht kennt, sonst wären sie wahrscheinlich sonst wo gelandet.

Zoe spricht ordentlich ihre Adresse ein. Der Flug geht los. Sie schaut vorsichtshalber noch einmal in das Wetterhologramm. Seit knapp drei Stunden hat sich nichts geändert.

Vielleicht geht mein Chip nicht, weil ich noch mal von zu Hause weggelockt werden sollte? Zoe weiß nicht mehr, was sie denken soll. Gibt es überhaupt noch jemanden, dem ich vertrauen kann? Im Moment wünscht sie sich zum Mann vom Liberecoverlag. So sicher und geborgen hat sie sich dort gefühlt, obwohl sie ihn gar nicht kennt. Ob er wohl auch in diesem Leuchtturm wohnt? Sie kennt seinen Namen nicht, hat also keine Chance, seine Adresse herauszufinden.

Zoe kommt zu Hause an, springt aus dem Schweber, öffnet die Luke. Weißes Licht schlägt ihr entgegen. Der Sicherheitsmann ist noch fleißig bei seiner Arbeit.

»Da sind Sie ja wieder!«, sagt er erfreut und schaut auf seine Uhr. »Pünktlich«, fügt er noch hinzu.

»Ja, aber erfolglos«, erwidert Zoe.

»Wieso?«

Zoe erzählt ihm von dem Dilemma. Die zwei Stunden haben nicht ausgereicht.

»Und wie weit sind Sie hier vorangekommen?«

»Ich bin mit diesem Erdgang gleich fertig. Zwischenzeitlich habe ich mir allerdings folgende Frage gestellt: Wieso konnten Sie die Luke zum Erdgang öffnen, nicht aber in den Schutzraum gelangen?«

Zoe stutzt. Er hat recht. Wenn der Chip nicht funktionieren würde, hätte sie auch die Luken nicht öffnen können. Der Impuls zur Öffnung wird gegeben, wenn sie die Hand an den Metallbügel legt.

»Das verstehe ich tatsächlich nicht«, erwidert sie kopfschüttelnd.

»Dann versuchen Sie doch jetzt mal, die Schleuse zu öffnen! Vielleicht war es nur eine Irritation?!«

Langsam geht Zoe durch den erleuchteten Gang, legt die Hand auf den Scanpoint und siehe da, die Schleuse schwingt auf.

Erleichtert dennoch irritiert tritt Zoe ein, öffnet den Schutzraum problemlos. Flavio kommt freudig angesprungen. Sie nimmt ihn auf den Arm, sie küsst ihn und läuft durch den Erdgang zurück.

»Komm, mein Kleiner, du darfst jetzt ein wenig draußen rumlaufen!« Sie setzt ihn aufs Grundstück.

»Sie hatten recht«, sagt sie zu dem Mann, der gerade an seinem Schweber hantiert.

»Da sehen Sie's, alles ist wieder in Ordnung.«

Schön wär's, denkt Zoe und fragt ihn:

»Haben Sie schon etwas gefunden?«

»Ja, zwei Kameras. Eine hinter der Luke und eine direkt an der Schleuse. Ich suche jetzt nur noch meinen Biomassedetektor. Wo habe ich ihn bloß? Es könnte sein, dass ältere Datenaufzeichnungsmedien verwendet wurden. Die finde ich nur damit.«

»Es gibt doch gar keine Datenfernübertragung. Wie kann derjenige also an die Aufzeichnung herangekommen sein?«

»Nun, wenn er Ihren Code geknackt hat, konnte er jederzeit ein- und ausgehen und die Daten abrufen.«

Zoe nickt. In dem Moment fällt ihr natürlich ein, dass Herr Scharen ihr sagen wollte, wann der Code geknackt wurde. Diese Information hat sie von ihm noch nicht bekommen.

»Soll ich jetzt in dem anderen Erdgang weitermachen oder erst einmal im Schutzraum?«

»Im Schutzraum«, sagt Zoe schnell. Sie muss noch die Perlen verschwinden lassen.

Beide steigen durch die Luke wieder hinunter.

»Und Ihr Hund?«, fragt er.

»Flavio bleibt draußen. Es wird ihm guttun nach dem langen Aufenthalt im Schutzraum. Ich hole ihn später wieder rein.«

Als sie in den Schutzraum treten, blinkt eine gelbe Nachricht auf. Zoe hört sie ab. Die Perlenräumung von ihrem Grundstück beginnt zur dreizehnten Stunde am heutigen Tag. Ein Blick zur Uhr. Eine Stunde ist noch Zeit bis dahin.

»Kann ich irgendwas für Sie tun?«, fragt sie den Sicherheitsmann, der schon wieder mit seiner Arbeit begonnen hat.

»Nein, danke«, sagt er. Er scannt gerade die Wände mit einem an eine Fliegenklatsche aus Vollgummi erinnernden Utensil ab.

»Das ist wohl der Biomassedetektor.«

»Genau«, sagt er und arbeitet weiter.

Meine Datenmembran kann er damit nicht orten. Diese befindet sich bei Tom. Zoe atmet auf. Aber was ist, wenn Tom doch mit in dieser Verschwörung steckt? Aber dann hätte Jonas bereits, was er wollte. Außer sie natürlich. Da muss er warten, bis das Gesetz geändert ist. Nicht daran denken!

Zoe läuft in den zweiten Erdgang. Sie hat vorsichtshalber Schutzhandschuhe mitgenommen. Sie öffnet den Gang. Dunkelheit empfängt sie. Sie hat angenommen, dass der Perlenteppich noch leuchtet. Also muss sie zurücklaufen, einen Leuchtstab holen.

Auf dem Rückweg nimmt sie gleich einen Metalleimer mit, um die Perlen vom Boden einzusammeln. Im Gang angekommen bricht sie den Stab. Weißes Licht scheint tief in den Gang.

Zoe steht mit offenem Mund da. Alle Perlen sind verschwunden. Sie geht tiefer. Auch die drei Töpfe aus den Nischen sind nicht mehr da. Es war also wieder jemand hier. Doch warum wurde alles weggeräumt und mitgenommen?

Nachdenklich läuft Zoe zurück in die Küche. Die Perlen im Hof schimmern orange. In einer halben Stunde werden sie weg sein. Ich brauche unbedingt noch welche. Ich will wissen, was es damit auf sich hat. Der Techniker ist im Schutzraum beschäftigt. Sie schaut in alle Schränke. Nur einen einzigen alten Metallbehälter mit Deckel hat sie noch. Er steht ganz hinten. Es ist ein Samowar. Sie konnte sich niemals davon trennen, obwohl er ohne Zuleitung nicht mehr funktionsfähig ist. Sie stellt den Samowar auf den Tisch. Vorsichtig öffnet sie das Fenster. Perlen fallen herein, und erstaunt stellt sie fest, dass sie wie kleine Gummibälle auf dem Boden herumspringen. Genug. Sie schließt das Fenster, hält die Hand über eine kleine, nicht mehr so heiße Perle. So fegt sie alle zusammen, greift sie mit den Handschuhen und gibt sie in den Samowar. Mit geschlossenem Deckel versteckt sie ihn im Backofen.

In dem Moment erscheint der Techniker in der Tür.

»Ich habe Sie schon überall gesucht. Bin im Schutzraum fertig. Kommen Sie, ich möchte Ihnen zeigen, was ich gefunden habe!«

Zoe zieht die Handschuhe aus, läuft hinter ihm her. Vier Kameras waren im Schutzraum versteckt. Es sind alles welche mit Biomasse.

»Im Erfrischungsbereich auch?«, will Zoe wissen.

»Ja«, sagt der Techniker.

Zoes Herz schlägt schneller. Dann ist auch ihr Geheimgang aufgeflogen.

»Bitte zeigen Sie mir, wo genau im Erfrischungsbereich die Kamera war!«

Sie betritt mit dem Sicherheitstechniker den
Raum.

»So zeigen Sie mir schon, wo die Kamera hier versteckt war!« Zoe ist aufgebracht.

Der Sicherheitsmann weist in die linke, obere
Ecke. Diese Kamera hatte folglich das WC und den
Waschtisch im Blick.

»Was meinen Sie, konnte damit mein Duschver-
halten gefilmt werden?«

»Nein«, sagt er, »davon gehe ich nicht aus. Aber
man muss es sich anschauen.«

»Was heißt jetzt, man muss es sich anschauen?«
Zoe stürmt aus dem Erfrischungsbereich in den
Schutzraum.

»Haben Sie eine Möglichkeit, mir sämtliche Aufzeichnungen der Kameras in meinen Videopool zu
spielen?«

»Das hatte ich sowieso vor«, antwortet der
Sicherheitsmann.

»Allerdings brauche ich dazu etwas länger, denn
die Biomassedatenträger müssen anders ausgelesen
werden. Ich brauche dazu noch ein Lesegerät. Das
habe ich nicht dabei, weil diese Art von Videotechnik
seit einiger Zeit nicht mehr verwendet wird und
sogar verboten ist.«

»Sie meinen, weil für die Trägersubstanz Gehirnmasse gebraucht wurde?«

»Sie wissen davon?«, fragt der Sicherheitsmann
erstaunt.

»Ja«, erwidert Zoe, »ich habe einen genialen
Freund, der hat mir davon erzählt.«

»Wie dem auch sei. Wenn ich alle Kameras gefunden habe, werde ich losfliegen, das Lesegerät zu holen. Allerdings muss ich zwischendurch etwas schlafen, Sie werden verstehen. Auch wenn ich ein Arbeitsklon bin, brauche ich Erholungsphasen.«

»Sie sind ein Klon?«

»Das hätten sie nicht gedacht, was? Ich war schwer krank. Da habe ich eingewilligt, mich klonen zu lassen. Für die Versuche an meinem alten Körper habe ich viel Geld bekommen und dazu die einmalige Chance, an einem neuen Klonverfahren teilzunehmen. Es war noch in der Testphase. Mir blieb gar nichts anderes übrig, denn in drei Monaten wäre ich gestorben. Jedenfalls ließ ich mein Schlafzentrum so manipulieren, dass ich mit vier Stunden Schlaf pro achtundvierzig Stunden auskomme. Das macht mich zu einem perfekten Arbeitsklon. Außerdem sind meine Augen wesentlich schärfer als normal. Ich kann aus weiter Entfernung detailliert Dinge erspähen, so ähnlich wie früher die Greifvögel. So bin ich auch bei Herrn Scharen gelandet. Er bezeichnet mich als seinen besten Mitarbeiter.«

Zoe hat dem Mann ruhig zugehört.

»Möchten Sie jetzt etwas trinken?«

»Ja, gerne«, antwortet er.

»Perlenwasser?«

»Oh nein«, wehrt er ab. »Haben Sie vielleicht auch Kaffee?«

»Ich werde welchen bestellen.« Zoe tritt zum Küchentrakt. Der Kaffee kommt postwendend. Sie bringt ihm das dampfende Getränk.

Er sucht gerade seine Utensilien zusammen, die er im Schutzraum verteilt hat. Er nimmt den Kaffeezylinder und trinkt. »Köstlich! Wo soll ich jetzt fort-fahren?«

»Ich gehe voran«, antwortet Zoe. Sie begeben sich ins Haus, in die Küche.

»Schauen Sie sich bitte im gesamten Haus um! Danach machen Sie im Erdgang weiter, der von der Küche aus beginnt!«

»Gut.« Der Mann packt alles Notwendige auf den Küchentisch.

Zoe geht nach oben. Sie schaltet noch einmal das Wetterhologramm an. Keine Änderung. Das ist gut. Dann könnte ich jetzt ganz gemütlich mit dem Schweber einen Ausflug nach Lemistown machen und Flavio mitnehmen.

Sie läuft zurück und teilt dem fleißig suchenden Sicherheitsklon ihr Vorhaben mit.

»Sie kommen hier allein zurecht? Ich werde etwa drei Stunden weg sein.«

»Das geht in Ordnung«, erwidert er. »Wenn Sie dann wiederkommen, werde ich mich erst einmal ver-ziehen. Ich muss sowieso noch Herrn Scharen infor-mieren, dass durch die vorher nicht bekannten Umstände der Biomassekameras mehr Kosten auf ihn zukommen.«

Zoe stutzt.

»Wieso kommen dafür Kosten auf Herrn Scharen zu?« Der Mann schaut Zoe erstaunt an.

»Sie wissen nicht, dass die Suche nach Überwa-chungskameras kostenpflichtig ist?«

»Nein, ich habe angenommen, das würde im Zusammenhang mit dem Chipwechsel über meine Krankenabsicherung bezahlt werden.«

»Der Chipwechsel ja, aber alles andere nicht. Sie haben sicher keine Absicherung, die die Kosten dieser Sucharbeiten abdecken könnte.«

»Nein.«

»Sehen Sie! Herr Scharen muss wohl einen Narren an Ihnen gefressen haben. Verzeihung, er muss Sie wohl sehr mögen! Er will die Kosten komplett übernehmen. Genug Kohle hat er ja, so wie man früher sagte. Vielleicht kann er es sogar dienstlich abrechnen.«

»Sie sagten, Sie werden Herrn Scharen über den gestiegenen Aufwand informieren. Wie können Sie mit ihm kommunizieren?«

»Wieso fragen Sie?«

»Ich habe zwei dringende Anliegen an Herrn Scharen, die im Zusammenhang mit dem Chipwechsel und Ihrer Arbeit hier stehen. Als ich ihn heute im Chirurgietower sprechen wollte, wurde mir gesagt, er wäre für längere Zeit abwesend. Somit konnte ich ihn nicht erreichen.«

»Dann wird er wohl seinem lukrativen Nebenjob nachgehen«, hört Zoe den Mann murmeln.

»Was haben Sie gesagt?«

»Ach, nichts! Er hat Telefon, da kann ich eine Nachricht hinterlassen.«

»Haben Sie auch Telefon?«

»Klar«, strahlt der Klonmann, »das hat mir Herr Scharen besorgt. So stehe ich immer sofort zur Verfügung, wenn er mich braucht.«

Dieser Mann kennt sich mit alten Datenmedien aus, und er hat Telefon. Zoes Gedanken überschlagen sich. »Ich habe soeben umdisponiert«, teilt Zoe dem Mann mit.

»Ach?« Er ist schon wieder in seine Sucharbeit vertieft.

»Ich habe kurz noch zwei Fragen.«

»Ja, bitte?«, erwidert er und schaut auf.

»Ich würde dann doch lieber zur gleichen Zeit wie Sie nach Lemistown fliegen. Sie fliegen doch dorthin?«

»Ja.«

»Ich habe einem Freund meine alte Datenmembran gegeben. Er hat es bisher nicht geschafft, sie auszulesen. Wenn er da ist und ich sie wiederbekomme, wäre es möglich, dass ich sie über Ihr Lesegerät auslesen lassen kann?«

»Nicht über das von den Biomassekameras. Die alten Datenmembranen brauchen ein anderes Lesegerät. Aber so eins habe ich auch.«

»Bitte, können Sie es mir zur Verfügung stellen?«

»Ich gebe es nicht aus der Hand!«, sagt er mit Bestimmtheit.

»Das brauchen Sie auch nicht. Ich komme kurz zu Ihnen, und wir lesen aus. Dann lassen Sie mich noch schnell zwei Telefonate erledigen, und schon bin ich wieder weg.« Der Sicherheitsmann überlegt.

»Nein, das geht so nicht. Das Auslesen dauert möglicherweise sehr lange, und ich müsste die Daten auf ein anderes Medium bringen. Haben Sie ein Micropad?«

»Nein, leider nicht. Ist der teuer?«

»Ich denke, er kostet tausend Moynts.«

Zoe schüttelt bedauernd den Kopf. So viele Moynts kann sie nicht aufbringen.

»Haben Sie wenigstens ein Hyperpad?«, will er wissen.

»Auch das besitze ich nicht. Könnte ich mir kurzfristig eins beschaffen?«

»Ja, das bekommen Sie ab zweihundert Moynts in jedem größeren Padladen. Ein Einfaches würde schon reichen.«

»Gut, dann machen wir es so. Wir fliegen jetzt. Sie mit Ihrem Schweber und ich mit meinem. Ich kaufe zuerst das Hyperpad, dann komme ich zu Ihnen. Sie können das Gerät vorinstallieren, und ich rufe meinen Bekannten an, um die Datenmembran zu holen. Die bringe ich Ihnen, Sie lassen die Daten auslesen und übertragen sie dann in das Hyperpad.«

»Nein«, erklärt der Arbeitsklon, »erst auf ein Micropad und von dort ins Hyperpad.« Er hat wirklich Ahnung, das ist gut.

»Sie wissen ja richtig gut Bescheid«, säuselt Zoe und berührt leicht die Hand des Mannes, welche auf einer Stuhllehne liegt. Wie elektrisiert zuckt er zurück.

»Sehr wohl, die Dame«, kommt aus seinem Mund in einem seltsamen Tonfall.

»Geht es Ihnen gut?«, will Zoe wissen. Er antwortet nicht, packt alles mechanisch zusammen.

Mir soll es recht sein, denkt Zoe. Es sieht so aus, als wäre er mit allem einverstanden, was ich gesagt habe.

»Ich ziehe mich noch schnell um!«, ruft Zoe und läuft in ihr Schlafzimmer. Die Schranktüren schwingen schwer auf. Sie sind wohl verzogen durch den ständigen Temperaturwechsel im Haus. Zoe greift sich einen glänzenden, grauen Zweiteiler, zieht ihn an und saust wieder nach unten. Der Techniker ist verschwunden. Er wird doch nicht ohne mich losgeflogen sein? Zoe rennt durch den Schutzraum, den

Gang entlang. Hinter ihr schließen sich die Sicherheitstüren und die Schleuse. Sie öffnet atemlos die Luke. Der Techniker spielt mit Flavio.

»Ach, was für ein drolliger Hund!«, strahlt er. Seine Stimme ist wieder normal, stellt Zoe erleichtert fest.

»Lassen Sie uns losfliegen! Den Hund nehme ich mit.«

»Oh, toll!«, freut sich der Sicherheitsmann wie ein Kind. Am liebsten hätte er Flavio wahrscheinlich gleich bei sich mit einsteigen lassen. Zoe nimmt den Hund auf den Arm und steigt ein. Dankbar und freudig leckt die kleine Zunge des Hundes ihre Nase.

»Ist schon gut, Flavio«, lacht Zoe, »es kitzelt!« Sie setzt ihn in den Fußraum.

»Ich fliege schon voraus!«, ruft sie dem Sicherheitsmann zu. »Ich brauche noch Ihre Adresse und muss wissen, ob ich ohne Probleme zu Ihnen gelange.«

»Mein Name ist AK2685, ich wohne im Chirurgietower, Etage minus fünf, Apartment sechsunddreißig. Sie brauchen nur an der Rezeption mitteilen, dass Sie zu mir wollen. Wenn Sie die Adresse und meinen Namen korrekt angeben, werden Sie hineingelassen.«

»Danke!«, ruft Zoe noch. Schon schwebt sie los. Ich hätte niemals gedacht, dass dieser Sicherheitstechniker so einfach zu beeinflussen ist.

»Anflugpunkt: Lemistown, Einkaufsrondell.« Ein Hyperpad hätte sich Zoe sonst nicht gekauft. Aber wenn er diesen Zweck erfüllt, dann soll es ihr recht sein.

»Du musst hier drinbleiben«, sagt sie zu Flavio, als sie den Schweber auf dem Parkdeck des Einkaufsrondells verlässt. Sie reicht ihm ein Leckerchen.

Flavio ist nun beschäftigt mit Kauen. Zoe schließt ab und schwebt mit einem Korb nach unten. Sie war schon lange nicht mehr hier, schaut auf den Plan im Erdgeschoss. Hyperpads gibt es in der vierten Etage.

Dort angekommen, stürmt sie auf den erstbesten Verkäufer zu.

»Ich brauche schnell ein Hyperpad.«

»Nicht so eilig«, beschwichtigt sie der Verkäufer.

»Was soll er dann alles können?«

»Nur das Nötigste, so um die zweihundertfünfzig Moynts soll er kosten.« Der Verkäufer wiegt den Kopf.

»Das sieht schlecht aus. Mein günstigstes Hyperpad liegt bei dreihundertfünfzig Moynts. Da haben Sie dann auch Hologrammfunktion mit bei.«

»Das hört sich gut an«, erwidert Zoe, »den nehme ich.« Vielleicht kann ich ja damit die Filme aus den Überwachungskameras direkt anschauen. Das wäre perfekt.

»Welche Farbe bevorzugen Sie?«

»Schwarz, etwas anderes kommt bei mir nicht infrage.«

Der Verkäufer tippt etwas ein. »Gehen Sie nun zur Kabine X-fünfzehn! Dort sind der Warenschacht und der Bankscanpoint. Genießen Sie die orange Sonne!«

»Danke!«, erwidert Zoe, läuft zur Kabine, erhält das Gerät, bezahlt.

Der Chip funktioniert ohne Probleme.

Sie fliegt zum Chirurgietower. Wie besprochen nennt sie Namen und Adresse des Sicherheitsmanns der Rezeption. Jetzt ist diese von zwei blonden Klonen besetzt. Die wird für richtig befunden und Zoe von der einen Klonfrau zum Fahrstuhl geleitet.

Hier gibt es tatsächlich noch alte Fahrstühle. Zoe steigt ein, die Türen knallen zu, die Kabine fährt nach unten. Zoe hat vergessen zu drücken. Es geht sowieso nur bis minus fünf. Danach gibt es nur noch einen Knopf ohne Bezeichnung. Vielleicht ist es ja ein Halteknopf. Sie drückt diesen, die Fahrt geht weiter.

Plötzlich stoppt der Fahrstuhl. Die Tür schwingt auf. Sie schaut in einen breiten Flur, dessen Fußboden und Wände mit rosa Perlen verkleidet sind. Ist ja ein Ding!

»Was machen Sie hier unten?!«, ertönt eine laute, tiefe Stimme, und in dem Moment baut sich ein Mann wie ein Schrank vor Zoe auf.

»Ich bin hier falsch«, murmelt sie.

»Das glaube ich auch! Hier unten ist nur Zutritt für autorisierte Personen.«

»Ich wollte in minus fünf aussteigen, habe wohl nicht richtig gedrückt.« Der Riese führt seinen großen Arm an Zoe vorbei in den Fahrstuhl und drückt den entsprechenden Knopf.

»Steigen Sie ein, nun werden Sie richtig ankommen!« Schon knallt die Tür wieder zu. Bei minus fünf steigt Zoe aus. Blinkende Bodenlichter weisen in eine Richtung. An vielen Türen kommt sie vorbei. Eine steht offen. Röchelnde Geräusche kommen aus dem Apartment. Vielleicht braucht jemand Hilfe? Zoe tritt hinein und erblickt mitten im Raum einen in einem Rahmen an diversen Schläuchen hängenden Mann. Die Leitungen stecken in allen möglichen Körperöffnungen. Der Mann zittert und raunt gepresst:

»Verschwinden Sie sofort!« Zoe weicht zurück und tritt in den Flur, lehnt die Tür an. Das ist gruselig, wie er da hängt. Wofür mag das sein?

Sie läuft den Gang weiter, gelangt vor Apartment sechsunddreißig und legt die Hand auf die Scanfläche. Sie hört einen Summton. Die Tür öffnet sich, Zoe tritt ein und steht in einem Flur mit drei Türen. Stille herrscht. Vorsichtig bewegt sie sich zur ersten Tür und lauscht. Nichts ist zu hören. Sie läuft leise zur zweiten Tür. Dahinter vernimmt sie ein summendes Geräusch. Sie klopft. Keine Reaktion erfolgt. Hinter der dritten Tür hört sie leise Musik und Stimmen. Diese Tür ist angelehnt. Sie schiebt sie auf und gelangt in einen gemütlichen Wohnraum. Eine große 3-D-Bildwand produziert die Töne. Im Film hasten Menschen durch Straßen, ein Bettler spielt Harmonika. Vom Sicherheitsmann ist nichts zu sehen. Zoe schaut sich um, sucht das Telefon, umsonst.

»Hallo?«, ruft sie laut, erhält keine Antwort.

Vielleicht ist er doch im zweiten Raum und hört mich bloß nicht. Zoe legt ihr Hyperpad auf den Couchtisch und bewegt sich durch den Flur zurück. Aus Versehen stößt sie gegen die zweite Tür, welche sofort mit Schwung aufgeht. Zoe stolpert und landet unsanft auf einem Fliesenboden. Vor sich sieht sie nackte Füße in einem flachen Becken mit Wasser. Warm und feucht ist es in diesem Raum. Sie erhebt sich und weicht erschrocken zurück. Vor ihr befindet sich ein nackter Mann. Er ist genau wie der in der anderen Wohnung gesehene an allen Körperöffnungen mit Schläuchen verbunden. Doch dieser Mann hier scheint zu schlafen. Seine Augen sind geschlossen, seine gesamte Haut ist krebsrot.

Es ist ein gut gebauter Mann, es ist der Sicherheitsklon. Die extreme Röte aller Körperteile sieht bedenklich aus. Vielleicht stimmt etwas nicht? Sie hat keine Ahnung, was das alles zu bedeuten hat. Sie verlässt den Raum, nicht ohne zuvor geschaut zu haben, ob hier irgendwo das Telefon steht. Sie findet es nicht. Zurück im Wohnbereich, spielt der Bettler noch immer seine traurigen Lieder. Es scheint eine Endlosschleife zu sein. Zoe sucht die Wände ab. Vielleicht gibt es einen geheimen Scanpoint, ein Fach, das sich öffnen lässt. Wo ist eigentlich der Küchenbereich?

Sie kehrt zurück in den Raum, wo der Mann in den Schläuchen hängt. Jetzt sieht seine Haut wie bei einer Leiche völlig blutleer aus. Was für ein Horror! Sie schlängelt sich am Arbeitsklon vorbei, tritt weiter in den Raum hinein. Im linken, hinteren Bereich befindet sich der Küchentrakt. Doch auch dort ist kein Telefon. Enttäuscht kehrt sie in den Wohnbereich zurück.

Um überhaupt etwas zu tun, packt sie das Hyperpad aus. Sie hat ein solches Gerät noch nie in den Händen gehabt. Es ist eine flache Scheibe. Wenn es geladen ist, könnte ich mir das neuste Wetterhologramm abrufen. Sie berührt den Scanpoint, das Hyperpad startet und bildet über der Displayscheibe ein Hologramm. Es ist ein Willkommensholo und der Hinweis, nun alle Funktionen des erworbenen Pads kennenlernen zu können.

Zoe entscheidet sich für die Stimmbedienung, und schon geht es los. Am meisten gefällt ihr, dass das Hyperpad als individuelles Kunstwerk oder Raumschmuck fungieren kann, wenn andere Funktionen gerade nicht benötigt werden. Ich werde ein Sonnic daraus erschaffen, eine perfekte Kombination aus Farbmolekülen und Tonspiel. Vielleicht kann ich dazu auch die Perlen benutzen.

Zoe lehnt sich zurück, schließt die Augen und sieht die sich ständig verändernden Farblichtspiele, die wie Mikrofeuerwerk aussehen. Sie hört schon die sphärischen Klänge, als sie eine laute Stimme aus dem Tagtraum reißt.

»Sie sind schon da?« Zoe schlägt die Augen auf. Vor ihr steht der mit einer weißen Hose bekleidete Sicherheitsmann.

»Verzeihen Sie, die Tür ging auf, als ich kam. Ich wusste nicht, was mit Ihnen los war. Da habe ich mich hingesetzt und gewartet. Hier ist auch meine neueste Errungenschaft.« Sie steht auf und reicht ihm das Hyperpad.

»Sie haben mich also an den Schläuchen gesehen?«

»Ja«, antwortet Zoe.

»Das ist peinlich, aber jetzt nicht mehr zu ändern. Die Vorrichtung ist meine Tankstelle und gleichzeitig mein Bett. Ich musste dringend nachtanken. Wenn ich es zu spät tue, erleide ich geistige und körperliche Ausfälle. Ich bin froh, dass wir früher von Ihnen losgeflogen sind. Bei Ihnen war mir mein niedriges Energieniveau gar nicht aufgefallen.« Er betrachtet das Hyperpad.

»Das ist neueste Generation!«, ruft er begeistert aus. »Da bekomme ich Ihre Daten auf jeden Fall drauf. Die aus der Kamera.«

»Und die von der Datenmembran?«

»Bringen Sie die erst einmal her, dann kann ich mehr dazu sagen!«

»Ich muss jetzt auf jeden Fall telefonieren«, drängelt Zoe.

Der Sicherheitsmann tritt neben die Tür, öffnet eine verdeckte Scanpointleiste. Zoe kann nicht sehen, welchen Point er drückt. In dem Moment schwebt von der Decke ein Tablett herunter, auf dem ein Telefon steht und landet auf dem Tisch.

»Bedienen Sie sich!« Zoe hebt ab.

»Mit wem darf ich Sie verbinden?«

»Mit Tom Radis, Singletower fünfundzwanzig, Apartment achthundertsechsunddreißig.«

»Einen Moment, bitte …«

»Hallo?«, hört sie Toms Stimme.

»Ich bin's schon wieder«, sagt Zoe erleichtert.

»Bist du jetzt zu Hause?«

»Wieso?«, fragt Tom zurück.

»Ich möchte nur schnell meine Datenmembran holen. Du hattest doch bestimmt noch keine Zeit, dich damit zu beschäftigen.«

»Da hast du recht. Willst du die Daten nicht mehr haben?«

»Doch, ich habe aber jemanden gefunden, der sie mir sofort auslesen wird. Kann ich schnell zu dir kommen, um sie abzuholen?«

Tom schweigt, als würde er auf die Uhr schauen. »In einer Stunde geht es. Ich muss jetzt noch einmal kurz weg.«

»Gut«, erwidert Zoe, »dann bis nachher.« Sie legt auf.

Sie ruft bei Herrn Scharen an, doch der ist nicht zu erreichen. Sie wollte wenigstens eine Nachricht hinterlassen, aber das ist bei dieser Nummer nicht möglich. Zoe hätte zu gerne gewusst, ab wann ihr Chip geknackt war.

»Ich fliege nun los«, sagt sie zum Sicherheitsmann, welcher dabei ist, seine Tankapparatur zu ordnen und zu reinigen.

»Sie haben wohl keine Freundin?«

Der Sicherheitsmann wird knallrot. »Nein«, ruft er aufgebracht, »ich will auch keine! Weibliche Energie ist schädlich für meine inneren Abläufe.«

Aha!, denkt Zoe, deshalb die extreme Reaktion, als ich ihn berührte.

»Ich hole jetzt die Datenmembran. Sie können sich so lange mit dem Hyperpad beschäftigen.«

»Ja, das werde ich tun.«

Zoe verlässt das Apartment und macht sich auf den Weg zu Tom.

8. Kapitel: Ein geheimes Wissenschaftsprojekt

Ein kurzer Flug, und Zoe steht wieder vor dem Fahrkorb im Singletower von Tom. Diesmal kann sie ihn bedienen, fährt nach oben und steigt aus. Sie klopft an die Tür des Apartments und sie öffnet sich.

»Treten Sie ein!«, hört sie eine mechanische Stimme sagen.

Plötzlich kommen mit rasender Geschwindigkeit zwei kleinhundgroße Wesen auf sie zu. Zoe weicht erschrocken zurück. Es sind zwei Libellen, deren Facettenaugen unruhig hin und her spiegeln.

»Nun bringt mich schon zu Tom!«, ruft sie den beiden zu. Die Wesen drehen um, Zoe läuft hinterher. Die letzte Tür im Flur steht auf.

»Komm rein!«, sagt Tom. »Meine beiden Libis tun dir nichts.«

»Hallo, Tom!« Zoe betritt nach den Libis den Raum. Er kommt auf sie zu, umarmt sie und küsst sie auf beide Wangen.

»Ich bin erstaunt, dich so schnell bei mir zu sehen«, haucht er in ihr Ohr und beißt kurz in ihr Ohrläppchen.

»Lass das!«, ruft Zoe aufgebracht. Tom lässt sie los.

»Ich habe deine Datenmembran hier«, sagt er und reicht ihr die Titanschatulle.

»Du hast es eilig?«, fragt Tom und zieht sie an sich.

»Ach, Tom, du kannst es einfach nicht lassen! Ja, ich habe es eilig.« In kurzen Worten berichtet Zoe über die letzten turbulenten Stunden.

Tom schüttelt den Kopf.

»Da muss irgendjemand etwas ganz Bestimmtes bei dir suchen.«

»Ja, aber wer hat die Töpfe mit den Perlen aus dem Gang entfernt? Ich verstehe nichts mehr, und außerdem stehe ich völlig unter Stress. Jederzeit kann der azurblaue Mond erscheinen, und dann muss ich sofort in den Kristallkatakomben antreten.« Bisher hat Zoe vermieden, über Herrn Scharen zu sprechen. Sie wartet gespannt, was Tom zu ihren Ausführungen sagt.

»Willst du etwas trinken?«, fragt er stattdessen. Zoe schüttelt den Kopf.

»Kannst du mir ein Filtersystem bauen?«, fragt sie zurück.

»Das geht so schnell nicht«, erwidert er und gießt sich in ein Glas sprudelnde, goldene Flüssigkeit.

»Das sieht ja aus wie Orchideengold!«, ruft Zoe erstaunt.

»Woher kennst du Orchideengold?« Jetzt sprudelt es aus ihr heraus: die Begegnung mit Herrn Scharen, seine Übergriffe, alles.

»Warum hast du mir nicht gesagt, dass du ihn kennst?«, fährt sie Tom an. Er steht still und scheint krampfhaft zu überlegen, wie er sich aus dieser Situation herausretten kann.

»Es ging so schnell am Telefon, du hast sofort aufgelegt.«

»Das stimmt. Ich habe heimlich von Herrn Scharens Telefon angerufen. Plötzlich kam er herein. Da musste ich unser Gespräch beenden. Was hast du mit ihm zu schaffen? Warum bezahlt er mir die Kosten der Deinstallation der Kameras?«

»Auf deine zweite Frage kann ich nicht antworten.« Tom setzt sich. Er klopft mit einer Hand neben sich auf die Couch, um Zoe zu signalisieren, dass sie sich dort niederlassen soll.

Die Libellen sitzen nebeneinander vor dem Türeingang. Ihre Flügel schimmern im künstlichen Licht wie Regenbögen. Zoe löst den Blick von diesem Farbenspiel und setzt sich neben Tom.

»Ich habe wirklich nicht viel Zeit, aber ich will es jetzt wissen. Ich befürchte, dass du in der Verschwörung gegen mich eine Rolle spielst.« Tom schüttelt den Kopf.

»Wenn, dann unbewusst«, sagt er kleinlaut.

»Herrn Scharen kenne ich schon lange. Wir experimentieren zusammen. Ich habe dir verschwiegen, dass ich an den Klonexperimenten beteiligt war. Herr Scharen hat auch Selbstversuche gemacht. Die Klonforschung ist sein Hobby, sein zweites Leben. Durch ihn habe ich den lukrativen Auftrag zur Erschaffung einer synthetischen Trägermasse für die Datenspeicher bekommen. Er hat irgendwann selbst bemerkt, dass ein Teil seiner Versuche aus dem Ruder laufen. Einige seiner Klone haben heftige Probleme. Er hat sie alle unter seinen Fittichen, damit er sie beobachten und medizinisch sofort eingreifen kann, wenn es notwendig wird. Sie wohnen in den Kellerräumen des Chirurgietowers. Der Tower gehört ihm. Er ist nicht nur Sicherheitschef, sondern Eigentümer und bestimmt über alles, was dort vorgeht. Er ist ein hochintelligenter Mann mit unglaublich tiefgründigem medizinischem, chemischem und biologischem Wissen. Problematisch ist, dass er alles und jeden besitzen will. Er tankt für sich Energie aus Menschen. Ich habe mich in einer schwachen Stunde unter Einfluss von viel Perlenwasser und seinen Drogen hinreißen, habe ihn zu dicht an mich herangelassen.« Tom blickt verlegen nach unten und nippt am Glas.

»Wir arbeiten sehr eng zusammen. Außerdem stehe ich ab und zu körperlich für ihn zur Verfügung. Dafür unterstützt er mich großzügig in meinen Forschungen. Es ist absolut befruchtend«, versucht er, seine Worte schön zu färben.

»Ich habe verstanden«, sagt Zoe. »Mir ist völlig egal, mit wem du es weswegen treibst. Ich habe nur Bedenken, dass diese Versuche, die er betreibt, ethisch und moralisch überhaupt nicht vertretbar sind.«

»Das sind sie schon lange nicht mehr«, seufzt Tom. Er gießt sich mit einem Mal das Orchideenwasser in den Hals.

»Selbst Herr Scharen, von dem ich immer dachte, er handelt und forscht nur aus eigenem Antrieb, nur für sich selbst, ist abhängig und wird von noch extremeren Typen beherrscht. Die stehen mit der Weltregierung im Geschäft. Ich weiß nicht jedes Detail, aber manchmal wünschte ich mir, ich würde gar nichts wissen. Doch dazu ist es zu spät. Ich stecke *viel zu tief* mit drin.«

»Herr Scharen war heute bei dir. Ist er an meine Datenmembran herangekommen?«

»Woher weißt du ...?«

»Ich habe euch im Eingangsbereich zusammen gesehen.« Tom schaut verlegen.

»Es könnte schon sein, dass er an deine Datenmembran herangekommen ist, aber warum sollte er das tun?«

»Vielleicht ist einer der über ihm stehenden Drahtzieher Jonas.«

»Du meinst deinen Jonas, mit dem du ...«

196

»Es ist nicht *mein* Jonas!«

Zoe schreit Tom so laut an, dass dieser zurückweicht.

»Ich meine doch nur.«

»Entschuldige! Ja, ich weiß schon, was du meinst. Ich habe die Befürchtung, dass Herr Scharen mit drinsteckt. Ob bewusst oder unbewusst, kann ich nicht sagen. Obwohl du mir versicherst, dass du keine weiteren Zusammenhänge kennst, die mich und mein Dilemma betreffen, könnte es sein, dass er dich benutzt, dass er für Jonas agiert, aus welchen Gründen auch immer.« Tom wiegt den Kopf.

»Nein, ehrlich, ich habe nichts damit zu tun. Ich mache einfach nur meine Arbeit.«

»Ich glaube dir«, sagt Zoe und küsst ihn auf die Wange.

»Ich muss jetzt los.« Zoe erhebt sich. »Was ist denn nun eigentlich Orchideengold?«

»Ein Patent von Herrn Scharen«, erwidert Tom. »Er hat aus der Orchidee, seiner Lieblingsblume, ein ganz bestimmtes Molekül gewonnen und daraus eine Droge entwickelt. Diese kann regelrecht Superkräfte verleihen.«

»Das hat er mir schon sehr intensiv demonstriert«, entgegnet Zoe mit Groll in der Stimme.

»Da die Dosierung sehr schwierig ist, gibt es das köstliche Getränk nicht auf dem freien Markt. Zu viel davon ist lebensgefährlich. Er verkauft es nur an Freunde und Bekannte.«

Die beiden Libellen wuseln Zoe um die Füße herum, als sie durch den Flur zum Ausgang geht.

»Habt ihr mit denen auch Experimente gemacht?«

»Nein«, antwortet Tom. »Sie sind durch die intergalaktischen Strahlungen so geworden. Sind doch herrlich, oder?« Ein entspanntes Strahlen fließt aus Toms Augen auf die zwei Insekten. »Sie sind wunderschön und sehr gelehrig.«

»Ach, da fällt mir ein, kannst du mir die Adresse von deiner Bekannten mit dem Hund geben? Ich brauche jemanden, der auf meinen Flavio aufpasst, wenn ich in die Katakomben muss.«

»Sofort!« Tom eilt zurück.

»Du musst mir noch den Hermetikkoffer geben!«, ruft Zoe ihm nach. Tom kommt, gibt ihr den Koffer. »Die Info mit der Adresse habe ich dir hineingelegt.« Zoe legt die Dose mit dem Titanauge und der Datenmembran dazu.

»Wie kann ich dich erreichen, ohne immer zu dir kommen zu müssen?« In Zoes Stimme schwingt die Hoffnung, dass es vielleicht doch noch eine andere Möglichkeit gibt, schneller in Kontakt zueinander zu kommen.

»Du kannst mich nicht erreichen, aber ich dich. Da du Herrn Scharen kennst und er augenscheinlich Interesse an dir hat, werde ich ihn fragen, ob ich über seinen Kommunikationskanal im Notfall eine private Nachricht absetzen kann.« Zoe steht in der Tür.

»Danke, Tom!«

»Wofür?«

»Ach, einfach nur so.« Sie umarmt ihn. Er nutzt die Gelegenheit, sie noch einmal fest zu umfassen und an sich zu ziehen.

»Eine letzte Frage habe ich noch.« Zoe löst sich aus seiner Umarmung.

»Ja?«

»Du weißt wirklich nicht, was es mit den Perlen aus den Niederschlägen unter der rosa Sonne auf sich hat?« Tom schüttelt den Kopf. Zoe bemerkt, wie er

dabei seine Augen senkt, damit sie nicht hinein-
schauen kann. Er lügt! Doch es hat jetzt keinen
Zweck, noch einmal nachzuhaken.

»Tom, bitte vergiss nicht, mir so schnell wie möglich Informationen zu den Kristallkatakomben
zukommen zu lassen! Es kann jederzeit so weit sein,
dass ich sofort dorthin muss.« Tom schlägt sich an
die Stirn. Das Klatschen erschreckt die Libellen, die
nervös davonlaufen.

»Das hätte ich fast vergessen. Ich werde mich
sofort damit beschäftigen.«

Zoe dreht sich um, winkt und geht zum Fahrkorb,
der sie nach unten bringt.

Im Schweber angekommen nimmt sie die Adresse
von Erika heraus und gibt sie als Anflugpunkt ein.
Jetzt hat es so lange gedauert, da kann der Sicherheitsmann auch noch eine Stunde länger warten.
Flavio kuschelt sich an ihre Füße, nachdem sie ihm
etwas zu trinken gegeben hat.

Erika wohnt in einem alten Stadtteil. Die Häuser
sind völlig ungeschützt. Wenn die dort wohnenden
Leute keinen Schutzraum im Keller haben, müssen
sie immer rechtzeitig vor der weißen Sonne öffentliche Schutzräume aufsuchen. Was für ein Stress,
findet Zoe. Ein Blick auf das Wetterholo entspannt
sie. Erstaunlich lange Phasen gibt es im Moment. Die
orange Sonne soll noch bleiben. Sanft landet ihr
Schweber vor dem gesuchten Haus.
Vier Nummern stehen an den Scanpoints. Tom hat
vergessen, ihr Erikas zu geben. Zoe drückt den
ersten Point, die Tür geht automatisch auf. Sie tritt
in einen sehr dunklen, muffigen Flur. Von oben ruft
eine männliche Stimme:

»Wer ist da?«

»Ich suche Frau Erika, die mit dem Hund.«

»Unten links!«, schreit der Mann und eine Tür fällt mit Krach zu.

Zoe steigt sieben Stufen hoch. Die rote Tür, vor der sie nun steht, passt nicht in dieses alte Gemäuer. Sie ist komplett rund und besteht aus einem hochmodernen Material, welches hitzebeständig und schalldicht ist. Das weiß Zoe, denn solch eine wollte sie einst für ihren Schutzraum einbauen lassen. Doch es gab damals auf die Schnelle keine passende.

Ein Handabdruck in der Mitte der Scheibe ist die Scanfläche. Zoe legt ihre Hand hinein. Sofort wird sie magnetisch an die Tür gezogen, diese schwenkt um hundertachtzig Grad, und im Nu befindet sie sich auf der anderen Seite der Tür in der Wohnung.

Zoe traut ihren Augen nicht. Sie steht mitten in einem Garten. Bäume rauschen, Blumen sieht sie, ein Bächlein plätschert links zu ihren Füßen. In dem Augenblick raschelt es, und durch einen Busch springt ein großer Hund direkt auf sie zu. Zoe weicht erschrocken zurück. Der Hund bellt, wedelt, springt an ihr hoch.

»Ach, Muska, jetzt ist es aber genug! Lass doch mal die Frau in Ruhe! Tom hat schon angekündigt, dass du kommst«, teilt sie freudig mit und eilt auf Zoe zu, um ihr kräftig die Hand zu schütteln.

»Ich bin Erika, eine langjährige Freundin von Tom. Er sagte, du möchtest Muska aufnehmen?«

Erika sieht aus wie das strahlende Leben. Eine Frau Ende sechzig, mit weißen, zu einem Dutt gebundenen Haaren. Sie trägt ein langes, beiges Strickkleid. Sie bemerkt Zoes Blick.

»Das Kleid habe ich selbst gestrickt«, erklärt sie stolz.

»Es ist wirklich sehr schön. Ich bin nicht wegen Muska hier.« Kaum hat Zoe den Namen des Hundes ausgesprochen, springt dieser wieder an ihr hoch.

»Er will nur knutschen«, lacht Erika.

»Das kenne ich, mein kleiner Hund knutscht auch gerne.«

»Du hast schon einen Hund?«

»Ja, er ist so einsam, da dachte ich …« Was rede ich eigentlich? Zoe würde sich am liebsten den Mund verkleben. Sie wollte noch keinen zweiten Hund in ihrer schwierigen Lage.

»Das ist ja schön«, freut sich Erika, »da weiß ich wenigstens, dass Muska in gute Hände kommt und auch noch Gesellschaft hat.«

Auf einmal stehen alle drei in einem weißen Flur. Der Garten ist verschwunden. Das weiße Licht lässt Erika zehn Jahre älter aussehen.

Tränen laufen ihr über die eingefallenen Wangen. »Perfekte Illusion, was? Das hat alles Tom für mich programmiert. Komm herein!«

Zoe läuft hinter Erika in ein schummriges, kleines Zimmer. Hündin Muska weicht Zoe nicht von der Seite.

»Setz dich!«, murmelt Erika und lässt sich selbst auf einen Stuhl an einem Tisch nieder.

»Ich habe leider nicht so viel Zeit.«

»Das macht nichts.« Erika steht auf, nimmt zwei Gläser aus dem Schrank und schenkt aus einer Karaffe grüne, sämige Flüssigkeit ein.

»Prost!«, sagt sie und reicht Zoe ein Glas.

»Was ist das?«

»Algenlikör«, lächelt Erika und schüttet das Getränk mit einem Mal in ihren Mund.

»Lass mich raten, von Tom?«

»Na klar!«, gluckst Erika. Zoe stellt ihr Glas voll auf den Tisch zurück.

»Ich muss leider verzichten, bin mit dem Schweber da.«

»Macht nichts.« Erika nimmt das Glas von Zoe und trinkt es auch noch aus.

»In vier Wochen muss ich zur Behandlung. Da gibt es solch köstliche Getränke nicht mehr.«

»Ich möchte Sie fragen …«

»Du kannst mich duzen.« Erika schenkt sich aus der Karaffe nach.

»Danke. Ich möchte dich fragen, ob du in den nächsten vier Wochen, wenn du noch da bist, meinen Flavio in Pflege nehmen kannst. Ich muss, wenn der azurblaue Mond erscheint, von jetzt auf gleich zwei Straftage in den Kristallkatakomben ableisten. Ich weiß einfach nicht, wohin mit meinem Hund.«

Muska sitzt aufrecht neben Zoe auf der Couch und hört aufmerksam zu. Zoe krault ihr den Hals.

»Da kannst du doch den Hund heute schon hierlassen!«, ruft Erika fröhlich.

»Der azurblaue Mond kann jederzeit auftauchen. Ich führe genaue Aufzeichnungen über die zeitlichen Mond- und Sonnenkonstellationen. Danach müsste er in den nächsten Stunden aufgehen.«

»Du kannst voraussagen, wann welche Konstellation erscheinen wird?«

»Genau nicht, aber mit einer gewissen Wahrscheinlichkeit.«

»In den nächsten Stunden schon.«, murmelt Zoe vor sich hin.

»Was hast du gesagt?«

»Dann kann ich meinen süßen Flavio gleich hierlassen?«

»Selbstverständlich! So kann er auch Muska kennenlernen.« Erikas Augen leuchten vor Glück. »Da kommt ja richtig Leben in die Bude auf meine alten Tage. Wo ist Flavio?«

»Er wartet im Schweber, ich hole ihn.«

»Nur zu!« Etwas schwankend geleitet die Frau Zoe durch den weißen Flur zur runden, roten Tür.

»Du brauchst nur die Hand in den Abdruck zu legen.«

Zoe tut es, und schon wird sie mit Schwung an die Scheibe gesogen und nach außen transportiert. Schnell läuft sie zum Schweber.

»Komm, Flavio, du wirst jetzt deine neue Freundin kennenlernen!« Als hätte er sie verstanden, saust der Hund ins Haus und positioniert sich schwanzwedelnd vor der roten Tür.

Worauf habe ich mich da bloß eingelassen! Zwei Hunde! Zu spät.

Zoe nimmt Flavio auf den Arm und legt ihre Hand in die Scanfläche. Beide landen im Flur von Erika. Zoe setzt den Hund ab. Diesmal gibt es keinen Garten der Illusionen. Flavio bleibt abwartend stehen. Sein Schwanz hängt bis auf die Fliesen nach unten. Irgendetwas scheint ihm unheimlich.

»Komm, Flavio, wir schauen, wo Erika und Muska sind!« Zoe läuft durch den Flur und schaut in das Zimmer, in dem sie gerade noch mit Erika gesessen hatte.

Der Raum ist leer. Auch die Flasche und die Gläser auf dem Tisch sind verschwunden. Zoe wird es unheimlich. Was geht hier vor? Flavio schleicht dicht hinter ihr und fegt mit seinem Schwanz den Fußboden.

Im Flur gibt es noch zwei Türen mit Klinken. Sie drückt die eine nach unten, öffnet und gelangt in eine Küche. Die hat kein Fenster, wird beleuchtet durch eine Decke voller winziger, kleiner Lichtpunkte. Diese tauchen den Raum in ein warmes, rosaweißes Licht. Die Küche ist komplett aufgeräumt. Nichts deutet auf Leben. Hinter dem letzten Küchenschrank steht eine Schale Wasser auf dem Fußboden. Sicher für Muska. Aber wo sind die beiden? Flavio ist gar nicht erst mit in die Küche hineingekommen. Er steht abwartend im Türrahmen.

»Ich verstehe das nicht«, murmelt Zoe. Wieder im Flur öffnet sie die zweite Tür und landet in einem Schlafraum. Darin befinden sich nur ein Schrank und ein Bett. Das Bett ist komplett unbenutzt. Zoe öffnet den Schrank, darin befindet sich nichts. Ich war doch nur zwei Minuten weg und es ist Erikas Wohnung. Wieso sind hier keine Sachen, und wo ist sie?

Zoe stehen zwischenzeitlich Schweißperlen auf der Stirn. Sie wollte Flavio hier abgeben, der azurblaue Mond wird bald kommen, sie muss noch zum Sicherheitsmann zurück. Nun steht sie in einer verlassenen Wohnung.

Sie nimmt Flavio wieder auf den Arm und küsst ihn auf die Stirn. Er kuschelt sich eng an sie. Zoe läuft durch den Flur, legt die Hand an die rote Türscheibe. Wenigstens das funktioniert, sie werden wieder nach draußen befördert. Langsam steigt sie die sieben Stufen hinab, setzt Flavio ab, als sie plötzlich den Eindruck hat, sie hätte Hundegebell gehört. Vielleicht hat die Wohnung noch einen anderen Ausgang, eine Geheimtür oder etwas, was ich nicht gesehen habe?

Zoe dreht um, läuft zurück. Noch einmal schnappt sie sich ihren Hund und legt die Hand an die Scanfläche der roten Türscheibe.

Und tatsächlich! Plötzlich steht sie wieder im Illusionsgarten. Sie setzt Flavio ab. Muska kommt angerannt. Beide bellen, sie tänzeln umeinander rum und beschnuppern sich wie verrückt.

Erika, welche jetzt wieder frischer aussieht, kommt auf Zoe zu und fragt:

»Wo warst du denn so lange?«

»Mir ist etwas Seltsames passiert. Ich war in der Wohnung, aber die war komplett leer. Ich habe eine Küche gesehen und einen Schlafraum. In den Schränken gab es nichts. Was war das?«

»Oh, das tut mir leid!«, erwidert Erika. »Da habe ich wohl vorhin aus Versehen den Türcode geändert. Ich war schon etwas beschwipst vom Algenlikör. Eigentlich hättest du das gar nicht wissen dürfen. Tom hat sich hier eine Geheimwohnung eingerichtet, für Notfälle. Die rote Türscheibe schwingt, je nachdem, welcher Code eingestellt ist, entweder in meine Wohnung oder aber in die von Tom. Es tut mir wirklich leid!«

Zoe ist froh, dass sie wieder bei Erika ist und das Rätsel sich aufgeklärt hat. Sofort weiß sie, dass diese Geheimwohnung in ihrem Leben noch einmal eine Rolle spielen wird. Die beiden Hunde sausen unterdessen wie kleine Kinder in der Wohnung herum. Sie können den Illusionsgarten nicht sehen, deswegen spielen für sie die Pflanzen und der Bachlauf keine Rolle bei ihrem Herumtoben. Erikas Augen strahlen, als sie die beiden miteinander spielen sieht.

»Der Kleine scheint bereits relativ alt zu sein, und trotzdem ist er noch so mobil«, bemerkt sie.

»Ja, er ist schon elf Jahre alt, und ich bin sehr glücklich, dass es ihm immer noch so gut geht. Ich habe den Eindruck, die beiden verstehen sich prächtig.«

»Dann kannst du jetzt getrost deiner Wege gehen. Dein kleiner Flavio ist bei mir und Muska gut aufgehoben. Mach dir keine Sorgen!« Erika geht auf Zoe zu und umarmt sie warm.

»Nun geh!«

»Kann ich dich erreichen, hast du Telefon?«, fragt Zoe Erika.

»Nein, Telefon habe ich nicht. Ich kann mir das nicht leisten. Außerdem will ich einfach nur meine Ruhe haben. Zu viele seltsame Dinge sind schon passiert. Ich brauche meine Intimsphäre und bin froh, dass Tom mir so einen beschützenden Raum geschaffen hat. Du musst also zu mir kommen, wenn dein Aufenthalt in den Kristallkatakomben, was auch immer das bedeutet, beendet ist.«

»Schade«, meint Zoe, »ich wollte dich gerade fragen, ob du über die Katakomben etwas weißt.«

»Nein«, entgegnet Erika, »dazu kann ich dir leider nichts sagen. Jetzt mach dich auf den Weg, ich denke, du hast noch genug zu regeln!«

»Ja.« Zoe ruft noch einmal Flavio zu sich. Er kommt sofort. Sie streichelt ihn zärtlich.

»Ich bin bald wieder da. Hier wird es dir gut gehen.«

Muska steht aufgeregt mit wedelndem Schwanz und Spielblick. Zoe muss lächeln. Mit der Hündin werde ich bestimmt Freude haben. Mit diesem

Gedanken verlässt sie die Wohnung von Erika und begibt sich zu ihrem Schweber.

Zoe lässt sich zum Chirurgietower befördern. Dort angekommen, läuft sie direkt zum Apartment des Sicherheitsmanns. Kaum steht sie vor seiner Tür, wird diese schon geöffnet.

»Wo bleiben Sie denn so lange? Ich habe schon gedacht, Sie würden überhaupt nicht wiederkommen.«

»Es tut mir leid«, entschuldigt sich Zoe, »ich konnte schnell noch veranlassen, meinen Hund in Pflege zu geben, weil ich doch demnächst zwei Tage Strafarbeit in den Kristallkatakomben ableisten muss. Das hat sich ganz kurzfristig ergeben. Konnten Sie sich wenigstens in der Zeit noch etwas ausruhen?« Zoe versucht mit der Frage, das Gespräch in eine andere Richtung zu lenken.

»Nein«, brummt der Sicherheitsmann, »leider nicht, da ich nicht wusste, wann Sie wiederkommen. Mein Tankbett muss immer auf eine bestimmte Zeit programmiert werden. Ich werde auftanken, wenn Sie weg sind.« Er geht durch den Flur voran.

»Folgen Sie mir!« Sie landen in einem Labor und Zoe übergibt ihm den Hermetikkoffer.

Der Mann betrachtet ihn interessiert.

»Nicht schlecht, so einen antiquierten Koffer habe ich lange nicht gesehen.« Er öffnet ihn und entnimmt der Dose das Titanauge.

»Das ist ein besonders seltener Datenspeicher«, kommentiert er seine Gedanken. Er zieht sich hauchzarte Schutzhandschuhe an und entnimmt mit einer winzigen Pinzette die Datenmembran.

Bisher hat Zoe nur auf ihn geachtet. Jetzt schaut sie sich im Labor um.

»Gehört das alles Ihnen?«

»Nein«, antwortet der Sicherheitsmann, »dieses Labor gehört Herrn Scharen. Es ist nur in mein Apartment integriert, weil ich seine engste Vertrauensperson bin und für viele seiner Experimente zur Verfügung stehe. Außerdem kann ich hier auch meine Forschungen fortführen.«

Der Sicherheitsmann ist nun damit beschäftigt, die Datenmembran in eine kleine Schale mit einer geleeartigen Masse zu legen. Das Gefäß schiebt er dann in ein Gerät, welches an einen alten DVD-Recorder erinnert. Plötzlich entsteht über diesem ein Hologramm.

»Es geht los.« Der Sicherheitsmann schaut gebannt auf die entstehenden Moleküle, die sich Stück für Stück zu einem Bild formen.

»Das ist sozusagen die Datenstruktur, der Inhalt«, kommentiert er das entstehende Gebilde.

Zoe kann überhaupt nichts erkennen.

»Was sehen Sie?«, fragt sie aufgeregt. Der Mann schaut unzufrieden.

»Irgendetwas stimmt nicht. Es gibt diverse Inhalte, die vor kurzer Zeit ausgelesen wurden und somit nicht mehr zur Verfügung stehen.« Zoe setzt sich erschöpft auf einen verstaubten Hocker. Jetzt hat er doch bekommen, wonach er gesucht hat, ist ihr sofortiger Gedanke.

Der Sicherheitsmann beendet das Holo.

»Ich komme im Moment hier nicht weiter. Das Einzige, ich kann versuchen, in den Picodatenebenen zu schauen, ob es noch eine Sicherung gibt. Falls die Person, die die Daten ausgelesen hat, es eilig hatte, könnte es sein, dass vergessen wurde, die Picosicherung zu löschen.«

Zoe sitzt wie versteinert. Was soll ich jetzt tun? Wenn Herr Scharen bei Tom die Daten ausgelesen hat und ich die Datenmembran hierlasse, dann hat er auch noch Zeit, die Picosicherung zu löschen. Ich nehme das Titanauge wieder mit, damit wenigstens die Sicherung erhalten bleibt. Sie steht auf.

»Da ich nicht mehr so viel Zeit habe, möchte ich Sie bitten, mir die Datenmembran wiederzugeben. Wir verschieben das Auslesen und Suchen nach der Sicherung zu einem späteren Zeitpunkt. Jetzt ist erst einmal wichtig, die Aufzeichnungen der Überwachungskameras für mich sichtbar zu machen. Dafür habe ich Ihnen mein Hyperpad übergeben.«

Der Sicherheitsmann nickt und entfernt vorsichtig die Datenmembran aus der Masse, legt sie wieder in das Titanauge.

»Wäre es möglich, das Titanauge mit der Masse zu füllen, in die Sie die Datenmembran geradegelegt haben, damit mein Datenleser wieder funktioniert?«

»Nein«, erwidert er, »das bringt nichts, weil Ihr Datenleser nur mit der ursprünglichen organischen Masse funktionieren kann. Und die gibt es in dieser Art nicht mehr.«

Zoe nimmt das Titanauge, packt in die Dose und diese in den Koffer.

»Ich werde Sie jetzt verlassen. Es ist wahrscheinlich, dass der azurblaue Mond in den nächsten Stunden erscheinen wird. Das bedeutet, dass ich dann nicht zu Hause sein werde, wenn Sie Ihre Suche nach den Überwachungskameras fortsetzen. Nennen Sie mir bitte einen Freischaltcode, damit ich Ihren Zugang programmieren kann!«

Der Sicherheitsmann gibt Zoe die gewünschte Information. Gerade will Zoe ihm die Hand reichen, da fällt ihr ein, dass sie ihn nicht berühren soll. Sie zieht ihre Hand zurück.

Der Sicherheitsmann atmet erleichtert auf.

»Ich werde alle Überwachungskameras finden und die Daten, die darauf abgespeichert sind, zugänglich machen«, verspricht er und geleitet Zoe durch den Flur zum Ausgang.

»Danke, das ist gut zu wissen. Ich melde mich bei Ihnen, wenn ich von meinen Strafarbeiten wieder zurück bin.« Sie winkt und läuft dann schnellen Schrittes zum Fahrstuhl, der sie in den Eingangsbereich des Chirurgietowers bringt.

Die orange Sonne ist verschwunden, der azurblaue Mond ist aufgegangen. Jetzt muss sie sich beeilen.

Zoe schwingt sich in den Schweber:

»Nach Hause! Wetterhologramm!« Ihre Stimme überschlägt sich.

Erika hatte recht mit ihrer Mondprognose. Das Holo zeigt an, dass der azurblaue Mond für etwa sechsundneunzig Stunden bleiben wird. Wieder eine recht lange Phase.

Auf ihrem Grundstück gelandet, saust Zoe durch den Erdgang in den Schutzraum. Der Kommunikationskanal blinkt und piepst ohrenbetäubend. Nur gut, dass Flavio nicht hier war. Der hätte einen Gehörschaden bekommen. Es sind drei Nachrichten, davon eine gelbe. Zoe ruft die erste Rote ab.

»Zum Antritt Ihrer Strafarbeit finden Sie sich zur vierten Stunde des azurblauen Mondes auf dem Zentralplatz Ihres Wohnortes ein! Sie werden dort vom Strafschlepper abgeholt. Es ist nicht notwendig, irgendetwas mitzubringen. Sie werden gekleidet und verpflegt. Ende der Nachricht.«

Zoe blickt zur Uhr. Noch drei Stunden hat sie Zeit. Müde ist sie und erschöpft. Sie hört die nächste rote Nachricht ab.

»Ihr Aufenthalt in den Kristallkatakomben wird um weitere achtundvierzig Stunden verlängert. Es liegt eine Anzeige gegen Sie wegen unerlaubten Perlenbesitzes vor. Eine Stunde vor Ihrer Abholung werden Sicherheitspersonen Ihr Grundstück nach unrechtmäßig vereinnahmten Perlen untersuchen. Halten Sie sich zur Verfügung! Ende der Nachricht.«

Zoe setzt sich. Stimmt, Herr Scharen sprach beim Datenabgleich von einer weiteren Anzeige. Jetzt muss sie drei Tage dort arbeiten und weiß nicht, was sie erwartet. Sie hat so sehr gehofft, eine Nachricht von Tom zu bekommen, der ihr Informationen zu den Katakomben übermitteln wollte.

Nun lässt sie die gelbe Nachricht abspielen. Die Stimme vom Mann des Liberecoverlags erklingt. Augenblicklich wird Zoe hellwach. Süße Schauer fließen durch ihren Körper.

»Aufgrund veränderter Dienstpläne kann ich Sie bereits früher empfangen. Ich freue mich und erwarte Sie zur neunundzwanzigsten Stunde des azurblauen Mondes. Ende der Nachricht.«

Tränen laufen über Zoes Gesicht. Ausgerechnet jetzt hat er sie eingeladen, und sie kann nicht zu ihm. Was für sie noch schlimmer ist: Sie ist nicht in der Lage, ihm mitzuteilen, warum sie nicht kommen wird. Sie hasst es, unzuverlässig zu sein. Doch die Zeit reicht nicht aus, zu den fünf Türmen zu fliegen und den Rest der Strecke zu laufen, um abzusagen.

Sie wird ihn versetzen müssen, und das tut ihr im Herzen weh.

Plötzlich fallen ihr die Perlen im Samowar ein. Ich kann sie nur im Geheimgang verstecken. Ich werde den Samowar einfach mit in den Hermetikkoffer stellen. So können die Perlen und meine Datenmembran nicht abgescannt werden.

Zoe springt auf, läuft in die Küche ins Haus. Der Samowar steht noch im Herd. Sie nimmt ihn und eilt zurück. Doch wie sie es auch versucht, der Samowar passt nicht in den Hermetikkoffer, der Koffer geht nicht zu.

Auf einmal ertönt ein lauter Piepton. Vor Schreck lässt Zoe den Koffer los, der kippt um und mit ihm der Samowar. Der Deckel springt auf, die orangen Perlen verteilen sich im Schutzraum. Zoe eilt zum Kommunikationspoint. Eine weitere rote Nachricht. Sie ist von Tom.

»Ich habe ein paar Informationen zu den Kristallkatakomben. Allerdings verstehe ich nicht, was du da sollst, denn das sind Männerstraflager. Die Männer müssen bei wenig Nahrung und Schlaf die unterschiedlichsten schweren Arbeiten verrichten. Außerdem werden sie mit Drogen vollgepumpt, die in Testphasen sind. Es wird dort mit Substanzen experimentiert, die arbeitsam, fügsam und gewaltfrei machen. Das ist alles, was ich erfahren konnte. Wenn es irgendwie geht, versuch, dass du nicht dorthin musst! Ende der Nachricht.«

Zoe schwitzt. Genau das hat sie befürchtet. Drogentests wird sie über sich ergehen lassen müssen. Sie schluchzt laut. Das kann nicht sein, wegen ein paar Perlen so etwas erdulden zu müssen! Ihr bleibt keine Zeit. Der Suchtrupp wird bald da sein. Zoe überlegt krampfhaft. Toms Geheimwohnung! Dort könnte sie sich verstecken. Zeitlich wäre es zu schaffen. Doch dazu müsste sie ihn kontaktieren. Er müsste Erika kontaktieren, damit sie den Zugang öffnet. Es ist nicht sicher, ob sie alle erreicht. Das kann sie vergessen.

Ich werde mich im Geheimgang verstecken. Aber da kann ich nicht lange bleiben. Zu wenig Luft. Die obersten Sicherheitsbeauftragten haben Zugang zu allem, auch zu meinem Schutzraum. Sie werden immer wiederkommen, bis sie mich finden. Es hat keinen Zweck wegzulaufen. Das Nichtantreten der Strafarbeit würde noch mehr Repressalien nach sich ziehen. Ich muss mich dem stellen!

Zoe kriecht auf dem Fußboden herum und sammelt hektisch die orangen Perlen ein. Erstaunlicherweise sind diese nicht mehr gummiartig, sondern steinhart, fast glasig. Wo packe ich sie bloß hinein? Ich kann sie doch nicht einfach so in den Koffer legen. Wer weiß, wie sie reagieren. Noch knapp eine Stunde bis zum Eintreffen der Suchmannschaft. Da fällt ihr Blick auf die Metallschatulle vom Datenleser. Sie nimmt diesen heraus und packt dafür die Perlen hinein. Die ist groß genug, und sie kann sie schließen. Hoffentlich habe ich alle gefunden. Noch einmal kriecht Zoe auf dem Bauch durch den gesamten Schutzraum, späht in jede Ritze, unter das Bett. Sie scheint alle erwischt zu haben. Sie verstaut den Hermetikkoffer im Geheimgang.

Geschafft! Erschöpft setzt sie sich in den Küchentrakt, nimmt sich einen Zylinder Perlenwasser und trinkt ihn mit einem Mal aus. Die Wirkung des Getränks ist ihr im Moment völlig egal. Wenn sie doch nur fragen könnte, was passieren würde, wenn sie sich weigert, die Straftage anzutreten … Vielleicht könnte sie sich Zeit verschaffen. Vielleicht sollte sie Herrn Scharen um Hilfe bitten?

Das Perlenwasser entfaltet heute eine andere Wirkung. Die Umgebung beginnt, vor Zoes Augen zu verschwimmen. Wieso stand hier eigentlich ein Zylinder Perlenwasser auf dem Küchentresen? Ich habe den dort nicht hingestellt, wundert sie sich. Jetzt kann sie sich nicht mehr auf dem Hocker halten und schwankt zum Bett, legt sich hin. Jetzt nur nicht einschlafen!, kann sie gerade noch denken, dann sind ihr schon die Augen zugefallen.

Schwarzer Sand klebt an ihren roten Stiefeln. Eine dicke Schicht hat sich schon um sie gelegt, dass sie Mühe hat, die Füße zu heben. Sie bleibt stehen, um zu verschnaufen. Mintgrünes Licht beleuchtet die schwarze, glitzernde Ebene, an deren Horizont sich fünf Türme erheben. Wie Finger einer Hand sehen sie aus. Sie stapft weiter. Schweiß rinnt ihr über die Augen. Sie will ihr Gesicht wischen, aber auch die roten Handschuhe sind von einer schwarzen Sandschicht umgeben. Plötzlich ertönt eine Stimme:

»Du hast genau noch zwanzig Minuten Zeit. Wenn du bis dahin nicht am Turm angekommen bist, kann ich nichts mehr für dich tun. Die weiße Sonne wird dich verschlingen!«

Der schwarze Sand kocht und flimmert. Zwanzig Minuten, aber zu welchem Turm soll sie? Sie versucht, ihre Schritte zu beschleunigen. Die heißen Sandpartikel machen ihre Stiefel gefühlt tonnenschwer. Ich muss es schaffen! Ich will nicht sterben! Sie trägt keinen Schutzanzug, der sie gegen die Strahlen der weißen Sonne schützen könnte. Sie würde einfach verdampfen. *Nicht aufgeben, weiter-laufen, nicht nachdenken!*, spornt sie sich an.

Stück für Stück kommen die Türme näher. Sie hat das Zeitgefühl verloren. Die Hitze wird unerträglich. Ihr Mund ist ausgetrocknet, die Lippen gesprungen.

»Durst!«, flüstert sie.

»Nur noch fünf Minuten!«, tönt die Stimme bedrohlich.

Die Türme sind zum Greifen nah. Sie versucht, sich noch schneller zu bewegen. Doch die Türme scheinen sich von ihr wegzubewegen. *Oh bitte, ich war doch schon fast da!* In dem Moment blendet sie gleißendes Licht …

9. Kapitel: Gefangen in den Kristallkatakomben

Zoe ist es wahnsinnig heiß. Ich bin nicht in der heißen Sonne verbrannt, doch wo bin ich? Sie kann sich nicht bewegen, will rufen, aber ihre Stimme versagt. Das weiße Licht blendet so extrem, dass sie die Augen nicht öffnen kann. Sie hat keine Chance, sich umzusehen.

»Strafarbeiter 26262 wird nun für seine Aufgaben präpariert«, hört sie eine Stimme sagen. Das ist ihre persönliche Kennnummer. Was bedeutet *präpariert?* Welche Aufgaben? Sie will sich wehren, sich losreißen, schreien. Nichts geht. Sie ist komplett bewegungsunfähig.

Plötzlich verschwindet das grelle Licht. Langsam öffnet Zoe die Augen. Sie steht in einer durchsichtigen, beleuchteten Röhre und ist nackt. Der sie umgebende Raum liegt im Dunkeln.

Zwei Gestalten treten an die Röhre heran. Zoe kann ihre Gesichter nicht erkennen, sie nicht verstehen. Sie sind blau gekleidet und tragen Masken, gestikulieren, scheinen zu diskutieren. Der eine nimmt ein Leuchtboard und tippt etwas ein. Die Röhre mit Zoe beginnt, sich ganz langsam zu drehen, horizontal und vertikal. Auf einmal versteht sie die Männer.

»Was machen wir jetzt mit ihr? Für Dienste an den Strafarbeitern ist sie zu alt. Aber warum eigentlich, sie sieht für ihr Alter noch bombig aus.«

»Unter bombig stelle ich mir etwas anderes vor.«

»Du wieder, für dich kommen sowieso nur Mädchen infrage. Außerdem ist sie auch nicht für dich.«

»Aber für wen ist sie?«

»Ich bin mir nicht sicher. Vielleicht ist es ja doch die, die der Chef extra behandeln will? Ich finde die Daten nicht. Irgendetwas stimmt mit der Datenübertragung nicht.«

»Gib her!« Der eine reißt dem anderen das Board aus der Hand.

»Du hast doch keine Ahnung.« Er tippt wie wild darauf herum.

»Komisch«, sagt er dann. »Wieso gibt es zu dieser Strafnummer keine Akte? Der Datenpool ist komplett leer. Was machen wir mit ihr? Das Muskelrelaxans wirkt noch dreißig Minuten. Sollen wir noch was nachgeben?«

»Das will ich jetzt nicht entscheiden. Damit kenne ich mich nicht aus. Ich weiß nur, wenn wir die nicht gleich ihrer Bestimmung zuführen, bekommen wir richtig Ärger!«

Wenn Zoe zittern könnte, würde sie es tun. Aber sie ist starr, empfindet allerdings eine unerträgliche Wärme und wahnsinnigen Durst.

Ein dritter Mann kommt hinzu.

»Was macht ihr so lange?! Der Chef tobt! Er wartet auf seine Lieferung mit der Nummer 26262.«

»Also doch, habe ich es nicht gesagt?« Der eine tippt etwas ein.

Die Röhre setzt sich in Bewegung, schwebt nach oben durch mehrere Räumlichkeiten, die alle leer und dunkel sind. In einem beleuchteten Raum bleibt sie stehen, senkt sich und verbindet sich mit dem Boden.

»26262 ist angekommen«, sagt eine monotone Stimme.

Soweit Zoe erfassen kann, ist der Raum rund. Plötzlich öffnet sich eine Tür und eine große, kräftige Gestalt, die sicher männlich ist, tritt ein. Sie ist kom-

plett in Grün gekleidet. Zoe sieht nur einen Mund-
schlitz und schwarze Augen.

Der Mann geht um die Röhre herum, nimmt sich
einen Stuhl, positioniert ihn vor der Röhre und setzt
sich.

»Du bist in den Kristallkatakomben«, sagt er.
Seine Stimme scheint den ganzen Raum zu füllen.

»Die Sicherheitsleute fanden dich bewusstlos in
deinem Schutzraum und haben dich gleich mitgenommen, nachdem sie mit der Suche nach ver-
steckten Perlen fertig waren. Vor einer Stunde bis du
dann in den Kristallkatakomben gelandet. Alle Strafarbeiter werden bewegungsunfähig eingeliefert, um
Widerstand von vornherein auszuschließen. Außerdem müssen noch einige Untersuchungen an dir vorgenommen werden, um deinen körperlichen und geis-
tigen Zustand zu checken. Danach wird dir deine
Arbeit zugeteilt.«

Zoe muss sich das alles anhören, ohne Fragen
stellen zu können. Ihre Stimme funktioniert noch
immer nicht.

Der Mann steht auf, legt die Hand an die Röhre,
und das Vorderteil schwingt auf. Er zieht einen
Wagen mit Instrumenten näher.

»Ich werde nun ein paar Tests machen.« Er
beginnt, Zoes Körper mit kleinen Metallplättchen zu
versehen. Kopf, Brust, Bauch, Innenschenkel werden
verdrahtet.

»Zuerst teste ich deine Wärmeverträglichkeit.«
Er nimmt ein Pad und gibt etwas ein. Zoes Blut
beginnt zu kochen. Es scheint, als würde Dampf aus
all ihren Körperöffnungen treten, so heiß ist es ihr.

»Nun werde ich dich abkühlen.« Er tippt wieder
etwas ein. Plötzlich wird es kalt. Dann breitet sich

beißender Frost in ihrem gesamten Körper aus, dass sie fast die Besinnung verliert. Er schaut auf seinen Bildschirm.

»Du verträgst mehr Hitze als Kälte«, kommentierte er.

»Jetzt messe ich noch deine Muskelkraft.« Kleine Impulse sausen durch Zoes Körper. Er schaut auf sein Pad.

»Noch ganz gut für dein Alter.« In dem Moment kommt ein zweiter Mann herein.

»Bist du langsam fertig? Der Chef ist schon stocksauer, dass das alles so lange dauert.«

»Sie befindet sich noch in der Starre. Da kann ich den Schmerztest nicht machen.«

»Egal jetzt, der Chef macht ihn selbst!« Sie reißen Zoe die Kontakte von der Haut und verschließen die Röhre.

»In welchen Raum soll sie?«

»X5128.« Wieder setzt sich die Röhre in Bewegung. Zoe spürt, wie sich ihre Muskeln langsam lockern. Sie versucht zu sprechen. Noch gelingt es ihr nicht. Die Röhre stoppt in einem komplett weiß ausgeleuchteten Raum, senkt sich, öffnet sich.

Ein Mann in einem weißen Ganzanzug nähert sich ihr und legt seine große, weiße Hand unter ihr Kinn.

»Schau mich an!« Zoe erzittert. Es ist die Stimme von Jonas.

»Auch wenn ich dich noch nicht ganz zurückhabe, so konnte ich doch durch geschickte Schachzüge bewirken, meine ehemalige Zwangspartnerin für ein paar Stunden in meine Gewalt zu bekommen, und zwar ganz offiziell. Das Perlenwasser, welches du zuletzt bei dir getrunken hattest, hat dich gefügig gemacht. Ich hoffe, es hat dir gemundet, meine gehorsame Gespielin. Ich sehe schon, dass deine Muskeln langsam wieder auftauen. Damit du nicht umfällst, lege ich dich hin.« Er holt Zoe aus der Röhre, legt sie ab und schnallt sie auf einer Liege fest.

»Du bist bestimmt durstig. Ich gebe dir etwas zu trinken.« Zoes Muskeln sind nun so weit entspannt, dass Tränen aus ihren Augen fließen.

»Ach, nicht doch, du brauchst nicht weinen! Ich nehme mal an, vor Freude, mich wiederzusehen. Habe ich dich doch immer angemessen behandelt!« Jonas streicht über ihr Haar und schiebt langsam einen kleinen Schlauch in ihren Mund. Flüssigkeit beginnt zu laufen. Sie muss trinken, ob sie will oder nicht. Wärme breitet sich in ihrem Körper aus, Entspannung, Fröhlichkeit. Es muss eine Droge sein.

»Das wird dich schön auflockern«, kommentiert Jonas.

»Ich werde dir jetzt einige Fragen stellen.« Er beugt sich über sie, schaut ihr in die Augen.

»Du musst sie wahrheitsgetreu beantworten. Diesen Lügendetektor habe ich selbst entwickelt. Bei wahrheitsgemäßer Antwort schenkt er Glücksgefühle, bei Lüge große Schmerzen. Ich werde meine Fragen so lange wiederholen, bis du die Wahrheit sagst. Dann bist du sogar glücklich. Du hast es also selbst in der Hand.« Er legt ein feines Netz aus silbernen Fäden über ihren gesamten Körper.

»Nun hör mir gut zu!« Er setzt sich vor ein Pult, tippt etwas ein. Die Silberfäden beginnen, auf Zoes Haut leicht zu zittern.

»Ich weiß, dass du unsere alte Datenmembran hast. Ich brauche sie.«

»Es ist nicht deine, es ist meine«, haucht Zoe. Endlich kommen wieder Worte über ihre Lippen.

»Wie du meinst«, erwidert Jonas.

»Befindet sich diese Datenmembran bei deinem Freund Tom?«

Er kennt Tom, saust es Zoe durch den Kopf.

»Nein«, haucht sie. Schon durchschütteln sie starke Impulse, die sich prickelnd in ihren Unterleib ziehen.

»Befindet sich die Datenmembran bei dir im Schutzraum?«

Gut gefragt, da kann ich mit ruhigem Gewissen Nein sagen. Ein lautes »Nein!« ertönt aus ihrem Mund, ihre Stimme wird wieder kräftiger.

Erneut durchsausen herrliche Wellen ihren Körper.

»So, so ...« Jonas schüttelt den Kopf.

»Also frage ich anders: Befindet sich die Datenmembran auf deinem Grundstück?«

Wenn ich jetzt lüge, riskiere ich Schmerzen. Aber ich muss den Lügendetektor auch testen. Vielleicht ist er zu manipulieren. Zoe stellt sich vor, dass der Geheimgang nicht zum Grundstück gehört, und antwortet: »Nein!«

Doch die Lüge ist erkannt. Wie Messerstiche fahren Schmerzen in ihren Leib.

Sie windet sich, sie schreit:

»Aufhören, bitte aufhören!«

»Du hast gelogen, Liebes, das kann ich nicht vertragen.« In dem Moment geht die Tür auf.

»Chef, es ist dringend, Sie müssen kommen, es gibt da ein Problem.«

Jonas verlässt den Raum. Das Summen des Silberfadennetzes hat aufgehört. Zoe versucht, Arme oder

Beine aus den Fesseln zu lösen. Sie bewegt sich, zieht, dreht sich. Endlich, die rechte Hand kann sie unter Schmerzen aus der Fessel ziehen. Sie setzt sich auf, streift das Netz ab. Die linke Hand steckt fest. Diese elektronisch geschlossene Schelle ist fester als die Rechte.

Zoe schaut sich um. Der Raum hat eine Form wie ein Stück Torte. Bei diesem Gedanken knurrt ihr Magen laut. Die Droge, die er ihr vorhin verabreicht hat, macht sie noch immer ruhig und gelassen. Nach der Form des Raumes zu urteilen befinde ich mich in einem Turm. Wenn ich doch nur ein Stück weiter vor rutschen könnte, dann wäre es mir möglich, auf das Pult zu schauen. Zoe bewegt sich kräftig auf der Liege, aber die steht fest. Langsam wird ihr kalt. Wenn er wiederkommt, werde ich ihn anschreien. Da schwingt auch schon die Tür auf.

Jonas sieht sie sitzen, geht auf sie zu, legt seine große, weiße Hand auf ihren Brustkorb und drückt sie nieder.

»Das wollte ich dir ersparen«, sagt er streng, »aber nun bleibt mir nichts anderes übrig.« Er nimmt eine kleine Fernbedienung aus seiner Hosentasche, drückt, und schon springt die Handschelle auf. Er greift Zoes rechten Arm, und die Schelle schließt sich wieder, enger diesmal. Er drückt noch einen Knopf, und schon schließt sich eine breite Schelle um den Hals von Zoe.

»So, meine Widerspenstige, jetzt gibt es kein Entrinnen mehr.«

»Was willst du von mir?«, ruft Zoe aufgebracht. »Warum tust du mir das an? Was habe ich dir getan?«

»Na, na, nicht so viele Fragen auf einmal«, erwidert Jonas in einem ruhigen Ton, der Zoe schon damals zur Weißglut brachte.

»Es steht dir nicht zu, hier Fragen zu stellen.« Seine Stimme ist nun schärfer.

»Du bist hier als Strafarbeiterin und hast zu tun, was dir befohlen wird. Ansonsten bin ich durchaus in der günstigen Lage, deinen Aufenthalt hier noch zu verlängern. Auf Widerstand stehen mindestens dreißig Tage mehr. Neue Zeitrechnung!«

Zoe bleiben die Worte im Hals stecken. Was für eine entsetzliche Vorstellung. Dreißig mal achtundvierzig Stunden, das sind 1.440 Stunden in der Gewalt dieses Sadisten!

»Dann sag mir wenigstens, was ich hier für Strafarbeiten zu leisten habe!«

»Das könnte dir so passen!« Er schüttelt den Kopf. Zoe kann sich genau vorstellen, wie sein grinsendes Gesicht unter der Maske aussieht.

»Du hast weder was zu fragen, noch zu fordern. Als Chef der Kristallkatakomben, und das ist nur eine meiner einflussreichen Positionen, entscheide ich ganz allein über deine Verfügung.« Er legt fast sanft das Silbernetz wieder über sie, fährt dann mit der Hand und leichtem Druck über ihren gesamten Körper, als wolle er es glattstreichen.

»Ich könnte dich den perversesten Strafarbeitern, die schon monatelang völlig abstinent in den Kristallgängen schwer schuften müssen, zum Fraß vorwerfen und genussvoll zuschauen. Aber nein, ich will keine derart benutzte Gespielin zurück, wenn dann endlich das Gesetz durch ist.« Er tritt an sein Pult, schaltet es wieder an.

Ein Hologramm entsteht.

Zoe kann den Kopf nicht mehr heben, sieht nur den oberen Teil, der wie die Spitze eines durchsichtigen Turmes aussieht.

»Wir sind in einem Turm«, murmelt sie, dass er es hören kann.

»Sehr richtig.« Er betrachtet irgendetwas im Turmhologramm.

»Ist es einer der fünf Türme im schwarzen Sand?«, will Zoe wissen.

»Du bist zu neugierig, in den Jahren ganz schön aufsässig geworden. Aber das bekomme ich wieder hin. Du solltest allerdings sofort aufhören, mich mit Fragen zu belästigen. Sonst werde ich ganz andere Maßnahmen ergreifen, die wesentlich weniger bekömmlich für dich sind!«

Zoe spürt seine Nervosität und Gereiztheit. Im Turm scheint irgendetwas im Gange zu sein, was ihn unter Druck setzt. Sie entscheidet, nun nichts mehr zu fragen. Sie kennt ihn zu gut, um zu wissen, dass er bei derartiger Anspannung sehr schnell die Kontrolle verliert und zu extremen Handlungen neigt. Also sagt sie bloß:

»Ich habe riesigen Durst. Kann ich bitte etwas zu trinken bekommen?« Ihre ruhige Stimme reißt ihn aus seinen Gedanken.

»Du bekommst gleich was, wenn ich hier fertig bin.« Zoe schließt die Augen. Das Netz beginnt nun wieder zu vibrieren und erzeugt ein wenig Wärme. Das tut ihr gut. Jonas verlässt noch einmal den Raum. Er kommt mit einem silbernen Kelch zurück. Zoe ahnt Schreckliches.

»So, mein Liebes, hier ist dein Getränk.« Er zieht das Netz von ihrem Gesicht, löst die Halsschelle, setzt sich mit einer Pobacke auf den Liegenrand, legt seine Hand unter ihr Genick und hebt leicht ihren Kopf an.

»Lass es dir schmecken! Ich denke, du erinnerst dich, wie wertvoll dieses Getränk für dich ist.« Er führt den Kelch an ihre Lippen. Eine warme Flüssigkeit fließt in Zoes Mund und ihre Kehle hinab. Sie muss Brechreiz unterdrücken.

»Na, streng dich an, es wird alles ausgetrunken!« Als sie fertig ist, legt er sie ab und schließt wieder die Halsschelle.

»Das wird dir guttun«, sagt er gönnerhaft und stellt den Kelch beiseite. Er legt das Netz wieder über ihren Kopf und begibt sich zum Pult.

»Da du nun gestärkt bist, können wir mit der Befragung fortfahren. Bei meiner letzten Frage hast du gelogen. Die Datenmembran befindet sich also auf deinem Grundstück. Erstaunlich für mich ist, dass meine Leute sie nie gefunden haben. Es muss also irgendein Geheimfach existieren. Dazu später.« Er streckt sich und betrachtet Zoe ein paar Sekunden still.

»Ich werde dir für heute noch eine Frage stellen. Die anderen folgen morgen.« Er tritt dicht an Zoe heran und legt seine Hand auf ihre Stirn.

»Kennt Herr Scharen den Inhalt der Datenmembran?«

Zoe durchfährt es wie ein Blitz. Auch Jonas kennt Herrn Scharen! Was soll sie jetzt antworten? Sie kann weder Ja noch Nein sagen. Sie weiß es nicht. Ihre Ahnung kann keine Antwort begründen.

»Ich weiß es nicht«, flüstert sie.

»Zoe!«

Der scharfe Ton in der Stimme von Jonas dringt wie Messerstiche in sie.

»Du bist ein intelligentes Mädchen. Antworte mit Ja oder Nein! Ansonsten vergesse ich mich!«

Da sind sie wieder, seine Drohungen, die sie so lange erleiden musste. Zoe zittert am ganzen Körper.

Jonas registriert es und meint:

»Du hast doch noch gar nicht gelogen und vibrierst schon. Welch anregendes Bild! Falls du glaubst, ich werde dir jetzt etwas Entspannendes oder Schmerzlinderndes verabreichen, hast du dich getäuscht. Aber ich gebe dir Zeit. In dreißig Minuten bin ich wieder bei dir. Dann stelle ich die Frage noch einmal und erwarte sofortige Antwort. Hast du verstanden?«

»Ja«, haucht Zoe mit bebenden Lippen.

Jonas verlässt eilig den Raum. Was hat er mit Herrn Scharen zu schaffen? Beide sind Mediziner. Wahrscheinlich haben sie sich über ihre Experimente kennengelernt. Ob sie Konkurrenten sind? Oder arbeiten sie zusammen, und Jonas ist misstrauisch? Weiß Herr Scharen, dass dieser Jonas ihr ehemaliger Zwangspartner ist? Jonas könnte ja seine Identität für Geschäftspartner verändert haben. Zoe weiß nicht, was sie zuerst denken und vor allem auch nicht, was sie antworten soll. Logisch betrachtet müsste jede ihrer Antworten als wahr erkannt werden, wenn sie ihre Worte clever wählt.

Zoe überlegt krampfhaft. Wenn ich Nein sage, wiege ich Jonas in Sicherheit, und er begeht vielleicht Fehler, die mir zugutekommen. Sage ich Ja, würde er Groll auf Herrn Scharen bekommen, den ich zu meinen Gunsten ausnutzen könnte. Auch wenn all ihre Gedanken vage sind, ihre Intuition sagt, dass Herr Scharen und Jonas keine dicken Freunde sind.

Und da Herr Scharen Zoe mag, könnte er ihr vielleicht gegen Jonas helfen.

Mitten in ihren Grübeleien erinnert sie sich an einen Satz von Jonas. Sagte er nicht etwas davon, dass die Strafarbeiter *in den Perlengängen schuften?* Die Kristallkatakomben haben also etwas mit Perlen zu tun. Ich muss ihn dazu bringen, mich dort auch einen Tag schuften zu lassen, um zu erfahren, was dort vor sich geht. Es ist auf jeden Fall besser, artig darum zu bitten. Wenn ich seine Fragen zu seiner Zufriedenheit beantworte, geht er vielleicht auf meine Bitte ein.

Zwischenzeitlich meldet sich Zoes Magen immer lauter. Sie kann sich nicht erinnern, wann sie das letzte Mal gegessen hat. Eventuell heute Morgen, bei Herrn Scharen?

Gerade will sie die Augen schließen, da schwingt mit einem Zischen die Tür auf. Ein grün gekleideter Mann tritt an das Pult.

»Hallo«, ruft Zoe, »können Sie mir etwas zu essen besorgen? Ich sterbe gleich vor Hunger. Wenn ich ordentlich arbeiten soll, muss ich bei Kräften bleiben!«

»Das habe ich nicht zu entscheiden«, murmelt er missmutig.

Zoe erblickt wieder die Hologrammspitze des Turmes. Kleine Partikel sausen darin herum. Vielleicht sind das die Menschen, die sich im Turm befinden.

»Gibt es Sicherheitsprobleme?«, fragt Zoe. Sie will den grünen Mann irgendwie aus der Reserve locken. Doch der ist eisern.

»Das geht Sie überhaupt nichts an! Halten Sie Ihren Mund, bis der Chef wiederkommt!«

»Dann geben Sie mir wenigstens etwas zu trinken, sonst werde ich ohnmächtig!«

»Frauen!« Er geht aber hinaus, um gleich darauf mit einem Zylinder wiederzukommen, und will ihn Zoe reichen.

»Sie müssen schon zwei Fesseln lösen, sonst kann ich nicht trinken. Oder wollen Sie mich tränken?«

»Ich kann die Fesseln nicht lösen«, sagt er genervt.

»Doch«, erwidert Zoe, »die Fernbedienung müsste neben dem Pult liegen.« Zoe hatte beobachtet, wie Jonas zum Verstellen der Fesseln ein Rad an der Seite des flachen Fernbedienungspads gedreht hat.

Der Grüne geht zum Pult.

»Tatsächlich!«, ruft er aus, tritt an die Liege und löst die Fessel an ihrer rechten Hand und die Halsfessel.

Zoe schiebt das Netz von ihrem Kopf, richtet sich etwas auf und nimmt den Zylinder.

»Er ist noch zu«, bemerkt sie, »mit einer Hand kann ich ihn nicht öffnen.« Der grüne Mann legt die Fernbedienung neben Zoe auf die Liege. Sofort schiebt sie das flache Etwas unter ihren Po, ohne dass er es bemerkt hat. Er öffnet den Zylinder und reicht ihn ihr. In dem Moment reißt Zoe die Augen auf und weist aufgeregt Richtung Pult zum Hologramm.

»Da ist ja richtig was im Gange!«, ruft sie laut. Der Grüne stürzt hin. Sie nutzt diese Gelegenheit, greift sich die Fernbedienung, dreht das Rädchen, drückt Tasten, dreht wieder, bis sie merkt, dass sich alle Schellen weiten. Ich muss ihn dazu bringen, dass er die zwei Schellen offenlässt, bevor er verschwindet. Der Mann stiert angestrengt in das Hologramm. Er drückt auf die Touchfläche.

»Hier spricht G82. Chef, ich glaube, ich habe etwas entdeckt in der minus Drei.«

»Dann kommen Sie sofort dorthin und bringen Sie Verstärkung mit!«, hört Zoe Jonas' Anweisungen.

Der Mann will aus dem Raum stürzen.

»Ach, halt, jetzt hätte ich fast vergessen, Sie wieder festzuschnallen!«

Die Fernbedienung hat Zoe wieder neben sich platziert. Er greift sie.

»Bitte lassen Sie meine Hand und meinen Kopf frei, sonst kann ich nicht weitertrinken! Ich kann doch sowieso nicht weg hier mit den anderen Fesseln.«

Er wirft noch einen kurzen Blick auf sie. Er steht unter Stress. Der Chef hat gerufen.

»O.k.«, sagt er, legt die Fernbedienung neben das Pult und stürmt aus dem Raum.

Zoe feiert innerlich. Sie wartet noch eine Minute, dann zieht sie langsam die Füße und die linke Hand aus den Schellen und steht auf. Sie legt sich das Silberfadennetz um, ihr fröstelt etwas.

Zoe setzt sich vor das Pult. Links oben auf dem Display ist eine Überwachungssequenz des Flures. So kann sie sehen, ob jemand auf den Raum zukommt.

Der Grüne hatte es so eilig, dass er vergaß, das Turmholo zu schließen. Zoe betrachtet es fasziniert. Es ist ein molekulares Abbild des Turmes mit allen Räumen und darin befindlichen Personen. Der Turm reicht einige Etagen tief in den Erdboden. Von den unterirdischen Räumen laufen Gänge in die Umgebung ab. Zoe versucht, sich auf dem Hyperpad zurechtzufinden. Doch worauf sie auch drückt, es kommt jedes Mal die Information: *Sie sind nicht berechtigt!* Plötzlich entdeckt sie eine Datei mit ihrer Kennung. Sie tippt darauf, die Datei öffnet sich, sie weicht zurück. Es beginnt genau der Film zu laufen, den sie zuletzt in ihrem Schutzraum abgespielt hat.

»Das ist irre!«, ruft sie laut.

»Nein, das ist Absicht!«, erwidert Jonas, der in dem Moment zur Tür hereinkommt.

Zoe hat nicht auf die Überwachungssequenz geachtet. Er ist jetzt komplett in Schwarz gekleidet. Ein enger, glänzender Anzug umspannt seinen gut geformten Körper, seine Augen liegen hinter einer Facettenbrille.

»Du kannst einfach nicht gehorsam sein!« Er geht bedrohlich auf Zoe zu, greift sie hart am Arm und befördert sie zur Liege.

»Dieser Raum war unter meiner ständigen Beobachtung. Hast du dir das nicht denken können? Mein grüner Mitarbeiter war mein Lockvogel.«

Zoe schluckt, sagt nichts.

»Und wenn wir schon bei Erklärungen sind: Du hättest dir übrigens den Chipwechsel sparen können. Aber das konntest du ja nicht wissen. Für mich ist es jetzt umso besser, denn ich habe dich durch den modernen Chip noch besser unter Kontrolle.«

Zoe ist entsetzt, ihr wird schwindelig.

»Ein findiges Kind bist du! Hut ab! Auf die Idee, mal schnell alle Fesseln zu erweitern, muss man erst mal kommen. Aber damit ist jetzt Schluss!« Seine Stimme wird härter. Er schließt die Fesseln und bedeckt Zoe wieder mit dem Netz.

»Nun habe ich Zeit für dich, denn mein Problem ist geklärt. Wo waren wir stehen geblieben? Ach ja, hier noch einmal meine Frage: Kennt Herr Scharen den Inhalt der Datenmembran?«

Spontan antwortet Zoe laut: »Ja!«

Es kann täuschen, aber sie hat den Eindruck, als ob ihre Antwort Jonas kurz versteinert. In Zoe schießen jedenfalls sofort prickelnde Impulse und beglücken sie. Ihre Antwort wurde als wahr erkannt.

Seine Faust saust so hart auf das Pult, dass Zoe befürchtet, es würde zerspringen.

»So ein Dreckskerl!«, schreit Jonas laut und steht auf. Er läuft ziellos im Raum umher.

»Du kannst froh sein, dass du die Wahrheit gesagt hast«, zischt er sie an.

»Ich habe jetzt meine Pläne geändert! Du wirst zur Arbeit eingeteilt, sofort!« Er stürmt aus dem Raum und lässt Zoe auf der Liege zurück.

Sie atmet auf. Lieber arbeiten, als diesem Kerl ausgeliefert zu sein. Ihr Wunsch scheint in Erfüllung zu gehen, ohne dass sie ihn darum bitten musste.

Zwei Männer kommen in den Raum. Der eine ist klein und dick und der andere groß und dünn. Sie tragen beide blaue Overalls. Sie lösen Zoe von der Liege, übergeben ihr einen dicken Schutzanzug mit Helm.

»Setz dich, du musst noch etwas essen! Wir wollen ja nicht, dass du schlappmachst«, knurrt der Dünnere. Sie reichen ihr eine Nahrungstube. Gierig drückt sie den Brei in sich. Er schmeckt nach Pappe, aber das ist ihr im Moment egal. Hauptsache Nahrungsenergie. Während des Kauens zieht sie sich den weißen Schutzanzug an. Er ist sehr massiv.

»Den Schutzhelm brauche ich aber noch nicht aufsetzen?«, fragt sie die beiden Männer.

»Nein, wir sagen dir, wenn es so weit ist. Nun komm!« Sie drückt sich den letzten Rest der Nahrungspaste in den Mund.

»Ich brauche noch etwas zu trinken!«, jammert sie. Der dünne Mann läuft aus dem Raum und kommt mit einem roten Zylinder zurück.

»Hier hast du was zu trinken!« Irritiert nimmt sie das Behältnis entgegen. Aus einem roten Zylinder hat sie noch niemals getrunken.

»Was ist das?«, fragt sie.

»Trink einfach!« Vorsichtig öffnet sie den Verschluss und nimmt einen Schluck. Kühle, geschmacklose Flüssigkeit läuft durch ihre Kehle. Sie erinnert Zoe an reines Quellwasser, welches sie als Kind oft getrunken hat.

»Das reicht!« Der dünne Mann reißt ihr den Zylinder aus der Hand.

»Wir sind sowieso schon spät dran, der Arbeitsschweber müsste gleich losfliegen.«
Plötzlich hat er eine Münze in der Hand.

»Bei Kopf fährst du mit ihr, bei Zahl ich!«, ruft er seinem Kollegen zu und wirft die Münze in die Luft.

Das Geldstück landet mit Kopf nach oben auf dem Fliesenfußboden.

»Mist!«, ruft der andere. »Ich hätte eigentlich jetzt Feierabend.«

»Na dann guten Flug!« Der dünne Mann hebt seine Münze wieder auf, und schon ist er verschwunden.

»Los, komm!«, fährt der Dicke Zoe an. Sie steht auf. Die im Schutzanzug eingearbeiteten Stiefel sind etwas zu groß, so hat sie Mühe zu laufen. Der dicke Mann greift sie am Oberarm und zieht sie in den

Flur. Sie gehen ein paar Schritte und bleiben vor einem Fahrstuhl stehen.

»Übrigens, wenn dir beim Arbeiten schlecht wird, in deiner linken Brusttasche findest du Notfallpillen. Die Arbeitsbedingungen in den Katakomben sind gewöhnungsbedürftig.«

Zoe greift testweise an ihre Brusttasche und erfühlt die Dragees.

Sie fahren nach unten. Zoe registriert, dass der Turm insgesamt einhundertsechsundneunzig Etagen hat. Dazu kommen zehn Untergeschosse. Der Dicke hat minus zehn gedrückt.

Als sie aus dem Fahrstuhl treten, befinden sie sich in einer riesigen Höhle, welche im Schein heller Lichtstrahler glitzert. Wie aus Quarzgestein sehen die Wände aus.

Der dicke Mann zerrt Zoe am Arm weiter. »Zu dem Haltepunkt des Arbeitsschwebers dort vorne müssen wir hin.« Dort angekommen, stehe sie eine Weile. Kein Mensch ist zu sehen. Mit Zischen hält plötzlich ein großes Schwebezeug. Sie hatte es nicht kommen hören. Es hat die Form einer Zigarre. Die Luke schwingt auf. Der Dicke schiebt Zoe hinein.

»Sofort anschnallen!«, ertönt eine Stimme.

Das Flugobjekt setzt sich in Bewegung und Zoe wird mit Wucht in den Sitz gedrückt. Die Zigarre muss eine sehr hohe Beschleunigung haben. Der neben ihr sitzende dicke Mann sieht blass aus.

»Wohin fliegen wir?«, will sie wissen.

»Halt einfach den Mund!«, zischt er gepresst. Wahrscheinlich bekommt ihm die Geschwindigkeit nicht, zumal die Zigarre im Moment steil nach unten saust. Zoe schaut sich um. Circa zwanzig Personen sitzen um sie herum. Immer zu zweit, Strafarbeiter und blaue Begleiter. Es sind alles Männer.

»Dann sagen Sie mir zumindest, was ich als Frau für eine Arbeit bekomme! Soviel ich weiß, arbeiten hier sonst nur Männer.«

Der Dicke sagt keinen Ton. Ihm scheint übel zu sein. Dafür antwortet einer der Strafarbeiter:

»Dass Frauen hier arbeiten, ist mir neu. Wenn ich hier unten, und ich war schon öfter hier, auf Frauen traf, dann immer nur auf welche, die zur Belohnung besonders guten Arbeitern zum Spaß zur Verfügung gestellt wurden. Ich selbst hatte leider noch nie das Glück.«

»Halt deine Schnauze!«, grölt sein Begleiter und rammt ihm den Ellenbogen in die Seite.

Zoe schaut sich den Strafarbeiter genauer an. Den werde ich mir merken. Der scheint offen und kennt sich hier aus. Vielleicht treffe ich ihn noch mal wieder und kann ihn ausfragen. Er trägt die Nummer A586.

Die Zigarre stoppt.

»Endstation! Bitte verlassen Sie zügig den Arbeitsschweber!« Der Dicke steht schwankend auf.

»Los, raus!«, raunt er. Zoe läuft schwerfällig im Anzug vor ihm. Sie befinden sich in einer Höhle, diese ist aus schwarzem Gestein.

»Nach rechts«, hört sie ihren Begleiter rufen, »zum Tor sechs!«

Langsam gewöhnen sich Zoes Augen an die Dunkelheit. Als sie vor Nummer sechs stehen, legt der Dicke seinen Daumen an den Scanpoint.

»Strafarbeiter 26262 ist angeliefert!«

Das Tor öffnet sich.

»Ab jetzt übernehmen die hier«, sagt ihr Begleiter, wendet sich um und verschwindet in der dunklen Höhle.

Zoe tritt ein. Kein Mensch ist zu sehen. Sie befindet sich in einem hohen, hellen Gang. Rechts und links sind in einem Abstand von drei Metern geschlossene Türen mit Nummern zu sehen. Sie macht ein paar Schritte.

»26262! Gehen Sie zur Tür siebenundachtzig! Dahinter findet Ihre Einweisung statt.«

Ein Lichtpfeil nach links beginnt zu leuchten. Zoe schleppt sich durch den Gang. Ihr ist es extrem heiß im Schutzanzug. Seine Kühlung funktioniert nur bei geschlossenem Helm. Aber den will sie nur dann aufsetzen, wenn es unbedingt notwendig ist. Dann steht sie vor der Tür, die sich öffnet. Sie tritt ein und befindet sich nun in einem winzigen Raum. Darin sieht sie eine Liege, einen Stuhl, einen Tisch, eine Öffnung für die Anlieferung von Speise und Trank, ein Waschbecken und ein Einmalklo. Dann entdeckt sie noch zwei Schächte. Einer ist für die Entsorgung, der andere wohl eine Zuleitung für Kleidung und Ausrüstung. An der Wand an einem Haken hängen ein Schutzanzug und ein Freizeitanzug.

»Setzen Sie sich!«, ertönt eine männliche Stimme. »Sie erhalten jetzt Ihre Einweisung.«

Zoe setzt sich auf die Liege.

»Wie ich bemerken konnte, haben Sie Ihren Aufenthaltsraum schon in Augenschein genommen. Gibt es Fragen dazu?«

»Ja«, antwortet Zoe, »wie lange muss ich hierbleiben?«

»Das hängt von der Qualität Ihrer Arbeit ab! Noch Fragen zum Raum?«

»Nein!«

»Falls es Probleme gibt, neben dem Waschtisch rechts oben befindet sich eine Klappe. Dahinter sind drei Touchpoints. Rot ist zu drücken, wenn ein Notfall anliegt. Gelb ist zu drücken, wenn Sie eine Frage haben oder irgendetwas fehlt. Grün ist zu drücken, um den Zugang zu Ihrem Arbeitsbereich zu öffnen.«

»Ich habe Durst!«, ruft Zoe laut.

»Dann drücken Sie auf Gelb!«

Sie steht auf, öffnet die Wandklappe, drückt den gelben Touchpoint.

Eine freundliche, weibliche Stimme fragt: »Was kann ich für Sie tun?«

»Ich brauche reichlich zu trinken!«

Im nächsten Augenblick landen sechs Zylinder Perlenwasser im Korb des Versorgungskanals. Perlenwasser! Na was denn sonst! Zoe trinkt einige Schlucke.

»Nun werde ich Ihnen Ihre Aufgabe erklären. Dazu setzen Sie sich den Schutzhelm auf und prüfen, ob Ihr Schutzanzug korrekt geschlossen ist! Dann drücken Sie den grünen Touchpoint und begeben sich durch die geöffnete Luke hinaus in Ihren Arbeitsbereich!«

Zoe tut wie angeordnet. Sie kriecht durch die Luke und bleibt sprachlos stehen. Sie hatte einen Gang oder eine Höhle mit arbeitenden Menschen erwartet, steht aber wieder in einem Raum. Darin befinden sich vier große Perlenhaufen. Alle sind mit einer durchsichtigen Schutzhaube abgedeckt und reichen ihr bis zum Bauch. Jeder hat eine andere Färbung.

»Ihre Aufgabe ist, beginnend mit den schwarzen Perlen, die fünf Haufen nach Nieten abzusuchen.

Nieten sind Perlen, die augenscheinlich nicht der Temperatur und der Farbe der Übrigen entsprechen. Im nächsten Raum, der Durchgang zu diesem befindet sich hinter Ihnen, finden Sie alle notwendigen Untersuchungsinstrumente und Behältnisse für Ihre Tätigkeit.«

Zoe dreht sich um. Der Mann spricht weiter:

»Ihre erste Arbeitszeit beträgt zehn Stunden. Sie können jederzeit in Ihren Aufenthaltsraum gehen, um sich zu stärken. In den ersten zehn Stunden sind zwei Perlenhaufen zu schaffen. Wie Sie es sich organisieren, überlassen wir Ihnen. Ihr Intelligenzquotient ist hoch genug, dass Sie sich selbst einen Ablauf entwickeln können. Die Räume sind alle überwacht. Nehmen Sie in dem Perlenraum keinesfalls den Helm ab! Gibt es Fragen?«

»Alle Fragen, die mir noch kommen, kann ich stellen, wenn ich Gelb drücke?«

»Ja.«

»Dann habe ich jetzt keine mehr.« Zoe betritt den Raum mit den Arbeitsmitteln und verschafft sich einen kurzen Überblick. Dieser erinnert sie an das Labor von Herrn Scharen. Sie nimmt sich vier Behälter und eine Temperaturkelle. Wie gerne würde sie die Perlen analysieren, aber das ist nicht ihre Aufgabe, und außerdem wird sie beobachtet. Somit kann sie keine Experimente machen.

Zurück kniet sie sich vor den ersten Perlenhaufen, öffnet die Schutzabdeckung, nimmt die erste Perle und legt sie in die Temperaturkelle. Fünf Grad hat die schwarze Perle. Mühsam arbeitet sich Zoe durch den Berg. Unter Tausenden von Perlen findet sie zwanzig, die nicht der Temperatur und Farbe entsprechen. Sie ist erschöpft. Die dicken Schutzhandschuhe machen es sehr schwierig, die winzigen Perlen zu greifen. Immer wieder fallen sie aus den Fingern.

Als Nächstes entscheidet sie sich für den orangen Haufen. Diese Perlen haben eine Temperatur von vierzig Grad. Fünfundsiebzig durchsichtige Perlen hat sie aus diesem Haufen aussortiert.

Als sie damit fertig ist, kriecht sie durch die Luke, reißt sich den Schutzanzug vom Leib und legt sich auf die Liege. Augenblicklich schläft sie ein.

Ein lauter Brummton weckt sie auf. Das Licht in ihrem Aufenthaltsraum flackert.

»Ihre zweite Schicht beginnt! Ziehen Sie sich sofort an!«

Zoe springt erschrocken auf und drückt Gelb.

»Was kann ich für Sie tun?«

»Ich habe Hunger, schicken Sie mir zwei Tuben mit einem hohen Kohlehydratanteil! Außerdem möchte ich noch wissen, wie lange meine zweite Schicht dauern wird.«

Zoe erfrischt sich. Die zwei Nahrungstuben purzeln in den Auffangkorb. Eine Antwort auf Ihre Frage hat sie noch nicht bekommen. Gerade, als sie sich aufs WC setzt, als die Stimme von Jonas erschallt.

»Ich hoffe, du bist gut vorangekommen. Vom Erfolg deiner Arbeit hängt die Länge deines Aufenthaltes hier ab. Du musst jetzt erst einmal noch fünf Stunden sortieren, dann wirst du zu mir gebracht.«

»Nein, nicht das noch! Lass mich doch einfach in Ruhe die Perlen sortieren und dann nach Hause fliegen!«, schreit Zoe aufgebracht in den kleinen Raum hinein.

238

»Übrigens, Liebes, ich sehe und höre alles«, fügt Jonas noch hinzu. Dann ist Stille.

Zoe presst den Nahrungsbrei in sich und trinkt einen ganzen Zylinder Perlenwasser aus. Wohlige Schauer durchströmen ihren Körper. Sie fühlt sich auf einmal sehr energiegeladen, zieht sich den Schutzanzug wieder an und sortiert nun den rosa Perlenhaufen. Diese Perlen haben eine Temperatur von zweihundertsiebzig Grad. Weiße Perlen muss sie aussortieren, diese sind noch heißer, weiß glühend. Sie findet zweihundertsechsundfünfzig Stück davon. Erstaunlich, dass die durchsichtigen Behältnisse diese starke Hitze aushalten. Das muss ein neu entwickeltes Material sein. Bei diesen Gedanken ertönt die Ansage:

»Verlassen Sie sofort den Arbeitsraum, schließen Sie die Luke! Sie werden jetzt zum Rapport gebracht.«

Die letzten fünf Stunden sind wie im Fluge vergangen. Zoe setzt sich im Schutzanzug auf die Liege und überlegt krampfhaft, wie sie die erneute Begegnung mit Jonas am besten für sich ausnutzen kann. Ich muss ihn um den Finger wickeln, ihn irgendwie beeinflussen. Doch das ist sehr schwierig und ihr noch nie richtig gelungen. Er ist einfach zu diszipliniert, zu aufmerksam. Ihr fallen die Notfallpillen ein, die sie im Schutzanzug trägt. Die könnten eine Option sein. Ich muss ihn unbedingt dazu bringen, dass er mich nicht wieder komplett fesselt. Die Tür öffnet sich.

»Gehen Sie zum Ausgang! Sie werden dort erwartet und zum Bestimmungsort gebracht.«

Als Zoe aus dem Tor in die Höhle tritt, wird sie von einem blau gekleideten Mann in Empfang genommen. Sie trägt ihren Schutzanzug.

»Warum haben Sie den Anzug nicht ausgezogen?«, fragt er missmutig.

Zoe zuckt mit den Schultern und antwortet:

»Ich weiß doch nicht, wohin ich gebracht werde. Da habe ich ihn vorsichtshalber angelassen.«

Kaum sind sie am Einstiegspunkt, kommt schon eine Zigarre angesaust. Sie steigen ein. Nur zwei Männer sitzen noch darin. Da sie Zoe den Rücken zukehren, kann sie nicht erkennen, ob vielleicht der Mann vom ersten Flug mit dabei ist. Zoe setzt sich, schnallt sich an.

Müde lässt sich ihr Begleiter neben sie plumpsen.

»Du kannst hier sowieso nicht weg«, murmelt er noch, da ist er auch schon eingeschlafen und beginnt, laut zu schnarchen.

Die zwei Männer sitzen noch immer still. Zoe schaut sich um. Gibt es hier einen Nothalteknopf? Tatsächlich. Über jeder Sitzreihe befinden sich Klappen. Die Zigarre schwebt im Moment waagerecht. Sie löst leise ihre Gurte, steht auf, öffnet eine Klappe. Die drei farblich verschiedenen Rufknöpfe befinden sich dahinter.

Der Schweber ruckelt. Knallend fällt die Klappe zu. Zoe strauchelt. Die Zigarre saust nun steil aufwärts. Zoe fällt rückwärts in den Sitz.

Ihr Begleiter schnauft schlaftrunken.

»Ruhe!«, und schnarcht weiter.

Warum haben sich die zwei Männer nicht umgesehen? Zoe wird es unheimlich. Kaum schwebt das Flugobjekt wieder plan, löst sie die Gurte und schleicht vorsichtig eine Sitzreihe weiter nach vorn.

Erschrocken bleibt sie stehen. Die beiden Männer haben verzerrte, völlig bleiche Gesichter. Sie hängen in den Gurten, als wären sie tot.

Zoes Begleiter schnarcht noch immer. Soll ich den Notknopf drücken? Dann wird er auch wach. Aber vielleicht ist den beiden hier noch zu helfen. Zoe öffnet die Klappe über den beiden regungslosen Männern und drückt auf Rot. Augenblicklich fallen Netze über die sitzenden Personen und schließen sie so fest ein, dass sie sich nicht mehr bewegen können.

Ihr Begleiter erwacht. »Was machen Sie da?«, schreit er hysterisch. Zoe steht im Gang, hat kein Netz abbekommen.

»Die beiden Männer hier brauchen dringend Hilfe«, erwidert sie aufgebracht. »Ich wusste ja nicht, dass hier solche Netze fallen.«

Der Arbeitsschweber hält ruckartig an. Die Luken schwingen auf. Zoe springt aus der Zigarre.

»Machen Sie sofort Meldung!«, ertönt eine Stimme. Der blau gekleidete Mann beginnt, lauthals zu reden:

»Schicken Sie sofort einen Sicherheitstrupp! Revolte! Ein fliehender Strafarbeiter.«

Zwei Gänge gehen vom Haltepunkt ab. Zoe setzt sich den Helm auf und entscheidet sich für den wenig Beleuchteten. Sie läuft, so schnell es die großen Stiefel zulassen. Ich werde Jonas einfach sagen, ich hätte einen Schock bekommen. Die zwei Toten im Arbeitsschweber dürften als Erklärung für ihre Panikreaktion reichen.

Plötzlich ertönen Sirenen. Die Erde scheint zu vibrieren unter diesen dumpfen Klängen. Zoe gelangt an ein einfaches Holztor mit Drehknauf. Sie dreht, das Tor öffnet sich. Dahinter befindet sich eine riesige Halle mit durchsichtigen Röhren. Durch diese rauschen Millionen rosa Perlen.

Zoe läuft langsam weiter. Noch immer hört sie die Sirenen. Die flexiblen Röhren bewegen sich unter dem Druck der fallenden und schiebenden Perlen. Manche enden in den Metallbehältern, andere sind in die Hallenwand eingelassen. Es muss also noch nachfolgende Räume geben. Sie untersucht alle Wände, findet jedoch keine weitere Tür. Die Flüchtige sitzt in einer Sackgasse. Es wird nicht mehr lange dauern, dann werden sie mich finden. Sie greift an ihre Brusttasche. Die Notfallpillen sind noch da. Da geht auch schon das Tor auf.

»Wir haben sie!«, ruft einer der hineinstürmenden Männer in ein Handgerät. »Wohin sollen wir sie bringen? … O.k.« Zoe steht auf.

»Was war mit den zwei Männern im Arbeitsschweber?«, ruft sie aufgeregt. »Sind sie tot? Woran sind sie gestorben?« Ein rot gekleideter Sicherheitsmann greift sie am Arm.

»Du kannst deinen Helm absetzen«, sagt er rau.

»Bitte reden Sie mit mir!«, versucht Zoe, ihn zum Antworten zu animieren. »Ich hatte solche Angst zu sterben in dem Schweber.«

»Ruhe jetzt!«

Die Männer gehen mit ihr nicht zum Haltepunkt des Arbeitsschwebers zurück, sondern durch den anderen Gang, welcher an einer Tür endet. Diese wird über einen Code geöffnet. Sie treten ein, laufen durch einen hellen Gang bis zu einem Fahrstuhl. Einer der Männer geht wortlos weiter, der andere schiebt Zoe vor sich hinein und drückt Etage zwanzig. Die Fahrt geht schnell, schon schwingen die Türen auf.

»Setz dich hierhin, du wirst gleich aufgerufen!«
Der rote Mann weist auf eine Bank. Zoe nimmt Platz.
Nach kurzer Zeit öffnet sich eine Tür, ein sehr alter
Mann in einem braunen Ganzanzug kommt heraus.

»Treten Sie ein!«, bittet er freundlich.

»Ich bin der dienstälteste Nervenspezialist.« Er
reicht ihr die Hand. Zoe entfernt einen Handschuh
des Anzugs, nimmt sie und erfühlt kühle Knochen.

»Setzen Sie sich auf diesen Stuhl! Ich muss Ihnen
zu dem Vorfall einige Fragen stellen.«

»Welcher Vorfall? Ich habe überhaupt nichts
gemacht. Ich wollte nur für die zwei Männer, die so
reglos im Schweber saßen, Hilfe holen.«

»Das ist schon in Ordnung«, erwidert der Alte
ruhig. »Niemand hat Ihnen etwas vorgeworfen.«

»Bitte sagen Sie mir, was mit den zwei Männern
war! Sind sie tot?«

»Ja, alles Weitere ist in Klärung.« Er drückt sie
mit sanfter Gewalt auf den Stuhl.

Augenblicklich schließen sich Metallgurte um
Brust und Beine, so dass sie nicht mehr aufstehen
kann.

»Was machen Sie mit mir? Ich sollte zum Chef
gebracht werden!« Zoe zittert.

»Zuerst werde ich Sie zum Vorfall befragen.« Er
zeigt Zoe einen Helm mit diversen Anschlüssen.
»Das ist ein Illusionator und ein Halluzinator in
einem. Er kann Gedankenbilder umsetzen. Wir
werden versuchen, das, was Sie gesehen haben, in
Bilder zu bringen, um daraus einen Film zu machen.
Den nehmen Sie dann zum Chef mit. Eine bessere
Möglichkeit, Ihre Unschuld zu beweisen, gibt es doch
nicht, oder?«

Der Alte lächelt und stülpt Zoe den Helm über. Der reicht ihr bis über die Augen.

»Warum muss ich dazu fixiert sein?«, ruft sie aufgewühlt. »Ich mache es auch freiwillig!«

»Ihr guter Wille in Ehren, aber die entstehenden Bilder können tatsächlich extrem realistisch sein. Ich will nur verhindern, dass Sie vor sich selbst weglaufen.«

»Da hätten Sie auch einen Lichtmanipulator benutzen können, um mich bewegungsunfähig und fügsam zu machen«, sprudelt Zoe weiter.

»Sie kennen einen Lichtmanipulator?« Der alte Mann nimmt den Helm von Zoes Kopf noch einmal ab und schaut ihr ins Gesicht.

»Das ist interessant. Hatten Sie schon eine Begegnung mit ihm?«

»Mit *ihm*?«, fragt Zoe zurück. »Gibt es denn nur den einen?«

In dem Moment fällt dem Alten wohl sein Formulierungsfehler auf, und er hakt heftig nach:

»Hatten Sie schon oder nicht?«

»Ja«, antwortet Zoe nun.

»Wo war das?«, will er wissen.

»Ich habe es vergessen, wahrscheinlich hat er mein Erinnerungsvermögen beeinflusst«, fügt sie schnell hinzu.

»Das ist wirklich interessant«, murmelt der Alte. »Ich hätte gerne noch gewusst, wie Sie ihm entkommen sind?«

»Auch das habe ich leider vergessen.« Zoe schaut betrübt. »Ist es denn so schwierig, ihm zu entkommen?«

»Keiner weiß, wo und wann er agiert. Er ist ein Phantom und wird weltweit gesucht.« Der alte Mann stülpt Zoe den Helm wieder auf.

»Nun schließen Sie Ihre Augen!«

»Wie heißt eigentlich der Chef?«, fragt sie spontan. Sie hört den Alten mit den Anschlüssen hantieren.

»Das kann ich Ihnen nicht sagen. Seine Position ist im Weltregierungsmaßstab so hoch, dass er seinen Namen niemandem mitteilen muss. Ich weiß nur, dass er den Goldrang innehat. Darüber gibt es nur noch den Platin- und Diamantrang. Das sind dann die Personen, die außerhalb jeglicher Gesetze agieren können. So ehrgeizig, wie der Chef ist, wird er wohl bald Platin bekommen. Es sei denn, die letzten zwei Vorfälle brechen ihm das Genick.« Er hantiert weiter.

So ein hohes Tier ist Jonas! Zoe beunruhigt das mächtig. Falls er wirklich Platin bekommt, braucht er nicht einmal mehr auf den Erlass des Gesetzes zu warten, um sie sich zurückzunehmen.

»Jetzt habe ich es!«, ruft der Alte erleichtert aus. »Halten Sie sich fest, die Reise geht los! Ihre Augen sind geschlossen?«

»Ja.«

»Sie werden nun einen Film sehen. Der zeigt Sie, wie Sie im Arbeits- und Aufenthaltsbereich agieren. Dann sehen Sie sich durch den Flur bis zum Tor laufen. Danach schwenkt das Bild um. Sie sehen dann den Arbeitsschweber und die drei Männer darin. Ab diesem Zeitpunkt fließen die hypnotischen Impulse in Sie. Diese sollen Ihr Unterbewusstsein dazu bringen, die fehlenden Bilder zu ersetzen. Wenn ihre Sequenzen klar sind, kann ich sie gleich aufzeichnen. Dann sind wir schnell fertig. Sonst müssen wir das Ganze so lange wiederholen, bis es klappt.« Die Bilderreise geht los. Alles erinnert Zoe an den Traum, den sie vor Kurzem hatte. Sie sieht sich selbst arbeiten, entspannen, auf dem WC sitzen, sich anziehen, durch den Flur laufen. Plötzlich spürt sie im Hinterkopf ein heißes, zartes Vibrieren. Die Bilder vor ihrem inneren Auge fallen zusammen wie bei einer defekten, alten Bildröhre. Eine Stimme führt sie in den Schweber und fragt alle Details ab. Zoe antwortet auf jede Frage. Sehen kann sie nichts. Ihr Kopf scheint zu kochen. Das Fehlen der Bilder und die drängende Stimme lösen Panik in ihr aus. Dann ist Stille und Zoes Kopf sinkt nach vorn.

»Perfekt!«, ruft der Alte und nimmt ihr vorsichtig den Helm ab.

»Das haben Sie hervorragend gemacht. Sie haben ein stark ausgeprägtes Imaginationsvermögen.« Er reicht Zoe einen Becher mit blauer Flüssigkeit.

»Was ist das?«, haucht sie kraftlos und trinkt den Becher aus.

»Das spült die Halluzinogene wieder aus Ihrem Körper.«

»Wie sind die denn überhaupt in mich hineingekommen?«, kann sie gerade noch fragen, dann erbricht sie sich in das Gefäß und auf ihren Anzug.

»So etwas ist noch nie passiert«, murmelt er. Er nimmt Zoe den Helm ab, löst die Gurte und führt sie in einen Erfrischungsbereich nebenan.

»Ich bestelle Ihnen neue Kleidung, jetzt machen Sie sich erst einmal frisch!«

Zoe zieht sich den schweren Schutzanzug aus und empfindet es wie eine Befreiung. Sie stellt sich unter die Dusche. Augenblicklich beginnt warmes Wasser sanft über ihre erhitzte Haut zu sprühen. Sie setzt sich auf den Boden und lässt sich beregnen. Ich werde hier so lange sitzen bleiben, bis der Nervenspezialist wiederkommt und mir meine Sachen bringt. Mit den Händen fängt sie Wasser auf und trinkt es gierig.

Die Worte des alten Mannes über Jonas schwirren ihr noch immer im Kopf herum. Langsam kann sie klar denken. Das Wasser scheint belebend zu wirken. Ich muss unbedingt herausbekommen, was das für zwei Vorfälle waren. Wenn ich Herrn Scharen darüber berichte, könnte der das gegen Jonas verwenden, und das würde dem dann vielleicht das Genick brechen, so wie der Alte es formuliert hat.

Noch immer umspült das Wasser ihren Körper.

»Wo bleiben Sie denn?«, ruft es aus dem Nebenraum.

»Ich dachte, Sie bringen mir meine Kleidung«, erwidert Zoe laut.

Die Tür schwebt auf, der Mann tritt ein und sieht Zoe nackt auf dem Boden sitzen. Er wendet sofort seinen Blick ab und legt ein schwarzes Kleidungsstück auf den Rand des Waschbeckens.

»Vielen Dank!«, flötet Zoe. Der Alte stürzt aus dem Raum.

Sie lässt sich trocken föhnen, kleidet sich an. Er hat ihr einen wie Leder aussehenden, schwarzen Overall gebracht. Zoe betrachtet sich im Spiegel und ist zufrieden. Die Übelkeit und die Erschöpfung sind wie weggeblasen. Sie bedauert, dass sie sich nicht schminken kann, kämmt sich das Haar mit einem alten Kamm, der auf dem Waschbecken liegt, und geht dann durch die Tür in den Behandlungsraum zurück.

Der Alte sitzt vor einem Holobildschirm und schiebt Bildsequenzen hin und her.

»Verzeihung!« Sie berührt ihn leicht an der Schulter. Er zuckt zusammen.

»Ich habe Sie nicht kommen hören.«

»Bitte bestellen Sie mir einen Lippenstift Nummer fünfhundertneunzehn! Ich komme mir so nackt vor. Und danke für das ausgesprochen elegante Gewand!«

Der Alte greift ein Handgerät und bestellt das Gewünschte.

»Haben Sie die Bildsequenzen alle schon zusammengefügt?«

»Nein, mir ist da etwas durcheinandergeraten. Ich war wohl doch zu unkonzentriert.«

Zoe stellt sich dicht hinter ihn, lehnt sich mit der Brust an seinen Rücken und schaut neben seinem Gesicht auf den Holobildschirm.

»Vielleicht kann ich Ihnen helfen«, flüstert sie in sein Ohr und berührt es leicht mit den Lippen. Der Alte zittert, sie spürt es genau. Er traut sich nicht, sie wegzuschieben.

»Äh, ja, vielleicht …«, stottert er.

»Was ist nun mit meinem Lippenstift?«

»Er ist schon da.« Der Alte springt auf, reicht ihn ihr. Zoe zieht sich die Lippen nach und legt ihn beiseite. Er setzt sich wieder vor den Holobildschirm, Zoe sich seitlich auf seinen Schoß.

»So zeigen Sie mir schon, was ich tun kann! Sie wollen doch bestimmt irgendwann fertig werden.«

Sie bemerkt, wie seine linke Hand fast unmerklich über ihren Schenkel streicht.

»Sie können mir helfen, indem Sie alle Files mit der Endung .xus aus dem Wirrwarr heraussuchen.« Er greift ihre rechte Hand, nimmt ihren Zeigefinger und führt ihn zur ersten entsprechenden Datei. »Sie brauchen sie nur in die X-Ablage links unten zu schieben. Das ist alles. Die .xus haben sich mit den .yva aus unerklärlichen Gründen vermischt.«

»Ich habe verstanden«, erwidert Zoe und rutscht noch einmal mit ihrem Po auf seinem Schoß hin und her, um eine bequemere Position zu finden.

»Soll ich Ihnen ein eigenes Sitzmöbel holen?«, fragt er artig.

»Nein, danke, ich habe doch schon eins. Wie viele .xus muss ich finden?«

»Es können an die zweihundert Stück sein.«

»Mir war schlecht von einem Halluzinogen?«

»Ja, Sie haben die Dosis wohl nicht vertragen. Der Chef hat es entwickelt, um Gedankenbilder und Erinnerungen aus dem Unterbewusstsein abzurufen. Und wie Sie sehen, es funktioniert.«

»Ein intelligenter Chef. Warum muss ich eigentlich zum ihm?«, fragt Zoe wie nebenbei. Sie will herausfinden, ob der Alte Kenntnis darüber hat, dass Zoe Jonas kennt.

»Also das kann ich Ihnen nicht sagen. Ich habe nur den Auftrag, die Rekonstruktion des Vorfalls bildhaft zu erstellen. Ich könnte ihm das auch einfach schicken, aber er hat darauf bestanden, Sie zu sehen.«

»Was war das denn für ein anderer Vorfall, von dem Sie sprachen?« Zoe rutscht noch etwas näher an seinen Bauch heran und schiebt währenddessen eine .xus nach der anderen in den Ablageordner.

»Es gab eine Revolte. Viele der Strafarbeiter sind Schwerverbrecher und lebenslang verurteilt, hier zu arbeiten. Sie müssen beim Antritt ihrer Strafe unterzeichnen, dass sie für medizinisch notwendige Untersuchungen zur Verfügung stehen. Der Chef hat ein bestimmtes Projekt am Laufen. Ich bin ein wenig mit involviert. Sie werden verstehen, dass ich keine Details erzählen darf. Irgendwann ist ein Teilexperiment aus dem Ruder gelaufen. Der Chef hat wohl für eine Substanz eine falsche Formel benutzt. Seitdem sucht er wie irre nach der ursprünglichen Formel.«

»Und die falsche Formel, woher kam die?«, will Zoe wissen.

»Die muss ihm irgendjemand untergeschoben haben, der ihn vernichten will.«

»Wahrscheinlich jemand aus den eigenen Reihen«, vermutet Zoe und lehnt sich an seine Brust. Sie spürt den schnellen Herzschlag des Mannes an ihrem Rücken.

»Ja«, haucht er fast tonlos und schiebt wie wild .yva Files in einen anderen Ablageordner.

»Der Chef hat doch alles im Griff?«

»Er hatte Glück. Bisher konnte nichts nach außen dringen. Bei jedem, der die Katakomben verlässt, wird die Zeit hier im Gedächtnis gelöscht. Deswegen verlasse ich diesen Ort hier niemals.« Der Alte scheint kurz vor der Explosion zu stehen.

Plötzlich greifen seine Hände nach Zoes Brüsten.

In dem Moment ertönt die fordernde Stimme von Jonas und erfüllt den ganzen Raum:

»Wo bleibt der Bildlauf zum Vorfall? Wo bleibt Strafarbeiter 26262? Ich erwarte beide umgehend bei mir im Rapportraum!«

Der Alte zuckt zusammen und zieht seine Hände zurück. Zoe steht auf.

»Ich glaube, ich bin fertig.«

»Oh, das ist gut.« Schweißperlen stehen auf seiner Stirn.

»Ich hab's gleich«, flüstert er, und in einer erstaunlichen Geschwindigkeit bewegt er seine Finger über den Holobildschirm.

»Fertig!«, ruft er erlöst und steht auf.

»Leider kann ich Sie nicht zum Chef begleiten, das wird ein Sicherheitsbeauftragter übernehmen. Aber Sie haben mir die fantastischsten Momente beschert, die ich seit Langem hatte.« Er greift Zoes rechte Hand und küsst sie mit gierigen Lippen.

»Das habe ich doch gern getan.« In dieser Sekunde fällt ihr ein, dass im Schutzanzug noch die Notfallpillen sind.

»Wo ist eigentlich mein Schutzanzug?«

»Der muss noch im Erfrischungsbereich liegen. Ich habe ihn jedenfalls noch nicht entsorgt.« Schnell läuft Zoe zurück und greift die Dragees. Wohin soll ich sie stecken? Ihr Anzug hat keine Taschen. Verzweifelt schaut sie sich um. Hier gibt es nichts, worin sie diese Pillen unbemerkt transportieren könnte.

Sie hört Stimmen. Der Sicherheitsbegleiter ist schon da.

Zoe geht zurück, tritt nahe an den Alten heran und flüstert ihm zu:

»Ich muss meine Notfallpillen mitnehmen. Geben Sie mir bitte ein kleines Behältnis!« Plötzlich dreht sich der Nervenspezialist um und fordert den Sicherheitsmann auf, den Raum zu verlassen und draußen zu warten.

»Ich habe an der Patientin noch eine Untersuchung vorzunehmen«, erklärt er. Der Sicherheitsmann verzieht sich sofort. Zoe schaut den Alten fragend an. Der öffnet ein Fach und holt ein Schreibboard heraus. Er stellt sich direkt vor Zoe, senkt seinen

Kopf über die Touchfläche und schreibt schnellen Fingers. Zoe liest, während er schreibt:

Sie sind eine intelligente und herzensgute Frau. Ich habe neben den Bildern des Vorfalls hier auch andere Sequenzen aus Ihrem Leben gesehen. Das Gehirn kann so schnell nicht alles sortieren. Ich hätte nichts dagegen, wenn der Chef an Einfluss verlieren würde. Versuchen Sie, ihm eine von den Notfallpillen zu verabreichen! Sie paralysieren, sedieren und machen sehr gesprächig. Vielleicht hilft Ihnen das ein wenig weiter.

Er löscht das Geschriebene, legt das Board auf den Tisch, greift in eine Schublade und entnimmt ein altes Kommunikationsgerät. Er packt die Pillen in ein Fach auf der Rückseite des Geräts und verschließt es. Zoe lässt das flache Teil in ihrem Overall verschwinden.

»Die Patientin ist fertig!«, ruft der Alte laut und schiebt Zoe zum Ausgang. Schnell drückt sie ihm noch einen Kuss auf die Wange, ehe der Sicherheitsmann in der Tür erscheint.

»Los jetzt, der Chef ist sehr ungeduldig!«, scheucht der Sicherheitsmann Zoe vorwärts.

Es geht mit dem Fahrstuhl nach oben, dann bringt der Mann Zoe in einen großen, runden Saal. In dessen Mitte befindet sich ein runder Konferenztisch mit bestimmt dreißig Plätzen. Jeder ist mit einer Holofläche ausgestattet. Hinter dem Tisch an der Wand sieht sie eine Couchecke aus schwarzem Leder. Dahin bewegt sie sich und lässt sich nieder. Jonas ist nicht zu sehen.

Wie kann ich ihm bloß die Notfallpillen verabreichen, ohne dass er es merkt? Ihre Finger zittern, als sie zwei Pillen herausnimmt und sie sich wie Gehörschutzkapseln in die Ohren steckt. Eine andere Idee hat sie im Moment nicht.

Da geht direkt neben der Couch eine Tür auf. Die hat sie nicht bemerkt. Die Wände sind mit Holz vertäfelt, alles sieht gleich aus.

»Na endlich!«, ruft Jonas und lässt sich ihr gegenüber auf das andere Sofa fallen.

»Ich habe mir in der Zwischenzeit schon deine bildhafte Rekonstruktion des Vorfalls angesehen.«

»Was ist mit den Männern passiert?«, unterbricht Zoe ihn.

»Lass mich ausreden!«, faucht er sie an. »Ich konnte feststellen, dass du nichts mit dem Vorfall zu tun hast, dass du nichts manipuliert hast.«

»Hast du etwas anderes erwartet?«

»Du solltest dich jetzt wirklich zurückhalten!« Seine Stimme wird drohend.

»Ich bin sehr mies drauf, habe einiges zu regeln. Die Zeit läuft mir davon. Ich kann mich deswegen mit dir im Moment nicht ausgiebig befassen. Außerdem bist du schon zu sehr aufgefallen. Es würden Fragen auftauchen. Frauen haben hier ansonsten nichts zu suchen, außer sie werden für besondere Dienste am Mann geholt.«

Zoe überlegt krampfhaft, wie sie an ihn herankommt.

»Was wird nun aus mir? Muss ich noch länger hier arbeiten?«, fragt sie, als er nicht weiterredet.

Plötzlich blinkt am Tisch ein Hologramm auf. Jonas springt hoch und läuft dorthin. Zoe folgt ihm.

Sie hat den Eindruck, als sei er ziemlich konfus. So hat sie ihn noch niemals erlebt.

»Hast du die Substanz separieren können?«, ruft er ins Hologramm.

»Nein, es haben sich mehrere Substanzen vermischt. Ich muss sie erst vereinzeln. Eine davon kenne ich überhaupt nicht. Ich verstehe nicht, wie sie hineingekommen ist.«

»Warte, ich komme gleich zu dir! Ich habe da noch eine Idee!« Jonas schaltet das Hologramm ab.

Das ist Zoes Moment. Sie nimmt die Pillen aus den Ohren, steckt sie in den Mund. Jonas dreht sich um, sie springt ihn an, schlingt ihre Arme um seinen Hals, ihre Beine um seine Hüften. Er ist überrumpelt. Seine Arme greifen sie, als wolle er sie an sich drücken. Sie presst ihre Lippen auf seine und küsst ihn so wild wie noch niemals zuvor. Im gleichen Augenblick schiebt sie mit der Zunge die zwei Notfallpillen in seinen Rachen. Sie küsst ihn und küsst ihn, dass er schlucken muss, ohne dass er etwas bemerkt.

Zoe springt ab und nimmt seine Hand.

»Komm«, haucht sie atemlos, »lass es uns tun! Jetzt! Hier auf dieser Couch!« Sie zieht ihn zum Sofa. Jonas lässt es geschehen. Sie öffnet ihren Overall über der Brust. Er setzt sich hin und streckt die Hände nach ihr aus, als diese abrupt absacken und sein Blick starr wird. Die Wirkung der Pillen hat schon eingesetzt.

Schnell schließt sie ihren Overall wieder und tut so, als würde sie besorgt um ihn sein. Sie setzt sich auf seinen Schoß, nimmt seinen Kopf und beginnt, leise in sein Ohr zu flüstern:

»Ich weiß, dass du mich hören kannst. Ich werde dir jetzt ein paar Fragen stellen. Du wirst sie mir beantworten, und zwar im Flüsterton. Hast du mich verstanden?«

»Ja«, haucht Jonas. Zoe streicht über seinen Körper und sein Gesicht. Sie will es für die Kameras so aussehen lassen, als wolle sie ihn umsorgen und verführen.

»Erste Frage: Was bedeutet Herr Scharen für dich?«

»Er ist mein Partner.«

»Traust du ihm?«

»Ich traue niemandem!«

»Könnte er dir mit irgendetwas schaden?«

»Ja. Auf der Datenmembran sind verschlüsselte Formeln. Wenn er die findet und entschlüsselt, kann er eins meiner Projekte zerstören oder an sich reißen.«

»Was hat das mit den rosa Perlen zu tun?«

»Sie enthalten eine Substanz, die ich unter ganz bestimmten Bedingungen aus ihnen gewinne und für meine Forschungen einsetze.«

»Welcher der fünf Türme ist deiner?«

»Der Vierte.« Plötzlich ertönt eine Stimme:

»Chef! Melden Sie sich! Sie wollten doch schon lange zu mir kommen. Ich glaube, ich habe da etwas gefunden.«

Zoe beugt sich noch einmal dicht an sein Ohr. »Wie lautet die PIN, mit der ich ohne Gedächtnisverlust meine Strafarbeit hier sofort beenden kann?«

»X26P2LOFT.«

»Danke, Jonas!« Sie läuft aufgeregt fuchtelnd zum Hologramm, wissend, dass es in jedem einen Touchpoint für Notsignale gibt. Sie berührt ihn und ruft laut:

»Der Chef liegt im Rapportsaal, ich weiß nicht, was er hat. Kommen Sie schnell!«

Die Tür fliegt auf, vier Männer in roten Anzügen stürmen in den Saal.

»Wo ist er? Was ist passiert?«

»Ich weiß es nicht. Auf einmal konnte er sich nicht mehr bewegen.« Zoe zeigt zur Couch.

»Was wird jetzt mit mir?«, ruft Zoe den Männern zu. Doch diese sind mit dem Chef beschäftigt und beachten sie gar nicht mehr. So geht sie ganz langsam zur Tür hinaus, einen langen Flur entlang bis vor die Fahrstühle. Hoffentlich gilt der Code für alle Türen.

Just in dem Moment schwingt eine Fahrstuhltür auf, Zoe springt erschrocken zurück. Fünf Männer steigen aus und reißen sie fast um. Der Nervenspezialist ist mit dabei. Er zwinkert Zoe im Vorbeirennen kurz zu.

Schnell steigt sie ein, drückt den untersten Point. Sie will auf jeden Fall noch einmal in die Katakomben schauen. Mit rasantem Tempo geht es abwärts. Sie gelangt in einen Flur, der komplett mit rosa Perlen verkleidet ist. Dezentes Licht leuchtet ihn aus. Sie läuft los, kommt an vielen Türen vorbei. Dann klopft sie an eine und heraus tritt eine schwarzhaarige Schönheit.

»Was willst du?«, fragt diese verwundert. »Hier unten war noch niemals eine Frau, außer die, die hier arbeiten, natürlich.«

»Ich komme vom Chef und soll fragen, ob es Probleme gibt.«, antwortet Zoe.

»Komm rein.«, sagt die Schöne, wirft noch einen Blick in den Flur und schließt die Tür.

Zoe betritt ein kuscheliges Schlafgemach, in dem viele brennende Kerzen stehen und die Wände mit Spiegeln verkleidet sind. Die Schwarzhaarige setzt sich in ihrem knappen Outfit aufs Bett und nippt an einem Glas mit roter Flüssigkeit. Ihre Augen scheinen nur aus Pupillen zu bestehen.

»Wir sind für die Sicherheitsmänner da. Bei uns ist alles in Ordnung. Aber ich habe gehört, dass es bei den Frauen unter uns in letzter Zeit einige Vorfälle gab. Es ticken immer mehr Strafarbeiter aus. Sie werden aggressiv oder brechen einfach zusammen. Mehr kann ich aber nicht sagen.«

»Wie geht es nach unten?«, will Zoe wissen. Die Frau schaut etwas irritiert, antwortet dann aber:

»Nur einer der Fahrstühle fährt noch tiefer. Ich selbst war noch nicht dort. Mich zieht es da nicht hin.«

»Ich danke dir, muss jetzt weiter.« Zoe erhebt sich. Die Schwarzhaarige entlässt sie in den Flur.

Zoe läuft zu den Fahrstuhltüren. Sie tippt bei jeder ihren PIN ein, in der Hoffnung, dass alle kommen. Es kommt aber nur einer. Als sie einsteigt, sieht sie, dass sie nur Etage null drücken kann. Klar, in den vorhin war sie nur durch Zufall gelangt, weil die Männer ausgestiegen sind. So bleibt ihr nichts weiter übrig, als zur Null zu fahren. Sie weiß nicht, wie lange es dauert, bis Jonas wieder in Ordnung ist und woran er sich dann erinnern kann.

Als sie aussteigt, befindet sie sich in einer Empfangshalle. Sie tritt zur Rezeption und fragt:

»Wann geht der nächste Schweber nach Lemistown?« Die Rezeptionistin schaut erstaunt.

»Ihr Entlassungscode, bitte!«

»X26P2LOFT.« Sie tippt ihn ein, nickt, tippt weiter.

»Sie haben Glück. In zehn Minuten geht vor Ausgang acht der nächste Schweber nach Lemistown.« Sie zeigt nach rechts. Zoe hastet schnellen Schrittes in diese Richtung. Sechs Männer stehen wartend vor dem Ausgang acht. Zoe schaut sich um, sie kann kein Wetterholo entdecken.

»Weiß jemand, welche Konstellation gerade herrscht?«

»Lila Mond«, murmelt einer. Zoe atmet auf. Keine weiße Sonne, Gott sei Dank!

Da kommt auch schon der Schweber, alle steigen ein, der Flug geht los. Leider sind die Scheiben undurchsichtig. Sie hätte so gerne einen Blick auf das Gebiet der fünf Türme geworfen. Der vierte Turm gehört Jonas. Aber welches ist der vierte Turm? Oder ist es der, in de sie war? Zoe fasst einen Entschluss. Sobald es die Wetterkonstellation zulässt, werde ich einen Flug zum schwarzen Sandgebiet machen und die drei Türme, die ich noch nicht besucht habe, erwandern. Nur so kann ich herausfinden, was sich dahinter verbirgt und welcher der Turm von Jonas ist. Doch jetzt muss sie erst einmal überlegen, was als Nächstes zu tun ist.

»Wo werden wir landen?«, fragt sie den Mann neben sich.

»Uns wurde gesagt, auf dem Zentralplatz am Infopoint in Lemistown.« Zoe lehnt sich zurück. Von dort kommt sie auf jeden Fall weiter. Sie will zu Tom und ihn bitten, dass er sie in der Geheimwohnung unterbringt. Und sie muss unbedingt mit Herrn Scharen sprechen.

10. Kapitel: Atempause auf der Flucht

Am Infopoint angekommen, ordert Zoe einen Leihschweber. Der kostet ein Vermögen, aber sie hat keine Zeit, ewig durch die lila Nacht zu laufen. Zu Fuß würde sie mindestens dreißig Minuten brauchen. Wenn Jonas wieder bei sich ist, wird er sie suchen lassen. Bis dahin muss sie sich in Räumlichkeiten befinden, die sie unauffindbar machen.

»Für diesen Flug werden Sie mit zweihundert Moynts belastet«, hört sie die monotone Stimme des Schwebers.

»Ja, ja, Singletower fünfundzwanzig!«, ruft sie ungeduldig. Der Schweber setzt sich in Bewegung.

Sie hat Glück. Als sie ankommt, kann sie mit einer Frau in den Tower und den Fahrstuhl gelangen. Sie fährt nach oben, steht atemlos vor Toms Tür. Das Apartment ist offen. Sie wirft vorsichtig einen Blick hinein. Es ist komplett leer.

Zoe steht wie versteinert. Alle Türen, die vom Flur abgehen, sind offen. Sie schaut in die Zimmer, sie sind leer, bis auf Schmutz, Staub und Verpackungsreste. Ein paar kaputte Möbelteile findet sie in der Küche. Es muss wohl alles sehr schnell gegangen sein.

Zoe lehnt sich an die Wand und atmet tief durch. Was tun? Sie kann nicht zu Herrn Scharen, die Zeit reicht nicht. Untertauchen muss sie, und zwar schnellstmöglich. Doch ohne Tom weiß sie nicht, wie. Wo ist er?

Noch einmal läuft sie alle Räume ab. Ihr fällt eine leichte Erhebung an der mit pompöser, schwarzgoldener Tapete bezogenen Wand des ehemaligen Wohnraums auf. Sie wischt mit der Hand darüber, drückt leicht darauf. Plötzlich schiebt sich ein Stück Wand beiseite. Ein schmaler Durchgang entsteht, so dass sie gerade hindurchschlüpfen kann. Er schließt sich sofort wieder hinter ihr. Zoe steht in Toms ehemaligem Labor. Hier liegt noch einiges herum. Tische stehen da, kaputte Glasleitungen liegen auf dem Boden. Sie geht von einem Tisch zum nächsten.

Auf einmal bleibt sie stehen und dreht sich um. Da ist doch jemand hinter ihr. Nein, es ist ein großer verstaubter Spiegel. Sie schaut sich selbst an, in ein müdes Gesicht. Sie will ihn putzen und haucht das Spiegelglas ein wenig an.

Da erscheint eine Nummer. Vielleicht ist es die neue Telefonnummer von Tom. Ich muss mir das jetzt alles merken. Immer wieder haucht sie den Spiegel an und prägt sich die Zahlenfolge ein: 5826563. Mit der flachen Hand wischt sie nun über das Spiegelglas, haucht noch einmal, die Zahlen sind weg.

Die Labortür öffnet sich automatisch, als sie sie berührt. Sie hastet zum Fahrstuhl. Der Einzige, der ein Telefon hat, ist der Sicherheitsklon. Zu ihm muss sie gelangen, damit sie diese Nummer anrufen kann. Der Leihschweber ist schnell erreicht.

»Zum Chirurgietower!« Sehr viel Zeit ist schon vergangen und Jonas bestimmt wiederhergestellt. Er wird sie aufspüren.

Am Chirurgietower angekommen, rennt sie zum Fahrstuhl, drückt minus fünf und eilt zum Apartment des Sicherheitstechnikers. Wild hämmert sie an seine Tür. Diese wird geöffnet, sie stürzt hinein.

»Bin ich froh, Sie zu sehen!«, ruft sie erleichtert. Der Mann weicht erschrocken zurück.

»Was ist mit Ihnen los? Ich denke, Sie sind in den Kristallkatakomben?«

»Ich war da, aber es ist etwas vorgefallen. Im Moment fehlt mir die Zeit, Ihnen alles zu erklären. Haben Sie mein Hyperpad fertig?«

»Ja.«

»Klasse, aber ich kann es im Moment nicht mitnehmen, oder haben Sie einen Hermetikkoffer übrig?«

»Haben Sie sich denn keinen dafür gekauft?«

»Nein, das habe ich vergessen.«

»Das ist schlecht.«

Zoe läuft geradewegs in den Wohnraum.

»Ich muss dringend telefonieren, bitte! Ich bin in Gefahr. Oder wissen Sie vielleicht, wo ich untertauchen könnte, dass man mich nicht abscannen und finden kann?«

Der Sicherheitsklon schüttelt den Kopf. Er öffnet seine Scanleiste und lässt das Telefon nach unten schweben. Zoe greift den Hörer und wählt: 5626583.

»Diese Nummer ist nicht vergeben.« Falsch! Es war: 5826563.

»Diese Nummer ist nicht vergeben.«

»Das gibt's doch nicht, ich habe mir sie genau gemerkt.«

»Stimmt etwas nicht?«, fragt der Sicherheitsmann freundlich.

»Die Nummer, mit der Nummer stimmt etwas nicht.«

Er setzt sich und lässt mitten im Raum ein großes Hologramm entstehen. »Wie lautet die Nummer?«

»5826563.« Er schiebt mit den Fingern Bildsequenzen hin und her.

»Es fehlt eine Ziffer«, teilt er mit, »es müssen acht sein.«

»Können Sie sehen, welche von den möglichen Nummern, es müssten ja zehn sein, am meisten und welche am wenigsten kontaktiert wurde?«

»Am meisten die Zwei, am wenigsten die Null.«

Zoe wählt die Nummer mit einer Zwei am Ende.

»Jetzt habe ich aber genug!«, schreit am anderen Ende eine hysterische Stimme ins Telefon. »Das ist der fünfzigste Anruf heute, was wollen Sie, wer sind Sie?«

»Ich suche Tom Radis.«

»Falsch verbunden!«, kreischt eine Frau und knallt den Hörer auf.

Zoe wählt nun die Nummer mit der Null am Ende. Es klingelt und klingelt. Ihre Hände zittern, Schweiß läuft ihr den Rücken hinab.

Eine Stimme sagt: »Sie können dieser Nummer eine Nachricht hinterlassen.«

»Sagen Sie mir Ihre Telefonnummer!«, schreit sie den Sicherheitsmann an. Aufgeregt stammelt er seine Ziffern.

»Dies ist eine Nachricht für Tom Radis. Ich brauche sofort deine Hilfe. Ruf mich an unter 68283878!« Sie legt auf.

»Er ist nicht da.«

»Wer ist nicht da?«

»Haben Sie nicht gehört, was ich gerade auf das Band gesprochen habe?«, pflaumt Zoe den Sicherheitstechniker an.

»Nein, ich war am Überlegen, was mit Ihnen los ist.«

»Ich muss untertauchen. Der Chef der Kristallkatakomben ist hinter mir her. Ich muss mich vor ihm verstecken und Herrn Scharen einige wichtige Informationen zukommen lassen.«

In dem Moment leuchtet eine rote Lampe auf.

»Ich glaube, Sie wurden schon lokalisiert. Wenn Sie bei mir gefunden werden, bin ich auch dran!« Hektisch springt der Mann auf.

»Kommen Sie, folgen Sie mir!« Er stürzt aus dem Raum, vorbei an seiner Tankstelle, in den Küchentrakt hinein.

»Kriechen Sie hier hinein! Sie werden fallen, aber weich.« Er öffnet eine Klappe.

»Der Müllkanal ist bei mir wegen meiner besonderen Abfälle aus den Experimenten nicht versiegelt. Nun machen Sie schon!« Ein lauter Summton ist zu hören.

»Sie sind schon an der Tür.«

»Wohin soll ich dann?«

»Bleiben Sie im Müllcontainer, auch wenn er abgefahren wird! Ich muss ihn sowieso noch einmal untersuchen. Ich weiß, wo er abgestellt wird. Nur ich kann ihn freigeben, und er ist hermetisch abgeschottet. Mehr fällt mir gerade nicht ein. Ich hole Sie wieder heraus.«

Zoe klettert in die Luke, er gibt ihr einen Schubs. Sie rutscht erst ein paar Meter, fällt dann durch eine dunkle Röhre und landet relativ weich auf Säcken. Um sie herum ist es stockdunkel. Sie rappelt sich auf, schüttelt sich, krabbelt blind, tastet die Säcke um sich herum ab. Links sind sie höher gestapelt. Sie beginnt, sich nach oben zu bewegen. Der Container muss riesig sein, und er ist nicht voll. So wird er wohl auch noch nicht abgeholt. Allein die Vorstellung, mit dem Müll irgendwohin gebracht zu werden, lässt Zoe erschaudern. Wenigstens ist der Gestank nicht abartig, es riecht nach Desinfektionsmitteln.

Sie greift nach oben. Gummilamellen erfühlt sie und kann zwei Finger hindurchstecken, so dass ein winziger Lichtstrahl in den Container dringt. Sie weitet den Spalt noch etwas. Luft strömt ein. Gierig nimmt sie den Sauerstoff auf.

Ich bin gefangen, kann hier nicht weg, ohne das Risiko einzugehen, sofort ergriffen zu werden. Trotz der Brisanz ihrer Situation muss Zoe laut lachen. Sie stellt sich Jonas' Gesicht vor, der sie gerade gefunden zu haben glaubte, und auf einmal ist sie verschwunden. Dass der Sicherheitstechniker ihr geholfen hat, zeigt seine absolute Loyalität Herrn Scharen gegenüber.

Zoe lässt die Hand sinken. Die Gummilamellen aufzuspreizen, strengt ihre Finger sehr an. Dämpfe hüllen sie ein, ihre Augen fallen zu, und sie sinkt erschöpft in einen Traum.

»Patient 26262, bitte in Raum sechs!«, wird laut gerufen.

Sie erhebt sich leichten Schrittes und schwebt Raum sechs zu. Die Tür öffnet sich von selbst. Zoe tritt ein und steht einem großen, dunkelhaarigen Mann mit braunen Augen gegenüber. Er, komplett in weiß gekleidet, geht auf sie zu, streckt ihr die Hand hin, die sie annimmt.

»Ich bin Ihr behandelnder Chirurg und werde mich gut um Sie kümmern.«

Zoe schaut ihn an. Was für ein Mann! Seine Hand liegt noch immer in ihrer und scheint sich daran festsaugen zu wollen. Prickelnde Energien fließen in sie. Seine seine Augen durchdringen sie. Sie kann sich nicht dagegen wehren. Dann lässt er sie los.

»Setzen Sie sich dort auf diesen Behandlungssessel!«

Sie tut es und er setzt sich vor sie auf einen Hocker.

»Ich habe mir Ihre Röntgenbilder angesehen. Mit diesen deformierten Füßen können Sie nur noch ein paar Wochen laufen. Dann werden Ihnen auch Ihre Schwebeschuhe nicht mehr helfen. Die Knochen sind brüchig und durchgetreten. Ich bin dafür da, Ihnen zu helfen. Über die Kopfhaube, welche ich Ihnen gleich aufsetze, kann ich Ihre gesamten Körperfunktionen messen. Das ist notwendig, um ein genaues Bild über Ihre Konstitution, den Zustand Ihrer Organe und Ihres Innenlebens zu bekommen, um einen Eingriff vorzubereiten.«

Zoe hört sich zwar alles an, ist jedoch so fasziniert von diesem Mann, dass sie seinen Worten nicht folgen kann. Es scheint, es sei alles bestens, ihr könne nichts passieren. Sie lässt ihn reden und hängt an seinen imposanten Augen. Sie sitzt in dem Sessel wie hineingegossen, hat den Eindruck, dass sie Beine und Arme nicht mehr bewegen kann, aber auch das ist ihr egal. Sie versucht es gar nicht, merkt noch, wie er ihr die Kopfhaube überstülpt.

Er berührt sie leicht am Arm und sagt freundlich: »Schließen Sie jetzt Ihre Augen! Sie werden nun Bilder sehen, lassen Sie sich fallen!«

Eine warme Ruhe breitet sich in Zoes Körper aus. Vor ihrem inneren Auge beginnen Bilder zu entstehen, als würde sie träumen.

Sie sieht sich als kleines Mädchen auf einem staubigen Weg an einer Mauer, an der Kräuter wachsen. Es ist heiß. Sie hat nur ein kleines, weißes T-Shirt und eine rote Lederhose an. Stolz ist sie auf ihre rote, *enge Lederhose. Eine kleine Tasche mit Reißverschluss hat sie, quer über der Brust zwischen den Trägern und runden Taschen vorn auf der Hose. Da kann man Steinchen drin sammeln und andere Dinge, die man findet, vielleicht sogar mal einen Pfennig. Ihre Wangen glühen in der Hitze des Mittags. Es ist still, sogar die Grillen sind verstummt.*

Sie kniet sich auf den staubigen Boden. Da hat sich doch irgendetwas bewegt? Sie schaut tiefer in das vertrocknete Gras, und dann sieht sie es. Dort wohnen kleine rote Käfer mit schwarzen Mustern auf dem Rücken. Sie laufen geschäftig hin und her und erzählen miteinander.

»Sprecht mit mir, ihr Käfer!«

Aber die Käfer antworten ihr nicht. Sie hält ihr Ohr dichter heran. Die Käfer sind scheu und stoben auseinander.

»Ihr braucht keine Angst haben, ich werde euch nichts tun«, flüstert sie.

Plötzlich krabbelt ein Käfer über ihren Finger auf ihre Hand und bleibt stehen. Er hat kleine, schwarze Fühler, und das Mundwerkzeug bewegt sich aufgeregt hin und her.

Er will mir doch etwas sagen. Sie schaut genauer hin. »Warum bist du so aufgeregt?«, fragt sie den kleinen, roten Käfer mit dem wunderschönen, schwarzen Muster auf dem Rücken. Es sind Punkte und Striche.

Ihre kleinen, blauen Kinderaugen sind direkt auf das Insekt gerichtet, das immer noch still und dennoch aufgeregt auf ihrem Handrücken sitzt. Plötzlich glaubt sie, zu verstehen, was der Käfer sagt. Er redet etwas von Gefahr.

»Was meinst du?«, will sie wissen. »Welche Gefahr meinst du?«

Doch der Käfer kommt nicht mehr zum Antworten, denn es wird auf einmal stockdunkel. Der Käfer ist weg, das Bild ist weg, ein neues Bild entsteht.

Zoe sieht sich als junges Mädchen mit langen, blonden Haaren über eine Wiese laufen und im Meer schwimmen und tauchen. Sie nimmt das alles aus der Vogelperspektive wahr und erfreut sich an den Bildern. Auf einmal hört sie eine Stimme.

»Das alles kannst du wiederhaben, wenn du es willst. Jugend, Frische, Schönheit, glatte, strahlende Haut, Fruchtbarkeit. Du willst doch bestimmt wieder jung und schön sein?«

Zoe sieht sich, wie sie jetzt aussieht. Dem gegenüber zeigt ein Bild sie jung. Beide Bilder vermischen sich, und daraus entsteht ein neues Wesen mit Schönheit und Weisheit.

»So könnte es sein«, flüstert die Stimme freundlich, »eine perfekte Paarung, ein neuer Mensch. Das könntest du sein, wenn du es willst.«

Zoe hört sich sagen: »Was muss ich dafür tun?«

»Du brauchst nur diese Platine mit deiner virtuellen Unterschrift versehen, und schon kann es losgehen. Du wirst auch gesunde Füße haben und laufen können wie ein junges Reh.«

Dann sieht Zoe, wie eine glänzende Scheibe vor ihrem inneren Auge entsteht.

»Unterschreib!«, fordert die Stimme beschwörend. »Du wirst es nicht bereuen.«

Wie von selbst scheint sich ihr rechter Arm zu heben und will beginnen, die virtuelle Unterschrift in die Luft zu bringen.

Abrupt spürt sie einen starken Schmerz im Arm. Als hätte sie jemand gebissen. Dann beginnt ein schmerzendes Kribbeln, als würden Hunderte von Käfern auf ihrem Arm herumlaufen und jeder in eine andere Stelle beißen. Zoe will den Arm schütteln, aber der steht in der Luft wie erstarrt.

Plötzlich stürzt das Bild vor ihrem inneren Auge zusammen, die Platine verschwindet.

Zoe schreckt hoch. Lautes Poltern hat sie geweckt. Der Container schwankt. Sie rollt in den Säcken hin und her. Jetzt wird er doch abgeholt. Über ihr ist komplette Dunkelheit. Wahrscheinlich ist der Container nun komplett verschlossen.

Der Sicherheitstechniker hat gesagt, er müsse den Container erst freigeben. Also wird er mich hier herausholen, wo auch immer ich jetzt hingebracht werde. Zoe ist es trotzdem schwummrig. Die Dämpfe sind durch den fehlenden Luftschlitz zwischenzeitlich so ätzend, dass ihr die Augen tränen.

Ihre Anspannung ist so stark, dass sie zum allerletzten Mittel greift, sich zu entspannen. Sie meditiert, mitten im Müll. Diese Meditation wirkt, auch wenn man auf einer riesigen Straßenkreuzung sitzt, hat ihr Lehrer damals gesagt. Das Sinken in die innere Stille macht es möglich, zu transzendieren und damit Zeitsprünge zu bewirken. Zwanzig Minuten vergehen so schnell wie eine Sekunde. So gut es geht, setzt sich Zoe aufrecht, lehnt sich an einen Sack, schließt die Augen und meditiert. Alle ihre Körperfunktionen reduzieren sich aufs Notwendigste, und sie taucht in absolute Stille ein.

Ein Ruck reißt sie aus ihrer Versenkung. Der Container wurde abgestellt. Sie hört sich entfernenden Motorenlärm.

Dann plötzlich ein vertrautes Schwebergeräusch.

»Hallo«, hört sie den Sicherheitstechniker rufen, »geht es Ihnen gut? Ich befreie sie sofort.«

»Ja!«, schreit Zoe aus Leibeskräften, damit er sie auch hören kann. »Es geht mir so weit ganz gut, aber beeilen Sie sich!« In der Längsseite des Containers öffnet sich eine Luke. Der Sicherheitsmann klettert hindurch. Er hat einen orangen Lichtstab, der beleuchtet den Container von innen und blendet Zoes Augen nicht.

»Ich bin so froh, Sie zu sehen.« Sie will ihn stürmisch umarmen, weicht dann aber zurück. »Verzeihen Sie, ich vergaß!«

»Schon gut. Ich helfe Ihnen hinaus. Lassen Sie uns sofort in meinen Schweber steigen! Ich habe Ihnen ein paar Informationen zu überbringen.«

Zoes Knie sind weich, als sie auf den Boden hinunterspringt. Der Container steht in einem riesigen Gewölbe, das aussieht wie eins von den Kristallkatakomben.

»Wo sind wir?«

»Das spielt jetzt keine Rolle. Sie hatten Glück. Die Suchmannschaft, die bei mir war, konnte Sie nicht mehr lokalisieren. Die Männer waren völlig irritiert, mussten unverrichteter Dinge abziehen. Später hat ein Tom Radis bei mir angerufen. Ich habe ihm kurz Ihre Situation geschildert. Ich werde Sie nun in die Geheimwohnung bei Erika bringen. Allerdings sind wir während der Flugzeit abscannbar. Ich hoffe, wir schaffen es, rechtzeitig dort anzukommen.«

Zoe atmet auf. »Haben Sie etwas zu trinken für mich?« Er reicht ihr einen Zylinder.

»Mondwasser«, sagt er und strahlt sie an. Zoe trinkt gierig alles aus.

»Herr Scharen wird Sie auch kontaktieren. Er kennt diese Geheimwohnung und wird Sie dort aufsuchen. Wann, kann ich Ihnen allerdings nicht sagen.«

»Weiß Erika, dass ich komme?«

»Nein, wie Herr Radis sagte, wird er die Geheimwohnung blockieren. Nur er und Herr Scharen haben Zugang. Er wird auch zu Ihnen kommen.«

Zoes Anspannung legt sich immer mehr.

Schon sind sie vor dem alten Haus angekommen, laufen ins Treppenhaus. Der Sicherheitstechniker tippt eine lange PIN ein und lässt Zoe ihre Hand auf die Scanfläche legen.

»Alles Gute!«, hört sie noch, da ist sie auch schon im Flur gelandet.

Zuerst eilt sie zum Küchentrakt. Sie hat Hunger, findet diverse Nahrungstuben, greift sich wahllos eine und drückt sich hastig den Brei in den Mund.

Langsam durchstreift sie nun durch die Wohnung. Im Wohnraum flimmert ein 3-D-Bildschirm. Sie geht vorbei und lässt sich erschöpft auf dem Bett im Schlafraum nieder. Gerade will sie die Augen schließen, da hört sie Toms Stimme.

»Wo bist du?«

»Hier, auf dem Bett.«

»Da bist du richtig«, scherzt er, stürmt in den Schlafraum und wirft sich neben Zoe auf das breite Doppelbett.

»Du machst ja Sachen! Wonach riechst du?«

Zoe erzählt ihm kurz vom Transport im Abfallcontainer.

»Also los, jetzt musst du erst einmal duschen und dich umziehen! Ich habe dir frische Sachen mitgebracht.« Zoe quält sich hoch.

»Dir zuliebe«, gähnt sie und begibt sich in den Erfrischungsraum.

Als sie den stinkenden Anzug entsorgen will, fällt ihr das Gerät mit den Notfallpillen heraus. Das werde ich natürlich aufheben. Wer weiß, wozu ich die Pillen noch brauchen kann. Sie duscht sich, lässt sich trockenföhnen. Tom hat ihr einen dunkelbraunen, hautengen Zweiteiler mitgebracht. Er passt wie angegossen.

Zoe läuft zurück. Sie hört ihn im Wohnraum reden. Die Geheimwohnung hat also einen Kommunikationskanal mit Sender. Als sie eintritt, verstummt er.

»Die Sonne geht auf«, strahlt er sie an. »Setz dich neben mich und erzähl, was vorgefallen ist!«

Zoe lässt sich neben Tom nieder. Sie ist erfrischt und gestärkt und berichtet nun in allen Einzelheiten von ihren Erlebnissen in den Kristallkatakomben und von Jonas. Tom hört aufmerksam zu, unterbricht sie nicht. Zwischendurch schüttelt er immer mal ungläubig den Kopf, und als sie endet, lehnt er sich langsam zurück.

»Ich bin fassungslos«, murmelt er. »Jetzt wird mir so einiges klar.«

»Wieso hast du deine Wohnung verlassen?«, fragt Zoe ihn.

»Ach, das war schon lange geplant. Mein Projekt ist geheim, und mein kleines Labor war einfach nicht ausreichend dafür. Herr Scharen hat mir in seinem

Tower eine Wohnung und ein hochmodernes Labor zur Verfügung gestellt. Da er ziemlich unter Zeitdruck steht, ging das alles von heute auf morgen.«

»Was soll ich nun machen?« Zoe schaut Tom an.

»Ich muss ehrlich gestehen, dass ich das auch nicht weiß. Außerdem will ich mich auf keinen Fall einmischen. Dass ich dich in der Geheimwohnung verstecke, ist ein Freundschaftsdienst. Aber mit allem anderen bin ich voll überfordert. Wie es aussieht, ist dein Ehemaliger ein sehr einflussreicher Mann. Den möchte ich ungern zum Feind haben.«

»Weißt du, wie Herr Scharen und Jonas zueinanderstehen?«

»Nicht direkt. Ich habe mich immer rausgehalten, will einfach nur meine Forschungen betreiben. Ich weiß nur, dass Herr Scharen mit einem Partner eine Art Imperium aufbaut. Mir ist nicht bekannt, ob der dein Jonas ist.«

»Es ist nicht *mein* Jonas«, widerspricht Zoe wütend.

»Ist ja schon gut, du weißt doch, wie ich das meine. Herr Scharen wird auch in Kürze herkommen. Sprich mit ihm. Mehr kann ich nicht für dich tun.« Tom rückt näher an Zoe heran.

»Jetzt duftest du wieder nach dir, so wie ich es immer mochte.« Er will sie auf seinen Schoß ziehen.

»Nein, Tom, bitte! Ich bin dir sehr dankbar. Aber erwartest du wirklich, dass ich aus Abhängigkeit Dinge zulasse, die sonst nicht stattfinden würden?«

»Ich muss es eben immer wieder versuchen. Vielleicht hast du ja mal einen schwachen Moment.« Er lässt sie los. Zoe umarmt ihn nun.

»Wenn ich dich nicht hätte, Tom!«

»Ich muss jetzt los.« Tom steht auf. »Du hast hier alles, was du brauchst. Mach dir keine Sorgen. Ruh dich einfach mal aus. Hier bist du sicher. Von Erika soll ich ausrichten, dass es deinem Flavio prächtig geht und er sich gut mit Muska versteht.«

»Danke, endlich mal eine erfreuliche Nachricht. Wie kann ich dich erreichen?«

»Ich melde mich bei dir. Bis dann.«

Zoe lehnt sich zurück. Sie nimmt ein Hologerät aus dem Regal, legt es auf den Tisch und lässt ein Wetterhologramm entstehen. Die orangene Sonne erstrahlt noch für einige Stunden, wird mitgeteilt.

Zoe schaut grübelnd in das Bild. Soll ich zu Herrn Scharen wirklich komplett offen sein? Kann es nicht sein, dass er Informationen nur für sich nutzen will und mich dann Jonas zum Fraß vorwirft?

Ihr fallen wieder die Notfallpillen ein. Unter Einfluss einer dieser Pillen könnte sie ihn befragen und so erfahren, wie er zu Jonas steht und was seine tatsächliche Motivation ist. Doch das ist sehr riskant. Er hat ihr nichts getan. Im Gegenteil, er hat ihr bisher geholfen. Ich werde ihn aber mal fragen, wie die Notfallpillen wirken.

Sie läuft wieder in den Küchentrakt und holt sich einen Zylinder Perlenwasser. Sie trinkt und merkt sofort, dass es gefiltert ist. Erleichtert stellt sie das Gefäß auf den Tisch im Wohnraum. Sie nimmt das flache Gerät mit den vier verbliebenen Notfallpillen aus ihrem Hosenbund und versteckt es in einem Schubfach im Tisch.

In dem Moment hört sie Geräusche im Flur, und schon steht Herr Scharen in der Tür.

»Bin ich froh, Sie zu sehen!« Zoe eilt auf ihn zu und fällt ihm um den Hals. Mit so viel Leidenschaft hat er wohl nicht gerechnet.

»Ist schon gut, kleine Nixe«, flüstert er in ihr Ohr und hält sie mit seinen kraftvollen Armen umfangen. Er trägt sie so in den Wohnraum und setzt sie auf die Couch. Er selbst platziert sich im Sessel direkt ihr gegenüber.

Ausgesprochen gut sieht er heute wieder aus. Er erinnert Zoe an den Arzt in ihrem letzten Traum.

»Ich bin wie immer in Eile«, teilt er mit und trinkt einen Schluck aus Zoes Zylinder, der noch immer auf dem Tisch steht.

»Nun erzähl mir, was passiert ist!«

Zoe berichtet über die Vorfälle in den Kristallkatakomben und darüber, was sie von der Schwarzhaarigen erfahren hat. Sie erwähnt mit keiner Silbe, dass der Chef der Kristallkatakomben ihr ehemaliger Zwangspartner ist und wie der Nervenspezialist ihr geholfen hat, ihn vorübergehend lahmzulegen. Als sie endet, wiegt Herr Scharen seinen Kopf.

»Das ist alles sehr interessant. Du warst also mit dem Chef alleine im Rapportsaal, als er kollabierte?«

»Ja.«

»Was wollte er von dir?«

»Ich weiß es nicht. Es ging alles so schnell. Das Einzige, was ich verstand, er sucht nach einem alten Datenträger mit einer bestimmten Formel.«

Herr Scharen blickt interessiert auf.

»Und, hat er ihn gefunden?«

»Ich glaube nicht. Jemand anders ist ihm wohl zuvorgekommen.« Sie blickt ihm direkt ins Gesicht. Das erhellt sich, seine Augen leuchten.

»So, so.«

»Bitte, ich weiß nicht, was man von mir will, bin fix und fertig. Ich habe mit dem Tod der zwei Männer im Arbeitsschweber nichts zu tun. Und dass ich die Kristallkatakomben frühzeitig verlassen konnte, habe ich wohl dem Umstand zu verdanken, dass sich alle plötzlich um den Chef gekümmert haben und dadurch Sicherheitslücken entstanden sind.«

Herr Scharen nickt gedankenverloren.

»Ich war schon drauf und dran, von den Notfallpillen zu essen, die man mir in den Kristallkatakomben gegeben hatte.«

Plötzlich ist Herr Scharen hellwach.

»Bloß nicht!«

»Wieso?«

»Diese Pillen würden dich bei vollem Bewusstsein lähmen. Nur Sprach- und Gehörzentrum würden funktionieren. Du wärst unter dem Einfluss der Pillen bereit, all deine Geheimnisse auszuplaudern. Das Schlimmste aber ist, deine Erinnerungen der letzten zwei Stunden würden nach Abklingen der Symptome komplett gelöscht sein.«

»Das heißt, die Wirkung der Notfallpillen hält für circa zwei Stunden an?«

»Ja.«

»Nur gut, dass ich sie nicht genommen habe. Über diese Auswirkungen hat mir niemand etwas erzählt.«

Zoe lehnt sich zurück und nimmt einen Schluck. Das bedeutet, Jonas hat für etwa vier Stunden Filmriss.

»Haben Sie die Formel gefunden, nach der der Chef der Kristallkatakomben sucht?«, fragt sie spontan. Er schaut auf.

»Ja und nein«, antwortet er.

»Lassen Sie uns Klartext reden! Ich ahnte bereits, dass Sie auch hinter meiner Datenmembran her sind. Tom und Ihr Sicherheitsklon haben mir nichts dazu erzählt, ich habe es selbst kombiniert. Und dass Sie die Kosten der Suche und Deinstallation meiner Überwachungskameras finanzieren, hat zusätzlich Fragen aufkommen lassen.«

»Ich habe, als du zum Chipwechsel im Chirurgietower warst, deine Daten auf den Tisch bekommen, weil eindeutig Lücken zu erkennen waren. Dein Datenchip war manipuliert. Ich konnte allerdings nicht herausfinden, durch wen. Als du mir dann berichtet hast, dass du wegen des Nichtnachkommens der Perlenräumpflicht zwei Tage Strafarbeit in den Kristallkatakomben verordnet bekommen hast, wurde ich hellhörig. Dort arbeiten grundsätzlich keine Frauen, außer für Dienste an Männern. So habe ich angenommen, du wärest eine von den leichten Mädchen. Mir war aber auch klar, dass mein Geschäftspartner irgendein Interesse an dir oder deinem Grundstück hat. Sicherheitshalber habe ich alles inspizieren lassen und auch alle Töpfe mit Perlenexperimenten konfisziert.« Zoe schaut auf.

»Sie waren das! Ich hatte schon vermutet, dass Sie mir geholfen und diese Corpus Delicti beseitigt haben.« Herr Scharen fährt fort:

»Mittlerweile habe ich schon ein paar Aufnahmen der Überwachungskameras gesehen. An einer Stelle kommt eine weibliche Person ins Spiel, die dein gesamtes Haus, den Schutzraum und alle Gänge nach etwas durchsucht hat. Ich konnte sie identifizieren und habe herausgefunden, dass sie auf Anweisung vom Chef der Kristallkatakomben agiert. Mit ihm arbeite ich seit einigen Jahren zusammen. Er ist ein ausgesprochen genialer Mann, hat unter anderem auch die Notfallpillen entwickelt. Unser gemeinsames Projekt könnte, wenn es erfolgreich wird, sehr weitreichenden Einfluss auf die Entwicklung der Menschheit haben. Doch habe ich erfahren, dass er hinter meinem Rücken agiert. Ich werde das gemeinsam begonnene Projekt selbst zum Erfolg führen. Bis heute konnte ich allerdings nicht ergründen, was du in der Angelegenheit für eine Rolle spielst.«

Zoe schweigt. Noch immer ist sie nicht sicher, ob es richtig wäre, Herrn Scharen über sich und Jonas zu erzählen. So steht sie auf, nimmt den leeren Perlenwasserzylinder und sagt im Hinausgehen:

»Ich hole noch etwas zu trinken.« Sie kommt zurück, stellt zwei Zylinder auf den Tisch.

»Mir ist das ehrlich alles zu suspekt. Ich kenne keine Hintergründe, keine Details, weiß nur, dass sich auf der alten Datenmembran, die ich habe, Daten befinden, die wohl ein Schlüssel zum Erfolg des Chefs der Kristallkatakomben sind.«

»Die Datenmembran ist bei dir?«, fragt Herr Scharen erstaunt.

»Ja, ich habe sie wieder mitgenommen.«

»Weiß der Chef, wo sie sich befindet?«

»Dass sie auf meinem Grundstück versteckt ist, weiß er.«

»Das muss ein gutes Versteck sein, ich habe es auch nicht gefunden.«

»Stimmt! Sie waren ja auch auf meinem Grundstück«, bemerkt Zoe vorwurfsvoll. Herr Scharen ignoriert ihren Ton.

»Im Übrigen ist dir mit den Perlen im Titantopf etwas Außergewöhnliches gelungen. Durch Zufall sind darin Bedingungen entstanden, die diese Perlen so weit in Moleküle zerfallen lassen haben, dass man an deren Kerninformationen herankommt. Das haben unsere Wissenschaftler in den letzten Jahren nicht geschafft. Und ich konnte feststellen, dass diese organischen Ursprungs sind.«

»Dann könnte ich ein Patent anmelden!«, ruft Zoe aus. Herr Scharen lacht.

»Ich meine es ernst, immerhin ist es mein Verdienst, dass Sie an diese Kerninformationen gekommen sind.« Zoe nimmt einen Schluck.

»Sagen Sie mir bitte, wofür diese Informationen genutzt werden und inwieweit Tom Radis involviert ist!«

»Tom arbeitet nur an einem Teilprojekt. Er hat keinen Einblick in das Gesamtkonzept und kennt keine Details«, sagt Herr Scharen abwesend und springt auf und läuft unruhig im Raum auf und ab.

»Ich brauche diese Formel«, murmelt er. Er wendet sich Zoe zu:

»Würdest du mir die Datenmembran freiwillig noch einmal zur Verfügung stellen?«

»Ich könnte sie an den Chef der Kristallkatakomben verkaufen und ein Vermögen dafür bekommen.«

»Das könntest du tun. Ich kann dir auch ein Angebot unterbreiten.«

»Ich habe ein echtes Problem damit. So, wie es sich für mich darstellt, öffnet der Erfolg Ihres gemeinsamen Experiments weiteren Manipulationen an Menschen alle Türen.«

»Wer behauptet das?«

»Ich habe solche Gerüchte in den Kristallkatakomben gehört«, redet Zoe sich heraus.

»Das ist nicht wahr. Es geht einzig darum, das menschliche Leben zu verlängern.«

»Aha, es geht also um die Erschaffung von Unsterblichen.«

»Nein, das nicht, aber der menschliche Körper würde widerstandsfähiger, resistent gegen bestimmte Krankheiten und insgesamt länger lebensfähig werden.« Zoe blickt auf.

»Ich übergebe Ihnen meine Datenmembran unter einer Bedingung ...«

»Die da wäre?«

»Sie garantieren mir, dass dem Chef der Kristallkatakomben das Handwerk gelegt, dass er entmachtet wird, auf nichts mehr Einfluss hat und mich für immer in Ruhe lässt.« Herr Scharen blickt Zoe erstaunt an.

»Hinter deiner Bedingung stehen eine Menge Hass und Angst. Warum fürchtest du ihn so sehr?«

»Ich will nicht darüber reden.«

»Und ich kann das nicht zu hundert Prozent zusagen. Sicher hätte ich die Nase vorn, bekäme ich die fehlenden Informationen. Doch dauerhaft kann ich dir das Geforderte nicht garantieren. Er wird auf jeden Fall nebenher ähnliche Forschungen weiterbetreiben, und es wird zu Machtkämpfen zwischen uns kommen. Da bin ich mir sicher. Hinter ihm stehen wesentlich mehr Anhänger und Gönner als hinter mir. Er ist schon viel länger im Geschäft und viel einflussreicher.«

»Also können Sie ihn mir nicht für immer vom Hals halten?« Herr Scharen schüttelt den Kopf.

»Ich kann nur versuchen, dich zu schützen, dir eine neue Identität und luxuriösen Wohnraum beschaffen, damit du untertauchen kannst. Aber ich kann nicht garantieren, dass er dich nicht doch wieder aufspürt.« Zoe ruft aufgebracht:

»Es muss doch irgendetwas geben, was diesen Mann zu Fall bring!« Herr Scharen steht auf.

»Lass dir mein Angebot durch den Kopf gehen! Du musst nicht jetzt gleich antworten. Meine Leute arbeiten fieberhaft am Entschlüsseln der Datenkopie. Vielleicht haben sie doch Erfolg, und ich brauche die Datenmembran nicht noch einmal. Mein Angebot steht trotzdem. Du solltest allerdings wissen, dass du dann alle alten Kontakte deines bisherigen Lebens verlieren wirst. Ich würde der Einzige sein, der von dir und über dich Bescheid weiß.« Herr Scharen zieht sie hoch und an sich heran.

»Nun schau nicht so betrübt, kleine Nixe! Etwas Besseres, als unter meinem Schutz zu leben, kann dir doch gar nicht widerfahren.«

»Ich denke darüber nach, vielen Dank!« Er streicht Zoe über den Kopf, verlässt den Raum und gleich danach die Wohnung.

Zoe fühlt sich tonnenschwer. Sie ist diesen Taktierern einfach nicht gewachsen. Ich muss unbedingt die Datenmembran zu mir holen. Irgendwann wird der Geheimgang entdeckt. Alle wissen, dass ich nicht auf dem Grundstück bin, und können ganz in Ruhe suchen. Wie komme ich unbemerkt nach Hause und zurück? Tom hat doch einen Schweber mit Schutzschild. Damit müsste es gehen. Doch wie komme ich wieder an Tom heran? Er will sich melden, aber wann?

Zoe streckt sich auf der Couch aus. Auf dem Bildschirm flimmern galaktische Farbspiele. Langsam fallen ihr die Augen zu.

Plötzlich geht Licht an. Mit rasendem Tempo sausen Deckenleuchten über ihr hinweg. Sie will sich bewegen, schauen, wo sie ist. Es geht nicht. Ein Gesicht beugt sich während der Fahrt über sie.

»Bleiben Sie ganz ruhig! Wir kümmern uns gleich um Sie!«

Wieso kümmern? Mir geht es doch gut.

Dann herrscht wieder Dunkelheit. Sie fühlt ihren Körper nicht. Das muss wohl wegen der Impulse sein, die die Elektroden in ihr Gehirn geben.

Ihr ist es plötzlich eiskalt. Wieder geht Licht an. Sie sieht über sich einen riesigen, runden Strahler. Sein Licht ist kalt. Sie zittert, hört Stimmen. Kann mir mal jemand eine Decke bringen?, will sie rufen. Kein Ton kommt über ihre Lippen. Zwischenzeitlich klappern ihre Zähne. Sie hört zwei Männer miteinander reden. Sie plaudern über ihren nächsten Urlaub.

Dann tritt ein Mann an sie heran. Sie hat ihn doch schon einmal gesehen. Es ist der gutaussehende, dunkelhaarige Arzt, der sie auf die Bilderreise geschickt hat.

Bin ich fertig?, will sie fragen, aber ihr Mund ist zugeklebt.

»Wir haben einen Beatmungsschlauch in Sie eingeführt. Es war notwendig. Sie sind kollabiert. Sie können jetzt nicht reden«, sagt er, nimmt ihren rechten Arm und bindet ihn am Oberarm ab.

»Wir müssen Sie notoperieren. Irgendetwas stimmt mit Ihnen nicht.«

Nein! Er hält den Arm mit eiserner Hand fest, klopft auf ihren Unterarm und schiebt eine dicke Nadel langsam in eine Vene. Sie ist unfähig, sich zu wehren. Ihr Körper ist festgeschnallt. Ihr Zittern wird stärker. Es scheint, als würde alles Blut aus ihr verschwinden und sie müsse augenblicklich zu Eis erstarren.

Der Arzt verbindet einen Schlauch mit der Kanüle in ihrem Arm. Ihr Blick geht an diesem entlang nach oben. An einem Ständer hängen vier Flaschen. Im Moment steckt der Schlauch in einer Flasche mit phosphorgrüner Flüssigkeit. Träge beginnt sie nach unten zu fließen. Sie scheint sehr dickflüssig zu sein.

»Sie können froh sein, dass es passiert ist, als Sie bei mir waren«, sagt der Arzt und schaut auf seine Uhr.

»Die erste Flasche wird dreißig Minuten dauern. Danach können wir den Eingriff vornehmen.«

Nein, will sie rufen, keinen Eingriff, ich bin doch völlig in Ordnung! Ich war nur wegen meiner Füße hier.

Ängstlich starrt sie auf die phosphorgrüne Masse, die gleich die Kanüle erreicht hat. Jetzt drückt die Schwerkraft den grünen Glibber in ihre Vene. Es schmerzt höllisch. Der Druck schiebt sich in ihren Arm, breitet sich Stück für Stück über ihren Hals, ihren Brustkorb, in ihrem Kopf aus. Es fühlt sich an, als würde sie versteinern. Die Töne im Raum werden langsamer, dumpfer. Ihre Augenbewegungen werden immer träger, als würde alles in Zeitlupe ablaufen.

Schweißgebadet wacht sie auf. Was ist das für ein Geräusch? Der Kommunikationskanal quäkt laut und gleichmäßig. Zoe springt auf, drückt den roten Point.

»Na endlich, wo warst du denn? Du kannst mir antworten, wenn du beim Reden den grünen Point drückst.« Es ist Tom.

»Tom, bin ich froh, dass ich mit dir reden kann.«

»Wenn du mich hören willst, musst du Grün wieder loslassen. Ich wollte dich fragen, was du mit Herrn Scharen gemacht hast? Der ist ja völlig aufgeregt und nervös.«

»Nichts, ich habe ihm nur von den Kristallkatakomben und vom dortigen Chef berichtet. Alles dreht sich augenscheinlich um meine alte Datenmembran. Hast du ihm meine Daten kopiert?«

»Nein, er hatte es selbst gemacht.«

»Woher wusste er, dass es meine ist?«

»Tut mir leid, er hat durch Zufall in meinem Labor das Titanauge entdeckt. Solch ein altes Gerät ist schon etwas Besonderes. Er fragte mich, woher ich es habe. So erzählte ich ihm wahrheitsgetreu, dass du es mir zur Reparatur gegeben hast, weil du die Daten nicht mehr lesen kannst. Das war alles. Ich wusste ja nicht, was sich dahinter verbirgt, wie brisant die Daten sind.«

»Er hat also selbst die Daten kopiert?«

»Ich denke schon. Er hatte mich aus dem Labor geschickt, ich musste für ihn kurzfristig etwas besorgen. Erinnerst du dich? Gerade da riefst du mich an, und ich sagte, dass du erst in einer Stunde zu mir kommen kannst, um deine Datenmembran wieder abzuholen.«

»Stimmt, so war es. Folglich verfügt Herr Scharen über eine Lesetechnik, die auch du nicht kennst. Denn du wolltest extra eine neue Trägermasse entwickeln, und das hätte noch gedauert.«

»Ja, ich wusste nicht, dass er so etwas hat. Ich weiß echt nicht, wie er es bewerkstelligt hat. Herr Scharen ist Datenspezialist. Umso mehr kratzt es an seiner Ehre, dass er gerade auf deine Daten noch immer nicht zugreifen kann. Und ich bin sauer, dass er so wichtige Dinge mit mir nicht bespricht, dass er mich nicht einweiht.«

»Du bist jetzt nicht damit beauftragt, die Kopien auszulesen?«

»Nein!«

»Er hat mich gebeten, ihm die Datenmembran noch einmal zu geben, damit er an die Sicherheitsdateien herankommt.«

»Und, hast du es getan?«

»Noch nicht. Sie liegt bei mir im Versteck im Schutzraum.«

»Und nun?«

»Ich dachte, du könntest mich mit deinem Schweber samt Schutzschild kurz nach Hause fliegen, damit ich sie holen kann.«

»Du willst sie ihm geben?«

»Tom, ich bin ratlos. Es ist ein Wettlauf, ein Kampf zwischen Jonas und Herrn Scharen. Inzwischen habe ich eine Menge Hintergrundinformationen erhalten. Ich will nicht, dass Jonas gewinnt, auch wenn ich die tatsächlichen Motivationen von Herrn Scharen nicht kenne. Er hat bloß zu mir gesagt, seine Forschungen würden der Menschheit sehr zugutekommen.«

»Hat er noch etwas dazu erklärt?«

»Ja, aber das möchte ich dir lieber nicht über diesen Kanal erzählen.«

»Ich komme! Ich fliege dich hin und wieder zurück.«

»Bist du noch da?« Tom hat das Gespräch bereits beendet.

Ein paar Minuten später steht er im Flur der Geheimwohnung. »Lass uns gleich losfliegen!«

Zu Hause empfangen Zoe lautes Piepen und rotes Blinken einer Nachricht. Neugierig drückt sie. Jonas' Stimme ertönt:

»Hut ab, Liebes, das hätte ich dir gar nicht zugetraut! Im Moment sind mir leider die Hände gebunden. Aber du wirst wieder von mir hören, und ich werde bekommen, was ich will! Ende der Nachricht.«

Der Mann vom Liberecoverlag hat sich nicht wieder gemeldet.

Zoe stürmt in den Erfrischungsbereich, entfernt die vier Fliesen und öffnet den Zugang zum Geheimgang.

Sie will sich schnell den Hermetikkoffer schnappen und stöhnt auf. Er ist tonnenschwer. Sie kann ihn nicht anheben. Oh nein, bitte nicht!

Verzweifelt versucht sie, den Koffer zu bewegen. Er steht wie festbetoniert. Sie öffnet ihn. Was ist das? Er ist voller oranger, fester Masse. Zoe durchfährt es heiß. Die Perlen in der Metallschatulle! Die Substanz füllt den gesamten Koffer aus. Sie kommt weder an die Schatulle noch an das Titanauge heran. Schattenhaft erkennt sie zwei dunkle Einschlüsse in der Materie.

Zoe stürzt in den Küchentrakt und holt das schärfste Messer. Vorsichtig setzt sie es an die Masse und schafft es, ein fingernagelgroßes Stück davon abzuschaben. Sie schließt den Koffer wieder und auch gleich den Geheimgang und läuft zurück in den Schutzraum. Das Stück Masse zwischen ihren Fingern scheint sich zu verändern. Es wird heiß. Ich muss es in ein Behältnis legen. Fieberhaft sucht sie in den Fächern. In dem Moment betritt Tom den Schutzraum.

»Wo bleibst du so lange? Du bist hier abscannbar. Vielleicht wurdest du schon lokalisiert.«

»Bitte hilf mir! Ich habe hier am Finger ein Stück Perlenmasse. Wo hinein kann ich es legen?« Interessiert nimmt Tom ihre Hand.

»Unglaublich!«, ruft er aus. »Hast du eine Pinzette?«

»Ja.« Zoe öffnet ein Fach und reicht sie Tom. Vorsichtig zieht er die Masse von ihrer Fingerkuppe. »Lass uns nun verschwinden!«.

Sie stürmen durch den Erdgang zu Toms Schweber. Sofort legt er dort das Stück Masse in eine durchsichtige, kleine Schale und verschließt sie.

»Wie du weißt, ist mein Schweber ein fliegendes Labor. Woher hast du diese Masse?«

Zoe erzählt aufgeregt, was sie im Hermetikkoffer vorgefunden hat und dass die Datenmembran im Titanauge in der Masse eingeschlossen ist. »Was ist das, Tom?«

»Ich weiß es nicht genau, aber ich habe eine Vermutung. Wenn sie sich bestätigt, dann knutsche ich dich zu Tode.«

»Ach, Tom, lass doch den Quatsch! Ich komme nicht an meine Daten, und du flachst herum!«

»Lass mich mal machen!« Tom schiebt die Schale in einen Schlitz unter der Bedienkonsole. Er gibt einen langen Code ein.

Ein Hologramm entsteht. Stück für Stück formen sich Pixel in eine bestimmte Struktur.

»Ich habe es geahnt.« Tom umarmt Zoe stürmisch.

»Das ist der Durchbruch! Das ist genau die Substanz, die ich seit geraumer Zeit versuche, synthetisch herzustellen.« Er startet den Schweber.

»Lass uns schnell in die Geheimwohnung fliegen! Nebenbei berichtest du, wie du das gemacht hast!«

Zoe erzählt ihm von ihren Perlenexperimenten in den verschiedenen Töpfen. Die Gummiartigen hat sie im Samowar aufbewahrt und von dort in die Metallschatulle im Hermetikkoffer gepackt.

»Das waren die Letzten, die ich hatte. Alle anderen wurden entweder von Jonas oder Herrn Scharen vom Grundstück entwendet.«

»Herr Scharen hat auch welche genommen?«

»Ja, er sagte, er wollte mich schützen, damit der Suchtrupp keine unterschlagenen Perlen bei mir findet. Und im Übrigen hat er mir erzählt, dass die Perlen in meinem Titantopf so weit zerfallen waren, dass sie ihre organischen Kerninformationen preisgaben.«

Tom starrt Zoe jetzt entgeistert an.

»Organische Kerninformationen? In den Perlen? Und Herr Scharen weiß davon?«

»Ja, er hat den Perlenstaub wohl schon untersucht.«

Tom landet mit einem Ruck. Er zieht Zoe regelrecht aus dem Schweber und bugsiert sie in die Geheimwohnung.

»Ich bin bald zurück, muss kurz was recherchieren!«, ruft er im Hinauslaufen, und schon ist er weg.

Zoe setzt sich auf die Couch und trinkt aus dem Zylinder, der noch immer auf dem Tisch steht. Der ganze Ausflug war umsonst. Sie hat die Datenmembran noch immer nicht bei sich. Und Tom war die Masse wichtiger als alles andere.

Sie stiert vor sich hin. Je länger sie so still sitzt, desto bewusster wird ihr, dass sie eigentlich gar nicht

mehr hier sein müsste. Jetzt erst begreift sie Jonas'
Nachricht. Er sucht nicht nach ihr, lässt sie im
Moment in Ruhe. Wie lange, weiß sie nicht, aber sie
könnte Flavio holen und nach Hause fliegen. Hoffentlich kommt Tom bald wieder.

Zoe holt sich eine Tube Nahrungspaste und stellt
noch einmal das Wetterhologramm an. Nach der
orangen Sonne wird in den nächsten Stunden der
mintgrüne Mond erwartet.

Das Sättigungsgefühl setzt ein. Zoe kuschelt sich
in die Couchecke.

Und da kommt Tom auch schon ins Zimmer
gerauscht.

»Fantastisch!«, ruft er aus. »Du hast tatsächlich
mit der Masse das produziert, was ich schon seit
Langem entwickeln wollte. Ich stand kurz vor dem
Durchbruch. Es fehlte nur noch der entscheidende
Impuls. Allerdings bin ich stocksauer, dass Herr
Scharen mir nicht erzählt hat, dass er wusste, dass in
den Mikroteilchen der Perlen organische Kerninformationen stecken. Jetzt ist mir auch klar, warum
alle so geil auf die Perlen sind.«

»Ja, Tom. Ich habe durch Zufall Bedingungen
geschaffen, an denen andere seit Jahren experimentieren. Kannst du durch diese Masse meine
Datenmembran wieder mit Energie versorgen?«

»Selbstverständlich! Aber vor allem kann ich
meine eigene Forschung abschließen.«

»Das freut mich für dich.« Zoe erzählt Tom von
Jonas' Nachricht.

»Ich gehe davon aus, dass er seine Suche nach mir
unterbrochen und aufgeschoben hat. Wenn er mich
finden will, wird er es tun. Lass uns also zu mir fliegen! Ich möchte endlich wissen, ob meine Daten-

membran noch funktioniert, ob noch Daten drauf sind und was für welche. Meinst du, wir bekommen das hin?« Tom nickt.

»Ich muss nur kurz bei mir aus dem Labor noch etwas dafür holen. Dann fliegen wir direkt zu dir.«

»Sollen wir Flavio schon mitnehmen?«

»Nein, hol ihn dir später! Er ist bei Erika gut aufgehoben. Ich habe vorhin mit ihr gesprochen.«

11. Kapitel: Eine böse Überraschung

Tom ist ganz ruhig, während er den Schweber startet. Sie fliegen los. Zoe blickt auf Lemistown. Sowohl der Singleluxustower, als auch der Chirurgietower ziehen unter ihnen vorbei.

»Ich denke, du wolltest noch einmal nach Hause, etwas aus dem Labor holen?«

»Ja, das mache ich auch.« So wortkarg kennt Zoe Tom nicht.

»Gibt es Probleme?«

»Nein, alles gut, ich bin nur in Gedanken, es gibt viel zu überlegen.«

»Du sagtest, du wohnst jetzt bei Herrn Scharen. Sein Singletower ist aber bereits überflogen.«

»Dort hat Herr Scharen nur eine Zweitwohnung. Sonst residiert in einem der fünf Türme im schwarzen Sand.«

»Ich fasse es nicht!«, ruft Zoe laut aus. »Und du wohnst mit ihm im Turm?«

»Ja.«

»Da bin ich jetzt aber gespannt! Welcher ist es?«

»Du kennst die fünf Türme?«

»Zwei davon habe ich schon besucht. Von einem anderen weiß ich, dass er Jonas gehört.«

»Das ist interessant. Ich kenne nur den einen. Erzähl mir von den Türmen, das lenkt mich von meinem Gedankenwirrwarr ab!«

Zoe berichtet von ihrem Weg durch den schwarzen Sand, dem Theater und dem Liberecoverlag. »Der Mann vom Liberecoverlag ist mir sehr sympathisch. Ich habe den Eindruck, ihn zu kennen. Er scheint mir so vertraut. Er hat mich vor Kurzem wieder eingeladen, möchte, dass ich ihm weiter aus meinem Buch vorlese. Aber ich konnte ihn nicht besuchen und auch nicht absagen. Das war gerade, als ich in die Kristallkatakomben beordert wurde. Das hat mich sehr betrübt. Er weiß gar nicht, warum ich ihn einfach versetzt habe. Kannst du mir ermöglichen, dass ich mit ihm kommuniziere?«

»Kennst du seinen Namen?«

»Nein.«

»Dann kann ich es nicht. Die Turmbewohner beziehungsweise Turmeigentümer haben einen Sonderstatus. Da komme ich nicht ran.«

»Schade!«

»Vielleicht kann es Herr Scharen.« Der Schweber landet.

»Ab hier werden wir einen Zubringer benutzen. Es gibt keine Parkmöglichkeit um den Turm herum. Wie du weißt, ist das Gebiet des schwarzen Sandes geschützte Zone«, sagt Tom. Sie steigen aus. Sofort erscheint ein Minischweber.

»Bitte beeilen Sie sich! Die weiße Sonne wird demnächst erwartet.«

Sie steigen ein. Das Flugobjekt saust los.

»Woher weiß es, wohin es soll?«, fragt Zoe überrascht.

»Es hat meinen Chip gescannt. Darin sind meine neuen Adresskoordinaten enthalten.«

Zoe schaut hinaus. Wieder ist sie hier, da der mintgrüne Mond sein Licht auf den schwarzen Sand und die fünf Türme schickt. Endlich kann sie sie sehen. Der Kleinste, der mit dem hellen Lichtstrahl, das ist der Turm vom Mann vom Liberecoverlag.

Zoe wird es warm ums Herz, als sie den Lichtschein empfängt.

»Schade, dass wir keinen kurzen Abstecher zum Leuchtturm machen können«, murmelt sie vor sich hin.

»Was denn für ein Leuchtturm?«, fragt Tom.

»Ach, nichts.«

Zoe versinkt in ihrer Wunschvorstellung. So hat sie überhaupt nicht darauf geachtet, welchen Turm der Minischweber angesteuert hat, als er landet. Rund um den Turm befindet sich eine schmale, überdachte Fläche ohne Sand.

Sie steigen aus. Die Hitze des unter dem mintgrünen Mondlicht kochenden Sandes weht wie Wüstenwind herüber. Tom öffnet, sie treten ein. Dieser Turm ist hypermodern ausgestattet. Sie schweben in einer durchsichtigen Kapsel nach oben und betreten dort Toms neues Reich. Sein Apartment ist riesig, und der Blick in den Himmel von jedem Raum aus fantastisch.

»Bedien dich! Im Regal findest du etwas zu trinken.« Er öffnet eine Tür, dahinter ist das Labor.

Aufgeregt sausen die zwei Libis daraus hervor. Zoe setzt sich auf die Couch im Wohnraum. Die Libis kommen, sie zu begrüßen. Zoe berührt und betrachtet sie in Ruhe. Sie sehen aus wie konstruierte Lebewesen, absolut perfekt.

»Darf ich durch deine Räume streifen?«, ruft Zoe laut.

»Ja, tu dir keinen Zwang an! Es dauert bei mir noch etwas. Ich muss das Laborgerät gut verpacken.«

Zoe erkundet einen Raum nach dem nächsten. Es sind fünf. Der Sechste ist das Labor. Im Schlafraum angekommen bleibt sie fasziniert stehen. Von dort aus hat sie einen Blick auf die anderen vier Türme. Der kleine Leuchtturm steht am weitesten entfernt.

Einer ist am größten. Welcher mag der von Jonas sein? Ich bin doch mit einem großen Schweber abgeholt und nach Lemistown gebracht worden. Vielleicht erkennt man am Flugverkehr, welcher es ist.

Tom steht auf einmal hinter ihr und legt seine Arme um ihren Bauch.

»Wonach schaust du?«

»Hast du einmal bemerkt, an welchem Turm sehr große Schweber landen?«

»Nein«, flüstert er in ihr Ohr und versucht, sie in Richtung Bett zu ziehen.

»Tom, bitte!«, wehrt sich Zoe. Er küsst sie und zieht sie an der Hand aus dem Zimmer.

»Ich bin fertig, wir können starten. Aber vorher müssen wir noch Schutzanzüge anziehen. Wie du gehört hast, wird die weiße Sonne bald aufgehen.«

Während Zoe in einen Schutzanzug steigt, erinnert sie sich, dass die Reihenfolge der Mond-Sonnen-Konstellationen damals, als sie durch das Sandgebiet stapfte, dieselbe war. Vielleicht pendeln sich die Galaxien in einen Rhythmus ein.

Tom hat bereits den Zubringer geordert, sie schweben nach unten und fliegen zum Schweberparkplatz. Die fünf Türme sind dort aus dem Blickfeld verschwunden, die zwei größeren von Lemistown aus zu sehen. Gerade in Toms Schweber eingestiegen schaut er ins Wetterhologramm. Die weiße Sonne wird in fünf Stunden erwartet.

»Vielleicht schaffen wir es noch, bis dahin zurück zu sein«, meint Tom.

»Wieso denn zurück?«

»Ich nehme dich wieder mit zu mir. Da bist du sicher. Oder willst du alleine in die Geheimwohnung?«

»Ich dachte, ich hole Flavio und bleibe bei mir zu Hause.«

»Viel zu gefährlich! Dein Jonas, Pardon, Jonas wird dich wieder aufspüren und entführen. Es ist nur eine Frage von Stunden, glaube mir, das habe ich im Gefühl!«

»Du hast wahrscheinlich recht.«

Schnell sind sie angekommen. Zoe muss Tom den Zugang zum Geheimgang zeigen, da sie den Hermetikkoffer mit der orangen Masse allein nicht bewegen kann. Selbst Tom schafft es nur mit riesigen Kraftanstrengungen, ihn in den Schutzraum zu bugsieren. Dann baut er seine Laborausrüstung auf. Er hat etliche durchsichtige Schalen mitgebracht.

»Also, Zoe, du ziehst diese Handschuhe an, nimmst das Skalpell und schabst kleine Plättchen von der Masse. Du legst je eins in eine Schale und verschließt sie gleich. Du beschriftest die Schalen mit Datum und genauer Uhrzeit.« Er reicht ihr die notwendigen Utensilien.

»Ich werde sehen, dass ich an das Titanauge herankomme.«

So arbeiten sie vor sich hin.

Nach zwei Stunden ertönt plötzlich der Kommunikationskanal. Die rote Lampe blinkt. Zoe wird es mulmig. Sie drückt den roten Point. Die Stimme von Jonas erschallt:

»Nun habe ich dich lokalisiert, Liebes. Gut, dass du zu Hause bist, da kannst du mir gleich das Geheimversteck zeigen und die Datenmembran übergeben. Ich freue mich schon darauf. Ende der Nachricht.« Tom hat es mit angehört.

»Wir müssen sofort hier aufhören!« Er konnte das Titanauge noch nicht befreien.

Zoe hat in der Zeit an die zweihundert Proben verschlossen.

»Los, komm!« Tom schließt den Koffer zu.

»Ich nehme den Hermetikkoffer, du packst die Proben in diese Tasche und bringst sie mir zum Schweber. Wir verschwinden sofort. Er darf die Datenmembran nicht in die Finger bekommen! Nur gut, dass Jonas so nett war, sich anzukündigen.« Tom zieht mit wahnsinniger Kraftanstrengung den Koffer durch den Erdgang.

»Wie willst du ihn in den Schweber bekommen?«

»Ich habe da eine seilzugartige Einrichtung. Die kann den Koffer aus der Luke in den Schweber heben.«

Der Schweiß läuft beiden in Strömen. Der Erdgang will nicht enden.

»Ich glaube, er kommt schon, du musst ihn ablenken!«, stöhnt Tom.

»Ich laufe zum Haus, werde ihn dort empfangen.«

Noch zehn Meter hat Tom bis zur Luke. Zoe ruft im Weglaufen:

»Ich öffne die Luke, wenn ich ihn in den Geheimgang geschickt habe. Dann kannst du schnell verschwinden. Ich halte ihn auf.« Zoe rast in den Schutzraum, verschließt den Erdgang und stürzt zum Haus. Sie hat noch immer den Schutzanzug an.

Da kommt Jonas auch schon aus dem mintgrünen Dämmerlicht angelaufen.

»Ich wusste gar nicht, dass du so einen ausgefeilten, teuren Schweber hast.«

»Den habe ich mir geliehen, meiner ist im Moment schwebeuntüchtig«, lügt Zoe spontan.

Jonas greift Zoe am Arm und zieht sie ins Haus. »So, meine Liebe. Jetzt ist es an der Zeit, dass du mir gibst, was ich will.« Zoe zittert.

»Und zieh den blöden Schutzanzug aus! Noch brauchst du ihn nicht.«

»Wir müssen zum Schutzraum«, teilt sie mit und geht voran. Dort angekommen entledigt sie sich des Schutzanzuges.

»Da habe ich jetzt wohl keine andere Wahl mehr?«, wendet sie sich an Jonas.

»Nicht die kleinste!« Jetzt muss ich dem Typen auch noch mein Geheimversteck zeigen! Ihr Magen krampft sich vor Frustration zusammen. Am besten sperre ich ihn darin ein. Sie öffnet die Geheimgangtür.

»Bitte, tritt ein!« Jonas zwängt sich durch den engen Eingang. »Gibt es hier kein Licht?«

»Ich hole Lichtstäbe!«, ruft Zoe laut und lässt die Tür zum Geheimgang zuschnappen.

»Was machst du?«, schreit Jonas.

»Tut mir leid, der Automatismus. In zwei Minuten öffnet die Tür selbstständig wieder. Ich hole in der Zeit die Lichtstäbe.«

Nun hat sie sich Zeit verschafft und saust in den Erdgang. Sie öffnet Tom die Luke und reicht ihm die Tasche mit den Schalen. Er fährt eine Vorrichtung aus, verbindet den Koffer damit und schafft es, diesen in den Schweber zu ziehen.

Zoe verschließt die Luke und rast zurück. Sie greift zwei Lichtstäbe und öffnet die Tür zum Geheimgang.

»Das waren mehr als zwei Minuten«, faucht Jonas sie an, als sie mit den leuchtenden Stäben zu ihm in den Gang tritt.

»Wie sieht es denn hier aus?!« Zoe tut verwundert.

»Wieso?«

»Hier ist alles durcheinander, als ob jemand etwas gesucht hätte.« Seine Stimme überschlägt sich:

»Wo ist die Membran? Gib sie mir endlich!«

»Ja, wenn ich das wüsste. Als ich zuletzt hier war, lagen das Titanauge und der Datenleser hier in dieser Kiste in einer Metallschatulle. Doch die Kiste ist leer. Es muss jemand vor uns hier gewesen sein.«

»Wer war hier?«

»Den Geheimgang kannte niemand. Es war nur der Sicherheitstechniker von Herrn Scharen hier. Der sollte die letzten Überwachungskameras finden und deinstallieren.«

Jonas erbleicht. Er greift Zoe wieder am Arm und zerrt sie aus dem Gang.

»Du kommst mit mir! Ich werde Herrn Scharen befragen, ob das, was du sagst, der Wahrheit entspricht. Dann kann nur er die Datenmembran haben. Ich komme zu meinem Ziel, verlass dich drauf! Er wird sie nicht auslesen können.«

»Wieso nicht?«, fragt Zoe zaghaft. Jonas zieht sie durch den Schutzraum. Sie muss sich den Schutzanzug wieder anziehen, und schon hat er sie zu seinem Schweber gezerrt. Jonas ist so in Rage, dass er nicht bemerkt, dass der andere Schweber verschwunden ist. Auch die Laborausrüstung im Schutzraum hat er nicht registriert.

»Wieso wird Herr Scharen die Datenmembran nicht auslesen können?«, fragt Zoe erneut.

»Weil ich sie damals verschlüsselt habe!«

»Hält die Verschlüsselung auch stand, wenn die Datenmembran nicht mehr mit Energie versorgt ist?«

»Wieso?«

»Die Trägermasse ist tot.«

»Was?!« Jonas blickt Zoe entgeistert an. »Wie konnte das passieren?«

»Woher soll ich das wissen? Ich habe sie all die Jahre einfach nur aufbewahrt! Ich wusste nicht, was drauf war und dass du sie verschlüsselt hast.«

Jonas schwankt der Boden unter den Füßen, Zoe spürt das genau. Er sagt jetzt gar nichts mehr, lässt den Schweber wie ein Pfeil durch die mintgrüne Nacht fliegen. Er vergisst sogar, die Scheiben blickdicht zu machen. So kann Zoe endlich sehen, welchen Turm sie ansteuern.

Es ist der größte, den sie von Toms Schlafgemach aus gesehen hat. Der Schweber fliegt in den Turm, dann wie in eine Röhre hinein. Durch die schweben sie abwärts und landen in einer Halle.

»Befinden wir uns unter dem Turm?«, bricht Zoe das Schweigen.

»Ja«, kommt Jonas' kurze Antwort. »Steig aus!«

Er führt sie zu einem Tor, welches sich automatisch öffnet, als sie davorstehen. Jonas braucht überhaupt keine Sensoren zu benutzen, vor ihm gehen alle Türen von alleine auf. So auch der Fahrstuhl. Er drückt keine Etage, der Fahrstuhl scheint zu wissen, wohin er will. Schließlich laufen sie durch einen Gang, der komplett mit Perlen ausgekleidet ist.

»Das sieht ja toll aus!«, ruft Zoe begeistert. Jonas schweigt noch immer. Die nächste Tür öffnet sich, er schiebt sie in einen großen, dunklen Raum. Lichtsensoren tasten sie ab, um dann plötzlich das Zimmer dezent zu erhellen.

»Zieh den Schutzanzug aus!« Sie tut es.

»Setz dich auf diesen Stuhl vor der Bildwand!« Zoe nimmt Platz. Jonas verlässt den Raum, um gleich wieder zu erscheinen. Er ist nun in einen schwarzen Overall mit Maske gekleidet.

»Kennt überhaupt jemand dein wahres Gesicht, außer ich?«, fragt Zoe.

»Du solltest in deiner Lage nicht spotten! Wir werden jetzt mit Herrn Scharen kommunizieren. Das heißt, ich rede, und du hörst zu. Wage nicht, dich einzumischen!«

Jonas lässt ein Holo aus einem Hyperpad entstehen. Daneben baut sich das Hologramm des Turmes auf.

»Du hast mich gar nicht mehr zu dem Vorfall in den Katakomben befragt.« Zoe würde zu gerne wissen, was Jonas noch weiß. Aber er lässt sich nicht aus der Reserve locken.

»Das ist nicht mehr wichtig«, hört sie ihn sagen, während er Sequenzen betrachtet und Files verschiebt. Plötzlich ertönt eine Stimme:

»Chef, die Übertragung mit Ihrem Partner steht. Soll ich ihn durchstellen?«

»Woher kommt die Frequenz?«

»Das konnte ich bisher nicht feststellen. Dazu bräuchte ich mehr Zeit. Die unterirdischen Übertragungen laufen über kilometerweit verzweigte Netze. Es dauert lange, bis ich den Ursprung finde.«

»Wie lange?«

»Das kann ich nicht sagen.«

»Falsche Antwort. In fünfzehn Minuten will ich es wissen. Ende!« Jonas schneidet dem Mitarbeiter das Wort ab.

In diesem Moment erscheint Herr Scharen auf der 3-D-Bildwand.

»Sie haben um Konferenz gebeten?« Jonas tritt neben Zoe. »Du sagst kein Wort!«, zischt er ihr zu.

»Ich dachte mir schon, dass ich keine normale Besprechung zu erwarten habe«, fährt Herr Scharen fort. »Warum befindet sich Frau Leino bei Ihnen?«

»Das fragen gerade Sie? Zoe hat mir berichtet, dass Sie unrechtmäßig ihr Grundstück betreten, durchsucht und Eigentum entfernt haben. Auch wenn Sie einer meiner Geschäftspartner sind, muss ich Sie darauf hinweisen, dass ich das nicht dulden kann. Das wird massive Folgen für Sie haben.«

»Sind Sie wirklich in der Position, mir zu drohen?«, erwidert Herr Scharen.

»Das ist keine Drohung, sondern die Feststellung einer Tatsache, eines Delikts und Mitteilung der Konsequenz daraus. Sie kennen meinen Rang.«

»Nun, dann darf ich Sie darauf hinweisen, dass ich Bildmaterial von Frau Leino sichergestellt habe, welches beweist, dass Personen, die unter Ihrem Regime arbeiten, unrechtmäßig deren Grundstück durchsucht und Überwachungskameras installiert haben!«

»Das war durch mich beauftragt und notwendig, um die Perlenunterschlagung beweisen zu können. Das ist eine gängige Maßnahme.«

Zoe lauscht kopfschüttelnd, wie geschickt diese beiden Männer kommunizieren, wie sie ums Thema drum herumreden, wie sie sich abtasten.

»Ihnen dürfte bekannt sein, dass Zoe so gut wie mein Eigentum ist. «

»Das darf ich bezweifeln, denn das Gesetz zum Wiederaufleben der Zwangspartnerschaften ist noch nicht beschlossen.«

»Sie sind nicht richtig informiert, Herr Scharen. Es fehlt nur noch die Zustimmung einer einflussreichen Persönlichkeit, und bis dahin tritt das Gesetz vorläufig schon in Kraft.«

Zoe durchfährt es heiß. Wenn das stimmt, dann bedeutet das, er hat tatsächlich wieder das Recht, sie hier festzuhalten, über sie zu verfügen, sie zu drangsalieren, sie zu dominieren.

»Darf ich fragen, seit wann die Vorläufigkeit in Kraft getreten ist?«

Jonas tut, als würde er auf die Uhr schauen, und antwortet:

»Seit nunmehr dreißig Minuten.«

»Dann darf ich Ihnen mitteilen, dass Sie Frau Leino vor Inkrafttreten von ihrem Grundstück entführt haben, dafür habe ich einen Zeugen.«

Jonas krallt seine Hand in Zoes Schulter, dass sie aufstöhnt.

Er ignoriert die letzten Worte von Herrn Scharen und sagt laut:

»Ich fordere Sie hiermit auf, die dieser Zwangspartnerschaft gehörende Datenmembran unverzüglich zu übergeben! Ich gebe Ihnen genau eine Stunde Zeit. Wenn Sie bis dahin nicht liefern, werde ich Sie arretieren lassen und dafür sorgen, dass Sie all Ihre Posten verlieren!«

»Ich würde Ihnen ja gerne die Datenmembran geben, aber, bei aller Liebe, ich kann es nicht. Sie ist nicht in meinem Besitz. Wenn ich sie hätte, würden Sie dort nicht mehr so selbstgefällig herumstehen.«

Das Bild fällt zusammen, Herr Scharen hat sich abgeschaltet.

Jonas stürzt zum Hyperpad.

»Was ist nun, woher kam die Übertragung?«

»Das Gespräch war zu kurz. Ich konnte es nicht einmal bis über das Areal des schwarzen Sandes hinaus verfolgen, da brach das Signal weg.« Zoe sitzt ganz still. Er weiß wahrscheinlich nicht, dass Herr Scharen in einem Turm im schwarzen Sand residiert. Am liebsten würde sie sich sofort in Luft auflösen.

Jonas reißt sich die Maske vom Kopf.

»Wieso hat der Kerl die Datenmembran nicht? Wer hat sie sonst, wenn du sie nicht hast?« Zoe sagt nichts dazu. Jonas redet weiter vor sich hin:

»Ich werde mir den Sicherheitstechniker von Scharen vorknöpfen und möglicherweise auch deinen Tom. Irgendwo muss das verdammte Ding abgeblieben sein.« Er geht auf Zoe zu, zieht sie am Arm hoch. »Wie du vernommen hast, gehörst du bereits wieder mir. Wir werden später darauf anstoßen. Ich bringe dich in deine neuen Gemächer. Dort kannst du in Ruhe darüber nachdenken, ob du mir noch was zu sagen hast. Ansonsten wirst du wieder in den Genuss der Wahrheitsdroge kommen.«

»Wer ist denn die einflussreiche Person, die dem Gesetz noch zustimmen muss, damit es in Kraft treten kann?«, will Zoe wissen.

»Das geht dich nichts an! Ich werde ihn dazu bringen, dafür zu stimmen.«

»Du hast ja ganz schön viel um die Ohren. Kann ich dir mit irgendetwas behilflich sein?« Jonas ist so abwesend, dass er den Sarkasmus in Zoes Stimme nicht registriert.

»Du wirst jetzt nachdenken, dich ausruhen, pflegen. Ich erwarte eine perfekte Partnerin, wenn ich nachher zu dir komme. Und ich erwarte wahrheitsgetreue Antworten.«

Eine Tür öffnet sich, er schiebt Zoe in einen Raum hinein. Zoe erfasst sofort, dass dies ein Luxusapartment ist.

»Du solltest vor Freude Luftsprünge machen!«, redet Jonas weiter und zeigt ihr den Erfrischungs- und Schlafbereich.

Auch hier haben sowohl der Schlafraum als auch der Wohnraum Fenster von der Decke bis zum Boden. Der mintgrüne Nebel lässt im Moment keinen Blick auf das Gebiet des schwarzen Sandes zu.

»Habe ich hier ein Hologerät, Jonas?«

»Dort drüben, dazu eine riesige, virtuelle Bibliothek.«

»Wie kann ich dich erreichen, wenn etwas nicht stimmt oder ich etwas sagen will?«

»Neben der Tür ist eine Scanpointleiste. Du drückst auf Rot, und ich werde unsere Kommunikation ermöglichen.« Er zieht Zoe an sich und raunt ihr leise ins Ohr:

»Auf diesen Moment habe ich seit Jahren gewartet. Bereite dich gut auf mich vor!« Er lässt sie los und stürmt aus dem Apartment. Die Tür schließt sich leise hinter ihm.

Zoe ist gefangen. Sofort lässt sie das Wetterhologramm entstehen. Der mintgrüne Mond will noch nicht weichen. Das Erscheinen der weißen Sonne zögert sich weiter hinaus. Wenn doch der blöde Nebel verschwinden würde, dann könnte ich schauen, ob ich die anderen Türme sehen kann!

Zoe setzt sich hin. Sie muss nachdenken. Tom weiß, dass sie hier ist. Und Herr Scharen weiß es auch. Tom wird die Datenmembran bestimmt lesbar machen können. Und wenn das mit dem Gesetz so stimmt, dann hat sie sowieso verloren und ihre Wünsche und ihr Wille sind nichts mehr wert.

Langsam entkleidet sie sich und nimmt eine erfrischende Dusche. Ich muss mich irgendwie arrangieren. An Jonas' Seite habe ich doch ausgesorgt, bin beschützt vor allem anderen, lebe im Luxus. Und ihm zu Diensten sein, das werde ich auch noch schaffen. Trotzdem laufen ihr die Tränen mit dem Duschwasser weg. Sie erinnert sich an das warme, prickelnde Gefühl, welches ein anderer Mann in ihr ausgelöst hat. Sie wird so nie wieder die Chance haben, diesen Mann zu treffen oder zu schauen, ob sich daraus etwas entwickelt.

»Nein!«, schreit sie laut in das Plätschern des Wassers hinein. »Ich will kein Anhängsel sein! Ich werde kämpfen, werde eine Möglichkeit finden, mich zu befreien!«

Gestärkt von diesen kraftvollen Worten öffnet sie die Schränke im Schlafraum. Kleidung in allen Farben und von feinster Qualität findet sie darin. Sie nimmt sich einen silbernen Anzug, er passt wie angegossen.

Sie inspiziert den Küchentrakt. Diverse Zylinder in verschiedenen Farben stehen im Kühlfach und Nahrungstuben, die alle ihrer Geschmacksrichtung entsprechen. Sie greift sich Hirschgeschmack und einen blauen Zylinder. Ich muss bei Kräften bleiben. Sie drückt sich einen Teil der Tube in den Mund und stellt fest, dass die Paste Fleischstückchen enthält. Kauend geht sie in den Wohnraum zurück. Dort öffnet sie diverse Wandfächer und findet unter anderem Leuchtstäbe in allen Größen. Sie nimmt einen weißen, der fast einen Meter lang ist. Ihr Blick fällt aus der riesigen Fensterfront. Der Nebel hat sich gehoben. Sie presst ihr Gesicht an die Scheibe und späht hinaus. Da, ganz weit hinten, macht sie einen Lichtschein aus. Das muss der Leuchtturm vom Liberecoverlag sein.

Zoe stürzt zur Tür. Irgendwie muss doch diese Raumbeleuchtung ausgehen. Sie öffnet die Scanpointleiste, drückt alle Points. Die Bildwand geht an, die Scheiben werden blickdicht, die Lichter ändern ihre Farben, Musik beginnt zu spielen. Bleib ruhig! Nicht alle auf einmal! Stück für Stück schaltet sie durch, bis sie den Raum komplett verdunkelt hat.

Jetzt kann sie den Leuchtturm besser erkennen. Da kommt ihr eine Idee. Sie nimmt den riesigen Leuchtstab, tritt in der Mitte darauf. Grelles Licht erhellt den Raum. Sie holt sich ihren Schutzanzug, stellt ihn vor die Fensterfront und steckt den Stab hinein, so dass das Licht abgeschirmt wird. Sie holt ihn wieder heraus und beginnt, SOS-Zeichen zu senden. Drei kurz, drei lang, drei kurz. Vielleicht kann es ja doch jemand sehen. Nachdem sie das Ganze fünfmal wiederholt hat, bugsiert sie den Schutzanzug in den Schlafraum und steckt den Lichtstab wieder hinein.

Gerade als sie zur Tür geht, um die Beleuchtung einzuschalten, schwingt diese auf. Ein Mann im lila Anzug tritt ein. Er hat ein Tablett in der Hand. Darauf steht eine Karaffe, die mit rosa Perlen besetzt ist.

»Ich soll Ihnen etwas Orchideenwasser bringen.«
Zoe durchfährt bei dem Wort *Orchideenwasser* ein
hoffnungsvoller Schauer.

Der Mann stellt das Tablett mit der Karaffe auf
dem Tisch ab und verschwindet sofort wieder.

Neugierig tritt Zoe näher. Ein kunstvolles Gefäß
steht vor ihr. Vorsichtig öffnet sie den Verschluss. Da
ertönt die Stimme von Herrn Scharen:

»Ich werde dich nicht im Stich lassen, kleine Nixe.
Hab Vertrauen und Geduld! Ich bin fast am Ziel
meiner Pläne angekommen. Es dauert nicht mehr
lange, und du wirst frei sein!«

Zoes Herz pocht wild. Sie steckt den Verschluss
wieder auf die Karaffe, öffnet ihn erneut. Doch nichts
passiert. Die Nachricht wird nicht noch einmal abgespielt. Sie setzt die Karaffe an den Mund und trinkt
einen Schluck. Tatsächlich, es ist Orchideenwasser.
Nur zwei Schlückchen nimmt sie von dem berau-
schenden Getränk. Den Rest kann Jonas trinken,
vielleicht haut ihn das um.

Plötzlich öffnet sich die Tür wieder und Jonas
rauscht herein.

»Was ist das für eine Karaffe?«, will er wissen.

»Ich dachte, du hast mir die geschickt.«

»Ich kann mich nicht erinnern. Du wirst jetzt
noch mal zum Nervenspezialist gebracht. Ich habe
ihn beauftragt, die Bilder der letzten Stunden auf
deinem Grundstück zu rekonstruieren. Ich gehe
davon aus, dass ich so schneller und gezielter an
meine Informationen komme.«

»Wenn du meinst«, sagt Zoe, da geht auch schon
die Tür auf, und zwei rot gekleidete Sicherheitsmänner geleiten Zoe in die Räume des Nervenspezia-

listen. Nachdem sie weg sind und die Tür geschlossen, sagt der Nervenspezialist:

»Setzen Sie sich dort auf diesen Stuhl!« Er nimmt sein Schreibboard und reicht es ihr. Zoe liest:

Ich hätte niemals gedacht, dass wir uns so schnell wiedersehen. Durch Ihr mutiges Handeln erfuhr ich vom Chef, als er unter Einfluss der Pillen stand, interessante Details. Sie brauchen keine Angst haben, ich bin auf Ihrer Seite.

Zoe löscht und schreibt:

Danke, das beruhigt mich.

»So«, sagt er laut, »ich werde Ihnen jetzt wieder den Helm aufsetzen, Sie kennen das ja schon.«

»Ja.«

Er stülpt ihr den Helm über, auf einmal hat sie seine leise Stimme im Ohr:

»Ich werde dem Chef ein paar alte Bildsequenzen vorspielen, habe noch welche von Ihnen und von Ihrem Grundstück. Wir haben nicht viel Zeit. Nur so viel: Der Chef hat riesigen Respekt vor Herrn Scharen, weil der wohl zwischenzeitlich seinen Einfluss extrem ausweiten konnte und auch ehemalige Anhänger vom Chef auf seine Seite gezogen hat. Wenn Herr Scharen tatsächlich das Projekt mittels der noch ausstehenden Informationen abschließen und als seinen alleinigen Erfolg öffentlich machen kann, wird er einen Rang höher als der Chef aufsteigen. Der Chef ist dann zwar nicht komplett entmachtet, aber er müsste sich den Vorgaben von Herrn

Scharen fügen.« In dem Moment geht die Tür auf und Jonas kommt herein.

»Sind Sie fertig mit ihr?«

»Ich denke schon.« Der Nervenspezialist nimmt Zoe den Helm ab.

»Die Sichtung und Verarbeitung der Daten wird ungefähr dreißig Minuten in Anspruch nehmen«, teilt er Jonas mit.

»Ich verlasse mich darauf.« Jonas wendet sich an Zoe. »Komm mit!«

Sie steht auf und zwinkert dem Nervenspezialisten heimlich zu.

Jonas greift sie am Arm und zieht sie über den Flur zum Fahrstuhl.

»Ich habe kurzfristig eine Sitzung mit hochrangigen Regierungsmitgliedern. Das wird bis morgen dauern. Damit du keine weiteren Dummheiten machst, muss ich dich nun anders unterbringen. Ein alter Bekannter, der in einem der fünf Türme residiert, hat mich vorhin informiert, dass von meinem Turm aus SOS-Zeichen gesendet wurden. Ich habe den Riesenleuchtstab in deinem Schutzanzug gefunden. Die Strafe dafür wirst du später erhalten.«

Sie fahren mit dem Fahrstuhl nach unten, und Jonas schiebt Zoe durch eine Tür in ein kleines, schmales Zimmer. Darin steht nur eine Liege.

»Leg dich hin!«, befiehlt er streng. Zoe legt sich und wird von Fesseln umgeben. Plötzlich drückt er ein winziges Röhrchen an ihre linke Halsseite. Sie spürt einen kurzen Pik, und schon wird es dunkel um sie.

»Du wirst das für mich ertragen!«, hört sie Jonas wie aus einer anderen Welt sagen.

Zoe scheint zu fallen. Sie sieht Jonas' Gesicht dicht über sich.

»Siehst du, jetzt habe ich dich, wo ich dich hinhaben wollte. Nun kannst du nichts mehr ändern. All deine inneren Bilder wurden registriert. Ich habe meine Formel auf der Datenmembran gefunden und dich für immer zurück.«

Er schiebt eine Kanüle in ihren Arm, Flüssigkeit fließt in sie. Seine schwarzen Augen saugen sich an ihr fest. Sie will sich wehren, will schreien. Aber sie ist starr.

Auf einmal zerplatzt das Bild von Jonas in Millionen schwarze Pixel. Jemand anders beugt sich über sie.

Er sieht aus wie mein Vater, denkt Zoe, der ist aber schon mehr als zwanzig Jahre tot.

Der Mann streicht sanft über ihr Gesicht und durch ihr Haar.

»Hab keine Angst! Es ist nicht so, wie es scheint. Habe Vertrauen und Geduld!« Er zieht die Kanüle sanft aus ihrem Arm.

Ach, freut sich Zoe, er ist also doch noch Arzt geworden, wie er es immer wollte! Glück durchströmt sie.

Er löst die Fesseln. Sie kann Hände und Füße wieder bewegen und befühlt sich. Sie ist nackt, ihre Haut ist eiskalt. Er legt liebevoll eine Decke über sie. Noch einmal streicht er ihr durchs Haar und küsst ihre Stirn. Sie will ihn umarmen, etwas sagen, aber da ist er schon weg.

12. Kapitel: Weltrat und Weltregierung

Zoe schlägt die Augen auf. Irritiert schaut sie sich um. Sie befindet sich nicht mehr gefesselt in dem kleinen, dunklen Raum, sondern in einem geräumigen Schlafzimmer inmitten eines großen, runden Bettes. Ein paar winzige Lämpchen an der Decke brennen. Zoe liegt auf dem Rücken und betrachtet die Lichtpunkte. Sie sind wie die Sterne im Sternbild Orion angeordnet. Das hat sie früher so gerne am schwarzen Nachthimmel beobachtet. Hat mich Jonas doch woanders hingebracht?

Leise steht sie auf. Sie trägt noch immer den silbergrauen Anzug. Die Form des Raumes deutet darauf hin, dass sie sich in einem Turm befindet. Sie tritt an die Fensterfront, doch die ist blickdicht. Ihre Knie zittern, sie setzt sich wieder auf den Bettrand.

In diesem Augenblick schwingt die Tür auf, und ein Mann betritt den Raum. Zoe schaut ihn sprachlos an.

»Wie kommen Sie denn hierher?« Es ist der Mann vom Liberecoverlag, der vor ihr steht. Er stellt ein Tablett neben Zoe aufs Bett.

»Damit Sie nicht verhungern und verdursten.«

»Aber ich habe keinen Hunger! Ich möchte wissen, was Sie nun wieder mit Jonas zu tun haben?« Tränen steigen ihr in die Augen.

Er setzt sich neben sie und legt ruhig den Arm um ihre Schultern. Sie schluchzt auf.

»Beruhigen Sie sich! Sie sind in Sicherheit.«

Nun lässt Zoe sich in die Arme des Mannes vom Liberecoverlag fallen. Sie weint hemmungslos, das Schluchzen durchschüttelt ihren gesamten Körper.

Er streicht ihr sanft übers Haar.

»Sie müssen viel Schreckliches erlebt haben. Bei mir kann Ihnen nichts passieren. Ich schlage vor, Sie erfrischen sich, stärken sich. Wenn Sie noch schlafen wollen, sagen Sie Bescheid! Ich ziehe mich zurück.« Zoe wischt sich die verweinten Augen.

»Nein, schlafen möchte ich nicht, Ersteres ja. Und dann habe ich viele Fragen.«

»Das ist in Ordnung.« Er nimmt ihre Hand und führt sie in den Erfrischungsbereich. Alles ist sehr geräumig und edel.

»Sie können hier so lange duschen, wie Sie wollen. Ich lege Ihnen Kleidung im Schlafraum bereit.«

»Sie kennen doch meine Größe gar nicht!«

Er lächelt sie geheimnisvoll an.

Nachdem Zoe geduscht hat und angekleidet ist, nimmt sie das Tablett vom Bett und ruft laut:

»Wo sind Sie? Ich würde gerne in Gesellschaft essen.«

»Kommen Sie den Gang entlang, die letzte Tür links!« Zoe betritt einen gemütlichen Wohnraum.

»Setzen Sie sich, wohin Sie wollen, und lassen Sie es sich schmecken! Während Sie speisen, erzähle ich Ihnen, wie Sie hierhergekommen sind.«

»Ich möchte ganz schnell noch etwas vorausschicken.«

»Ja, bitte?«

»Es tut mir sehr leid, dass ich Ihrer Einladung nicht gefolgt bin und auch nicht abgesagt habe. Es war einfach nicht möglich. Ich musste von jetzt auf gleich in die Kristallkatakomben und konnte es Ihnen nicht mitteilen.«

Der Mann vom Liberecoverlag runzelt die Stirn. »Kristallkatakomben.«, murmelt er vor sich hin und erwidert:

»Das ist kein Problem. Ich habe mir schon gedacht, dass es einen wichtigen Grund geben wird, warum Sie nicht bei mir erscheinen. Alles andere würde nicht zu Ihnen passen.«

»Sie scheinen sehr viel über mich zu wissen, obwohl wir uns gar nicht kennen.«

Er nickt. Zoe isst und trinkt, der Mann beginnt zu erzählen. Zoe kann ihre Augen nicht von seinen herrlichen Lippen lösen. Wie gebannt hängt sie daran fest und lauscht seinen Worten.

»Ein Nervenspezialist vom Chef der Kristallkatakomben hat sich an mich gewandt. Ich selbst habe vor einigen Stunden Lichtsignale aus dem Turm gesehen. Ich hielt es für einen Scherz, habe aber nachgefragt. Ich kenne den alten Herrn schon länger. Er arbeitet dort als Verbindungsmann für eine Untersuchungskommission. Er wusste nicht, wo die Signale herkamen, aber er hatte eine Vermutung. Er sprach von einer Frau, die sich unrechtmäßig in den Fängen des exzentrischen Chefs befindet. Mir war allerdings nicht bewusst, dass Sie das sind. Er erzählte, dass er erneut ihre Gedankenbilder auslesen musste, und hat, während er Ihnen den Helm aufsetzte, eine Sendeemulsion in ihr Haar verteilt. So konnte er Sie dann lokalisieren und fand Sie gefesselt und narkotisiert in einem Arrestraum. Er kontaktierte mich sofort. Der Chef befinde sich im Moment auswärts, teilte er mit. Da einige Türme mit unterirdischen Geheimgängen verbunden sind, konnte ich sie umgehend zu mir bringen lassen.«

Zoe springt auf und umarmt den Mann stürmisch.

»Ich danke Ihnen!«

»Schon gut.«

»Ich hätte also über unterirdische Gänge zu Ihnen laufen können?«

»So einfach ist es nicht«, lacht der Mann vom Liberecoverlag und wischt ihr eine Freudenträne aus dem Gesicht. Zoe lässt es geschehen.

Jedes seiner Worte, jede seiner Gesten fühlen sich für sie sehr angenehm, regelrecht liebevoll an.

»Wenn Sie den Nervenspezialisten kennen, haben Sie dann doch etwas mit Jonas zu tun?«

Da er nicht antwortet, beginnt Zoe zu erzählen. Sie berichtet von ihrer Zwangsbeziehung, der Datenmembran, von Herrn Scharen, den Perlentöpfen und ihrer Strafarbeit in den Kristallkatakomben.

»Aber was am schlimmsten ist«, beendet sie ihren Bericht, »wenn Jonas die letzte Person beeinflussen kann, damit diese dem Gesetz zur Wiederherstellung der Zwangspartnerschaften zustimmt, verliere ich alle Rechte und werde wieder sein Eigentum.«

»Das werden wir sehen«, hört sie den Mann vom Liberecoverlag flüstern, der plötzlich unruhig ist und aufsteht.

»Ich muss nun geschäftlich los. Sie haben hier alles, was notwendig ist, und Sie sind absolut sicher.«

»Warum kann ich nicht aus dem Turm sehen?«

»Die weiße Sonne brennt, die Scheiben sind deshalb abgeschirmt.« Er drückt ein paar Scanpoints. Eine Bildwand erscheint, ein Hyperpad hebt sich aus dem Couchtisch, und von oben herab schwebt ein Telefon auf einem Tablett.

»Sie können das alles benutzen. Die Geräte sind auf Ihren Code freigeschaltet. Ich bitte Sie nur, niemandem mitzuteilen, wo Sie sich aufhalten.«

»Das werde ich auf keinen Fall tun. Vielen Dank!« Der Mann vom Liberecoverlag verlässt das Apartment. Zoe sitzt völlig fassungslos, starrt auf die Geräte und im Zimmer umher. Sie kneift sich, es tut weh. Also ist alles echt. Erst jetzt registriert sie richtig, dass sie ein Telefon zur freien Verfügung hat. Sie hebt ab.

»Mit wem darf ich Sie verbinden?«

»Mit Tom Radis, bitte!«

»Ich benötige die Adresse.« Oh Mist! Sie weiß ja nur, dass er bei Herrn Scharen wohnt.

»Die Adresse kenne ich nicht. Verbinden Sie mich bitte mit Ilona Monti!« Zoe gibt ihre Adresse durch. Dann klingelt es.

»Was kann ich für dich tun?«, hört Zoe Pias säuselnde Stimme.

»Ich bin's wieder und kein Gast.«

»Zoe?«

»Ja.«

»Oh, bin ich froh, dass es dir gut geht! Der Buschfunk hat berichtet, dass Jonas seine alte Zwangspartnerin nun doch zurückhat, weil das Gesetz wieder gilt. Ich wusste ja, was das für dich bedeutet. Und ich habe so ein schlechtes Gewissen, dass ich ihm geholfen habe, dich zu finden und zu kompromittieren, damit er an dich herankommt.«

Zoe hört sie schluchzen. Nun ist auch bestätigt, dass Pia Jonas sogar per Namen kennt.

»Ist schon gut, Pia, ich weiß doch, dass er dich erpresserisch dazu gezwungen hat. Du hast mir ja erzählt, wie sehr deine Gesundheit, deine Schönheit und du als Person vom Wohlwollen seiner Machenschaften abhängen.«

»Ja«, haucht Pia ins Telefon. »Es ist schrecklich, aber ich komme da nicht mehr raus. Dein Jonas hat ein Imperium aufgebaut und beherrscht viele Menschen durch seine Experimente und Drogen.«

»Hast du vielleicht einen Schimmer, wer die hochrangige Person sein könnte, die der Ratifizierung des Gesetzes noch zustimmen muss?«

»Nein, Kleines, das weiß ich wirklich nicht. Zoe, ich würde so gerne etwas gutmachen. Sag mir, du schreibst doch Bücher?«

»Ja, wenn ich dazu komme.«

»Wie wäre es, wenn ich dir eine tolle Story für einen Roman liefern würde?«

»Das hört sich interessant an. Was soll das denn für eine Story sein?«

»Nun, ich berichte dir aus meinem Leben, gebe dir alle Informationen zu meinem Aufstieg, Niedergang und Fortgang als Erosdame, ich erzähle meine Erlebnisse und intime Details. Hochrangige Regierungsleute und Wissenschaftler gehören zu meinen Gästen.«

»Interessant. Wir müssten allerdings viele Sitzungen machen. Oder du erzählst es mir per Telefon, falls ich irgendwann mal selbst eins habe. Doch wie wollen wir das realisieren? Ich kann nicht zu dir, und du kannst nicht ständig zu mir kommen. Und wenn das Gesetz zu Gunsten von Jonas durchkommt, wird es sowieso unmöglich. Aber danke für das Angebot. Wenn es die Umstände zulassen, werde ich gerne darauf zurückkommen.«

»Du bist also nicht böse und nimmst meinen Vorschlag als Wiedergutmachung an?«

»Ja, das tue ich.« Pia atmet hörbar auf.

»Du, ich muss jetzt Schluss machen, ich habe einen Gast in der Leitung.«

»Alles klar. Pass gut auf dich auf!« Pia legt auf. Zoe lehnt sich zurück. Pias Leben als Buch, das könnte ein unglaublich spannendes Werk werden.

Ein lautes Klingeln reißt sie aus ihren Gedanken. Es ist das Telefon. Sie nimmt gespannt den Hörer ab.

»Ja?«

»Geht es Ihnen gut?«

»Bestens«, antwortet sie. Es ist der Mann vom Liberecoverlag.

»Der Nervenspezialist hat mir mitgeteilt, dass Sie Informationen zum Lichtmanipulator haben? Es ist wirklich von immenser Bedeutung, dass Sie mir offen mitteilen, was Sie über ihn wissen.«

Zoe erzählt in Kurzform alles von ihrem Gang durch den schwarzen Sand und dem Zusammentreffen mit dem Lichtmanipulator im Theaterturm.

»Danke, Zoe, du hast mir sehr geholfen.« Er legt auf.

Zoe ist irritiert. Er hat Du und Zoe gesagt. Wieso ist ihr bloß seine Stimme so vertraut?

Da klingelt das Telefon schon wieder.

»Hallo?« Es ist Herr Scharen.

»Woher haben Sie diese Nummer?«, stammelt Zoe, als sie seine Stimme erkennt.

»Ich bin nicht minder verwundert, kleine Nixe, dich auf dieser Nummer zu erreichen. Ich hatte Herrn Harady erwartet.« Der Mann vom Liberecoverlag heißt also Herr Harady.

»Der ist unterwegs.«

»Aha. Wie geht es dir?«

»Mir geht es im Moment ganz gut. Konnten Sie etwas gegen Jonas erreichen?«

»Einen Moment, ich bekomme gerade eine Information.«

Zoe wartet. Dann sagt Herr Scharen nur kurz:
»Ich muss sofort los.« Er legt auf.

Herr Scharen kennt also auch Herrn Harady, und sie hat noch immer nichts über den Stand der Dinge erfahren.

Zoe schaltet das Wetterholo an. Die weiße Sonne bleibt noch bis auf unbestimmte Zeit.

Zoe ist schon wieder völlig durcheinander. Hier kennt wirklich jeder jeden. Was hat das alles zu bedeuten?

Die Turbulenzen der letzten Tage und die noch immer in ihr herumschwirrenden Moleküle von Jonas' Droge machen sie auf einmal komplett kraftlos. Sie legt sich auf die Couch und schläft augenblicklich ein.

Zoe setzt sich auf. Sie sitzt nackt auf einem OP-Stuhl, allein in einem OP-Saal. Das sollte auch einmal ihr Arbeitsbereich werden. Anästhesieärztin wollte sie werden.

Langsam steht sie auf. Da hinten an der Wand hängen Arztkittel. Benommen wankt sie dorthin. Sie zieht sich schnell einen Kittel über. Wo mögen nur die ganzen Leute sein?

Plötzlich hört sie Schritte. Sie stellt sich hinter einen Schrank mit medizinischen Geräten. Die Flügeltüren schwingen auf. Mindestens zehn Leute in grünen Kitteln strömen in den Raum hinein. Alle tragen grüne Masken und Gummihandschuhe.

»Wo ist sie?«, ruft einer, als er den leeren OP-Stuhl sieht. »Wie soll ich eine Schönheits-OP vornehmen, wenn der Patient nicht da ist?!«

Zoe steht zitternd hinter dem Schrank. Keiner hat sie bemerkt, so fixiert sind alle auf sich und ihr seltsames Tun. Die Männer diskutieren laut.

Leise schleicht sich Zoe aus dem Saal. Ein winziger Windhauch, der durch die Pendeltüren weht, ist alles, was von ihr zurückbleibt. Nichts wie weg hier!, ist ihr einziger Gedanke.

Immer wieder fahren ihre Hände in den Kittel, um sich zu berühren. Alles fühlt sich genau so an wie vorher. Es wurde also noch kein Eingriff vorgenommen. Erleichterung entsteht, während sie barfuß schnellen Schrittes durch lange Gänge eilt. Wo ihre Sachen sind, weiß sie nicht.

Sie öffnet eine große Tür und bleibt wie angewurzelt stehen. Die Tür führt in Jonas' Rapportraum. Menschen in pinkfarbenen, gelben, giftgrünen und schwarzen Anzügen werfen Blumensträuße in die Höhe.

»Herzlichen Glückwunsch!«, rufen sie Zoe entgegen und klatschen. »Sie haben den ersten Preis gewonnen! Eine Schönheitsoperation inclusive Eingriff, sich klonen zu lassen. Jetzt sofort!« Dann strömen die Leute auf Zoe zu.

Schweißgebadet wacht Zoe auf. Das Telefon hat sie aus dem Traum gerissen. Es klingelt. Sie rappelt sich auf und greift den Hörer, es ist Herr Harady.

»Zoe, du wirst gleich abgeholt. Einen Schutzanzug findest du im Schlafraum im Wandfach links. Stell dich einfach an die Tür! Zwei von mir beauftragte Männer werden dich abholen. Du darfst ihnen vertrauen.« Warum? Wohin? Die Fragen kann sie nicht stellen, er hat aufgelegt.

318

Zoe stürmt in den Schlafraum, öffnet alle Fächer. Da ist er, der Schutzanzug. Schnell zieht sie ihn an und geht schweren Schrittes zur Tür, als diese schon aufschwingt. Die zwei vor ihr stehenden Männer haben graue Bärte und Falten im Gesicht. Normale Männer sind es also, keine Klone. Sie registriert das mit Erleichterung.

»Wohin bringen Sie mich?«, fragt Zoe neugierig.

»In eine Sitzung des Weltrates.«

»Weltrat? Wieso mich?«

»Sie verfügen über Informationen, die in einer brisanten Angelegenheit unbedingt gehört werden müssen.«

Die beiden Männer laufen mit ihr durch einen Gang und steigen in eine durchsichtige Schwebekapsel. Zoe befindet sich augenscheinlich nicht im Leuchtturm, nicht im Liberecoverlag.

Die Fahrt abwärts will nicht enden. Die Schwebekapsel senkt sich in Tunnel und schwebt dann waagerecht weiter.

»Werden wir die ganze Zeit unterirdisch reisen?«

»Ja.«

»Wie lange wird die Reise dauern?«

»Das spielt keine Rolle.«

»Wie schnell schweben wir?«

»Sechshundert Kilometer die Stunde.«

»Danke für die Auskunft!« Ihr ist nicht bekannt, wo der Sitz der Weltregierung ist. Zoe hat immer vermutet, dass er sich, so ähnlich wie die Extrempoints, in einer überdachten Zone befindet.

Die Felswände sausen außen vorbei, dass ihr die Augen flimmern. Da gibt es also von dem Turm, in den sie Herr Hardy geholt hat, einen direkten Weg zum Weltrat. Ist es jetzt die Weltregierung oder der Weltrat? Was ist der Weltrat? Sie will es wissen.

»Ich habe noch eine Frage.«

»Ja?«

»Ist der Sitz des Weltrates auch der Sitz der Weltregierung?« Sie erhält keine Antwort.

Jonas wollte wahrscheinlich zur Weltregierung, wenn er sich mit Regierungsmitgliedern trifft. Sie wird zum Weltrat gebracht. Bis gestern wusste sie nicht einmal von dessen Existenz.

»Verzeihung, ich will sie nicht nerven! Aber es ist das erste Mal, dass ich zum Weltrat gebracht werde. Können Sie mir sagen, was seine Aufgabe ist und wie er zur Weltregierung steht?«

Die zwei Männer schauen sich an, einer schüttelt den Kopf.

»Stellen Sie Ihre Fragen vor Ort«

Vielleicht ist der Weltrat eine geheime Oppositionsgruppe, welche die Weltregierung kontrollieren und unterwandern oder sogar stürzen will. Zoe hofft noch immer, dass sie zu einem einflussreichen Gremium gebracht wird, dass das endgültige Inkrafttreten des Gesetzes zum Wiederaufleben der Zwangspartnerschaften verhindern kann.

13. Kapitel: In gefährlicher Mission

Die Schwebekapsel hält. Die Sicherheitsmänner des Weltrates und Zoe steigen aus, laufen einen engen Tunnel entlang, dann durch eine Tür, eine lange Treppe hinab, durch einen weiteren Tunnel und treten in ein Gewölbe.

Zoe steht staunend da. Zahlreiche Häuser sind um einen Zentralplatz an Felshängen gebaut. In der Mitte des Gewölbes befindet sich ein riesiger Kuppelbau.

»Das ist das Gebäude des Weltrates«, bemerkt einer der Sicherheitsmänner. Er ist wohl Zoes Blick gefolgt.

»Woher bekommen die hier unten ihren Sauerstoff?«

»In dem Gewölbe nebenan befindet sich eine Sauerstoffherstellungsanlage.«

Sie laufen Treppen und Wege hinab, treten dann in das Kuppelgebäude ein. Menschen über Menschen hasten hin und her. Sie sehen alle irgendwie gestresst und blass aus.

Dann gelangen Zoe und ihre beiden Begleiter in einen riesigen Saal. Er ist fast voll besetzt. Sofort werden sie in eine Sitzreihe gewiesen. Zoe setzt sich.

»Nehmen Sie die Kopfhörer! Die Debatte wird auf Orionisch durchgeführt. Das ist die Sprache des Weltrates. Sie können sich alles übersetzen lassen.«

Zoe setzt sich die Kopfhörer auf. Im Moment debattieren zwei Männer auf dem Podium über die erforschten Möglichkeiten, die wechselnden Phasen der Mond-und Sonnenkonstellationen besser vorhersagen zu können. Es gäbe wohl schon Ergebnisse, aber diese würden von der Weltregierung zurückgehalten. Da sollten sie mal Erika fragen, ist Zoes Gedanke. Doch plötzlich wird sie hellhörig. Jetzt geht es um den Lichtmanipulator. Ein Wissenschaftler hält einen ausführlichen Vortrag über die hypnotisch manipulativen Machenschaften des Lichtmanipulators. Bisher sei nicht eine einzige Person seinem Einfluss entkommen. Auf einmal tritt ein anderer Mann ans Rednerpult und flüstert dem Redner etwas zu. Der blickt auf.

»Ich höre gerade, es gibt doch eine Person! Und sie ist sogar hier. Ich bitte nun Frau Zoe Leino nach vorne!«

Zoe zittern die Knie. Warum so öffentlich? Viel hat sie sowieso nicht zu berichten. Sie läuft nach vorne, der Wissenschaftler begrüßt sie freundlich.

»Bitte teilen Sie uns detailliert mit, wie Sie dem Lichtmanipulator begegnet und ihm entkommen sind!«

Man setzt ihr einen Helm auf.

»Sie sprechen wie immer. Ihr Text wird für die anderen gleich ins Orionische übersetzt.«

Zoe tritt an das Pult und sagt laut:

»Ich möchte darum bitten, dass mir mitgeteilt wird, warum der Lichtmanipulator so gefährlich ist und was er für eine Rolle spielt, dass so viel Aufwand wegen ihm betrieben wird und alle so aufgeregt sind.«

»Später! Zuerst wollen wir Ihren Bericht haben«, bekommt sie zur Antwort.

Zoe erzählt detailliert alles: von den vielen Stufen im Turm, dem Theater, dem Mann im schillernden Cape und ihrem Absturz.

»Wir danken Ihnen!«

Man nimmt ihr den Helm wieder ab. Zoe hört die vielen Menschen in den Zuschauerreihen lautstark diskutieren.

»Sie werden zum Vorstand des Weltrates gebracht.«

Sie folgt einem Mann aus dem Saal hinaus, in dem es regelrecht brodelt. Sie laufen durch lange, gläserne Gänge, dann wird eine Tür geöffnet, sie betritt einen großen Raum mit Spiegelflächen und einer langen Tafel. An der sitzen zehn Männer in schwarzen, glänzenden Ganzanzügen und blicken ihr neugierig entgegen.

»Ich bringe Zoe Leino«, sagt ihr Begleiter, lässt sie stehen, geht und schließt die Tür.

»Bitte setzen Sie sich!«

Zoe schaut sich die Männer an. Sie kennt keinen davon.

»Und, haben Ihnen meine Informationen etwas gebracht?«, fragt sie in die Runde.

»Wir denken schon.«

»Warum sind die Menschen im Saal alle so aufgeregt?«

»Es wird vermutet, dass der Lichtmanipulator eine Person der Weltregierung ist. Eine von denen, die aus dem Hintergrund agiert und aufgrund ihres Platinranges Narrenfreiheit besitzt. Wobei wir davon ausgehen, dass dieser Rang manipulativ erlangt wurde. Wie auch immer! Wir vermuten auch, dass er derjenige ist, der als Letzter dem Gesetz zum Wiederaufleben der Zwangspartnerschaften zustimmen muss, damit es endgültig in Kraft treten kann. Wir wollen das verhindern. Wir wollen ihn finden und aus dem Verkehr ziehen. Einer von unseren Wissenschaftlern hat einen Strahlungsgeber entwickelt, der den Lichtmanipulator zeitweise außer Kraft setzen könnte. Wenn das gelänge, könnten wir ihn arretieren. Allerdings kann nur eine Person an ihn herantreten, die seinem Einfluss schon einmal entkommen ist. Sie, Zoe Leino, sind die Einzige weltweit, von der wir wissen. Uns ist allerdings nicht klar, wieso er Sie unbeschadet hat entkommen lassen.«

»Und ich soll jetzt mit dem Strahlungsgeber zu ihm gehen und ihn außer Gefecht setzen?«

»Ja.«

Zoe lehnt sich fassungslos zurück.

Alle zehn Augenpaare sind auf sie gerichtet.

»Ich gehe davon aus, dass die tatsächliche Wirksamkeit des Strahlungsgebers nicht garantiert wird und auch nicht sicher ist, dass der Lichtmanipulator bei einer zweiten Begegnung nicht doch Einfluss nehmen kann?«

»Da haben Sie recht. Es kann Ihnen niemand garantieren, was passieren wird.«

»Haben Sie den Theaterturm schon durchsucht?«

»Ja, er scheint verlassen.«

»Gibt es Geheimgänge unter dem Turm?«

»Davon gehen wir aus.«

»Sie hoffen demnach, dass er sein Versteck verlässt und erscheint, wenn ich wieder in den Turm gehe?«

»Ja.«

»Haben Sie eine Ahnung, woher er seine manipulative Kraft hat?«, erkundigt sich Zoe.

»Wir gehen davon aus, dass der Mann während der Galaxienverschiebung mit einer unbekannten Strahlung aus dem Universum in Kontakt kam, die ihm diese Fähigkeiten verliehen hat.«

»Und die soll ihr Strahlungsgeber neutralisieren?«

»Wir hoffen es.«

Zoe wird es immer schlechter. Was mache ich bloß? Ich will auch nicht, dass er dem Gesetz zustimmt. Vielleicht hat er aber schon. Wenn nicht, dann spricht alles dafür, dass der Strahlungsgeber des Weltrates ein Spielzeug gegenüber seiner Strahlkraft ist. Gut, ich habe ihn einmal überlebt, warum nicht ein zweites Mal? Ich kann mich aber nicht nur auf dieses Gerät verlassen, muss mir selber etwas ausdenken. Zoe hat plötzlich das Gefühl, dass das gelingen könnte.

»Ich hatte eigentlich Herrn Harady hier erwartet«, wirft sie spontan ein.

Die Männer blicken sich fragend an.

Einer antwortet: »Ein Herr Harady gehört nicht zum Weltrat.« Zoe nimmt die Antwort so hin, ohne weiter darüber nachzudenken. Zuviel geht ihr durch den Kopf. Sie steht auf.

»Ich glaube zwar nicht an Ihren Strahlungsgeber, und denke, dass Sie mehr wissen, als Sie mir sagen. Aber ich habe ein großes Interesse daran, dass das Gesetz nicht in Kraft treten kann.«

Schweigen.

»Geben Sie mir einfach den Strahlungsgeber und lassen Sie mich zum Turm laufen, als würde ich von zu Hause kommen! Die weiße Sonne brennt noch?«

»Ja.«

»Dann besorgen Sie mir einen leichten Schutzanzug!«

»Sie werden den Strahlungsgeber und den Schutzanzug in der Schwebekapsel finden, die sie zum Schweberparkplatz am Beginn des schwarzen Sandgebietes bringen wird. Außerdem erhalten Sie von uns eine vorläufige Gastmitgliedschaft beim Weltrat, damit Sie uns später über ihr Erleben im Theaterturm berichten können. Wir werden uns mit Ihnen in Verbindung setzen.« Die Männer erheben sich.

»Halt!«, ruft Zoe laut.

Wie angewurzelt bleiben alle stehen.

»Werden Sie mich meines Gedächtnisses berauben, wenn ich von hier wieder weggebracht werde? Ist das hier alles geheim?«

»Machen Sie sich mal darüber keine Sorgen!«, sagt der scheinbar Älteste und tätschelt ihre rechte Schulter.

Die Männer verlassen den Saal. Kaum sind sie weg, erscheinen die Zoe schon bekannten Sicherheitsmänner.

»Wir begleiten Sie bis zum Gebiet des schwarzen Sandes.«

So eilen sie durch etliche Gänge zur Schwebekapsel. Bevor Zoe einsteigt, zieht sie sich den Schutzanzug an. Das Gerät findet sie in einem kleinen Hermetikkoffer. Eine Stimme gibt ihr eine Anleitung:

»Entnehmen Sie nun den Strahlungsgeber!«

Zoe greift ihn sich, er sieht aus wie ein normales Hologerät.

»Zum Aktivieren berühren Sie den Sensor in der linken unteren Ecke! Nur Sie können den Strahlungsgeber benutzen, er ist auf Ihren Code abgestimmt. Die Strahlen entweichen aus der Kopfseite. Richten Sie das Gerät einfach entsprechend auf das Ziel. Sie sollten die Strahlen nicht auf sich selbst richten.«

»Was passiert nach Benutzung?«

»Falls Sie erfolgreich waren, geben Sie über das Gerät Ihre Identnummer ein. Sie werden dann abgeholt. Wenn es Probleme gibt, geben Sie bitte nur 262 ein, auch dann werden Sie abgeholt.«

»Was ist, wenn das Gerät konfisziert wird?«

»Das darf nicht passieren. Sie dürfen es nicht aus der Hand geben. Benutzen Sie es sofort, ohne zu zögern!«

Die Schwebekapsel hält.

»Bitte steigen Sie jetzt aus! Durch die blaue Luke gelangen Sie auf den Schweberparkplatz vor dem Gebiet des schwarzen Sandes. Schließen Sie nun Ihren Schutzanzug, die weiße Sonne ist noch aktiv!«

»Viel Glück!«, sagt einer der Begleiter noch zu Zoe.

Die Kapsel schließt sich, und schon schwebt sie zurück.

Zoe klettert nach draußen. Es ist eine Weile her, dass sie während der weißen Sonne so lange zu Fuß unterwegs war. Und nun auch noch in diesem Anzug, der allerdings um einiges leichter und bequemer ist, als ihr eigener. Vorsichtig betritt sie den schwarzen Sand, als wäre es eine heiße Herdplatte. Langsam läuft sie in Richtung der fünf Türme. Ein Stück näher muss sie noch gehen, um zu erkennen, welches der Theaterturm ist. Der Größte gehört Jonas. Der mit dem Licht ist der Turm vom Liberecoverlag. Bleiben drei übrig. In einem davon lebt Herr Scharen, und von den restlichen zwei ist einer der Theaterturm, in welchem sie schon einmal war. Er sollte also auszumachen sein.

Ich muss unbedingt mit dem Lichtmanipulator reden und ihn irgendwie verwirren. Wenn der Strahlungsgeber nicht wirkt, will ich wenigstens versucht haben, ihn von der Zustimmung zum Gesetz abzubringen.

Zoes Schritte werden langsamer. Die Hitze macht ihr trotz Anzug zu schaffen. Plötzlich erscheint ein riesiger Schatten. Ein Transportschweber mit dem Zeichen der Kristallkatakomben ist direkt über ihr. Sie kann nun genau verfolgen, in welchen Turm er fliegt. Der Theaterturm stand dem Liberecoverlag am nächsten. Also kann es nur der Linke hinter dem gewaltigen Turm von Jonas sein, an dem sie nun vorbeiläuft. Sie blickt nach oben. Der Turm ist so hoch, dass sie dessen Spitze nicht mehr ausmachen kann. Mühsam schleppt sie sich vorbei und sieht dann endlich den Theaterturm in circa fünfhundert Metern Entfernung vor sich.

Zoe bleibt stehen. Sie nimmt einen Schluck aus dem Trinkschlauch. Je länger sie läuft und darüber nachdenkt, worauf sie sich eingelassen hat, desto absurder erscheint ihr diese Mission. Ich soll den meistgesuchten und gefürchteten Lichtmanipulator überführen, und das mit einem Gerät, welches wie ein antiquiertes Mobiltelefon aussieht. Zoes Zweifel werden immer größer. Vielleicht ist es eine Falle? Aber wer sollte Interesse daran haben, ihr so etwas aufzuerlegen? Jonas hätte ganz andere Möglichkeiten. Herr Scharen ist mit seinem Projekt beschäftigt. Zoes Schritte werden langsamer. Am liebsten würde sie umkehren. Los jetzt, Zähne zusammenbeißen und den Auftrag erfüllen!, spornt sie sich an.

Endlich erreicht sie den Turmeingang. Die Tür öffnet sich automatisch, als sie ihre rechte Handschuhhand an die Scanfläche legt. Zoe tritt ein. Hier hat sich nichts verändert. Schummriges Licht beleuchtet ein uraltes Treppenhaus, dessen Treppen sich an der Turmwand nach oben winden.

Viele Stufen muss sie steigen. Der Anzug macht ihr zu schaffen. Sie getraut sich nicht, ihn auszuziehen, denn sie weiß nicht, ob der Turm insgesamt gegen die Strahlen der weißen Sonne geschützt ist. Bei Stufe fünfhundert pausiert sie, setzt sich auf einen Absatz, läuft weiter, dann ist sie angekommen. Mit Verwunderung stellt sie fest, dass der Lichtvorhang inaktiv ist. Sie kann das Theater sofort ohne Probleme betreten.

Plötzlich ertönt eine Stimme:

»Sie können den Schutzanzug ablegen. Es besteht keine Gefahr.« Sofort steigt sie aus dem Anzug und stellt ihn in eine Nische. Ihr hautenger Body ist feucht vom Schwitzen, aber er legt sich wie eine wärmende Haut um sie.

Den Strahlungsgeber trägt sie wie eine Waffe in der rechten Hand, bereit, ihn jederzeit zu benutzen.

Auf Zehenspitzen bewegt sie sich abwärts in Richtung Bühne. Als sie an der ersten Reihe angekommen ist, geht ein roter Lichtstrahler an. Eine männliche Stimme tönt beschwörend:

»Nehmen Sie sich einen Stuhl, stellen Sie ihn mitten auf die Bühne und setzen Sie sich mit dem Gesicht zum Publikum!«

Zoe folgt aufgeregt den Anweisungen. Ihre rechte Hand umklammert krampfhaft den Strahlungsgeber, so dass ihre Handknöchel weiß werden.

Jetzt hat sie den Vorhang im Rücken. Wenn der Lichtmanipulator von dort kommt, hat sie keine Chance, ihn zu bemerken. Ihr ist es mehr als unheimlich. Der rote Strahler blendet sie.

Auf einmal geht das gesamte Licht aus. Totale Finsternis herrscht im Saal. Zoe schlägt das Herz bis zum Hals.

Musik beginnt zu spielen und immer mehr Licht-
pixel tanzen im Zuschauerraum und formieren sich
zu Bildern. Zoe sieht Menschen auf den Stühlen Platz
nehmen. Die Musik ist sehr feierlich. Um sie herum
auf der Bühne entsteht ein Podium. Plötzlich ist
Stille. Der gesamte Saal ist voller virtueller Personen.

Das Bild eines Mannes tritt auf sie zu.

»Im Namen aller Mitglieder des Weltrates
begrüße ich Sie herzlich, Zoe Leino.« Der Mann ver-
beugt sich vor ihr.

»Was ist mit dem Lichtmanipulator? Ich sollte
ihn außer Kraft setzen!«, ruft sie.

»Wir sind Ihnen eine Erklärung schuldig. Durch
ihre wertvollen Hinweise ist es gelungen, die Angelegenheit mit dem Lichtmanipulator zu klären. Außerdem konnten durch Ihre Informationen einige
Unregelmäßigkeiten in den Kristallkatakomben aufgedeckt werden. Viele Menschen sind Ihnen zu Dank
verpflichtet.«

»Und was ist das für ein Gerät, welches mir als
Strahlungsgeber überlassen wurde?«

Bevor der Vorsitzende antworten kann, ertönt
feierliche Musik, alle Personen erheben sich von
ihren Plätzen und klatschen Zoe zu. Der Mann
bedeutet Zoe, aufzustehen. Sie legt das Gerät auf den
Stuhl und steht nun zwei Meter vor dem dreidimensionalen Hologramm des Vorsitzenden des Weltrates.

»Ich darf Ihnen mitteilen, dass Sie als Dank mit
dem sogenannten Strahlungsgeber einen mobilen
Informations- und Kommunikationskanal erhalten.
Sie können damit Informationen abrufen, auf die Sie
bisher keinen Zugriff hatten. Herzlichen Glück-

wunsch!« Symbolisch reicht das Bild des Mannes Zoe die Hand.

Sie greift in das Hologramm und tut so, als würde sie dem Mann die Hand schütteln. Die Menschen setzen sich wieder auf ihre Stühle. Zoe auch.

»Vielen Dank! Aber warum musste ich erst hierherlaufen?«

»Es standen noch einige Angelegenheiten in der Schwebe. Außerdem werden Sie in Kürze in der Weltregierung erwartet. Dahin wird man von entsprechenden Personen geleitet. Wir wussten nicht genau, wann die Weltregierung Sie abholen wird. Wir haben Sie in dem sicheren Wissen zum Theaterturm laufen lassen, dass dieser seit einiger Zeit verlassen ist. Wir hätten Sie niemals einer Gefahr ausgesetzt. Sie sind nun an einem Ort, an dem Sie aufgefunden werden können und der Ihr mutiges Handeln unterstreicht.«

Noch einmal applaudieren alle Menschen in den Reihen. Zoe ist diese Erklärung unverständlich. Der virtuelle Mann redet weiter:

»Wir müssen Ihnen leider mitteilen, dass das Gesetz zur Wiederinkraftsetzung der Zwangspartnerschaften zwischenzeitlich erlassen wurde. Allerdings hat ein in der Weltregierung Agierender den Antrag gestellt, Ihnen kurzfristig für Ihre Verdienste den Eisenrang zu verleihen. Wird dem stattgegeben, haben Sie das Recht, gegen ihre erneute Zwangspartnerschaft Widerspruch einzulegen. Es sei denn, Sie wollen doch zu Ihrem ehemaligen Partner zurück.«

»Niemals!«, ruft Zoe laut. »Ich danke Ihnen und allen anderen sehr. Wann ist damit zu rechnen, dass über diesen Antrag entschieden wird?«

»Wir vermuten, noch bevor Sie zur Weltregierung gebracht werden, sonst hätten die dort nämlich ein Problem. Wie wir herausgefunden haben, ist ihr ehemaliger Zwangspartner eins der einflussreichsten Mitglieder der Weltregierung. Er hat das Recht, Ihr Erscheinen dort zu unterbinden. Schalten Sie umgehend Ihr neues Gerät ein! So erhalten Sie automatisch alle notwendigen Informationen und erfahren auch, wann Sie abgeholt werden. Der Weltregierung ist bekannt, dass Sie sich im Theaterturm aufhalten und Infozugang haben.«

»Dann weiß es Jonas auch und er ist Mitglied der Weltregierung.«, murmelt Zoe vor sich hin.

»Machen Sie sich keine Sorgen! Solange der Antrag auf Eisenrang läuft, sind Sie geschützt, besitzen Immunität. Wir verabschieden uns.«

Das riesige Hologramm fällt zusammen.

Zoe steht im Theatersaal mitten auf der Bühne. Sie hält das Infogerät in der Hand. Stille herrscht, der rote Scheinwerfer leuchtet wieder. Langsam lässt sie sich auf dem Stuhl nieder. War das jetzt eine Halluzination?

Vorsichtig berührt sie den Touchpoint in der linken, unteren Ecke des Gerätes und richtet es auf den Bühnenvorhang. Es entsteht ein Hologramm mit einem Auswahlmenü. Informationen der Weltregierung und zur Mond- und Sonnenkonstellation. Gerade will sie die Infos der Weltregierung abrufen, da schreit sie erschrocken auf und lässt das Gerät fallen. Jemand steht hinter ihr und hat seine Hände über ihre Augen gelegt.

14. Kapitel: Ein vertrauter Fremder

»Wer sind Sie? Was wollen Sie hier? Was wollen Sie von mir?«, ruft sie laut.

»Hab keine Angst!«, hört sie die ruhige Stimme des Mannes vom Liberecoverlag. Es ist Herr Harady, der hinter ihr steht und nun vor sie tritt.

»Wie kommen Sie hierher, was machen Sie hier?«, stammelt Zoe.

Er zieht sie vom Stuhl hoch, schlingt seine Arme um sie und küsst sie hemmungslos. Zoe lässt es geschehen.

Herr Harady nimmt ihren Kopf zwischen seine Hände und schaut ihr mit leidenschaftlichem Blick tief in die Augen.

»Ich habe dir etwas mitzuteilen. Setz dich hin!«

Zoe sinkt wieder auf den Stuhl.

»Wie kommen Sie dazu, mich so zu küssen?«, flüstert sie.

»Erinnerst du dich an einen Vorfall im großen Schutzraum bei Lemistown? Du hast ihn mir aus deinem Manuskript vorgelesen. Dort war ein Mann bei dir, dem du eigentlich hättest antworten sollen: ›Mein Visier ist für Sie geöffnet.‹«.

Zoe durchfährt es heiß. Sollte wirklich er der Mann sein? Als hätte er ihren Gedanken erraten, nickt er.

»Ich bin dieser Mann und habe auf den passenden Moment gewartet, an genau dieser Stelle anzuknüpfen.«

»Jetzt verstehe ich auch, wieso Sie mir immer so vertraut vorkamen, als würde ich Sie bereits kennen. Aber warum sind Sie damals einfach verschwunden?«

»Ich bekam just in diesem Moment einen dringenden Auftrag. Er war unaufschiebbar. Als du dann später im Liberecoverlag vor mir standst, fiel es mir unendlich schwer, mich nicht zu outen. Aber ich hatte Geduld. Ich wusste, dass das Schicksal uns irgendwann zusammenführen würde.«

Zoe ist so überrascht, dass ihr die Worte fehlen. In diesem Augenblick piept ihr neues Gerät.

»Das wird sicher eine wichtige Nachricht sein«, sagt Herr Harady, hebt es auf und gibt es Zoe.

Sie berührt die rot blinkende Fläche. Die Nachricht wird abgespielt.

»Die Abordnung der Weltregierung erwartet Sie am Fuße des Turmes. Bitte begeben Sie sich unverzüglich nach unten! Ende der Nachricht.«

»Werden Sie mich begleiten?«, wendet sie sich an Herrn Harady.

»Nein«, antwortet dieser. »Du wirst nun erst einmal zur Weltregierung gebracht. Wenn du tatsächlich den Eisenrang bekommst, bist du frei und kannst entscheiden, ob dein Visier für mich geöffnet ist. Nun lauf, du hast noch einige Treppen vor dir!«

Unbewusst registriert Zoe, dass er vom Eisenrang sprach. Wieso weiß er das? Hatte er alles mit angehört? Woher wusste er, dass ich hier im Theaterturm bin? Ich werde ihn das später fragen. Zoe greift nach dem Infogerät.

»Halt!«, ruft Herr Harady. »Das kannst du jetzt nicht mitnehmen. Das Gerät ist nur für Mitglieder des Weltrates und darf niemand anderes zu Gesicht oder in die Hände bekommen.«

»Ach so. Das wurde mir nicht mitgeteilt.«

Schweren Herzens trennt sich Zoe von Herrn Harady und ihrem neuen Gerät und saust mit großen

Schritten die vielen Stufen nach unten. Dort angekommen, wird sie von einem jungen Mann in Uniform, auf dessen Brusttasche ein Siegel mit der Bezeichnung „Weltregierung" prangt, begrüßt.

»Sie brauchen keinen Schutzanzug. Die weiße Sonne ist vorzeitig dem lila Mond gewichen. Kommen Sie!« Er öffnet ihr die Tür.

Ein kleiner, schnittiger Schweber befindet sich direkt davor. Sie steigen ein und schweben sofort los. Die beleuchteten Städte und Orte ziehen rasend schnell unter ihnen dahin. Schon schweben sie über einer riesigen, hellen Kuppel. Die Weltregierung sitzt also tatsächlich in einer überdachten Stadt. Hinein fliegen sie allerdings unterirdisch.

Der Uniformierte läuft mit Zoe lange, helle Gänge entlang.

»Ich bringe Sie in den Sitzungssaal«, teilt er ihr mit. Sie müssen an mehreren Sicherheitskontrollen vorbei. Zoe wird gescannt und durchgelassen.

Dann öffnet ihr Begleiter eine große Flügeltür, und sie betreten einen riesigen Saal, dessen Ränge mit Menschen gefüllt sind. Der Uniformierte läuft mit Zoe ganz nach vorne. Sie muss in der ersten Reihe Platz nehmen. Vor ihr auf dem Podium sitzen zwanzig Männer. Alle nicken ihr freundlich zu.

Einer steht auf, tritt ans Rednerpult. Über ihm befindet sich eine riesige Bildwand, auf der man seine Rede verfolgen kann.

»Wir können nun beginnen. Alle erwarteten Personen sind eingetroffen. Das Gremium der Welt-regierung zur Förderung wissenschaftlicher For-schungen zum Wohl der Menschheit übergibt das Wort gleich an den Genwissenschaftler, Datenspezialisten und Sicherheitschef der Ärztetower in Lemistown, Herrn Scharen. Er arbeitet seit der Galaxienverschiebung unter anderem an der Erforschung der Perlen aus den Niederschlägen der rosa Sonne. Seine wissenschaftlichen Arbeiten zusammen mit seinem Geschäfts- und Forschungspartner, welcher heute leider nicht anwesend sein kann, wurden vom Gremium gefördert. Bitte, Herr Scharen, Sie haben das Wort.« Der Sprecher setzt sich wieder.

Zoe registriert, dass der Geschäfts- und Forschungspartner nicht bei seinem Namen genannt wird.

Herr Scharen betritt nun das Podium. Er hält einen langen, hochwissenschaftlichen Vortrag über die Veränderung des menschlichen Organismus nach der Galaxienverschiebung, über die herausragenden Erfolge bei der Klonforschung und der Herstellung von neuartigen Substanzen, die von der Weltregierung in Auftrag gegeben worden waren.

Zoes erster Gedanke gilt den Beigaben zum Perlenwasser.

Herr Scharen berichtet alles sehr anschaulich. Er lässt riesige Formelhologramme entstehen und verweist immer wieder auf die Genialität seines Forschungspartners, ohne den alle Erfolge nicht möglich geworden wären. Wen meint er? Tom? Aber doch eher Joans. Wieso steht der nicht da vorne, prahlt über seine wissenschaftlichen Errungenschaften und wie er es geschafft hat, Menschen zu verändern, zu manipulieren, gefügig zu machen mittels seiner Drogen? Zoe ist wütend und irritiert. Wo ist Jonas?

Herr Scharen beginnt, über sein letztes Projekt zu sprechen:

»So ist es uns gelungen, aus den Perlen organische Informationen nichtmenschlichen Ursprungs zu separieren und diese zu benutzen, defekte DNS zu reparieren, Gendefekte zu korrigieren und eine Substanz zu entwickeln, die es dem menschlichen Organismus ermöglicht, sich zu regenerieren, ja regelrecht zu verjüngen und resistent gegen diverse Krankheitserreger und galaktische Einflüsse zu werden.«

Lauter Beifall ertönt. Die Menschenmasse im Saal jubelt. Ein Mann aus dem Gremium steht auf und tritt an Herrn Scharen heran.

»So überreiche ich Ihnen feierlich unsere Forschungsergebnisse mit der Bitte, uns weitere Mittel zur Verfügung zu stellen, um nun in die Phase der Materialisierung, Fertigung und Anwendung zu wechseln.« Herr Scharen übergibt ein Micropad. Der Beifall will nicht enden.

Zoe hat einen Kloß im Hals. Ich denke, er wollte Jonas das Handwerk legen, und jetzt lobt er ihre Zusammenarbeit in den Himmel.

Ein anderes Gremiumsmitglied tritt nach vorne, schüttelt Herrn Scharen die Hand und teilt mit:

»Ich habe soeben erfahren, dass Ihnen und Ihrem Geschäftspartner alle Mittel bewilligt wurden, um mit der sofortigen Umsetzung zu beginnen.« Herr Scharen strahlt über das ganze Gesicht. Ein drittes Gremiumsmitglied gesellt sich dazu.

»Nun habe ich die Ehre, Ihnen eine Auszeichnung für Ihre Verdienste an der Menschheit zu verleihen. Ich erhebe Sie feierlich in den Goldrang.« Er überreicht Herrn Scharen eine goldene Tafel.

»Damit im Zusammenhang stehen die kostenfreie Überschreibung des dritten Turmes im schwarzen Sand bei Lemistown und die Modernisierung all

Ihrer Labore sowohl dort als auch in Ihren Ärzte-
towern. Des Weiteren teile ich allen Anwesenden
mit, dass auch Ihr Forschungs- und Geschäftspartner
eine gebührende Auszeichnung erhält. Aus Welt-
sicherheitsgründen kann er leider an dieser Veranstaltung nicht teilnehmen.« Er reicht Herrn Scharen eine weitere große Plakette.

Zoe stiert sprachlos darauf. Es ist eine aus Platin.
Wenn die für Jonas ist, dann hat er jetzt den Platinrang und somit Narrenfreiheit. Am liebsten würde sie
auf die Bühne stürmen und rufen: Was tun Sie hier
eigentlich? Sie fördern Männer, die Experimente an
Menschen vornehmen und denen das Gemeinwohl
völlig egal ist! Doch es ist sinnlos, denn alle hier
arbeiten im Auftrag der Weltregierung. Jetzt wird
Zoe klar, wie notwendig eine Opposition ist und wie
wichtig es wäre, deren Aktivitäten geheim zu halten.
Sie hofft inständig, dass sie dazu mit jemandem aus
dem Weltrat reden kann. Immerhin sind die Weltrat-
leute gegen das Gesetz zum Wiederaufleben der
Zwangspartnerschaften.

Herr Scharen tritt noch einmal vor.

»Ich danke allen, die uns unsere Erfolge ermöglicht haben, auch im Namen meines Geschäfts- und
Forschungspartners. Mein besonderer Dank gilt
auch einer Frau. Durch sie war ein entscheidender
Durchbruch der Forschungen möglich. So bitte ich
zu mir: Zoe Leino!«

Zoe erhebt sich. Schweren Schrittes schleppt sie
sich auf das Podium.

Herr Scharen strahlt sie an.

»Freu dich, kleine Nixe!«, flüstert er ihr zu und
schüttelt ihre Hand.

Ein Mann aus dem Gremium geht auf Zoe zu und überreicht ihr eine eisenfarbene Plakette.

»Wir beglückwünschen Sie zum Eisenrang! Außerdem erhalten Sie ab sofort kostenfreies Nutzungsrecht des Theaterturms, der für Sie umgehend modernisiert und komplett strahlengeschützt wird. Des Weiteren gratulieren wir Ihnen zu einer lebenslangen Krankenabsicherung, die kostenfreie OPs zur Erhaltung Ihrer Schönheit und Jugend beinhaltet.«

Zoe reagiert wie in Trance. Sie nimmt die Eisentafel entgegen, dankt, verlässt die Bühne, setzt sich. Den Rest der Reden bekommt sie kaum mit. Die Gremiumsmitglieder beweihräuchern sich noch eine geraume Zeit und verlassen dann unter Beifall den Saal, die Veranstaltung wird beendet.

Zoe ist unfähig, sich zu erheben. Die eiserne Plakette liegt wie eine Betonplatte auf ihrem Schoß. Was soll ich mit dem Theaterturm? Wer beschützt mich vor einem Mann, der nun den Platinrang hat, obwohl er Menschen zu Tode quält?

Jemand tippt ihr auf die Schulter. Ein Sicherheitsklon, perfekt, ohne Makel, sagt zu ihr:

»Herr Scharen möchte Sie noch kurz sprechen. Ich begleite Sie zu ihm.«

Zoe steht auf und läuft mechanisch mit. Er führt sie in einen luxuriösen Aufenthaltsraum. Herr Scharen sitzt auf einer riesigen Ledercouch und strahlt sie an.

»Lass uns anstoßen!«, ruft er ausgelassen. Der Sicherheitsklon verzieht sich dezent.

»Setz dich zu mir und freu dich!« Er reicht ihr ein Glas mit goldener, sprudelnder Flüssigkeit. Es ist Orchideenwasser, sein Lieblingsgetränk. Zoe nimmt es, prostet ihm zu, tut so, als würde sie trinken.

»Nun, hast du dir mein Angebot überlegt?«

»Ja«, antwortet Zoe emotionslos. »Ich lehne ab. Wie ich feststellen musste, agieren Sie weiter mit Jonas zusammen. Sie haben mich belogen.«

»Ach, kleine Nixe, ich habe dir schon gesagt, dass seine Lobby größer und einflussreicher ist als meine. Wir haben Waffenstillstand geschlossen, denn der Erfolg unseres Projektes war nur möglich, wenn wir ihn als gemeinsamen vor der Weltregierung verkaufen. Ansonsten hätten sie jegliche Förderung sofort eingestellt. Das konnten wir nicht zulassen. Das hat doch nichts mit dir und uns zu tun. Du hast mir mit deinen amateurhaften Experimenten einen Schlüssel zum Durchbruch verschafft. Dafür bin ich dir unendlich dankbar.«

»Ich habe Ihnen *beiden* einen Schlüssel zum Durchbruch verschafft!«

»Jetzt sei doch nicht so! Immerhin kannst du ab sofort in einem Turm residieren, der für dich modernisiert wird, hast den Eisenrang und kannst dich zu einem verjüngten, wunderschönen Wesen machen lassen.« Das hast du allein mir zu verdanken. Er klopft sich selbst auf die Schulter.

»Wer das mit dem Eisenrang beantragt hat, weiß ich nicht. Übrigens bin ich noch immer dabei, die Daten aus der Datenmembran entschlüsseln zu lassen. Ich gehe davon aus, dass sich dort Informationen befinden, die ich als Druckmittel verwenden kann. Ach, kleine Nixe, wie gerne würde ich dich unter meine Fittiche nehmen, aber wenn du nicht willst, kann ich es nicht ändern.«

Zoe steht auf.

»Wissen Sie, wo Jonas ist?«

Er schaut weg und sagt unbestimmt:

»Ich glaube, den haben sie in einer anderen Angelegenheit gebraucht. Es ging wohl um den Lichtmanipulator.«

»Ich muss los«, sagt Zoe prompt. »Bestellen Sie bitte Tom, er möge sich umgehend bei mir melden! Ich muss ihn dringend etwas fragen und möchte meinen Hund zurück.«

»Wie kann er dich denn erreichen?«

»Im Moment ausschließlich über meinen Kommunikationskanal zu Hause«, antwortet Zoe.

Herr Scharen steht auf, will Zoe umfangen. Sie entschlüpft seinen Armen und bewegt sich schnellen Schrittes zur Tür.

»Bitte rufen Sie mir einen Sicherheitsbegleiter! Ich will jetzt gehen.«

Herr Scharen drückt einen Point, die Tür geht auf.

»Sie wünschen?« Der Sicherheitsklon von vorhin tritt ein.

»Diese junge Frau möchte mich verlassen.«

»Sehr wohl.« Zoe tritt in den Flur. Die Tür schwingt zu.

»Wohin darf ich Sie bringen?«

»Ich muss zuerst zum Theaterturm. Sie wissen, welchen ich meine?«

»Ich werde es in Erfahrung bringen.«

»Danach zu mir nach Hause!« Da schlägt sich Zoe mit der Hand an die Stirn.

»Halt!«, ruft sie. »Ich muss schnell noch einmal zurück zu Herrn Scharen.«

Sie kehren um. Der Sicherheitsmann öffnet den Aufenthaltsraum, Herr Scharen liegt schnarchend auf der Couch. Die Karaffe Orchideenwasser, welche auf dem Tisch steht, ist leer.

Zoe tritt an ihn heran und schüttelt ihn leicht. Er reagiert nicht.

»Schließen Sie bitte die Tür und warten Sie draußen!«, fordert sie den Klon auf.

Kaum ist die Tür zu, setzt sie sich auf Herrn Scharens Bauch. Langsam legt sie ihre Hände um seinen Hals. Sie kann sich noch genau daran erinnern, wie stark er damals unter Wasser auf Sauerstoffentzug reagiert hatte. Ihre Hände schließen sich fester, und sie presst ihre Lippen über seinen schnarchenden Mund. Ich werde dich schon wach bekommen.

Plötzlich fängt er an zu zittern und schlägt die Augen auf. Zoe setzt sich auf, hat noch die Hände um seinen Hals.

Seine Augen sind schwarz, bestehen nur aus Pupillen. Er reißt seine Arme hoch und drückt mit Wucht Zoes Arme auseinander, um dann sofort seine Hände um ihren Hals zu legen.

Was, wenn er mich in seinem Rausch nicht erkennt? Zoe wird es mulmig. Sie windet sich, er hält sie fest. Seine schwarzen Augen scheinen sie zu verschlingen, sie auszusaugen. Sie verliert an Kraft, bekommt kaum noch Luft.

»Ich bin es doch, die kleine Nixe«, presst sie mit letzter Kraft hervor.

Da lässt er ihren Hals los, um sie nun auf sich zu ziehen.

»Ach, du willst mich also doch«, keucht er und wälzt sie unter sich.

»Nein, halt!«, schreit Zoe aus Leibeskräften.

Die Tür geht auf, der Sicherheitsmann schaut herein.

»Alles in Ordnung?« Nein!, will Zoe rufen, als Herrn Scharens Hand auf ihrem Mund landet.

»Ja«, blafft er den Sicherheitsmann an. »Verschwinde!« Die Tür schließt sich.

Zoe wehrt sich, beißt in die große Hand des Mannes. Er grinst sie an.

»Ja, wehre dich! Das gefällt mir.«

»Bitte«, fleht sie nun, da ihr Mund wieder frei ist.

»Ich wollte Sie nur wecken und noch eine Frage stellen.« So einen rasenden Mann hat sie zuletzt mit Jonas erlebt, als er während ihrer Zwangspartnerschaft eine Droge an sich ausprobiert hatte, die gewaltsame Triebe hervorrief.

»Herr Scharen, wachen Sie auf!«, schreit sie ihn an und hämmert wie wild auf seiner Brust herum. Wie umgewandelt schiebt er Zoe beiseite und steht auf.

»Wo ist mein Orchideenwasser?«, fragt er kraftlos und schaut betrübt auf die leere Karaffe auf dem Tisch. Er sieht auf einmal wieder grau und schlapp aus. Das Feuer in seinen schwarzen Augen ist erloschen.

»Herr Scharen, sagen Sie mir bitte Toms Telefonnummer! Ich habe es wirklich eilig.« Wie fremdgesteuert geht er an den Tisch, nimmt ein Micropad, tippt etwas ein und antwortet:

»Das ist ja meine Nummer, ach ja, er wohnt bei mir und hat noch keine eigene. Das muss ich umgehend ändern.«

»Herr Scharen, die Nummer, bitte!«

»8262685685.«

»Danke!«

Zoe hämmert an die Tür. Der Sicherheitsmann öffnet sofort. Sie stürzt an ihm vorbei, immer noch die Zahlenfolge vor sich hinsprechend.

»Kann ich von hier aus telefonieren?«

»Nein, das ist leider nicht erlaubt.«

»Gut, dann lassen Sie uns sofort losschweben!«

Als sie im Minischweber sitzen, stellt Zoe fest, dass sie die Eisenplakette bei Herrn Scharen vergessen hat.

»Ich habe meine Plakette liegen lassen«, murmelt sie.

»Ihr Rang ist auch in Ihrem Chip gespeichert. Es sei denn, Sie legen unbedingt Wert auf den Gegenstand selbst, um ihn sich an die Wand zu hängen«, bemerkt der Sicherheitsmann lächelnd. Nein, darauf legt sie keinen Wert.

Sie schweben schnell voran. Schon ist der Theaterturm erreicht. Zoe springt aus dem Schweber, legt die Hand an die Scanfläche, die schwere Tür fliegt auf. Sie will nur ihr neues Infogerät holen, hetzt die Treppe nach oben.

Nach zweihundertfünfzig Stufen ertönt plötzlich eine Stimme:

»Ich habe eine Botschaft für Sie. Ihr vergessenes Gerät ist sicher aufbewahrt. Es konnte hier nicht verbleiben. Sie erhalten über Ihren häuslichen Kommunikationskanal eine Info, wo und wann sie es sich abholen können. Ende der Nachricht.«

Langsam läuft Zoe die Treppe wieder hinunter. Oh, wie schade! Sie hat gehofft, Herrn Harady hier zu treffen und die neuesten Informationen der Weltregierung abrufen zu können. Vielleicht hätte sie etwas über Jonas erfahren. Und sie hätte so gerne versucht, über das Gerät Kontakt mit dem Weltrat aufzunehmen.

Unten angelangt springt sie wieder in den Schweber.

»Nach Hause«, sagt sie knapp.

Dort angekommen stürmt sie in den Schutzraum. Lautes Piepen und Blinken füllt den Raum. Sie läuft zum Kommunikationspoint und drückt auf Rot.

Die warme Stimme von Herrn Harady erklingt:

»Ich habe das Gerät bei mir. Es sollte dort auf keinen Fall gefunden werden. Komm zu mir in den Liberecoverlag, wann auch immer du kannst! Ende der Nachricht.«

Sie hört die nächste Botschaft ab, sie ist von Tom.

»Erika musste zur Operation. Du sollst umgehend die Hunde bei ihr abholen. Ende der Nachricht.«

Auch das noch. Sie drückt die letzte der drei roten Mitteilungen.

Die gewaltige, sehr ruhige Stimme von Jonas füllt den Raum:

»Nun, Liebes, du sollst wissen, dass mir mein erlangter Platinrang das Recht gibt, außerhalb jeglicher Gesetze zu agieren. Dein Eisenrang kann dich also nicht davor schützen, doch wieder mein persönliches Eigentum zu sein. Ich werde mich umgehend darum kümmern. Du kannst die nächsten Stunden schon in prickelnder Vorfreude darauf verbringen. Ende der Nachricht.«

Zoe hat es geahnt. Angstschweiß bricht ihr aus. Ich brauche unbedingt Hilfe! Alleine komme ich gegen diesen Mann nicht an. Ich werde den Weltrat um Asyl bitten.

Zoe öffnet schnell einen Zylinder, trinkt etwas, stürmt zu ihrem Schweber und fliegt nach Lemistown zum zentralen Infoplatz.

Sie hetzt zum erstbesten Telefon.

»Verbinden Sie mich mit folgender Nummer: 8262685685!«

Es klingelt.

»Hallo?«

»Tom?«

»Ja!«

»Zoe, hier.«

»Du musst sofort die Hunde abholen!«

»Ja, ich hole sie gleich ab. Tom, ich muss untertauchen.«

»Wieso? Du hast doch jetzt Wohnrecht in einen Turm und den Eisenrang.«

»Ja, ich habe einen Gefängnisturm. Jonas hat den Platinrang bekommen und kann sich nehmen, was er will. Und er will mich. Ich werde das nicht zulassen.« Tom schweigt.

»Tom?«

»Ja.«

»Ich brauche den Hermetikkoffer mit dem Titanauge.«

»Wieso? Ich dachte, die Angelegenheit hat sich erledigt.«

»Hat sie nicht. Ich habe die ganze Zeit gedacht, auf der Datenmembran wären irgendwelche Forschungsergebnisse oder Formeln, die er für sein Projekt braucht. Aber sie enthält wohl etwas, das Jonas schaden könnte. Kannst du den Koffer gleich zu Erika bringen? Ich nehme ihn dann mit.« Tom druckst herum. »Du, Zoe, also das ist mir jetzt peinlich.«

»Wieso?«

»Ich habe den Koffer mit dem Titanauge nicht mehr.«

»Was?!«

»Ich habe mir die Masse für mein Projekt genommen und dachte, mit der Membran hat es sich geklärt. Herr Scharen wollte dann den Koffer haben, und ich habe ihm diesen gegeben.«

»Ich fasse es nicht!«, ruft Zoe.

»Es tut mir leid«, flüstert Tom.

»Es ist nicht mehr zu ändern, ich werde einen anderen Weg finden.« Und zwar mit Hilfe von Herrn Harady. Vielleicht plant Herr Scharen mit dem Inhalt des Hermetikkoffers doch noch etwas gegen Jonas. Aber diese Gedanken teilt sie Tom nicht mit. Sie sagt nur noch:

»Wenn ich wiederkomme, werde ich mich bei dir melden.«

»Wohin willst du?«

»Untertauchen«, antwortet sie nur noch und legt auf.

Zoe eilt zum Schweber, gibt Erikas Adresse ein. Kurze Zeit darauf steht sie bei ihr im Treppenhaus, legt die Hand an die Scanfläche der runden, roten Tür und landet im Flur.

»Erika?«, ruft sie laut und bekommt keine Antwort.

Da kommen Flavio und Muska angesaust. Sie bellen und springen hoch vor Freude. Dünn sehen sie aus.

Zoe durchstreift die Räume. Erika ist nicht zu finden. Aber ein Zettel liegt auf dem Tisch.

Tut mir leid, mir ging es nicht gut. Ich habe Tom Bescheid gesagt. Musste sofort zur Operation. Erika.

Zoe schnappt sich die Hunde. Muska ist schwer, aber so froh, dass Zoe da ist, dass sie die Hündin problemlos unter den linken Arm klemmen kann. Flavio unter dem rechten Arm verlässt sie mit Schwung Erikas Wohnung und trägt die zwei Hunde in den Schweber.

Wie komme ich jetzt mit zwei Hunden zum Liberecoverlag? Nach Hause kann ich sie nicht bringen. Ich weiß ja nicht, wann ich wiederkomme. Laufen kann ich mit ihnen nicht über den schwarzen Sand. Sie sind ausgehungert, und es würde viel zu lange dauern. So entscheidet Zoe spontan, ohne Sondergenehmigung über das Gebiet des schwarzen Sandes zum Liberecoverlag zu schweben.

Noch immer leuchtet der lila Mond. Die Nacht ist dunkel. Sie wird den Schweber abdunkeln, die anderen Türme weit umfliegen und dicht über dem Boden bleiben. Sie muss das Risiko eingehen. Hoffentlich ist Jonas nicht schneller. Ihr Herz klopft wild. Alles sah so gut für sie aus, und nun hat er doch wieder gewonnen.

»Nein, er hat noch nicht gewonnen!«, ruft sie so laut, dass die Hunde erschrocken aufblicken.

Sie stellt Höchstgeschwindigkeit ein. Als sie beginnt, über den schwarzen Sand zu fliegen, stellt sie um auf manuellen Flug, schaltet alle Lichter aus und steuert den Schweber in niedrigster Flughöhe weit um die anderen Türme herum.

Der Liberecoverlag ist nicht zu verfehlen. Sein Lichtstrahl weist ihr den Weg. Noch einen Kilometer Flug hat sie vor sich, da erstrahlt über ihrem Schweber plötzlich ein heller Scheinwerfer.

»Ihr Schweber wird konfisziert. Sie befinden sich unrechtmäßig in einer gesperrten Flugzone. Folgen Sie uns unverzüglich!«

Zoe hat noch fünfhundert Meter bis zum Liberecoverlag. Sie schaltet um auf höchste Geschwindigkeit. Du wirst mich nicht bekommen!, ist ihr einziger Gedanke.

Der Schweber landet sehr unsanft vor dem Turm.

»Folgen Sie unserer Aufforderung!«, dröhnt es über ihr. Sie öffnet die Luke, die Hunde springen zuerst raus, sie folgt sofort. Zehn Meter sind es noch bis zum rettenden Ort. Sie rennt um ihr Leben auf den Turm zu. Keuchend angekommen, sucht sie verzweifelt eine Scanfläche an der Tür, da schwingt diese von selbst auf. Die Hunde schlüpfen hinein, Zoe folgt ihnen, stolpert, fällt.

Als sie sich erhebt, steht Herr Harady vor ihr und blickt sie mit warmen, dunkelbraunen Augen an. Er lächelt.

»Mein Visier ist für Sie geöffnet!«, haucht Zoe ihm entgegen.

Nachwort

Dank an alle, die bei der Entstehung dieses Buches mitgeholfen haben.

Die Namen, Handlungen und alle handelnden Personen sind frei erfunden. Jegliche Ähnlichkeit mit lebenden oder verstorbenen Personen ist rein zufällig.

Über die Autorin
Evelin Heinecke alias Esteva Hara

Bereits als Kind, aufgewachsen in der DDR, hatte ich Zugang zu den feinstofflichen Sphären des Universums und beschäftigte mich mit Astrologie und Yoga. Ich schrieb Gedichte und Gedankengeschichten, zeichnete und malte Bilder, um meine sehr reichhaltige Gefühls- und Fantasiewelt zu bändigen. Eingehend befasste ich mich u.a. mit den Lehren von Sokrates, Einstein, Hawkins und Freud, mit Quantenphysik und schwarzen Löchern, der Verbindung von Physik und Spiritualität uvm.. Nach Universitätsabschluss, bürgerlichem Ehe- und Arbeitsleben, dem Einstieg in die Transzendentale Meditation und der Begegnung mit Tantra entschied ich mich für einen radikalen Ausstieg. Einige Jahre im Ausland, die mutige Überwindung von komplizierten Geschehnissen und körperlichen Befindlichkeiten haben mich die wahrhaftigen Zusammenhänge des irdischen Daseins erkennen lassen. Dabei erfuhr ich das Erleben der Selbstregenerationskraft, der Verbundenheit mit der Natur und allen Wesen als heilsamen Weg und war auf diesem dazu animiert worden, Gedichte, Kurzgeschichten, ein tantrisches Tarotbuch und fünf Romane zu schreiben. Meine nächsten Projekte sind die Erschaffung von Teil 2 dieses Romans und die Überarbeitung meiner autobiografischen Episodensammlung.

www.estevahara.de

**Liebesabenteuer auf
Gran Canaria
Auswanderroman Teil 1**
Broschiert: 376 Seiten
Verlag: Books on Demand,
Neuauflage: 2 (November 2021)
ISBN: 9783755710554

**Mystische Verbundenheit
Auswanderroman Teil 2**
BoD – Books on Demand; 1.
Edition (24. November 2022)
Taschenbuch: 416 Seiten
ISBN-10: 3756276309
ISBN-13: 978-3756276301

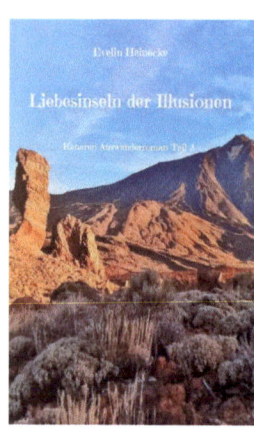

Liebesinseln der Illusionen:
Kanaren Auswanderroman
Teil 3
BoD – Books on Demand;
1. Edition
(5. Dezember 2024)
Taschenbuch: 384 Seiten
ISBN-10: 3769313437
ISBN 13 978-3769313437

Augenblicksein
Gedichte~ Gedanken ~
Geschichten
Taschenbuch: 336 Seiten
Verlag: Books on Demand;
2. Auflage: November 2021
ISBN: 978-3-755-7385-41

Zeitlose Resonanz: Lyrik –
Gesammelte Werke
Taschenbuch: 232 Seiten
ISBN-13: 978-3752862492
Herausgeber: Books on
Demand; 1. Auflage (31. Juli
2018)

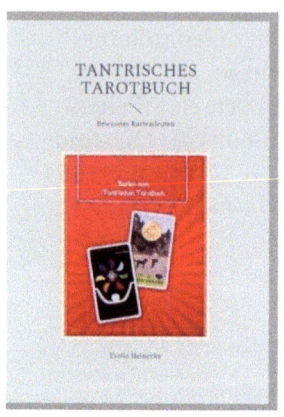

Tantrisches Tarotbuch
Bewusstes Kartendeuten
Taschenbuch: 356 Seiten
Tarotkarten erschaffen
von Evelin Heinecke
Verlag: Books on Demand;
1. Auflage (Oktober 2021)
ISBN: 9783755700418

Lautstarke Stille

Nächtliches Dunkel umweht meine Seele

Lieg schlaflos und etwas drückt mir die Kehle

Es brennen ins Herz sich mächtige Träume

In lautstarker Stille erhallen die Räume

Den Leib berühren mir geisthafte Wesen

In ihrem Werk ist Verwirrung zu lesen

Ganz dicht vor den Augen Tornados wild tanzen

Aus wabernden Wolken tropft Magma auf Pflanzen

Der Sturm und der Qualm mir rauben den Atem

Ich sehe die Welt ins Chaos geraten

Das Fenster zeigt Angst und Schmerzen als Spiegel

Ein feuriger Ball steigt über die Ziegel

Voll Spannung betrachte ich die Vernichtung

Verderbnis kommt stetig aus jeglicher Richtung

Platz für Notizen